SABINE VÖHRINGER

Die Montez-Juwelen

DER 1. PERLINGER-KRIMI »Ihre Schönheit verzaubert und ihr Glanz weckt Begierde« so steht es auf der Einladung zur Vernissage, die Hauptkommissar Tom Perlinger mit seiner Schwägerin Hedi und dem Journalisten Hubertus besucht. Als teuerstes Geschenk Ludwigs I. an seine Maitresse verführten die Montez-Juwelen schon Mitte des 19. Jahrhunderts zu verhängnisvoller Liebe und tödlicher Leidenschaft. Und tatsächlich taucht kurz nach der Veranstaltung plötzlich eine mysteriöse Leiche am Fischbrunnen des Marienplatzes auf. Doch Tom, halbamerikanischer Sonnyboy mit bayerischen Wurzeln, will zunächst nicht glauben, dass es einen Zusammenhang gibt. Er ist gerade von einem Sabbatjahr nach München zurückgekehrt und noch nicht wieder im Amt. Da wird ausgerechnet sein Halbbruder Max des Mordes an der »Fischbrunnenleiche« verdächtigt. Tom will Max' Unschuld beweisen. Als er überraschend auf seine Jugendliebe Christiane trifft, wird alles noch viel komplizierter. Zumal sich die Spuren immer weiter verzweigen ...

© Sabine Kleine

Sabine Vöhringer wurde in Frankfurt geboren und wuchs in der Nähe von Karlsruhe auf. Sie verbrachte nach dem Abitur ein Jahr in Südfrankreich und studierte anschließend in Pforzheim. Nach dem Diplom zog es sie in ihre Traumstadt München, wo sie 1997 die Agentur »Der blaue Punkt« gründete. Die Autorin ist verheiratet und lebt mit Mann, zwei Teenagern und Hund im Münchner Süden. Ausschlaggebend für ihre Krimi-Reihe rund um Hauptkommissar Tom Perlinger war die früh geweckte Leidenschaft für spannende Kriminalromane, das Interesse an der bayerischen Geschichte und die Begeisterung für die Münchner Lebensart.
www.sabine-voehringer.com
https://www.facebook.com/SabineVoehringer
Instagram: @sabinevoehringer

SABINE VÖHRINGER

Die Montez-Juwelen

KRIMINALROMAN

GMEINER

Personen und Handlung sind frei erfunden.
Ähnlichkeiten mit lebenden oder toten Personen
sind rein zufällig und nicht beabsichtigt.

Immer informiert

Spannung pur – mit unserem Newsletter informieren wir Sie
regelmäßig über Wissenswertes aus unserer Bücherwelt.

Gefällt mir!

Facebook: @Gmeiner.Verlag
Instagram: @gmeinerverlag

Besuchen Sie uns im Internet:
www.gmeiner-verlag.de

© 2017 – Gmeiner-Verlag GmbH
Im Ehnried 5, 88605 Meßkirch
Telefon 0 75 75 / 20 95 - 0
info@gmeiner-verlag.de
Alle Rechte vorbehalten
6. Auflage 2023

Lektorat: Claudia Senghaas, Kirchardt
Herstellung: Julia Franze
Umschlaggestaltung: U.O.R.G. Lutz Eberle, Stuttgart
unter Verwendung der Bilder von: © Sabine Vöhringer
und der Bayerischen Verwaltung der staatlichen Schlösser, Gärten und Seen
Illustration Stadtplan München U3: Sabine Vöhringer
Druck: Custom Printing Warscha
Printed in Poland
ISBN 978-3-8392-2056-6

PERSONEN

Tom Perlinger: Hauptkommissar, Halbbruder von Max
Max Hacker: Wirt
Hedi Hacker: Max' Frau,
Tina Hacker: Tochter von Hedi und Max
Christiane Weixner, Christl: Restaurantleiterin
Hubertus Lindner: Freund der Familie Hacker, Journalist
Günther: sein Rauhaardackel
Benno Stadler: Geschäftsführer des Wirtshauses
Jessica Starke: Kommissarin
Korbinian Mayrhofer: Kommissar
Carsten Thromschatz: Juwelier und Kunstsammler
Marlene Thromschatz: seine Frau
Anian Hassler: väterlicher Freund der Familie Hacker
Jakob Hassler: sein Sohn
Bastian Hassler: Sohn von Jakob und seiner Frau Birgit
Horst Jacobi: Kompagnon von Thromschatz

PROLOG

Herbst 2013. Düsseldorf. Bahnhofsviertel.

Jetzt oder nie. Hauptkommissar Tom Perlinger versuchte, seinen Herzschlag und seine Atmung unter Kontrolle zu bekommen, während das Adrenalin durch seine Blutbahnen jagte. Er hasste blutige Gewalt. Aber etwas war anders als sonst. Ein Hinterhalt?

Er brauchte eine ruhige Hand. Sollte er zu einem Schuss gezwungen werden, musste der sitzen. Jetzt durfte absolut nichts schiefgehen, sonst wären die monatelangen Ermittlungen umsonst gewesen und die beiden Mädchen würden eines sicheren Todes sterben – wie schon die drei vor ihnen. Die Killer würden nicht vor weiteren Morden zurückschrecken, schon gar nicht, wenn sie sich in die Enge getrieben fühlten. Tom duckte sich, schlich mit schnellen Schritten durch den Hinterhof, die Pistole entsichert und dicht an den Körper gepresst, jederzeit zum Schuss bereit.

Der frühe Morgen war kalt und noch grau von den dunklen Schleiern der Nacht, die dagegen kämpften, sich dem Tag geschlagen zu geben. Tom wich einer offenen Konservendose aus, die aus einem der überquellenden Müllcontainer gerollt war und an deren Essensresten eine Ratte schleckte, die jetzt mit einem spitzen Schrei ins Dunkel huschte. Es roch nach Abfällen und altem Öl, in der Ferne fuhr ein Zug in den Bahnhof ein.

Sein Partner Claas musste hinter ihm sein, doch er konnte ihn nicht hören. Sie waren auf dem Höhepunkt ihrer Observation angekommen. Er sah sich nach Claas um. Wo steckt er nur?, fluchte Tom innerlich. Er hatte Claas darauf eingeschworen, dass sie bis zum Ende zusammenbleiben mussten. Wie konnte es sein, dass Claas ihn jetzt im Stich ließ, obwohl sie sonst ein fest zusammengeschweißtes Team waren?

Der unterdrückte Schrei eines Mädchens aus der Baracke, die keine 20 Meter von ihm entfernt stand, machte Tom deutlich, dass Eile geboten war. Er näherte sich, auf Deckung bedacht, den Fenstern mit den heruntergelassenen Jalousien, spähte durch eine Ritze. Einen der beiden Männer erkannte er im Halbdunkeln. Er war der Sohn des Drahtziehers, den sie schon seit Langem suchten. Der grobschlächtige Junge, laut seiner Akte seit Kurzem erst volljährig, kniete mit einem aufblitzenden Taschenmesser über einem blonden Mädchen, das gefesselt am Boden lag. Der andere Mann, kaum älter als sein Kumpel, hielt das zweite Mädchen fest umklammert, das sich heftig wehrte. Tom wusste, was die beiden Männer vorhatten, denn die Resultate ihrer Operationen hatten ihn, der einiges gewohnt war, bei der Obduktion auf dem Tisch der Rechtsmedizin das Grauen neu gelehrt.

Tom musste handeln. Während er die Chancen kalkulierte, den Grobschlächtigen mit dem Messer durch Scheibe und Ritze der Jalousie so ins Bein zu treffen, dass er außer Gefecht gesetzt wäre, zielte er und schrie: »Hände hoch, Polizei!«

Doch statt das Messer fallen zu lassen, hob der kräftige Junge es mit nach unten gerichteter Spitze in die Höhe, augenscheinlich mit der Absicht, es auf das Mädchen hinuntersausen zu lassen. Tom schoss.

Der Grobklotz brüllte auf, riss das schockstarre Mädchen wie einen Schutzschild vor sich, hielt ihm das Messer an die Kehle. Tom fluchte, dass er nicht höher gezielt hatte, wollte erneut abdrücken. Dann ging alles sehr schnell. Ein beißender Schmerz durchströmte ihn. Der spitze Gegenstand drang von hinten mit einem Schlag durch ihn hindurch, raubte ihm von einer Sekunde zur anderen den Atem. Seine Lunge explodierte. Die Kugel erwischte ihn im Rücken, trat an der Brust wieder aus. Ihre Wucht zog ihm die Beine unter dem Körper weg – gerade so, als wären sie Krümel, die vom Tisch gefegt wurden. Im Fallen nahm Tom Schreie, Flüche, Schritte und Schleifgeräusche innerhalb der Baracke wahr. Das Dröhnen eines Ferraris sagte ihm, dass die beiden Männer mit den Mädchen die Flucht ergriffen hatten.

Toms Hände krallten sich in den morastigen Herbstboden des Hinterhofs, seine Gedanken galten Claas. Wo war er? Sein Partner musste hier sein. Da sah er etwas Blaues vor der Barackentür auf dem Boden liegen. Der Zettel. Er erinnerte sich, wie Claas dieses blaue Blatt Papier im Auto aus der Jackentasche gefallen war, wie er es verstohlen zurückgesteckt hatte. Tom stemmte sich auf die Unterarme, versuchte sich aufzurichten, starrte auf den kreisrunden roten Fleck, der auf dem weißen Stoff seines Hemdes wuchs. Er nahm den süßlichen Geruch seines eigenen Blutes wahr, spürte, wie seine Zunge pelzig wurde. Der fahle Geschmack rohen Fleisches breitete sich in seinem Mund aus. Der Zettel. Er musste ihn haben. Tom kroch weiter, kämpfte sich mit letzter Kraft den Boden entlang. Seine Finger streckten sich zitternd, krallten sich um das Stück Papier. Er packte den Zettel, zog seinen Arm zurück, ließ seinen Fund in die Innentasche seiner Lederjacke gleiten. Geschafft. Er dachte an die Geschichte von Kain und Abel. Schlaglichtartig tauchten Bilder vor seinem geistigen Auge auf. Sein Vater in Manhattan. München. Die Sendlinger Straße. Sein Bruder Max mit seiner Frau Hedi. Sein alter Freund Hubertus. Christl. Dann wurde es schwarz um ihn herum.

1

Sommer 2014. München. Innenstadt.

Sein stiller Kompagnon Horst Jacobi drückte ihm das faustgroße Päckchen in die Hand und ging ohne ein weiteres Wort. Diskret ließ Carsten Thromschatz den Gegenstand in seine Tasche gleiten. Er zwang sich, sich nicht ablenken zu lassen, sich auf seinen großen Abend zu konzentrieren, während das Packpapier in der Seitentasche seines dunkelblauen Seidenjacketts raschelte. Das Päckchen war locker geschnürt, als sei es eben noch geöffnet worden. Hastig ertastete er den Inhalt. Jacobi hatte die wertvollen Stücke unter dem Papier in weichen Stoff gehüllt, das konnten seine schweißfeuchten Finger fühlen. Welcher Teufel hat Jacobi geritten, mir unser kleines Geheimnis hier, kurz vor dem Beginn der Festivitäten vor Hunderten von Leuten, zu überreichen?, dachte Carsten. Er hatte gespürt, dass sie beobachtet worden waren.

Er nahm mit der anderen Hand ein weißes Stofftaschentuch aus der Brusttasche, tupfte sich den Schweiß von der Stirn, der, so schien es ihm, in Bächen über sein Gesicht rann. Gläser klirrten, Gesprächsfetzen drangen an sein Ohr, Leute kamen, grüßten.

»Vielen Dank für Ihre Einladung.«

»Was für ein traumhaftes Ambiente.«

»Wie schön, Sie zu sehen.«

Carsten nickte gönnerhaft, erwiderte die Grüße, ärgerte sich über Jacobi. Sie hatten eine Abmachung, nach der er sich konsequent im Hintergrund zu halten hatte. Niemand wusste von seiner Existenz, und so sollte es bleiben. Jetzt stand der kleine Mann mit den kurz geschorenen Haaren und den Knopfaugen hinter der goldgerahmten Brille abseits der einzelnen Grüppchen und beobachtete ihn wie ein Skorpion, der auf den Moment des Angriffs lauerte.

Stimmen, Räuspern, Gelächter. Das Gemurmel steigerte sich zum Summen eines Bienenschwarms, wurde lauter und lauter. Carsten duckte sich, wartete auf die Attacke, den Todesstich. Heute Abend war er auf alles gefasst, denn er selbst misstraute dem Glanz, den sein Juweliergeschäft in der Hofstatt, der neuen eleganten Einkaufspassage mitten in der Münchner Innenstadt, ausstrahlte. Wie durch einen dicken Nebel hindurch hörte er die Gläser aneinanderstoßen, nahm den süß-herben Geruch des Champagners wahr, zu dem Kaviar- und Lachshäppchen gereicht wurden.

»Da bist du ja, Carsten!«

Er zuckte zusammen. Dr. Konstanze Mühlbauer, die Gastrednerin, die er für den heutigen Abend eingeladen hatte, streckte ihm die Hand entgegen. Er zwang sich, Haltung anzunehmen, sie formvollendet zu begrüßen. Mit gerade einmal Mitte 30 war Konstanze eine anerkannte Kunsthistorikerin und als leitende Kuratorin für die wechselnden Ausstellungen in der Residenz verantwortlich. Carsten blickte ihr tief in die Augen, nahm ihre Fingerspitzen auf, verbeugte sich, deutete einen Handkuss an, ohne ihren Handrücken mit den Lippen zu berühren. Im Vorfeld der Vernissage war eine gewisse Vertrautheit zwischen ihnen entstanden, die seiner Stimme einen warmen Ton verlieh. »Et voilà: der Star des Abends.«

»Übertreib mal nicht. Die leiblichen Genüsse kommen in Bayern vor den kulturellen. Und dein Caterer ist hervorragend.« Sie biss herzhaft in ein Garnelenkanapee, kaute, schluckte, beide lachten.

Ihr Lächeln entblößte eine Reihe vorstehender Zähne. Trotz dieses Makels war es das Lächeln einer Frau, die um die Wirkung ihrer Person wusste. Eine Wirkung, die weniger auf der Attraktivität ihres Äußeren beruhte als vielmehr auf der ihrer Ausstrahlung. Sie trug ein dunkelgraues Kostüm mit flachen Schuhen. Der Rock war eher zu lang als zu kurz, eher zu weit als zu eng, die Kostümjacke umhüllte sie steif wie eine Teppichrolle, statt weibliche Formen zu betonen. Mit der vom Stöbern in Archiven blassen Haut erinnerte sie Carsten an eine griechische Säule, deren korinthisches Kapitell durch das hochgesteckte lockige Haar vervollständigt wurde. Diesen etwas verstaubten Eindruck machte sie wett mit ihrem Charme, der von Bescheidenheit sprach und der für ihn als Hamburger durch ihre bayerische Sprachmelodie noch gesteigert wurde. Sie hatte sich darüber gefreut wie ein Kind, dass er ihr das Herzstück seiner Kunstsammlung, die Lola-Montez-Juwelen, für ihre Ausstellung über Ludwig I. in der Münchner Residenz zur Verfügung stellen wollte.

»Kompliment«, fuhr Konstanze fort. »Alles, was in München Rang und Namen hat, ist versammelt.«

»Ja, die Resonanz ist frappierend.« Er folgte ihrem Blick über die geordneten hellbeigen Stuhlreihen, denen gegenüber das Pult mit dem Mikrofon stand, das er gleich ergreifen würde. Der schwarze Marmor auf dem Boden, die hohen, mit Stuck besetzten Decken und die zahlreichen Spiegel, die die dezente Beleuchtung vielfach zurückwarfen, sorgten für ein elegantes Ambiente. Auch das Publikum war hochkarätig. Die meisten Herren trugen einen dunklen Anzug, die Damen größtenteils elegante Businessgarderobe, einige sogar wallende lange Kleider und opulenten Schmuck. Die Honoratioren der Stadt – Stadträte, Innenstadtwirte, Verbandschefs, Mitglieder des Kultusministeriums sowie die Chefredakteure der wichtigsten Tageszeitungen – begannen nun gewichtig, ihre Plätze in der vorderen Reihe einzunehmen.

»Kein Wunder, schließlich geht es um ein delikates Prunkstück in der bayerischen Geschichte.« Konstanze setzte ihre Brille auf.

»Trotzdem hätte ich nicht mit so viel Interesse gerechnet.«

»Die Vernissage wird viele Besucher in die Residenz locken, und der Preis der Juwelen wird in die Höhe schnellen.«

Konstanzes Pragmatismus traf den Nagel auf den Kopf. Genauso hatte er es ursprünglich geplant. Doch inzwischen hatten sich die Dinge geändert, und er war sich ganz und gar nicht mehr sicher, ob es wirklich eine gute Idee gewesen war, die Aufmerksamkeit der Öffentlichkeit auf die Montez-Juwelen zu lenken. Er blickte auf seine Armbanduhr. Zehn Minuten vor acht.

»In zehn Minuten also.« Carsten deutete eine galante Verbeugung an, nahm wieder ihre Fingerspitzen auf.

»Ein Hoch auf den Gentleman der alten Schule.« Sie lächelte wie eine Lady mit einem angedeuteten Nicken.

Gentleman. Das hörte er nicht zum ersten Mal. Ja, er war der alternde Spross einer wohlhabenden Hamburger Kaufmannsfamilie. Mit der hellen Haut und dem über Generationen eingeübten Habitus des hanseatischen Kaufmanns entsprach er dem Bild, das man sich von einem echten Gentleman machte. Das wusste er nur zu gut. Und er war tatsächlich ein Gentleman, genau wie sein Vater und sein Großvater und dessen Vater es gewesen waren. So durch und durch, dass – was keiner wusste – in einem seitlichen Fach seines Sekretärs, verborgen hinter ledernen Postmappen, eine winzige Duellwaffe lag, eine verrückte kleine Derringer, kaum zehn Zentimeter lang mit Ornamenten aus Silber und Perlmutt. Ein Erbstück seines Vaters, von dem der Zwilling fehlte. Eine einschüssige Vorderladerwaffe, die stets mit zwei bleiernen Rundkugeln im Kaliber 12 bis 17 Millimeter geladen war. Ja, er war ein Gentleman, einer, der nur zu gut wusste, wann es um Wunsch und Wirklichkeit, Recht und Unrecht, Ehre und Gewissen ging, und der bereit war, zu handeln, sobald sein Handeln gefragt war und jede Alternative keine Lösung bedeutet hätte.

Sein Körper verlangte nach einem Schluck kühlen Champagners. Wie auf Kommando kam tatsächlich ein Kellner mit einem Tablett gefüllter Gläser vorbei, in denen die hellgelbe Flüssigkeit in den langstieligen Kelchen verlockend perlte. »Möchten Sie ein Glas?« Der Kellner hielt das Tablett hin. Carsten griff nach einem Kelch, trank in großen Zügen. Kalt und bitter rann die Flüssigkeit seine Kehle hinunter, tat ihm so gut, dass er schnell nach einem zweiten Glas griff und es leerte.

Er blickte sich um, entdeckte Anian Hassler und seinen Sohn Jakob in der Menge. Er rang sich ein freundliches Lächeln ab. Die beiden Hasslers kamen auf ihn zu, der Sohn die exakte Kopie des Vaters. In einer herzlichen Geste streckte der alte Anian die Arme von Weitem zur Begrüßung aus, schuf einen Korridor, der zu Carsten führte.

Vater und Sohn waren mittelgroß, von rundlicher Statur und in Ausgehtracht gekleidet. Anian, der mächtige Brauerei- und Wiesn-König, strotzte trotz seines Alters vor Energie. Was für ein Charisma, dachte Carsten. Anian hatte in seiner Jugend einige Jahre im Ausland verbracht und beherrschte im Gegensatz zu seinem Sohn ein lupenreines Hochdeutsch. Jakob dagegen war schwer zu verstehen, wenn er sprach, was er selten tat, besonders wenn Vater und Sohn im Duo auftraten, so wie jetzt.

»Mensch, Thromschatz«, rief Anian. »Was für ein Erfolg! Ohne mich wärst du nie auf die Idee gekommen, den Hamburger Fischmarkt gegen das Münchner Oktoberfest zu tauschen, alter Junge! Noblesse gegen Rustikalität, Tee mit Rum gegen Weißbier und Helles, was?«

Anian bellte sein Lachen, klopfte Carsten auf die Schulter, dass der das Vibrieren seiner Rippen zu spüren glaubte. Trotzdem stimmten er und Jakob in das Lachen ein. Anian rückte sein Hightech-Hörgerät zurecht.

Carsten musste zugeben, dass ihn Anians Anruf mit dem verlockenden Angebot, sich in der Hofstatt einzumieten, im richtigen Moment erreicht hatte. Er tupfte sich die Stirn. »Da kann man sagen, was man will, ihr Bayern wisst zu leben.«

Jakobs Brust wölbte sich, auch Anians Brustkorb schwoll an.

»Da könnt ihr Hamburger euch eine Scheibe von abschneiden.«

Carsten spannte den Rücken. Er hielt das Taschentuch umklammert, folgte dann dem Impuls, sich erneut über die Stirn zu wischen, die Schleier der Depression beiseite zu schieben, die ihn wie so oft von einem Moment auf den anderen überfielen. In der Tat war er immer schon fasziniert gewesen von der Gemütlichkeit, der Herzlichkeit und der Lebensfreude der Menschen hier unten im Süden Deutschlands. Das Rezept allerdings wirkte bei ihm nicht. Er kam gegen die Traurigkeit, die Unsicherheit und den Schmerz in seinem Inneren nicht an. Daran konnte selbst die bayerische Lebensart nichts ändern. Ob Anian das spürte?

»Champagner?«, fragte Carsten.

»Hast du auch ein Bier?« Anians krötenhafte Augen leuchteten grün auf.

Carsten sah sich nach dem Kellner um, bestellte. Er nickte Jakob zu. »Heute ohne Begleitung?«

»Mei, die Birgit, die hupft hoalt wiada umanand.« Jakobs Fischmund verzog sich zu einem schiefen Grinsen.

Carsten rümpfte die Nase. Das war Jakobs Art, von seiner Frau Birgit zu sprechen, die vor der Geburt des gemeinsamen Sohnes Bastian eine bekannte Primaballerina am Staatstheater gewesen war und nun höchst erfolgreich ein Tanz- und Ballettstudio führte. Carsten mochte Birgit.

»Es hätte ihr heute bestimmt gefallen.«

Jakob zuckte mit den Schultern.

»Anneliese lässt sich auch entschuldigen. Migräne.« Anian leckte sich über die Lippen. Er sah sich um, wahrscheinlich nach dem bestellten Bier. Jakobs Blick glitt über das Publikum, blieb im Ausschnitt der blonden Schönheit am Stehtisch gegenüber hängen.

Ihr wisst beide, dass ich weder Birgit noch Anneliese gemeint habe, dachte Carsten. Für wen sind denn die Schmuckstücke, die ihr regelmäßig bei mir leiht? Selbst seine Frau Marlene hatte schon bemerkt, dass eheliche Treue nicht zu den Stärken der beiden Hasslers gehörte.

Carsten beobachtete, wie Jakob von einem Bein auf das andere trat. Daher war er nicht weiter überrascht, als der Junior aus den Tiefen seines bratschenhaften Körpers brummte: »Mei, nix für ungut. I muas geh! I hoab no wos zum Tua. Pfiat eich!«

Nachdem Jakob gegangen war, trat Anian näher an Carsten heran. Seine Stimme nahm einen Tonfall an, der vermutlich eine gewisse Vertrautheit wecken sollte. »Wie laufen die Geschäfte?«

Carsten griff sich an den Hals. Er konnte sich denken, was nun kommen würde. Er zückte sein Taschentuch. »Gut.«

Anian beugte sich noch weiter vor. »Denkst du an die Miete? Wir haben auch unsere Verpflichtungen.«

»Wird morgen angewiesen.«

Als ob Anian im Gegensatz zu ihm nicht in Geld schwimmen würde. Carsten sah einen Fussel auf seinem Ärmel, wischte ihn weg. Er verschränkte die Arme vor der Brust, wie um sich vor allen Störungen abzuschirmen. Typisch. Ausgerechnet jetzt muss er mich an seinen Mietwucher erinnern. – »Und an den weiteren Stapel unerledigter Rechnungen in der Schublade«, hörte er Marlene mit der Stimme seines schlechten Gewissens sagen.

Anian strich sich über das Kinn, schwieg aber.

Carsten holte Luft, lenkte ab. »Und selbst?«

Trotz der Nähe gab Anian vor, schlecht zu hören. Er kokettierte gerne mit seiner Schwerhörigkeit, verstand es hervorragend, diese körperliche Einschränkung geschickt ins Spiel zu bringen.

»Die Geschäfte«, wiederholte Carsten.

Anian hob das Kinn, antwortete lauter als nötig. Anian hatte die Anziehungskraft eines Magneten auf seine Umgebung. Er hielt Hof, genoss es, die Aufmerksamkeit der Umstehenden auf sich zu ziehen, als er verkündete, was längst alle wussten. »Das neue Wiesn-Bier steht. Die Hofstatt ist so gut wie vermietet. 30.000 Quadratmeter. Top-Marken. Adidas, Gant, Abercrombie & Fitch, Calzedonia. Um die Büroflächen schlagen sich Investmentgesellschaften, Rechts- und Steuerberatungskanzleien, Unternehmensberatungen. Was willst du mehr?« Er strahlte das Selbstbewusstsein eines erfolgreichen Unternehmers aus, schaute in die Runde, schien in den anerkennenden Blicken der Umstehenden zu baden.

»Du kannst dich glücklich schätzen, in Jakob einen so tüchtigen Nachfolger gefunden zu haben«, schmeichelte Carsten ihm.

»Ja, Jakob ist ein guter Junge. Und ich bin nach wie vor auch nicht aus der Welt.«

Beneidenswert, dachte Carsten. Der alte Patriarch hatte, wie mit so vielem, auch mit seinem Investment in die Hofstatt einen guten Riecher bewiesen. Er würde damit noch reicher werden, als er ohnehin schon war. Die weit verzweigte Hassler GmbH & Co. KG hatte erhebliche Anteile an der Investorengesellschaft. Die Bausumme hatte rund 325 Millionen Euro betragen, wie Carsten gelesen hatte. Ursprünglich hatte eine US-Bank das Objekt nach Fertigstellung kaufen sollen – für eine weit höhere dreistellige Millionensumme. Als diese im Zuge der Finanzkrise abgesprungen war, investierten private und einige professionelle Anleger.

Anian blickte auf seine Rolex, dann in die Runde.

Gut, dachte Carsten. Er wird sich gleich auf seinen Ehrenplatz zurückziehen.

Die Gespräche der Umstehenden drehten sich inzwischen um die erfolgreiche Entwicklung der neuen Hofstatt. Carsten sah seinerseits auf die Uhr. Drei Minuten vor acht. Er räusperte sich, um seine Stimmbänder von kratzenden Hemmungen zu befreien. Da verschränkte Anian – anders, als Carsten es erwartet hätte – die Arme hinter dem Rücken, hob den Kopf, stellte die Füße auseinander, sodass er breitbeinig Halt fand. Anian kniff die Augen zusammen. »Warum sehe ich hier eigentlich keine internationale Presse? Nur die üblichen Verdächtigen.«

Die steile Zornesfalte zwischen seinen Augenbrauen, die so unvermittelt entstehen wie auch wieder verschwinden konnte, vertiefte sich. Die Ader daneben trat violettblau hervor, seine Gesichtshaut glänzte tiefrot. Anians Sammelleidenschaft, sein Stolz auf alles, was bayerisch war, nahmen schon fast fanatische Züge an. Carsten hatte einmal erlebt, wie Anian grundlos von einem Moment auf den anderen aufgebraust war. In solchen Momenten sieht er aus wie Jabba vom Krieg der Sterne, dachte er. Unergründlich und fern.

»Es geht um einen echten bayerischen Kulturschatz«, fuhr Anian fort. »KULTURSCHATZ, hörst du! Danach muss sich die Kunstwelt die Finger lecken. Auf Knien betteln müssten die, um Einlass zu finden.«

Carsten griff in seine Jacketttasche, suchte nach seinem Taschentuch. Fast wäre ihm das Päckchen aus der Tasche geglitten. Er befürchtete, dass wieder alle Blicke auf sie gerichtet wären, was Gott sei Dank nicht der Fall war. Er gab seiner Stimme einen ruhigen Ton. »Wir haben die Einladungen weit gestreut. Die Anziehungskraft der Juwelen konzentriert sich aber wohl nur auf den bayerischen Raum.«

Anian starrte ins Leere, seine Zornesfalten glätteten sich. Carsten überließ ihn seinen Gedanken, froh, dass Anians Wut so schnell verflogen war, wie sie gekommen war.

Abgesehen von einem unschönen Zwischenfall mit Anian hätte es Carsten gerade noch gefehlt, noch mehr Presse im Haus zu haben. Erst jetzt konnte er es überhaupt wagen, zumindest in diesem regionalen Rahmen als Besitzer der

Juwelen aufzutreten. Er hatte die Todesanzeigen studiert, sichergestellt, dass alle Spuren verwischt waren. Sein Vater hätte sein Vorgehen unter den gegebenen Umständen begrüßt. Und seine Mutter und Schwester bekamen hier, fernab der Hamburger Gesellschaft, nichts mit, was ein weiterer Vorteil war. Die Lösung seiner Probleme war zum Greifen nahe, hätte man meinen können. Allerdings suchte er krampfhaft nach einer Alternative, obwohl die Zeit gegen ihn lief. Er spürte, wie sich Schweißperlen auf seiner Stirn bildeten. Ich brauche eine Alternative, dachte er. Eine Alternative, die eine wirkliche Lösung bedeutet. Er schreckte aus seinen Gedanken hoch, als er Anians tiefe Stimme hörte.

»Ja, das würde man von uns Bayern nicht erwarten, dass wir so viel Kunstverstand besitzen, was? Als Preuße schon gar nicht!«

Themenwechsel. Carsten fasste den alten Patriarchen an der Schulter, zwinkerte ihm zu. »Ihr Bayern wisst nicht nur zu leben, ihr habt auch ein untrügliches Gespür für alles, was schön ist. Schau dir nur diesen König Ludwig mit seiner Lola Montez an. Ein Vollblutweib.«

Anian bellte sein Lachen. Der Kellner kam. Carsten griff ein Helles vom Tablett. »Hier kommt dein Bier.«

Anian trank einen kräftigen Schluck, wischte mit dem Handrücken den Schaum vom Mund. »Das, und nur das ist ein Getränk und hält Leib und Seele zusammen.«

Carsten drehte den Ehering an seinem Finger. Dann sah er Konstanze, die sich aus einer Gruppe Kunstverständiger löste, von denen die meisten die übliche Halbbrille trugen. Er winkte sie lächelnd heran. »Darf ich dir Frau Professorin Konstanze Mühlbauer vorstellen, bevor sie ihren Vortrag beginnt?«

Anian spähte über den Rand seines Bierglases, zwinkerte mit den Augen und raunte Carsten zu, solange Konstanze noch außer Hörweite war: »Die mag zwar was für die Kunst, aber nicht für den Künstler sein.«

»Kommst du mal, Carsten?«, rief seine Frau Marlene. Sie wirkte irritiert. »Ein junger Mann möchte dich ganz dringend sprechen. Er sieht beängstigend aus.«

2

»Wirklich beeindruckend, was aus den ehemaligen Räumen der ›Süddeutschen‹ geworden ist.« Tom drückte die Serviette, die seine Schwägerin Hedi Hacker ihm gereicht hatte, fest gegen seinen Finger, um zu verhindern, dass sein Blut auf den Boden tropfte. Er hatte sich tiefer an den Glasscherben geschnitten als zunächst vermutet. Zu blöd. Aber immerhin hatte er verhindern können, dass jemand anderes verletzt worden war.

»Alles okay?« Hedi sah ihn mit besorgter Miene an.

»Passt schon.«

»Dann auf einen entspannten Kulturabend.« Hedi trank Champagner, Tom und Hubertus jeder ein Helles.

Nach einer Nacht im Flieger war Tom zwar keinesfalls in der Stimmung, lange auf dieser Vernissage zu bleiben, aber er hatte seiner Schwägerin den Wunsch, sie zu begleiten, nicht abschlagen können. Zumal ihr alter Familienfreund Hubertus Lindner angeboten hatte mitzukommen. Hubertus schätzte Dr. Konstanze Mühlbauer und erhoffte sich von ihrem Vortrag Hintergrundinformationen für einen Artikel.

»Sollen wir uns setzen?« Mit seinen über 60 Jahren war Hubertus zwar noch sehr drahtig und rüstig, doch er stand nicht gern lange.

»Nein, das lohnt sich nicht. Wir wollen ja nur kurz bleiben.« Tom fühlte sich wie erschlagen. Die 20 Stunden Flug mit zwei Stopps und acht Stunden Zeitverschiebung saßen ihm zwar in den Knochen, aber der Hauptgrund war, dass er in seinem aktuellen Zustand eine solche »Schicki-Micki-Veranstaltung« noch weniger ertragen konnte als sonst.

Die beiden anderen nickten.

»Ich bin auch ganz unruhig.« Auf Hedis Stirn lagen Sorgenfalten. »Ich hatte eben einen Riesenkrach mit Tina. Ich muss heute Abend unbedingt noch mit ihr sprechen.«

»Hoffentlich macht sie keine Dummheiten«, sagte Hubertus.

Hedis Gesicht nach zu urteilen gab es ernsthafte Schwierigkeiten mit dem Teenager, die Tom allerdings nicht überbewertete, da er die stetigen Sorgen von Hedi und seinem Bruder Max um ihre Töchter – und vor allem um Tina, die jüngere – kannte.

Alle drei nickten sich zu und beobachteten dann das Geschehen auf der kleinen extra aufgestellten Bühne. Der Kunstsammler und Juwelier Carsten Thromschatz schritt zu einer minimalistisch designten Glasstele mit schwarzem Sockel, über der ein Ölporträt der jungen Lola Montez hing. Oben am Rahmen angebrachte Halogenlämpchen beleuchteten das Gemälde, das die Geliebte von Ludwig I. im Dreiviertelprofil zeigte und zu einer Serie von Porträts gehörte, dessen bekanntestes Werk in der Schönheitengalerie im Schloss Nymphenburg hing. Während Lola Montez aber auf dem dortigen Gemälde hochgeschlossen gekleidet war und nur eine schlichte Brosche trug, zeigte sie hier Dekolleté, und ihren Hals schmückte ein funkelndes Juwelencollier. Es war mit Diamanten, Rubinen, Saphiren und Smaragden besetzt, die weiß, rot, blau und grün schimmerten. Geschickt setzten die Schmuckstücke die Erotik der dunkelhaarigen Tänzerin in Szene. Die Ohrgehänge fielen fast bis auf die Schultern, der Armreif umschloss das schmale Handgelenk. Schöne Frau und schöner Schmuck, dachte Tom bewundernd.

Der Juwelier und Kunstsammler Carsten Thromschatz griff jetzt nach einem Schlüssel, der an einer langen weißgoldenen Kette wie eine Uhr an seinem Gürtel baumelte. Tom beobachtete, wie der Mann den Schlüssel ins Schloss steckte, und der Glasdeckel der Vitrine mit einem lauten, durch das Mikrofon verstärkten Klacken aufsprang. Ihm fiel selbst auf diese Entfernung auf, dass die Hand des Juweliers zitterte.

»Oh.« Ein Raunen ging durchs Publikum. Alle Blicke richteten sich auf die Juwelen, die vom Deckenlicht glamourös in Szene gesetzt wurden.

Hubertus flüsterte: »Wie im Krimi.«

»Du mit deinen Krimis«, gab Hedi zurück.

Rechts und links der Stele traten nun zwei kräftige Sicherheitsleute in einschüchterndem Dunkelblau breitbeinig aus dem Hintergrund. Tom stutzte. Die Männer waren ihm vorher nicht aufgefallen. Thromschatz musste sie extra für diesen Abend engagiert haben. Rechnete er etwa damit, dass die Juwelen gestohlen werden könnten? Oder wollte er nur den Wert seines Kunstschatzes anschaulicher demonstrieren? Die beiden Sicherheitsleute verliehen dem Moment eine für alle greifbare Spannung, die selbst Tom überraschte. Das Publikum war fasziniert, und Tom konnte nicht anders, als die Dramaturgie der Inszenierung insgeheim zu loben. Der Juwelier hatte sich etwas einfallen lassen, um sein Publikum zu überraschen, was bei der Fülle an Veranstaltungen in München nicht einfach war.

Thromschatz nickte jetzt dem rechten Security-Mann zu. Dieser reichte ihm ein Paar weiße Handschuhe, die der Juwelier sich langsam, zum Publikum gedreht, einen nach dem anderen überstreifte. Er kontrollierte den passgenauen Sitz an jedem Finger. Dann hob er vorsichtig das Collier aus der Vitrine und präsentierte es lächelnd nach allen Seiten. Es war totenstill.

Nach einer guten Minute legte er das Geschmeide in die Glasvitrine zu den Ohrringen und dem Armband zurück, verschloss den Glasdeckel der Vitrine und wandte sich der Kunsthistorikerin zu. Er deutete eine Verbeugung an, hielt den Vitrinenschlüssel auf Gesichtshöhe und überreichte ihn ihr mit einer großzügig anmutenden Geste, während er ihr tief in die Augen blickte. Dann sprach er ins Mikrofon: »Sehr geehrte Frau Dr. Mühlbauer, liebe Konstanze, nun ist es soweit. Ich übergebe dieses Collier in deine verantwortungsbewussten Hände.«

»Wann soll die Ausstellung in der Residenz beginnen?«, flüsterte Hubertus Hedi zu, wobei er sich mit der Hand über die Stoppelhaare strich.

»Ich glaube, erst in zwei Wochen.« Sie zuckte die Schultern.

»Das habe ich auch gelesen.« Hubertus kramte in der Innentasche seines Jacketts nach Notizblock und Stift. »Komisch, dass die Übergabe jetzt schon stattfindet.«

»Vielleicht müssen die Juwelen für die Ausstellung noch aufbereitet werden.« Hedi blickte sich um, ob sich jemand durch ihr Gespräch gestört fühlte.

»Das ist symbolisch gemeint.« Tom legte seinen Arm auf Hubertus' Schulter. »Oder witterst du etwa ein Verbrechen?« Der alte Freund war in dieser Beziehung unverbesserlich. Als passionierter Krimifan war Hubertus ständig auf der Suche nach Motiven und Rätseln, die sich zu einem Kriminalfall versponnen. Bei allen möglichen und unmöglichen Begebenheiten ging seine Fantasie mit ihm durch, stellte Querverbindungen her, konstruierte abstruse und skurrile Geschichten. Die Realität sah oft ganz anders aus, das wusste Tom aus jahrelanger Erfahrung. Trotzdem oder gerade deshalb hoffte er inständig, dass es Hubertus irgendwann einmal gelänge, sich seinen innigsten Traum zu erfüllen und die Zeit zu finden, einen Krimi zu schreiben. Nun drehte sich die Dame vor ihnen um, gab zu verstehen, dass ihre Gespräche störten. Hedi lächelte sie entschuldigend an.

Dr. Konstanze Mühlbauer, an die Tom sich mit einiger Sympathie erinnerte, weil sie ihn durch ihr kunstgeschichtliches Fachwissen bei der Aufklärung seines ersten Falles als Kommissaranwärter unterstützt hatte, löste sich nun souverän aus dem Publikum, trat an das Pult und hielt den Schlüssel wie eine Trophäe in die Höhe. Mit der anderen Hand zeigte sie auf das Bildnis hinter sich.

»Meine Damen und Herren, ich freue mich, Ihnen die legendären Juwelen der Lola Montez präsentieren zu dürfen. Ihre Geschichte ist eng verwoben mit den Höhen und Tiefen der Wittelsbacher, die wiederum Bayerns Geschichte so nachhaltig geprägt haben. Diese Juwelen dürfen wohl guten Gewissens als das wertvollste Geschenk betrachtet werden, das Ludwig I. seiner Geliebten Lola Montez vor rund 170 Jahren machte. Das Zeugnis einer leidenschaftlichen Liebe. Einer Liebe, die ihn auf dem Gipfel seiner Macht übermannte und die unter anderem dazu führte, dass er überstürzt abdanken musste. Meine Damen und Herren, diese Juwelen sprechen von Leidenschaft, aber auch von Trauer und Tod. Sie legen Zeugnis der Liebe ab, doch an ihren geschliffenen Kanten kleben auch Tränen und Blut, denn an ihnen haben sich Macht und Habgier unerbittlich gerieben.«

Konstanze hielt inne, setzte ihre goldgerahmte Halbbrille auf, legte ein Karteikärtchen mit Notizen auf das Pult, während das Publikum gespannt auf die nächsten Sätze wartete.

»Viele von Ihnen wissen sicher um die Bedeutung des Wittelsbachers. Lassen Sie mich für diejenigen, die sich in der bayerischen Geschichte nicht so gut auskennen, ein bisschen ausholen: Ludwig I. folgte seinem Vater Max-Joseph

1825 auf den Thron. Er war der Onkel von Prinzessin Elisabeth in Bayern: von Sisi, der späteren Kaiserin von Österreich und Königin von Ungarn. Seit 1810 war er mit Prinzessin Therese von Sachsen-Hildburghausen verheiratet. Die Hochzeitsfeier begründet die Tradition des Münchner Oktoberfestes, und die Theresienwiese ist nach seiner Gemahlin benannt, mit der er neun Kinder hatte.«

»Das wissen wir doch alles, Mädchen«, grummelte Hubertus enttäuscht.

»Du vielleicht. Aber es sind ja nicht alle im Raum so belesen wie du.« Hedi zog die Augenbrauen hoch und hielt den Zeigefinger an den Mund, um ihm zu verstehen zu geben, dass er ruhig sein solle.

»Zu Beginn seiner Amtszeit betrieb Ludwig eine gemäßigt liberale Politik. Gegen Ende überhörte er die Signale der Veränderung, fällte Entscheidungen ganz im Sinne eines Alleinherrschers und musste im Revolutionsjahr 1848 zugunsten seines Sohnes Maximilian abdanken.«

»Gut so.«

Hubi fällt es sichtlich schwer, sich zurückzuhalten, dachte Tom. Er ist nun mal das, was andere unter einem »Original« verstehen. Ein Grantler zwar, aber auch einer der Menschen, denen München den Namen »Stadt mit Herz« zu verdanken hat.

»Anian und Jakob sind auch da.« Hedi zeigte mit dem Kinn auf die erste Reihe. Zwischen Anian und einem anderen dicken Wirt saß auf den schmalen Stühlen eingezwängt eine gut aussehende schlanke Frau im kurzen engen Rock. Der Dickbauchige hatte offensichtlich Mühe, das dünne Champagnerglas in seinen Wurstfingern zu balancieren. Er nippte. Prompt verschluckte er sich, rang nach Luft. Die schicke Frau wand sich aus dem engen Sitz, klopfte ihm leicht auf den Rücken.

»Mei, der trinkt halt liaba a Bier«, kommentierte Hedi.

»Die Hübsche neben Anian muss Marlene Thromschatz sein.« Hubertus hob anerkennend die dichten Augenbrauen.

Schneewittchen höchstselbst, dachte Tom. Er stutzte. Oder doch eher die böse Schwiegermutter? Nein, die perfekte Verschmelzung der beiden, fand er.

Doch weitaus mehr als die Juweliersgattin interessierte ihn Anian. Er freute sich, Anian zu sehen, nahm sich vor, ihm später »Grüß Gott« zu sagen, auch wenn Hedi nicht begeistert sein würde. Aber er wollte nicht schon am ersten Abend vor den Mühlsteinen dieses unerfreulichen Familienkonfliktes klein beigeben. Anian war nach wie vor sein väterlicher Freund, egal, was Jakob Max angetan hatte. Außerdem wollte er wissen, was es Neues in München gab, und Anian war die beste Quelle für alles Wissenswerte.

Hedi hatte seinen Blick bemerkt. »Wenn es nach Max geht, ist die Familie Hassler Luft. Selbst Anian. Er wird es dir nie verzeihen, wenn du dich mit ihm triffst.«

»So schlimm?«

Hedi nickte. Dann hörten sie weiter dem Vortrag zu.

»Zeit seines Lebens unternahm Ludwig zahlreiche Reisen nach Rom und in die Toskana. Ludwig war ein begnadeter Bauherr, von dessen Schaffensdrang München noch heute profitiert. Als glühender Verehrer des antiken Griechenlands entstanden unter seiner Ägide Bauwerke und Straßenzüge wie die Ludwigstraße mit der Universität und der Ludwigskirche, die Feldherrnhalle, das Siegestor, die Staatsbibliothek, der Königsplatz mit Glyptothek, Propyläen und Antikensammlung, die Alte Pinakothek und die Bavaria-Statue auf der Theresienwiese, um nur einige zu nennen.«

Zustimmendes Flüstern als Zeichen des Stolzes auf die bauliche Schönheit der eigenen Stadt war zu hören.

»Einen Haufen Geld hat er verpulvert, der alte Ludwig, aber gelohnt hat es sich schon.« Hubertus konnte nicht zuhören, ohne selbst zu kommentieren.

»Jetzt sei halt mal still«, schalt Hedi den Freund.

Unverändert, dachte Tom. Nur der Streit mit den Hasslers ist neu. Zu blöd! Dieser Konflikt würde sich auch auf sein neues Leben in München auswirken.

»Neben dieser Schaffenskraft hatte Ludwig I. eine große Leidenschaft: seine Liebe zu Frauen. Sicher kennen Sie seine Schönheitengalerie im Schloss Nymphenburg.« Die Kunsthistorikerin zeichnete mit dem Laserpointer die anmutigen Konturen der Lola Montez nach.

Das sonstige Räuspern, Hüsteln und Rutschen war verstummt. Tom war so müde, dass er sich kaum noch auf den Beinen halten konnte. Sorry, aber der Schmuck interessiert mich nicht. Anian winkte ihm zu. Hedi runzelte die Stirn.

»Wer also war sie, diese Lola Montez, die München bei Nacht und Nebel verlassen musste? Eine atemberaubende Schönheit, eine ›Femme fatale‹ wie man heute wohl sagen würde. Als sie 1846 nach München kam, eroberte sie den König im Sturm. Sie wurde seine Geliebte, lebte in einer luxuriösen Villa in der Barer Straße, erhielt einen Adelstitel und großzügige finanzielle Unterstützung. Der bayerische Monarch war ihr regelrecht verfallen, scheute kein Mittel, um in ihrer Gunst zu stehen. Hat sie seinen Untergang billigend in Kauf genommen? Erwiderte sie seine Gefühle? Oder wurden beide unabhängig voneinander von blinder Habgier und von Allmachtsfantasien geleitet? Hintergründe, denen wir in der Ausstellung auf den Grund gehen. Die exorbitanten Ausgaben für die Lola-Montez-Juwelen dürften, soweit uns heute bekannt ist, der letzte Anlass für Ludwigs Minister gewesen sein, ihn zu zwingen, die Affäre zu beenden und abzudanken.«

»Ein Luder war sie.« Hubertus wackelte mit dem Kopf.

»Du musst es wissen, Hubi, du kennst dich ja aus mit den Frauen«, zischte Hedi.

»Holla, die Waldfee!« Hubertus rollte mit den Augen.

Tom sah keinen der beiden an. Anian gab ihm mit einem Zeichen zu verstehen, dass sie sich im Anschluss treffen sollten.

Plötzlich pfiff ein hoher Ton durch den Raum, so schrill, dass er Höhen erreichte, die direkt auf die Nervenspitzen trafen. Irgendjemand musste an einen Lautsprecher gestoßen sein. Das hatte das ausgeklügelte Tonsystem in Turbulenzen gebracht, was augenblicklich für Unruhe im Publikum und bei den Technikern sorgte. Wer freie Hände hatte, hielt sich die Ohren zu. Die Techniker liefen durcheinander, zogen Stecker, steckten andere um, bis der Ton schließlich verstummte.

Konstanze Mühlbauer warf einen fragenden Blick in Richtung des Juweliers und fuhr, als er nickte, fort, als ob nichts gewesen wäre: »Meine Damen und Herren, ich will Sie heute Abend nicht mit langen Ausführungen langweilen, ich kann Sie nur ermuntern, die Ausstellung in der Residenz zu besuchen und tiefer in die Historie einzutauchen. Wir haben die Schatzkammer für Sie neu geöffnet und werden Ihnen eine Reihe außergewöhnlicher Exponate zeigen, unter denen die Lola-Montez-Juwelen das absolute Highlight sind.«

»Davon kann man wohl ausgehen.« Hubertus klappte seinen Block zu und legte den Stift darauf.

Zurückhaltender Applaus erfüllte den Raum. Anerkennende Blicke trafen den Juwelier, auf dessen Stirn Schweißperlen glitzerten. Er und die Kuratorin schüttelten sich die Hände, lächelten für die Fotografen. Thromschatz tupfte sich den Schweiß von der Stirn, dann trat er ans Mikrofon.

»Entschuldigen Sie bitte die kleine Störung eben. Wenn Sie Fragen haben, meine Herrschaften, stellen Sie sie bitte jetzt. Nutzen Sie die Gelegenheit, bevor Sie sich wieder dem Buffet und Ihren Gesprächen widmen.«

Hubertus räusperte sich. Er hob den Finger, sah aus wie der in die Jahre gekommene Tim aus »Tim und Struppi« – ein Comic, den Tom noch immer liebte.

Er hat etwas entdeckt, dachte Tom. Er ist noch immer der streitbare Geist mit dem Ehrgeiz, die kleinste Unebenheit ans Tageslicht zu bringen, koste es, was es wolle.

Hubertus' Mecki-Haarschnitt, die buschigen Augenbrauen und die grünblauen Augen, die alles und jeden durchleuchteten wie eine Röntgenbrille, gaben ihm etwas Vorwitziges, das durch die quer laufenden Stirnfalten unterstrichen wurde.

Hedi sah Tom alarmiert an, legte in einer gespielten Geste der Scham eine Hand schräg über die Augen, stöhnte. »Ich wollte einen entspannten Abend. Muss das sein?«

»Absolut.« Hubertus reckte den Arm noch höher.

Thromschatz bat ihn mit einem Fingerzeig zu sprechen.

Hubertus räusperte sich, dann fragte er mit seiner tiefen sonoren Stimme, mit deren Lautstärke er auch ohne Mikrofon mühelos im ganzen Raum zu hören war: »Ja, entschuldigen Sie bitte, Herr Thromschatz, eines würde mich jetzt schon interessieren: Wieso hat man eigentlich von diesen Lola-Montez-Juwelen noch nie etwas gehört? Und wie kommen Sie in den Besitz einer solchen historischen Rarität? Danach müssen sich doch Sammler auf der ganzen Welt die Finger lecken. Denn, mit Verlaub«, so setzte er nach und Tom sah den Schalk in seinen Augen, »als Nachfahr der Tänzerin kann ich Sie mir nicht vorstellen.«

Einen Moment lang herrschte absolute Stille, während das gesamte Publikum Hubertus anstarrte. Tom sah, dass Hedi sich am liebsten in Luft aufgelöst hätte. Er wusste, dass sie solche Situationen hasste.

Dann wandten sich alle Blicke Carsten Thromschatz zu. Der kniff die Augen zusammen, ging die wenigen Schritte zum Mikrofon und antwortete mit fester Stimme: »Wenn der eine oder andere denken sollte, dass es einen verwandtschaftlichen Hintergrund gibt, und nun gar einen exotischen Tanz von mir erwartet, meine Damen und Herren«, er lächelte jovial, »dann muss ich Sie in der Tat enttäuschen. Nein, Sie haben natürlich recht, ich bin kein Nachfahre der berühmten Lola Montez. Der Kunstmarkt funktioniert wie alle Märkte auf der Welt, Herr Lindner, das sollten Sie als Journalist ja eigentlich wissen: nach dem Prinzip von Angebot und Nachfrage. Es geht um die richtigen Kontakte und den entsprechenden Sachverstand. Und zu Ihrer zweiten Frage: Die Juwelen waren viele Jahre in privatem Besitz und der Öffentlichkeit verborgen. Wenn Sie weitere Fragen haben, können wir Details im persönlichen Gespräch vertiefen. Frau Dr. Mühlbauer wird Sie selbstverständlich einen Blick in die Expertise werfen lassen.«

Hubertus schwieg, rieb sich das Kinn.

»Sieh mal einer an«, stellte Hedi fest, »er kennt deinen Namen. Warum wohl?«

Tom sah Hubertus an, dass er mit seiner Neugier rang, zu einem verbalen Schlagabtausch ansetzen wollte. Aber Tom hatte heute Abend keine Lust auf eine weitschweifende Diskussion, er wollte auf keinen Fall – kaum, dass er wieder in München war – im Mittelpunkt stehen und am nächsten Morgen Stadtgespräch sein. Denn früher oder später würde er Hubi hilfreich zur Seite springen müssen. Er wusste nur zu gut, wohin eine solche Diskussion führen konnte. So gesittet die Leute im Moment auch aussahen, so leicht konnte selbst in einem erlauchten Kreis wie diesem die Stimmung umschlagen, ein handfester Streit entstehen, denn Hubertus war ein Meister der Provokation.

Er legte seine Hand auf Hubertus' Arm. »Lass gut sein, Hubi.«

Hedi nickte heftig. Hubertus' Blick wirkte ungläubig, Tom befürchtete, der Freund würde sich auf ihn stürzen, doch der stutzte, seufzte und winkte ab. »Der Sache gehe ich auf den Grund, darauf könnt ihr wetten.«

Er hat Honig geleckt, dachte Tom.

Hubertus steckte Notizbuch und Stift in die Tasche, Hedi hängte ihr Jäckchen um, Tom trank sein Bier aus. Seine Blicke suchten Anian, doch er blieb bei Carsten Thromschatz hängen, dessen Augen fest auf ihn gerichtet waren. Keiner von beiden schaute weg. Der Moment dauerte zu lange, um harmlos zu sein. Schließlich sprach ein Gast Thromschatz an, er musste sich abwenden, um nicht unhöflich zu sein.

Er hat mich abfotografiert und in seinem inneren Archiv gespeichert, dachte Tom. Er kannte diesen Blick: So hatte ihn Iwan angesehen, der Drogenhändler, dessen Sohn er für lange Zeit hinter Gittern gebracht hatte.

3

Carsten riss sich los. Sonst kamen keine Fragen. Dieser Hubertus Lindner hatte den Finger in die offene Wunde gestoßen, die Aufmerksamkeit des Publikums genau dorthin gerichtet, wo er sie nicht haben wollte. Carsten hätte am liebsten gebrüllt wie ein verwundeter Stier in der Arena, so wütend war er. Nur dank seiner Disziplin und Selbstbeherrschung gelang es ihm, sich nichts anmerken zu lassen.

»Hubertus Lindner will es immer ganz genau wissen«, sagte Konstanze neben ihm. »Du kennst ihn?«

»Ich habe ein paar Artikel von ihm gelesen. Er pflegt eine ganz besondere Form des bayerisch-investigativen Journalismus.« Carsten zögerte, dann fragte er: »Wer sind die beiden neben ihm?«

Konstanzes Blick folgte seinem zu der Dreiergruppe, die im Gehen war. Carsten stellte fest, dass sie den Hünen mit den rotblonden Haaren, der einem Ranger aus dem amerikanischen Mittelwesten glich, der gerade ein Rodeo gewonnen hatte, nicht ohne Sympathie musterte.

»Die Wirtin von nebenan und Tom Perlinger, ihr Schwager.«

»Die Wirtin ist mir bekannt, aber dieser Tom Perlinger sagt mir nichts.« Carsten hatte das unbestimmte Gefühl, dass eine Gefahr von dem Mann ausging. Lag es an den intelligenten Augen oder vielmehr an seiner Aura? In seinen Jeans, mit dem weißen T-Shirt, der schwarzen Lederjacke, den sportlichen Chucks passte er ebenso wenig zur Kleiderordnung des Abends wie Hedi Hacker mit ihrem bunten Dirndl. Und im Gegensatz zu den gestandenen Geschäftsmännern im Raum wirkte er jungenhaft und ungebunden wie ein Student im Vordiplom, obwohl er auch schon Mitte 30 sein musste.

Konstanze blickte ihn über ihre Brille hinweg an. »Mit Tom hatte ich einmal bei einem Fall zu tun. Er ist Max Hackers Halbbruder und bei der Polizei. Sehr nett. Ausgesprochen kompetent. Inzwischen ist er sicher Hauptkommissar. Er war einige Jahre in Düsseldorf. Soll bei einem spektakulären Drogenfall nur knapp dem Tod entronnen sein. Als der Fall gelöst war, hat er sich beurlauben lassen. War ein Jahr im Ausland. Sein Vater ist Amerikaner. Sehr reich, wie man sagt.«

Hauptkommissar. Carsten schluckte. »Und was macht er jetzt hier?«

»Keine Ahnung. Soll ich euch vorstellen? Dann kannst du ihn selbst fragen.«

»Nein. Nein danke.« Dieser Tom Perlinger sah aus wie ein polizeiliches Schwergewicht. Er wurde nun von der Rothaarigen aufgehalten, dieser Irene oder wie sie hieß, die von keiner Vernissage wegzudenken war und ganz offensichtlich mit ihm flirtete. Sicher hatte Perlinger tiefe Einblicke in die Strukturen, Gefüge und Machenschaften, die hinter Münchens schöner Fassade tobten, kannte alle wichtigen Leute persönlich. Ein

Umstand, der ihm die Möglichkeit einräumte, andere Fragen zu stellen, andere Verbindungen herzustellen, als es einem Kommissar normalerweise möglich gewesen wäre. Genau das konnte Carsten jetzt, noch dazu in direkter Nachbarschaft, überhaupt nicht gebrauchen. Er fühlte, wie seine Schweißdrüsen begannen, auf Hochtouren zu arbeiten. Was für ein Dilemma! Er musste bald eine Entscheidung treffen.

Von allen Seiten drängten die Menschen nun in Richtung Buffet. Carsten sah, wie Perlinger die Serviette, die er um einen seiner Finger gewickelt hatte, in einen Mülleimer warf und gemeinsam mit der Wirtin auf Hubertus Lindner einredete. Kurz darauf verließen die drei die Veranstaltung. Am Ausgang wechselte Perlinger ein paar Worte mit Anian. Carsten beobachtete, wie Anian, der sich nicht vom Gastgeber verabschiedet hatte, gemeinsam mit seinem Sohn Jakob die Passage in Richtung Marienplatz davonschlenderte.

Da auch Jacobi bereits gegangen war, war Carsten versucht, sich zu entspannen, sich weiteren Gesprächen zu widmen, bis er bemerkte, wie sich eine dünne dunkle Gestalt mit schwarzen Locken und unnatürlich eckigen Bewegungen aus dem Schatten löste, in Richtung seines Büros schlich, davor stehen blieb. Carsten zuckte zusammen, denn er erkannte den fremdländischen Jungen sofort. Er war einer der drei, von denen er bei dem geheimen Treffen vor wenigen Stunden ein Foto gesehen hatte. Und genauso hatte Marlene den Jungen beschrieben, der ihn zuvor hatte sprechen wollen. Was wollte der von ihm? Vorsichtshalber beendete Carsten das Gespräch mit dem Bankdirektor, der ihn von den Vorteilen seiner Institution überzeugen wollte. Zum wiederholten Mal an diesem Abend griff Carsten nach seinem inzwischen klatschnassen Taschentuch.

Bemüht, nicht beobachtet zu werden, ging er an der dunklen Gestalt vorbei in sein Büro. Der junge Mann, der mit seiner olivbraunen Haut ein indisches Aussehen hatte und wenig älter als 18 Jahre sein mochte, folgte ihm nach wenigen Minuten und schloss die Bürotür hinter sich. Er fixierte Carsten mit glühenden schwarzen Augen und lehnte sich an den Schreibtisch. Mit den fettigen Haaren, die sich im Nacken zu speckigen Locken kräuselten, wirkte er wie ein verwahrloster Straßenköter, der kam, wenn er Beute witterte, und verschwand, sobald Gefahr drohte. Er hatte etwas Mitleiderregendes an sich. Wäre er nicht so abgemagert und ungepflegt, wäre er vielleicht sogar hübsch, dachte Carsten. Aber wie er da stand, war der Junge ein Fremdkörper, dessen Augen – zu Schlitzen verengt – darauf schließen ließen, dass sein Verstand fieberhaft arbeitete. Seine Mundwinkel verzogen sich, während seine Hände auf dem Schreibtisch nach dem Brieföffner tasteten.

Carsten bemühte sich, Dominanz auszustrahlen. Er schritt, trotz des Brieföffners in der Hand des Jungen, mit raumgreifenden Schritten auf ihn zu, ganz in der Annahme, dass der nun das Weite suchen würde. Doch im Gegenteil. So verhuscht der Junge eben noch ausgesehen hatte, so entschlossen klang jetzt seine Stimme, als er Carsten mit dem Brieföffner drohte und in klarem Deutsch mit leicht fremdländischem Akzent zu sprechen begann. »Es ist wichtig. Sehr wichtig. Es geht um das Päckchen. Keine Tricks, sonst fliegen Sie auf. Ich muss mit Ihnen reden. Alleine. Heute. Hier. Um Mitternacht.«

Zur Bekräftigung seiner Worte drückte der Junge den Brieföffner fest gegen Carstens Brust, sodass der die spitze Klinge deutlich spürte.

Ohne eine Antwort abzuwarten, warf der Junge den Brieföffner auf den Schreibtisch zurück und verließ das Büro. Der metallische Klang, mit dem der Brieföffner auf der polierten Holzplatte des Schreibtisches aufgeschlagen war, hallte in Carstens Ohren wider, während seine Augen der dünnen Gestalt folgten. Der Junge drängte sich – wieder ganz Schatten – an der Wand entlang zum Ausgang. Er verschwand in der Dämmerung, ließ Carsten zurück, den das aufkommende, sommerliche Gewittergrollen mit großem Unbehagen erfüllte und vor dem mitternächtlichen Termin warnte. Dieser setzte sich an seinen Schreibtisch. Dachte nach. Als er wieder aufstand, wusste er, was zu tun war.

4

Larissa Stein, die blutjunge Jurastudentin und Freizeit-Burlesque-Tänzerin, hatte den Abend allein verbringen wollen. Bei offenem Fenster und ausgeschaltetem Licht lag sie spärlich bekleidet auf ihrem Bett, genoss das Treiben des Sommergewitters draußen in der Sicherheit ihres loftartigen Appartements über dem Viktualienmarkt. Trotz des Gewitters schaute sie auf ihrem Laptop ein Blockbuster-Video. Es musste gegen ein Uhr morgens sein, als sie hörte, wie sich der Schlüssel im Schloss drehte, die Eingangstür geöffnet wurde. Schnell klappte sie den Laptop zu, stellte ihn auf den Nachttisch, zog die Decke über die halb entblößten schaumstoffweichen Brüste, stellte sich schlafend. Dabei war ihr klar, dass es ihn nicht stören würde, dass sie schlief.

Er ging lautlos zum Schrank, öffnete ihn, nahm seine Verkleidungsutensilien heraus, Krönchen und Zepter, Handschuhe und Wadenstrümpfe sowie eine lange, goldschimmernde stabile Kette. Dann drehte er die Beleuchtung des Aquariums an, das er ihr geschenkt hatte. Sie hatte es nie gewollt, doch er hatte darauf bestanden.

Larissa rollte sich im Bett wie ein Embryo auf die Seite. Sie fühlte, wie ihre hellblonden Locken sie wie ein Vorhang umhüllten, ihr Gesicht verdeckten. Sie ließ einen unweiblichen Schnarchton hören. Er sollte denken, sie sei im Tiefschlaf. Er begann, sich zu entkleiden, schnaufte hörbar. Sie beobachtete ihn aus den Schlitzen ihrer halb geschlossenen Lieder. Sie hasste die schwarzen Strümpfe an den dünnen Beinen ebenso wie die langen Handschuhe. Sie betonten seinen mächtigen Rumpf, ließen seine Arme und Beine wie Zahnstocher, die in einem Stück Käse steckten, herausstehen. Arme ohne Bizeps, Beine ohne Waden. Die weiße Haut wand sich faltig um die Knochen. Die großen Füße in den schwarzen Socken zeigten nach außen.

Er setzte die Krone auf, nahm Zepter und Kette, näherte sich dem Bett. Sie hielt den Atem an. *Nein!* Die Kette war neu, lang und schwer mit vielen Ösen und Verschlüssen. Sie hatte gehofft, dass er solcher Spiele müde werden würde, doch im Gegenteil. Er wurde immer gieriger, ließ sich immer neue Varianten einfallen, dachte, es gefiele ihr. Er brachte ihr Kettenhemdchen mit, die ihr den Busen abschnürten. Er fesselte sie mit Handschellen, drückte ihr ein Kissen auf das Gesicht, sodass sie zu ersticken drohte. Er zwang sie, sich mit einem Ballettröckchen bekleidet in die Badewanne zu setzen, drückte ihren Kopf unter Wasser, bis sie zu ertrinken drohte. Seine Spiele machten ihr Angst, denn längst hatte sie die Herrschaft darüber verloren. Er war krank, total krank, abartig pervers. Sie dachte daran, wie er reagieren würde, wenn er dahinterkäme, dass sie ihn betrog.

Jetzt drehte er die Musikanlage an, deren Lautsprecher direkt hinter dem beleuchteten Aquarium standen. Gedämpft, doch laut genug ertönte Meyerbeers Bayerischer Schützenmarsch. Die Blechbläser begleiteten einen Männerchor. Das Lieblingsstück von Ludwig I. Es passte in sein Spiel und nahm ihr die Lust, denn sie hasste die Bläserkomposition. Ihn machte sie stark und allmächtig. Sie zog die Decke über das Kinn, schnarchte, schmatzte, warf sich auf die andere Seite, um ihm zu entgehen. Er wollte ihr nicht wehtun, das wusste sie. Sie war sein Ein und Alles. Jetzt kniete er auf der Matratze, so nah, dass sie seine herben Ausdünstungen riechen konnte. Er schwitzte. Jetzt schon. Sollte sie weiter so tun, als ob sie schliefe? Würde es etwas ändern? Sie schlug die Augen auf.

»Komm schon! Stell dich nicht so an!« Er lächelte. Die tiefe Falte, die sich von seinem Mund zu seiner Nase zog, nahm einen brutalen Zug an, als er die Kette erst um ihren Hals, dann um ihre Beine und schließlich um den Bettpfosten schlang. Nicht zu eng, aber so, dass sich die Kettenglieder tiefer in die empfindsame Haut ihres Halses graben würden, sollte sie sich wehren.

Seine Stimme hatte einen weinerlichen Klang. »Ich tu alles für dich, und du? Du betrügst mich!« Er nahm ein Kissen, drückte es auf ihr Gesicht. Sie schüttelte den Kopf, wollte schreien. Der Stoff schluckte die Töne. Sie wollte ihn wegstoßen, doch gefesselt, wie sie war, war das ein sinnloses Unterfangen. Es gab kein Entrinnen. Während sie bemüht war, sich nicht zu bewegen, damit die Kette ihr nicht die Luft abschnürte, drang er gewaltsam in sie ein. Der Schmerz war stechend wie von einem Messer. Jetzt nahm er das Kissen weg. Auch die Juwelen, die er ihr mit jedem japsenden Stoß versprach, wenn sie bei ihm bliebe, konnten die Qual nicht lindern.

5

»Den friedvollen Ausdruck ewiger Ruhe erkenne ich bei ihm nicht.« Kommissarin Jessica Starke schaute dem Toten direkt ins Gesicht, als die Kollegen vom Erkennungsdienst am nächsten Morgen vor ihren und den Augen ihres Kollegen Korbinian Mayrhofer die Leiche umdrehten. Die schwarzen Haare klebten am Kopf, bedeckten die Stirn. Dennoch erkannte Jessica, dass sie im trockenen Zustand gelockt sein mussten. Die Gesichtszüge des jungen Mannes waren im Todeskampf erstarrt. Gemeinsam begannen sie mit der Untersuchung.

Passanten hatten um kurz nach halb fünf an diesem Donnerstagmorgen einen Toten im Fischbrunnen entdeckt. Völlig geschockt hatten sie das Nächstliegende getan, nämlich die 110 gewählt. Jessica Starke hatte den Anruf von den Kollegen des Kriminaldauerdienstes erhalten, als sie noch tief und fest geschlummert hatte. Sie war bis weit nach Mitternacht in einen Liebesroman vertieft gewesen und hätte dringend ein paar weitere Stunden Schlaf benötigt.

Sie war von Haus aus der Typ Frau, der sich am liebsten in Walla-Walla-Gewänder hüllte, obwohl ein Typberater ihr erst vor Kurzem aufs Heftigste davon abgeraten hatte, weil sie dafür zu klein und zu kompakt sei. Jetzt verriet ihr der Blick ihrer Kollegen, dass sie wohl dachten, sie hätte in der Eile ihr Nachthemd anbehalten. Dabei hatte sie immerhin ihr blondes Haar mit etwas Gel in Form gebracht. Und der flotte Kurzhaarschnitt mit dem seitlich fallenden langen Pony und den eng anliegenden Seitenpartien, den sie sich erst letzte Woche bei einem Münchner Nobelfriseur gegönnt hatte, stand ihr ausgesprochen gut, das war ihr mehrfach gesagt worden. Wahrscheinlich hatte sie aber durch die

Hektik, als Erste mit dem Erkennungsdienst am Tatort sein zu wollen, mit dem schwarzen Kajal übertrieben und ihre blauen Augen zu stark eingerahmt.

Prompt rief ihr Kollege Korbinian Mayrhofer, der stets erfolglos bemüht war, einen Witz zu reißen, zu: »Jessi, hast du keinen Spiegel zu Hause? Du schaust ja aus wie ein Nachtgespenst. Noch schlimmer als die Leich!«

Dafür habe ich im Gegensatz zu dir mein Hirn dabei. Jessica verkniff sich den Kommentar, fuhr stattdessen fort, die Leiche zu begutachten, während sie sich die Latexhandschuhe überstreifte. Der Junge sah nicht wie ein Deutscher aus. Die blauschwarzen Haare und der dunkle Farbton der Haut ließen sie an einen Inder, vielleicht einen Pakistaner oder einen Afghanen denken. Sie schätzte ihn auf unter 20 Jahre. Er war übel zugerichtet worden. Mitten auf dem Marienplatz, wo selbst um diese Uhrzeit und besonders im Hochsommer die ganze Nacht über Betrieb herrschte. Es war fast unmöglich, dass niemand den Mord beobachtet haben sollte.

Auf der anderen Seite waren viele der Nachtschwärmer so auf sich selbst fixiert, dass sie nicht bemerkten, was um sie herum geschah. Gut, wer rechnete schon damit, dass ein Toter im Fischbrunnen schwimmen könnte. Dennoch – das typische Großstadtphänomen der Anonymität bereitete der Polizei nicht von ungefähr Sorge. Sie hatten oft bei Fortbildungen überlegt, wie man die Aufmerksamkeit der Bevölkerung aufrütteln könnte. Ein schwieriges Thema. So wäre sie nicht überrascht, wenn keine Hinweise zu dieser Tat eingingen, die sich auf dem prominentesten Platz der Stadt zugetragen haben musste. Vorausgesetzt, das Opfer war nicht an anderer Stelle getötet und hier nur deponiert worden, warnte sie sich davor, voreilige Schlüsse zu ziehen. Es musste sich erst noch zeigen, wo der Junge umgebracht worden war.

Der Täter könnte ihn zum Beispiel in einem normalen Lieferwagen hierhergebracht haben. Doch wäre nicht auch das aufgefallen? Jessica blickte an den schmucken Häuserfassaden entlang, die den Marienplatz säumten und nach dem Krieg zum großen Teil rekonstruiert oder im Stil der 6oer-Jahre neu aufgebaut worden waren. Hier gab es in der Tat noch die eine oder andere Privatwohnung. Meist von Rentnern bewohnt, die sich ein lebenslanges Mietrecht gesichert hatten, mit einer Mietpreisbindung, die es ihnen trotz der exorbitanten Mietpreise im Herzen der Stadt erlaubte, in der Wohnung zu bleiben, in der sie schon seit Jahrzehnten wohnten. Es war nicht unwahrscheinlich, dass einer dieser Bewohner, die oftmals unter Schlaflosigkeit litten, bei dem Gewitter letzte Nacht aus dem Fenster geschaut und dabei etwas beobachtet hatte.

Nach dem heftigen Sommergewitter stieg die Nachtfeuchtigkeit nun mit der Wärme des beginnenden Tages über dem Platz auf. Die Stimmung war bedrückend, gruselig, trotz der Balkonkästen mit den Geranien, die in den Fenstern des Neuen Rathauses blühten. Vermutlich war es einfach noch zu früh am Morgen. Jessica seufzte in Gedanken an ihr weiches Bett. Indem sie sich weiter dem Toten widmete, verbarg sie ihre Gefühle gegenüber Mayrhofer.

Sie hasste es, wenn er sie *Jessi* nannte, denn es suggerierte eine Vertrautheit, die es nicht gab. Weder er war ihr Traumkollege noch sie seine Traumkollegin, das wussten sie beide. Dazu waren sie zu verschieden. Mayrhofer schaffte es im Gegensatz zu ihr auch jetzt, wie aus dem Ei gepellt auszusehen. Jessica vermutete, dass er abends um neun zu Bett ging, besser gesagt, sich mit Anzug, geschlossenem Hemdkragen, straff gebundenem Krawattenknoten, gefalteten Händen und brettsteif in eine Art Kühltruhe legte, um morgens frisch aufgetaut, mit jedem seiner drei Härchen an der richtigen Stelle, seinen Dienst anzutreten und ihr als lebendes Kontrastbild gegenüberzutreten. Lächerlich. Dabei war er alles andere als attraktiv. Groß und knochendürr, mit langem Gesicht, spärlichem Bart ohne Koteletten, dafür mit Halbglatze und allerweltsbraunen Augen – der Prototyp des peniblen Buchhalters. Überkorrekt und ein Schleimer, der anderen, wenn sie nicht aufpassten, mit Vorliebe in den Rücken fiel. Mit dem unglücklichen Hang ausgestattet, unwitzige Sprüche zu klopfen, die bewusst oder unbewusst einen wunden Punkt bei seinen Mitmenschen trafen, mit einer Seele, die als Kind schon Hornhaut angesetzt hatte, um die eigene Unbeliebtheit und die Kleinbürgerlichkeit des Elternhauses zu ertragen. Zu Jessicas Überdruss war er außerdem ausgesprochen faul.

Hierarchisch waren sie einander ebenbürtig, doch er versuchte ständig, Arbeit an sie zu delegieren. Aufgaben, die seiner Aussage nach schnell erledigt sein sollten, die sich dann jedoch als so kleinteilig erwiesen, dass Jessica innerhalb von zwei Monaten ein Überstundenkontingent von mehr als 80 Stunden angehäuft hatte. Am Anfang war sie so dumm gewesen, darüber hinwegzugehen, wenn er ihr aufwendige Recherchearbeit auflud, um selbst pünktlich zu einem seiner undurchsichtigen abendlichen Dates zu verschwinden. Sie hatte sich, als sie vor etwa einem Jahr aus Berlin hierhergekommen war, ambitioniert in die Arbeit gestürzt. Erst als ihr bewusst geworden war, wie geschickt er sich mit den von ihr in stundenlanger einsamer Puzzlearbeit zusammengetragenen Ergebnissen schmückte, hatte sie sich überwunden, ihrem Harmoniebedürfnis den Kampf angesagt und seine Aufträge mit dem Hinweis auf ihre gleichgelagerte Stellung strikt abgelehnt.

Sie hielt inne. Was war das? Eine Verletzung am Fuß der Leiche. Der Tote hatte nackte Füße. Seine Flip-Flops lagen in einem Klarsichtbeutel neben ihm. Während sie eine Augenbraue hochzog, drückte sie mit ihren behandschuhten Fingern den kleinen Zeh des Toten von seinem Nachbarzeh weg.

»Schon gesehen?«, fragte sie die junge neue Assistentin der Rechtsmediziner, deren Namen sie noch nicht kannte und die der Chef der rechtsmedizinischen Abteilung, Dr. Peter Ehinger, wohl zurückgelassen hatte, damit sie der Spurensicherung vor Ort weiter assistieren und die nötigen Formalitäten erledigen konnte, bevor die Leiche abtransportiert werden würde.

»Ja.« Die junge Dame ließ sich nicht stören und bereitete konzentriert die Bahre für den Transport des Toten vor.

»Was hat Ehinger denn schon rausgelassen?« Jessica wollte wie immer sofort alles wissen, was es zu wissen gab. Mayrhofer sah auf.

»Genaueres muss die Untersuchung zeigen, das steht dann im Bericht.« Die junge Dame reagierte schroff, fuhr aber fort, als sie sah, dass Jessica ob der brüsken Antwort die Hände in die Hüften stemmte. »Dr. Ehinger vermutet, dass er übertötet wurde: erst niedergeschlagen, dann erwürgt und zum Schluss in den Fischbrunnen geworfen.«

»Na bravo.« Mayrhofer umkreiste die junge Frau. »Mordwaffe?«

»Unklar. Er hat einige blaue Flecken im Nieren- und Kopfbereich und eine große Wunde am Hinterkopf. Vermutlich ist er unglücklich gegen die Brunnenkante gestoßen. Außerdem hat er Würgemale am Hals und er lag mit dem Gesicht im Wasser. Der Haut- und Haarstruktur nach scheint er kein Deutscher gewesen zu sein. Wir tippen auf indische Herkunft. Aus den Hosentaschen haben wir diverse Krümel sichergestellt. Hasch und Gras. Tabletten, die noch genauer untersucht werden müssen.« Ihr Blick wanderte zwischen Mayrhofer und Jessica hin und her. »Brauchen Sie noch lange?«

»Einen Moment noch. Danke.« Jessica lächelte der jungen Kollegin zu, um ihr zu signalisieren, dass sie auf dem richtigen Weg war, indem sie kooperierte. »Habt ihr sein Handy gefunden?«

»Weder Papiere noch Handy.«

Mayrhofer schenkte der jungen Frau ein Grinsen, das zwischen dem eines Schulmeisters und dem eines Möchtegern-Casanovas lag, der gerade entdeckt hatte, dass die

Neue ganz ansehnlich aussah. So, alter Chauvi, dachte Jessica, dann mal ran an die Buletten. Doch Mayrhofer machte keine Anstalten, dem Mädchen hinterherzudackeln, als sie nun zu den Kollegen der Spurensicherung ging und sie beide einen Moment mit der Leiche allein ließ.

Jessica ärgerte sich noch heute darüber, wie lange sie Mayrhofers »Ich bin der Mann, du bist die Frau«-Spiel, sein »Ich weiß was, du weißt nichts«-Spiel und sein »Alles, was ich tu, ist wichtig, was du tust nicht«-Spiel völlig naiv mitgespielt und dadurch mindestens doppelt so viel geschuftet hatte wie er. Überraschenderweise wehrte er sich kaum, als sie sich weigerte, weiterhin seinen Anweisungen nachzukommen. Was allerdings nicht bedeutete, dass er nicht weiter versuchte, Unliebsames an sie zu delegieren.

Darüber hinaus versuchte er nun, auf eine subtile Weise Schuldgefühle bei ihr zu wecken, die sie selbst jetzt nicht immer gleich durchschaute. So konnte es – obwohl sie auf der Hut war – passieren, dass er ihr eine Idee suggerierte, für die sie aus purer Leidenschaft an der Sache heraus die Detailarbeit für ihn erledigte, statt ihre eigenen Ideen zu verfolgen. Aber, das musste sie ihm zugestehen, ab und an hatte er in der Tat einen guten Einfall, der sie bei der Aufklärung eines Falls weiterbrachte, auch wenn seine Genialität, bei Licht betrachtet, nicht so einzigartig war, wie er sie verkaufte. Aber schließlich war er fast zehn Jahre älter als sie mit ihren knapp 30 Jahren und hatte schon einige Jahre Erfahrung mehr auf dem Buckel.

»Offensichtlich kein Selbstmord.« Mayrhofer zog mit seinen langen Fingern, die ebenfalls in dünnen Latexhandschuhen steckten, ein Foto in einer Klarsichthülle aus der feuchten Gesäßtasche des Toten. Obwohl die Hülle das Bild vor der Nässe geschützt hatte, war es teilweise aufgeweicht, aber noch gut zu erkennen.

»Hübsch!«, kommentierte er, während Jessica ihre Augen

nicht vom Toten lassen konnte. Sein Gesichtsausdruck erinnerte sie an den der jungen Frau, deren Ermordung sie kürzlich aufgeklärt hatten und die vor ihrem Tod stundenlang gefoltert worden war.

Widerwillig riss Jessica sich von dem Anblick los und streckte die Hand nach dem Foto aus. »Zeig mal.«

»Nein, warte!« Er zog es weg, starrte weiter auf das Bild. »Die kenn ich!« Jetzt erst reichte er ihr das Bild.

Sie warf einen flüchtigen Blick darauf. »Ich nicht.«

Als Jessica schon weiter ihrer Arbeit nachging, stand Mayrhofer immer noch stocksteif da, starrte in Richtung Sendlinger Straße.

Ein Kollege von der Spurensicherung näherte sich den beiden.

»Und? Identifizierbare Spuren?«, fragte Jessica ihn.

»Tausende und keine.« Der junge Mann im weißen Schutzanzug stemmte den schweren Koffer so neben die Mauer des Fischbrunnens, dass die spritzenden Wassertropfen ihn nicht erfassen konnten, zuckte die Schultern und fuhr mit seiner Arbeit fort, indem er das Kopfsteinpflaster rund um den Brunnen auf kleinste Details hin absuchte.

Jessica verstand. Eine Spurensuche auf dem Marienplatz, noch dazu nach dem gestrigen Regen, glich der Suche nach der berühmten Stecknadel im Heuhaufen. Mayrhofer blieb unbeteiligt. Das ist wieder typisch, ich arbeite und er behält den Überblick, dachte sie, als er sich Richtung Sendlinger Straße drehte.

»Das ist die kleinere von den beiden Hacker Töchtern.«

»So klein sieht sie gar nicht aus.« Jessica nahm ihm das Foto aus der Hand und betrachtete es eingehend. Das Mädchen saß in einem engen Minirock auf einem Holztisch, warf dem Fotografen eine Kusshand zu. Ihr Dekolleté und die langen Beine hatte sie vorteilhaft in Szene gesetzt. Ein rotes Lippenstiftherz krönte das Foto. Jessica wartete, ob Mayrhofer ihr mehr anvertrauen würde, doch den Gefallen tat er ihr nicht. Stattdessen rief er so laut, dass es alle hörten: »Der werden wir jetzt einen netten Besuch abstatten, der lieben Tina. Mal sehen, was die außer Mini tragen noch so auf dem Kasten hat. Die Wirtin wird staunen! Das Töchterchen in der Hosentasche eines ermordeten Ausländers, der in zwielichtigen Kreisen verkehrte. Ob wir da einen Frühstückskaffee angeboten bekommen? Das wage ich doch glatt zu bezweifeln.«

Jessica zog die Augenbrauen hoch, während sie an einen Ausspruch denken musste, den sie in einer Weekly Soap gehört hatte, der sie seitdem ohrwurmartig begleitete, ohne dass sie es wollte: *Wären Sie doch Proktologe geworden. Da wird man erst auf den Umgang mit Arschlöchern vorbereitet und dann anständig dafür bezahlt.* Den Satz verscheuchend wie eine lästige Fliege, fragte sie bewusst leise um Professionalität bemüht: »Ist dir sonst irgendetwas aufgefallen, das auf seine Identität schließen lässt? Tätowierungen, Tattoos, Narben, Muttermale?«

»Nichts. Aber du kannst davon ausgehen, dass wir ihn in der Datei haben. Der ist sicher kein Unbekannter.« Mayrhofer sah sich die Fingerkuppen der Leiche an. »Gelb. Aber die Fingerabdrücke sind klar erkennbar.« Er ließ den Arm des Toten fallen, streifte die Handschuhe ab, drehte sich weg. »Ich schätze, der Junge hat erst ordentlich Gras getankt und dann hineingebissen.« Mayrhofer lachte laut über sein Wortspiel. Jessica verdrehte die Augen gen Himmel, statt mitzulachen und sein Sprachtalent zu loben, was nötig gewesen wäre, damit er auf sie gewartet hätte. Sie bettete den Arm des Toten vorsichtig zurück an seine Seite. Dann blieb ihr nichts anderes übrig, als hinter ihm herzulaufen, genau wie alle es erwarteten. Sie verabschiedete sich von den Kollegen der Spurensicherung, ließ sie wissen, dass die Leiche ihrerseits für den Transport freigegeben sei, und dass sie der Obduktion beiwohnen würden, man sie also über den Termin informieren solle, sobald er feststehe. Dann rannte sie Mayrhofer quer über den Marienplatz in Richtung Viktualienmarkt hinterher, obwohl ihr Mini im Tal stand und sie ihn gern geholt hätte. Als sie auf Höhe ihres Kollegen war, rang sie um Atem, ihr Herz klopfte wild von der morgendlichen Anstrengung. Statt sein Tempo zu verlangsamen, lief er noch schneller.

»Etwa schon aus der Puste, Kollegin?«

»Schon einmal etwas von ›auf die Kollegin warten‹ gehört?« Sie hatte noch nicht aufgegeben, ihm ein bisschen Empathie für seine Mitmenschen beibringen zu wollen.

Anstatt darauf einzugehen, grinste er hämisch. »Übrigens, die kleine Hacker, die ist die Nichte vom Perlinger.«

»Was? Von unserem Tom Perlinger? Von dem, der ab Montag unser neuer Chef wird?« Jessica blieb stehen.

»Genau von dem.« Mayrhofer lief weiter.

»Ach das ist ja mal interessant.« Sie hatte schon viel von Perlinger gehört und war höchst gespannt, ihn persönlich kennenzulernen. »Ein richtiger Zuchtbulle«, hatte eine Kollegin, die ihn noch von früher kannte, gekichert.

Mayrhofer hob den Zeigefinger, schnalzte mit der Zunge, wie er es gerne tat, wenn er der Meinung war, eine wichtige Spur entdeckt zu haben.

»Weißt du, Mayrhofer, warum der Perlinger überhaupt wieder bei uns arbeiten will? Angeblich hat der doch ein Vermögen von seinem amerikanischen Vater geerbt.«

»Ganz einfach: Weil er einen an der Waffel hat. Akuter Rückfall von Ermittlerwahn. Unheilbar. Wahrscheinlich erträgt er die Leere in seinem Hirn nicht.«

»Oder die Fülle.«

»Nenn es, wie du willst. Aber eines verspreche ich dir, es wird anstrengend werden, wenn er wieder da ist. So richtig! Mit Weißbauer und Breuninger ist er ganz dicke, da können wir uns auf etwas gefasst machen. Deshalb brauche ich jetzt erst einmal was in den Magen. Ich hab das ungute Gefühl, dass wir bei Hedi Hacker keinen Kaffee bekommen werden.«

Diese Verquickung verspricht, dem Fall in der Tat eine gewisse Brisanz zu verleihen, dachte Jessica. Ein neuer Vorgesetzter, der in seinen ersten Fall persönlich involviert ist! Dass Perlinger mit dem Polizeipräsidenten und dem Kriminalrat befreundet war und auch sonst einige Fans im Polizeipräsidium hatte, wusste Jessica schon, denn sie hatte seine Münchner Vergangenheit recherchiert. Die Fachhochschule für Öffentliche Verwaltung in Fürstenfeldbruck hatte er mit Auszeichnung abgeschlossen, für seine Ermittlungsarbeit unter Hauptkommissar Heribert Werner war er mehrmals belobigt worden. Ein großer Ruf eilte ihm voraus, und genau der weckte ihre Neugierde.

Mayrhofer lief mit langen Schritten, eine Hand in der Hosentasche, an den ersten Buden des Viktualienmarktes vorbei. Jessica war nun wieder neben ihm, hatte aber Mühe, Schritt zu halten.

»Du bist doch sonst so ein Hungerkünstler.« Sie konnte sich nicht beherrschen, ihn damit aufzuziehen, denn sie wäre lieber gleich zu den Hackers gegangen. Vielleicht war Perlinger auch dort. Er wohnte ja in der Dachgeschosswohnung über dem Wirtshaus, wie sie wusste.

»Schmalznudel.« Er überquerte die Straße.

»Also, Mayrhofer, ich muss doch sehr bitten! Das geht zu weit!« Jessica wusste, dass er sie in Gedanken mit allen möglichen Spitznamen bedachte. Aber sie laut und am frühen Morgen als *Schmalznudel* zu bezeichnen, war unverschämt und ging eindeutig zu weit.

»Ich meinte, ich brauche jetzt einen Ausgezogenen aus der Schmalznudel.« Er grinste, vermutlich aus Rache, weil sie sein Wortspiel zuvor nicht kommentiert hatte. Mit langen Schritten eilte er auf die Schmalzbäckerei auf der gegenüberliegenden Straßenseite zu. Jessica schäumte innerlich. So, wie er in sich hineingrinste, genoss er, ihr einen Seitenhieb mitgegeben zu haben.

»Ich hole mir einen Karottensaft.« Froh, sich abzugrenzen, ging sie Richtung Vitaminhütte, auch wenn sie Schmalznudeln ausgesprochen gern aß, lieber noch als die kleinen runden Berliner Pfannkuchen. Aber wenn sie den Tag mit so einer Kalorienbombe begann, wo um alles in der Welt sollte er enden? Immerhin hielt sie die neue Diät bereits den zweiten Tag durch. Außerdem konnte sie sich vorstellen, wie Mayrhofer sie vor Kollegen hinter vorgehaltener Hand damit bloßstellen würde, dass ihre Figur das gerechte Ergebnis dessen war, was sie verputzte. So blieb sie standhaft, würgte ein Glas frisch gepressten Karottensaft hinunter, der ihr prompt sauer aufstieß, während Mayrhofer herzhaft in das warme, von Fett triefende Hefegebäck biss. Dabei hatte er einen siebten Sinn bewiesen, denn bei den Wirtsleuten wurden sie mit keinem Frühstückskaffee willkommen geheißen.

6

Tom schreckte aus dem morgendlichen Dämmerschlaf hoch, weil sein Handy in der Gesäßtasche seiner Jeans, die auf der Bierbank einige Meter entfernt von seinem Bett lag, lautstark dröhnte und vibrierte.

»Hey, Mann! Was soll denn das!« Er setzte sich im Bett auf,

fuhr sich mit der Hand durch das volle Haar, das dringend einen Schnitt benötigte.

Er hasste es, vom Handy geweckt zu werden. Noch dazu mit so einem Jetlag wie heute früh. Er brauchte einen Moment, um sich zu orientieren. Die ersten Strahlen der sommerlichen Morgensonne fielen in sein Zimmer, wärmten die Luft. In einigen Stunden würde es in der Wohnung fast unerträglich heiß sein.

Seine Nase nahm den süß-herben Geruch von dampfenden Weißwürsten wahr, der durch das offene Dachgeschossfenster strömte. Tom merkte plötzlich, dass er seit Stunden nichts mehr gegessen hatte. Nach der Vernissage gestern war er gleich zu Bett gegangen. Zwar hatte Anian ihn auf ein Bier einladen wollen, aber Tom hatte mit Rücksicht auf Max abgelehnt. Es war wirklich jammerschade, dass die Familien sich entzweit hatten.

Max saß vermutlich gerade mit Hedi bei seiner morgendlichen Brotzeit unten im Wirtshaus und verspeiste die letzte seiner üblichen vier Weißwürscht.

Gegen Toms Willen brachte das Handyklingeln sein Blut in Wallung. Was konnte schon sein?

Er wollte seinen afrobayerischen Freund Konstantin Feuersbach, genannt Konsti, um elf Uhr zu einer Bergwanderung treffen. Konsti, der eine kenianische Mutter und einen bayerischen Vater hatte, sah mit seiner kaffeebraunen Haut und den krausen Haaren aus wie ein astreiner Afrikaner und sprach tiefstes Bayerisch. Er arbeitete bei Max unten als Koch und hatte heute seinen freien Tag. Sie hatten sich für einen gemeinsamen Spurt auf den Jochberg verabredet, wie sie es seit Jugendtagen gern taten. Kräftemessen unter Männern. Sich beweisen, dass man topfit war, auch mit 35 Jahren. Tom wühlte den Wecker unter dem Kopfkissen hervor. Es blieb noch gut eine Stunde Zeit, bis sie aufbrechen wollten. Zeit, die er dringend brauchte. Zum Beispiel um seine Wanderschuhe zu suchen.

Der Anrufer blieb hartnäckig. Doch statt aufzustehen,

rollte Tom sich zurück auf die Decke, verschränkte die bizepsstarken Arme unter dem Hinterkopf, zwang sich, das Klingeln zu ignorieren. Bis auf die weißen Boxershorts und die Platinkette mit dem ovalen Anhänger, in den ein Drache eingraviert war, war er nackt. Kette und Amulett hatte ihm sein Vater, John Cohen, bei seinem letzten Besuch in den USA geschenkt, er hatte sie seitdem nicht mehr abgenommen. Tom trommelte mit den Fingern auf das gut sichtbare Six-Pack unter der gebräunten Haut. Der Gedanke, aufstehen zu müssen, nahm ihn nun langsam in Beschlag. Er dachte an die Wandertour. Wo, um alles in der Welt, konnten seine Wanderschuhe nur sein?

Er ließ den Blick durch sein Zimmer gleiten. Überall Kisten und Koffer, die meisten hatte er seit über einem Jahr nicht geöffnet. Sie verströmten den Geruch orientierungsloser Jugend, gaben ein Zeugnis seines Seelenlebens. Noch immer wandelte er zwischen den Welten. Zwar stammten seine Vorfahren mütterlicherseits schon seit Generationen aus München, doch er war sich seit jeher vorgekommen wie jemand, der in ein Theaterstück gesetzt worden war und über die bunten Kostüme und vorprogrammierten Muster der Regie staunte. Dabei wäre er so gerne angekommen.

Seit er wusste, dass sein leiblicher Vater Amerikaner war, schrieb er dieses Lebensgefühl seinen amerikanischen Wurzeln zu. Es gab immer wieder Momente in seinem Leben, in denen er sich als Teil einer Fassade wahrnahm. Teil einer Kulisse, die genau so an jedem anderen Ort der Welt hätte aufgebaut sein können. Eine Art »Little Bavaria« in Disneyland gewissermaßen. Niemand aus seiner Familie konnte das nachempfinden. Nicht, dass er nicht bayerisch denken, empfinden und reden konnte, wenn er wollte. Aber er fühlte sich fremd dabei, als ob er in einem Spiel mitspielte, statt tatsächlich dazuzugehören.

Er schaute misstrauisch zu seinem Handy hinüber, das nun

erfreulicherweise schwieg. Die Jeans hingen schlapp über der Bank. Tom reckte sich genüsslich.

Am kommenden Montag endete seine selbst auferlegte Frist des Sabbatjahres, er würde im Polizeipräsidium München als leitender Hauptkommissar anfangen. Er befühlte das runde Narbengewebe, das seinen Brustkorb verunstaltete. Angefühlt hatte es sich wie eine einzige Kugel, dabei war er von zahllosen Einschüssen zersiebt worden. Er hätte sich nicht vorstellen können, an einem anderen Ort als in München wieder anzufangen, denn er brauchte die gewohnte Atmosphäre, um Vertrauen zu fassen.

Sein Handy schwieg noch immer, obwohl Tom in Habachtstellung war und er unterbewusst den schrillen Klingelton bereits vorwegnahm. Ein sicheres Zeichen dafür, dass sein sechster Sinn dabei war zu erwachen.

So lauschend drangen die Geräusche der sich belebenden Sendlinger Straße am Puls der Stadt umso intensiver an sein Ohr. Die Dachgeschosswohnung war seit frühester Jugend sein Rückzugsort. Er hatte heute Nacht wie immer bei weit geöffneten Fenstern geschlafen, genoss nun die seit Kindertagen vertraute Lärmkulisse der Innenstadt. Lieferwagen fuhren vor, der Bierlaster füllte den 1000-Liter-Tank des Wirtshauses, im Biergarten auf der Fußgängerzone wurden Stühle gerückt, die Sonnenschirme aufgebaut, Anweisungen zugerufen. Dazwischen schlugen die Rathausglocken die volle Stunde – acht Mal. *Frieden.* Nein.

Plötzlich heulte das Handy wieder los wie eine Sirene bei Feuerausbruch. Tom hielt es nicht mehr aus, sprang auf, griff danach. Parallel schrillte die Klingel der Wohnungstür.

»Oh Mann!« Er drückte das Handy ans Ohr.

»Endlich, Tom! Warum gehst du denn nicht an dein Handy, Mensch?«

»Jetzt mach mal halblang, Max! Was ist denn los? Ich bin noch im Tiefschlaf. Jetlag, wenn du weißt, was ich meine.«

Während er wartete und Max schwieg, suchte er auf dem Weg zur Tür nach seinen Wanderschuhen, denn er vermutete, dass Konsti geklingelt hatte. Tatsächlich fand er sie in einer Kiste neben dem Bad. Allerdings ohne Schnürsenkel. Er stellte die Schuhe ab, setzte sich auf die Kiste. Max' Stimme klang ungewöhnlich dünn.

»Sorry, Tom! Ich hab ein Problem!«

Tom blieb, wo er war, während das Klopfen an der Tür lauter wurde. Max hatte normalerweise keine Probleme. Max war sein 20 Jahre älterer Halbbruder, eine Art Christophorus in Tracht, dessen Markenzeichen seine schulterlangen Haare waren, die im Nacken mit einem Gummi zusammengehalten wurden.

Tom dachte daran, wie Max ihn wie ein Vater trockenen Fußes über alle Untiefen des Erwachsenwerdens getragen, ihm im zarten Kindesalter sogar das Leben gerettet hatte. Damals wurde die Fassade des Wirtshauses frisch renoviert. Der kleine Tom war im zweiten Stock aus dem Fenster geklettert, um das Gerüst, das rund um das Wirtshaus aufgebaut war, als Abflugrampe für den Start ins Universum zu testen. Max, damals Mitte 20, hatte ihn kurz vor dem Sprung in die Wohnung gerettet, war aber selbst hinabgestürzt, als Tom in Sicherheit war. Jeder andere wäre tot gewesen, Max jedoch hatte sich wie durch ein Wunder lediglich einen komplizierten Armbruch zugezogen. Seit der Zeit konnte er den Ellenbogen des rechten Arms nicht mehr richtig durchdrücken und war, da er alles mit Links erledigen musste, über die Jahre zum Linkshänder geworden. Der Stimme seines Bruders nach zu urteilen, musste sein Problem gravierend sein.

»Was kann ich für dich tun?« Tom sagte es, ohne zu zögern. Er ließ seinen Blick zum offenen Fenster gleiten. Dunkle Wolken zogen am Himmel auf.

»Erinnerst du dich an den dünnen Jungen, der uns gestern Abend auffiel, weil er mit seinen Flip-Flops in einen Hundehaufen getreten war? Sah aus wie ein Inder. Er stand auf der anderen Straßenseite. Das war, kurz bevor ihr zu dieser Vernissage gegangen seid. Wir haben über Flip-Flops und Hundekacke in der Stadt gelästert, und der Junge hat wütend zu uns rübergestarrt, während er versuchte, seine Flip-Flops zu säubern. Er ist euch in die Hofstatt gefolgt.«

»Der mit den schwarzen Locken und dem traurigen Blick? Logisch, ich erinnere mich. Du hast noch überlegt, ob du ihm nicht einen Job anbieten sollst. Der ist uns gefolgt?«

Max atmete hörbar durch. »Jemand hat ihn heute Nacht ermordet.«

»Was? Oh Mann, der arme Junge! Der sah wahrhaftig nicht gefährlich aus.« Tom legte eine Gedenkpause ein. Der Junge tat ihm leid. Wie so oft hatte es wohl wieder jemanden erwischt, der noch nicht viel vom Leben gehabt hatte. Dann schüttelte er heftig den Kopf. »Aber wie auch immer, Max! Mir tut der Junge auch leid, aber da hältst du dich besser raus, hörst du? Du kannst ihm nicht mehr helfen. Darum muss sich die Polizei kümmern. Und ehrlich, ich bin auch erst ab Montag offiziell im Einsatz.«

»So leid mir der Junge tut, darum geht es diesmal nicht. Die Polizei kümmert sich schon drum. Sie war gerade bei mir. Sie denkt, wir haben etwas mit der Sache zu tun.«

»Wir? Wer denn? Du, Hedi, Hubi, ich? Wie denn?«

»Tom, der Haken ist, ich bin mir nicht sicher, ob es einen Zusammenhang gibt. Sie haben ein Foto von Tina bei dem Jungen gefunden. Noch dazu«, erneut atmete Max tief durch, »ein recht freizügiges. Mit rotem Lippenstiftherz. Als sie mir das heute früh unter die Nase gehalten haben und mit Tina reden wollten, bin ich ausgerastet. Vor allem weil ich wusste, dass sie die ganze Nacht nicht da war.«

»Sie war heute Nacht nicht zu Hause?«

»Nein.«

»Ist sie jetzt da?«

»Nein.«

»Okay. Ich komme runter. Wir suchen sie und wir werden sie finden.«

»Ich bin auf dem Präsidium, Tom. Die Kommissarin, eine Jessica Starke, und ihr Kollege, Mayrhofer oder so, haben mich direkt mitgenommen. Der Mayrhofer glaubt, so cholerisch, wie ich seiner Ansicht nach bin, wäre mir ein Eifersuchtsmord zuzutrauen. Außerdem hat er mir unterstellt, dass ich mir sicher keinen Verehrer aus der Halbwelt und mit Migrationshintergrund für meine Tochter vorgestellt habe. So ein Idiot! Kommt auch noch in dem Moment mit so einem Thema daher. Wär er gestern nicht weggelaufen, dann hätte ich ihm einen Job angeboten. Dann würde er vielleicht noch leben!«

»Beruhig dich, Max. Das wird schon.«

»Meine Tochter ist verschwunden, Mensch! Sie geht nicht an ihr Handy. Ich will wissen, wo sie ist, Tom! Egal, wie sie zu ihm stand. Hedi und ich haben die ganze Nacht kein Auge zugetan. Wir sind fast verrückt vor Sorge, weil sie nicht zu Hause ist!«

»Die taucht schon wieder auf. Tina ist robust. Du weißt ja, Unkraut vergeht nicht. Das wird sich alles klären. Aber sag mal, wie heißt der Kommissar? Mayrhofer? Gibt's den auch noch, den Depp, den damischen?«

»Oh ja, den gibt's noch! Der will jetzt unbedingt meine Fingerabdrücke nehmen.«

»Bestell mir einen Kaffee. Ich bin gleich da.«

Im Hausflur waren inzwischen Rufe zu hören. Tom sprang in seine Jeans, streifte das weiße T-Shirt über, das bereits einen leichten Grauschleier hatte, griff nach seiner schwarzen Lederjacke, rannte hinaus. So wenig Max' Anruf ihm einerseits in seine Pläne passte, so geehrt fühlte er sich auf der anderen Seite, Max helfen zu können. Max und ein Mord! So ein Quatsch.

Vor der Tür stieß er mit Konsti zusammen, der ihn mit rollenden Augen im kaffeebraunen Gesicht und seinem jüngeren

Bruder Felix im Schlepptau stürmisch begrüßte. Die beiden hatten die gleichen krausen Haare, die gleiche kaffeebraune Haut, das gleiche strahlende Lächeln und den gleichen athletischen Körper. Sie hatten eine Tüte Brezn dabei, mit der sie Tom zum Frühstück überraschen wollten. Angeblich mussten sie dringend etwas mit ihm besprechen, zeigten aber Verständnis für seine Situation. Es kam Tom sogar so vor, als ob Felix erleichtert wäre, dass er keine Zeit hatte.

7

Tom stürmte mit einer Brezn, die Konsti ihm schnell in die Hand gedrückt hatte, die Treppe hinunter. Dieser Tag würde mit Sicherheit ganz anders verlaufen als geplant. Während Tom abbremste und auf Zehenspitzen an der Wohnungstür seiner Mutter vorbeischlich, packte ihn das schlechte Gewissen. Eigentlich hätte er ihr gleich gestern einen Antrittsbesuch abstatten müssen, statt aus einer spontanen Laune heraus Hedi und Hubertus auf die Vernissage zu begleiten. Er war das Nesthäkchen, Magdalenas sonniger Sündenfall, und sie liebte es, ihn zu verhätscheln – im gleichen Maße, in dem er es zu seinem eigenen Ärger verstand, ihrer Fürsorge aus dem Weg zu gehen. Er stellte sich auf Vorwürfe ein, wappnete sich dagegen und biss von seiner frischen Brezn ab.

Er liebte den Geschmack, wenn er auf ein Salzkorn biss, Lauge und Salz sich mit dem hellen Hefeteig in seinem Mund zu einem zähflüssigen Brei verbanden. Kauend und in Gedanken sprang er mit einem riesigen Satz die letzten Stufen vom Wirtshaus auf die Sendlinger Straße herunter. Genau in dem Moment, in dem eine hochgewachsene Gestalt mit einem rotbraunen schwingenden Pferdeschwanz im türkisblauen Dirndl ein volles Tablett aus dem Biergarten hereintrug. Er streifte sie im Sprung. Die Wucht des Aufpralls wirbelte sie so stark herum, dass die gestapelten Aschenbecher mit einer ohrenbetäubenden Glasexplosion auf dem Sandstein der Treppe landeten und ein großes Stück aus der untersten Treppenstufe brachen. Dicke Scherben spritzen in alle Richtungen.

»Hey, kannst du denn nicht aufpassen?« Sie drehte sich um, Kampfeslust in den dichtbewimperten Augen, die das Erste waren, was er wahrnahm, bevor er sie erkannte. Fast hätte er sich an dem Stück Brezn verschluckt, das er noch im Mund hatte. Er kam sich wie ein dummer Junge vor, der vor einer schönen Amazone stand – so war es ihm schon immer gegangen, wenn er sie gesehen hatte. So dichtbewimpert wie heute waren ihre Augen schon als Kleinkind gewesen. Ihre Iris war nicht einfach nur braun, sondern von einem so tiefen Sepiabraun, dass sie ganz deutlich mit dem klaren Weiß des Augapfels kontrastierte. Er kannte sie in allen Gemütslagen. Lustig, traurig und wütend. Unbekümmert, draufgängerisch – und ja, verführerisch. Jetzt war sie zornig, das sah er sofort. Ihre Pupillen wuchsen geradezu auf Tellergröße, pulsierten wie das Innere eines Vulkans. Sie war fast so groß wie er, und die Muskeln und Sehnen zeichneten sich deutlich an ihren schlanken Armen ab. Ihr Pferdeschwanz fiel in den sich bauschenden Dirndlausschnitt, der sich jetzt in kurzen Abständen hob und senkte. Lara Croft, dachte Tom, nur nicht im Kampfanzug, sondern im Dirndl! Er fühlte jenes tiefe, warme Herzklopfen, das er so lange vermisst hatte. Sie hatte sich kaum verändert.

»Christl!« Er hatte seine Sprache wiedergefunden und würgte mit trockenem Mund den Bissen Brezn herunter.

»Tom! Das nenne ich eine Überraschung!«

Die Scherben der Aschenbecher, die sie wohl in die Küche zum Spülen hatte bringen wollen, glitzerten auf dem Boden, während ihre Blicke für einen Moment verschmolzen. Sein Anblick schien auch sie zu überraschen. Tom lachte, ließ seine weißen Zähne blitzen. Wie selbstverständlich bückte er sich, sammelte – vorübergehend ganz Herr der Lage – die größten Stücke auf.

»Eine ganz normale Begrüßung wäre ja auch langweilig gewesen.« Sie straffte die Schultern, warf den Pferdeschwanz zurück. Ihr Lächeln ließ den Schönheitsfleck unter ihrem rechten Auge dunkel aufflammen.

»Das tut mir leid. Ich hoffe, dir ist nichts passiert?« Tom suchte nach den richtigen Worten, während er daran dachte, dass Max auf ihn wartete.

»Zum Glück bin ich nicht aus Glas. Hedi wird sich allerdings bedanken, dass sie gleich in der Früh einen Scherbenhaufen vor der Tür hat. Siehst ja selbst, wie groß der Laden geworden ist. Der Biergarten hat doppelt so viele Plätze wie früher. Da muss alles reibungslos laufen. Wir machen gleich auf.« Christl griff nach dem Mülleimer, der neben der Eingangstür stand, bückte sich und half ihm, die Scherben einzusammeln.

Er widerstand der Versuchung, seine Blicke in ihren Ausschnitt gleiten zu lassen, und zog einen unversehrten Aschenbecher aus dem Scherbenhaufen, den er auf die Treppe stellte.

»Ist Hedi da?«

»Zum Glück noch nicht. Ich hoffe, wir haben aufgeräumt, bis sie kommt. Wir brauchen einen Besen.«

»Die Tina?«

»Die Tina? Ich habe sie noch nicht gesehen. Das will aber nichts heißen. Zwar frühstückt sie normalerweise im Wirtshaus unten, aber vermutlich hat sie gestern zu lang gefeiert und schläft jetzt aus. Was ist denn los?«

»Mhm! Frag lieber nicht!« Er setzte sich auf die Treppe. Sie rutschte neben ihn. Er hätte sie ewig so anschauen können. Tief in seinem Inneren, zwischen Bauch, Herz und Seele, glühte etwas auf, etwas, das mit Vertrauen, Ankommen und Leidenschaft zu tun hatte. Nur wenige Millimeter groß, doch von enormer Strahlkraft. Vergleichbar mit einem Goldklümpchen, das zu schmelzen begann. Gefühle, die er lange verdrängt hatte. Mit denen zu spielen er, wenn überhaupt jemandem, dann ihr erlauben würde. Wenn es denn überhaupt in seiner Macht stände zu verhindern, dass sie die Kontrolle über ihn übernahm.

»Christl …«, setzte er an. Sie war die Letzte, die er nach dem Schusswechsel in Düsseldorf vor seinem geistigen Auge gesehen hatte, und die Erste, als er im Krankenhaus erwacht war.

»Braucht ihr einen Besen?« Christls Kollegin Anna musste das Disaster mitverfolgt haben und reichte Christl im Vorbeigehen Besen, Handfeger und Schaufel. Christl nahm den Besen, Tom den Handfeger und die Schaufel. Jetzt war nicht der Moment für weitreichende Geständnisse.

»Hast du heute Abend Zeit?« Er nahm die Scherben auf, die sie ihm zufegte, und ließ sie in den Mülleimer fallen.

Sie ließ sich Zeit mit ihrer Antwort.

»Fertig.« Christl strich sich die Schürze glatt.

Ob sie sich auch an den Abend erinnerte, an dem sie sich endlich nach all den unbeschwerten Jahren als Freunde nähergekommen waren, nach all den Bergwanderungen, Bade- und Radtouren, die beide Familien zusammen unternommen hatten. Bei Tinas Kommunion vor acht Jahren. Er 28, sie fünf Jahre jünger. Er auf dem Sprung, sie in einem Rausch von Optionen. An dem Abend, bevor er nach Düsseldorf gezogen war. Sie hatten beide gewusst, dass es keine Zukunft für sie gab, vielleicht war die Nacht deshalb so leidenschaftlich gewesen. Eine Nacht voller Leidenschaft zwischen zwei Menschen, die sich von Kind an nahe waren.

»Tom, ich bin jetzt mit Benno zusammen.« Sie stellte den Besen an die Wand, nahm das Tablett von der Treppe, drehte sich um, wollte gehen.

Tom fühlte sich wie von Eiswasser übergossen. Bevor er antworten konnte, trat ausgerechnet Benno Stadler aus der Dunkelheit des Wirtshauses durch die dicke Eichentür. Er schob sich grimmig wie ein Bär zwischen Christl und Tom und schien die Lage mit einem Blick erfasst zu haben. Tom legte Handfeger und Schaufel auf die Stufen.

Er hatte Benno bereits am Vorabend begrüßt. Benno war von Max' Seite nicht wegzudenken und als Geschäftsführer eng mit dem Wirtshaus verwachsen. Sie alle kannten sich seit Jahren.

Besitzergreifend legte Benno seine breite Hand auf Christls zarte Schultern, und Tom sah, wie sich der bullige Nacken seines Rivalen zum Angriff krümmte, der Blick in seinen sonst so gutmütigen Bernhardineraugen verhieß Gefahr. Benno hatte Christl gewählt, das war nicht zu übersehen. Er hatte sie nicht nur gewählt, er war bis über beide Ohren in sie verknallt, meldete Besitzansprüche an. Nur deshalb war er überhaupt so plötzlich aufgetaucht. Er hatte sie beobachtet, hatte auf der Lauer gelegen. Er war Christls neuer Bodyguard. Er hatte die Rolle ihres Bruders übernommen, der vor sieben Jahren verunglückt war, wie Tom damals von seiner Mutter erfahren hatte. Ein knappes Jahr nach ihrer gemeinsamen Nacht. Kurz darauf hatte Christl ihr Studium abgebrochen. Warum hatte er sich nicht wenigstens da bei ihr gemeldet?

Christl schaute zu Boden. »Ich komm gleich, Benno.« Mit vertrauter Geste legte sie Benno besänftigend die Hand auf den Oberarm. Der nickte Tom zu, professionell, aber kühl. Dann schritt er breitbeinig, mit gespreizten Ellenbogen nach draußen in den Biergarten, um sein Revier zu markieren und nach dem Rechten zu sehen.

Wuff, dachte Tom und sah Christl an, die sich nicht vom Platz gerührt hatte. Die Nähe zwischen ihnen war einer unüberbrückbaren Distanz gewichen.

8

Der Himmel strahlte zwar blau, als Tom auf die Sendlinger Straße trat und über den Rindermarkt zum Marienplatz lief, aber er fühlte sich wie betäubt. Christls Worte »Ich bin jetzt mit Benno zusammen« hallten in ihm wider. Die Fußgängerzone hatte sich inzwischen belebt. Als er die Neuhauser Straße erreichte, lag der Duft frisch gebrannter Mandeln in der Luft, dem er sonst kaum widerstehen konnte, der ihm jetzt aber bitter erschien. Er zwang sich, an Max zu denken, der auf seine Hilfe hoffte und seine gesamte Aufmerksamkeit verdiente. Als Erstes musste er sich also einen Eindruck vom Tatort verschaffen.

Tom bog am Marienplatz zum Fischbrunnen ab, der auf dem Weg lag. Vielleicht brachte ihm der Abstecher Erkenntnisse, die er gleich auf dem Präsidium einsetzen konnte. Die Absperrung war bereits aufgehoben. Die Spurensicherung hatte ihre Arbeit zügig beendet. Es wäre auch kaum möglich gewesen, all die Menschen fernzuhalten, die an einem Sommertag wie diesem den Marienplatz bevölkerten.

Die neugotische Fassade des Neuen Rathauses leuchtete in Rot-Braun-Tönen, die Geranien in den Blumenkästen entfalteten ihre rote Blütenpracht, die bunten Figuren des Glockenspiels im Turm schickten sich – von einer Traube Touristen bewundert – an, den Schäfflertanz zu tanzen. Das Café an der Ecke hatte bereits geöffnet. Zahlreiche Gäste genossen ihren Frühstückskaffee im Freien, freuten sich an den freien Stunden und dem morgendlichen Treiben der Stadt. Doch Tom hatte keinen Blick für die Schönheit ringsum. Er fühlte sich mit einem Mal wieder heimatlos, bereit zu flüchten.

Der Fischbrunnen wirkte so friedlich, dass man nicht glauben konnte, dass sich hier heute Nacht ein Drama abgespielt, ein Mensch den Tod gefunden hatte. Tom war schon immer gerne am Fischbrunnen gewesen. Als Jugendlicher hatte er sich hier regelmäßig mit Freunden verabredet. Aus den Eimern der drei bronzenen Burschen, die sich an den Sockel lehnten, auf dem der runde Fisch thronte, plätscherte frisches Wasser in das graue Nagelfluh-Becken. Es stammte, wie Tom wusste, aus der Mangfall. Der Fisch erinnerte an die Zeit, als die Fischhändler ihre lebende Ware in Körben in das frische Brunnenwasser hängten. Tom ging um den Brunnen herum. Gegenüber vom Haupteingang des Neuen Rathauses entdeckte er einen roten Fleck an der Brunnenumrandung. Aha. Hier ist also der Mord passiert. Tom stellte sich die nächtliche Situation vor. Diese Stelle musste weitgehend im toten Winkel liegen. Letztendlich ist nicht auszuschließen, dass der junge Mann nur zur falschen Zeit am falschen Ort gewesen und einem brutalen Zufallsmord zum Opfer gefallen ist, dachte er. Der Ort selbst verriet nicht mehr viel, denn der Alltag war bereits wieder eingekehrt, wie Tom feststellte.

Er schlug den Weg in Richtung Polizeipräsidium durch die Weinstraße und über den Domplatz der Frauenkirche ein und rannte fast, um die verlorene Zeit einzuholen. Er widerstand der Versuchung, die Kirche zu betreten, zum x-ten Mal seinen Fuß in den Fußabdruck des Teufels im Eingangsbereich zu stellen – für ihn das Symbol des Gegensatzes von mittelalterlichem Mythos und moderner Realität. Hatte man im Mittelalter geglaubt, der Teufel hätte den Fußabdruck hinterlassen, so ging der moderne Mensch eher davon aus, dass es ein Handwerker gewesen war.

Während seine Turnschuhe ihn über das Kopfsteinpflaster trugen, überlegte er, dass es ihm jedes Mal einen Stich geben würde, wenn er Christl und Benno zusammen sah. Tom ballte die Fäuste in den Hosentaschen. *Benno!* Warum ausgerechnet Benno? Der würde nicht so leicht loslassen, das wusste Tom. Und auch Max würde nicht begeistert sein, wenn sein kleiner Bruder in die Freundin seines Geschäftsführers verliebt war. Vergiss es, versuchte er sich einzureden, als er wenig später am Polizeipräsidium ankam.

Max eilte ihm mit weit ausladenden Schritten und sorgenvoller Stirn durch das Eingangsportal entgegen. Tom erkannte sofort, dass sein Bruder in ernsthaften Schwierigkeiten stecken musste. Eine blutige Schramme zog sich quer über die linke Wange, die sich unter dem geschwollenen Auge bereits zu einem Veilchen auswuchs. Eine Platzwunde prangte auf der Stirn, die Tom am Vortag nicht aufgefallen war.

»Nix wie weg hier.« Max' rechter Arm hing schlaff herunter, was ihn die Schulter zum Ausgleich hochziehen ließ.

Tom kannte seinen Bruder nur zu gut. Am liebsten würde Max losbrüllen wie einer der beiden Löwen, die auf den Pfosten zu beiden Seiten des schmiedeeisernen Portals vor dem Gebäude thronten, und Tom schon immer Respekt eingeflößt hatten. Respekt vor der Gerechtigkeit.

»Woher kommt die Schramme? Hast du dich etwa mit Mayrhofer geprügelt?«

»Das hätte ich mal tun sollen! Blöderweise bin ich heute Nacht nur ausgerutscht und habe mich gestoßen.«

Wer's glaubt, dachte Tom. Doch es hatte keinen Sinn weiterzubohren, so verstockt, wie Max ab nun schwieg.

Insgeheim hatte Tom sich auf den Geschmack des Kaffees im Polizeipräsidium gefreut. Einen Fitmacher hätte er jetzt gut gebrauchen können. Keinen Cappuccino, keine Latte, sondern einen stinknormalen Filterkaffee mit H-Milch. Er wusste schon jetzt, dass er ihn ab seinem dritten Arbeitstag ungenießbar finden würde, schließlich war ihm das sowohl während seiner Ausbildung als auch später in Düsseldorf so gegangen, aber er verband mit diesem Geschmack die Passion und das Durchhaltevermögen eines strategischen Langstreckenläufers. Und genau die waren unabdingbar, um den Alltag im Präsidium zu überstehen – kräftetechnisch wie politisch. Gerade Politik würde in seiner neuen Position wichtig werden. Deshalb hätte er gern ein paar alte Kollegen begrüßt sowie Mayrhofer und seine ihm bis jetzt noch unbekannte Kollegin zu den aktuellen Erkenntnissen befragt. Auch hätte ihn interessiert, welchem Team er ab Montag zugeteilt werden sollte. Bis jetzt hatte ihn seine Unwissenheit nicht gestört, da er selbstbewusst genug war, die Dinge zu nehmen, wie sie kamen, doch die Situation hatte sich verändert, nun wurde jedes Detail wichtig.

Unter Umständen würde er persönlich in diesen neuen Mordfall involviert sein. Somit könnten ihm weniger wohlgesonnene Kollegen Befangenheit in dem Fall unterstellen und damit seine Mitarbeit unmöglich machen. Dabei war er sich im Klaren darüber, dass Neid und Missgunst nicht vor dem verlängerten Arm der Exekutive Halt machten. Eine solche Situation musste er in jedem Fall verhindern, weil sie seine eigenen Ermittlungen erschweren würde, auf die er keinesfalls verzichten wollte, denn er war zu 100 Prozent von Max' Unschuld überzeugt. Daher hätte er gerne gewusst, ob er mit jemandem zusammenarbeiten würde, auf den er sich in dieser besonderen Situation verlassen konnte.

»Mein Einstecktuch war übrigens auch bei der Leiche!« Max umfasste seinen steifen Arm, um ihn an den Körper zu ziehen.

Tom erschrak. Noch ein Indiz, das gegen seinen Bruder sprach. Er konnte sich sehr gut vorstellen, was Mayrhofer gedacht hatte, als er das Veilchen seines Hauptverdächtigen gesehen hatte. Denn dass es nicht von einer Prügelei mit Mayrhofer stammte, glaubte Tom seinem Bruder. In so einem Fall wäre Max mit Sicherheit in Untersuchungshaft gekommen.

»Dein Einstecktuch? Wie denn das? Erst das Foto von Tina, dann dein Einstecktuch! Da geht doch irgendwas nicht mit rechten Dingen zu. Und verletzt bist du auch noch. Wissen die schon, dass es dein Tuch ist?«

»Noch nicht. Ich muss es irgendwo verloren haben. Der tote Junge muss es gefunden und mitgenommen haben. Ich hab ihn nicht gekannt. Keine Ahnung, wie er sonst an das Tuch gekommen sein könnte. Auf jeden Fall haben die jetzt meine Fingerabdrücke und meine DNA.«

Tom dachte nach. »Das heißt, wir haben maximal zwei Tage Zeit, um den Mörder des Jungen zu finden.«

Zwei Tage, so lange dauerten die Untersuchung der DNA samt Spurenabgleich in der Regel. Zwei Tage – wenig Spielraum, um einen Mord aufzuklären, dachte Tom. Noch dazu ohne jegliche polizeiliche Rückendeckung, ohne Zugriff auf den gesamten kriminologischen Apparat und ohne Mitarbeiter. Doch es half nichts, es gab keinen anderen Weg. Den Fall aufzuklären, war er nicht nur seinem Bruder, sondern auch dem Toten schuldig. Der Junge – das hatte er am Vorabend sofort gesehen – war ein Wandler zwischen den Welten gewesen genau wie er. Er würde den Fall aufklären, unabhängig davon, in welchem Verhältnis seine Nichte zu dem Toten gestanden hatte. Der Junge hatte augenscheinlich nicht viel Gutes erlebt, er hatte zumindest ein Recht auf Gerechtigkeit nach seinem Tod.

Max drehte sich zu Tom um. »Was den Mord anbelangt, bin ich ganz bei dir, Tom. Aber zuallererst muss ich wissen, wo Tina ist. Mensch, Tom, sie ist seit gestern Mittag verschwunden. Wer sagt mir denn, dass sie nicht tot in der Isar liegt?«

»Sucht die Polizei nach ihr?«

Max sah verächtlich drein. »Nicht aus Sorge, sondern, um sie als wichtige Zeugin zu vernehmen. Am liebsten mit einer Aussage gegen mich. Denn eines sag ich dir: Starke und Mayrhofer, die sind ein wahrhaft starkes Team. Wenn Ehrgeiz leuchten würde, wären die zwei wie fluoreszierende Marsmännchen unterwegs.«

Max legte trotz seines kranken Arms ein erstaunliches Tempo vor, als sie nun die Neuhauser Straße entlangliefen. Tom musste entgegenkommenden Passanten ausweichen.

»Dass ein 16-jähriges bayerisches Dirndl verschwunden ist, ist denen ziemlich wurscht«, schimpfte Max. »Die stochern im Sumpf. Ich bin nicht der, den sie suchen. Ich hab nichts mit der Sache zu tun. Ich bin nur ein Vater, der sein Kind wiederhaben will – und zwar unversehrt.« Er hielt an, öffnete mit der Linken die obersten beiden Knöpfe seines Hemdes, um sich Luft zu verschaffen, setzte sich wieder in Bewegung. »Verstehst du, Tom? Die wollten mich am liebsten gleich dabehalten. Stell dir die Schlagzeile vor: ›Mord am Fischbrunnen – Eifersüchtiger Wirt ist der Täter.‹ Die Tina und ich, wir sind von Haus aus verdächtig.« Jetzt musste Max ausweichen, um nicht mit einem eng umschlungenen schlendernden Pärchen zusammenzustoßen.

»Immerhin, im Moment haben sie nichts Konkretes gegen dich in der Hand.«

Max wiegte den Kopf hin und her.

»Der Junge kam übrigens aus Sri Lanka. Er war vorbestraft und wurde wegen Drogenhandels gesucht. Sie konnten ihn anhand seiner Fingerabdrücke identifizieren.«

»So was Ähnliches dachte ich mir schon. Das war ein ganz armer Kerl. Stand wohl von Anfang an auf der Schattenseite des Lebens. Wahrscheinlich sind seine Eltern vor der politischen Situation zu Hause geflohen, und er hat hier nie richtig Fuß gefasst.«

»Trotzdem – ich kann mir nicht vorstellen, dass Tina ihn gekannt hat.«

»Mmh. Überleg mal ganz genau: Vielleicht fällt dir doch ein Hinweis ein.«

»Ich denke schon die ganze Zeit darüber nach. Kein Signal.«

Tom wusste, dass jedes weitere Wort, jede Spekulation überflüssig war, bis sie mehr wussten. Natürlich fielen ihm die unterschiedlichsten Dinge ein, woher ein pubertierendes Mädchen wie Tina einen Kleinkriminellen kennen könnte. Drogen waren da nur ein Aspekt. Aber Tom glaubte nicht, dass Tina etwas mit dem Mord zu tun hatte. Viel eher, dachte er, läuft sie vor ihren übervorsichtigen Eltern davon. Mit 16 Jahren zum ersten Mal nachts nicht nach Hause zu kommen, war so ungewöhnlich nun auch wieder nicht.

Schweigend schritten sie nebeneinander über die Neuhauser Straße und den Marienplatz, der sich jetzt mit Menschen aller Nationalitäten füllte, da die Geschäfte um zehn Uhr öffneten. Zahlreiche Touristen sowie eifrige Geschäftsleute bevölkerten die Fußgängerzone. Menschen, die eine Ausstellung, eine Führung, eine Sehenswürdigkeit besuchen wollten oder die ihre Bankgeschäfte, Arztbesuche und Besorgungen erledigten. Tom fiel auf, wie gepflegt und solide das Straßenbild war, gerade im Vergleich zu den asiatischen Städten, die er noch vor Kurzem besucht hatte. Viele Münchner waren gediegen und exklusiv gekleidet, ihr Geschmack stand oftmals in krassem Gegensatz zu dem der Touristen, die größtenteils mehr oder weniger schmeichelnde Shorts, T-Shirts und bequemes Schuhwerk bevorzugten. Besonders stachen die Chinesen, Japaner und Amerikaner ins Auge. Während die einen mit Mundschutz unterwegs waren, als ob die Münchner Luft nicht sauber wäre, beobachteten die anderen das Geschehen durch die Linse ihrer Kamera oder ihres Smartphones, fotografierten, filmten. Es war ein buntes Treiben.

Schweigend bogen sie in die Sendlinger Straße ein, passierten die Statue von Sigi Sommer, dem Journalisten und Satiriker, den Hubertus so bewunderte und dem er, ohne dass er es je zugegeben hätte, insgeheim nacheiferte. Mit der Erweiterung der Fußgängerzone vom Marienplatz über den Rindermarkt bis in die Sendlinger Straße war auch Sigis Bronzestatue restauriert worden. Nun glänzte sie frisch poliert in den frühen Sonnenstrahlen, die vereinzelt durch die Äste und Blätter der riesigen Kastanie schimmerten, die der Statue Schatten spendete. Tom seufzte. Ihm war, als ob ihm der kleine Mann, der in dem Moment dargestellt war, in dem er in die Redaktion stürmte, in geheimer Solidarität aufmunternd zuzwinkerte. Die Lachfältchen um die Augen zeichneten sich deutlich ab.

Tom und Max kamen im Wirtshaus an, zwängten sich durch die Tür vorbei an den Gästen, die auf der Suche nach einem typisch bayerischen Frühstück ins Wirtshaus strömten. Stumm setzten sie sich an den Stammtisch, wurden von einer verzweifelten Hedi begrüßt.

Sie hatte Max' Blessuren zweifelsfrei schon am Morgen entdeckt, denn sie ging nicht weiter darauf ein oder die Kratzer fielen ihr im schummrigen Licht des Wirtshauses nicht auf. Tom nahm die gewohnte Atmosphäre in sich auf, das Restaurant vorne mit den Holzvertäfelungen, den liebevoll dekorierten Holztischen mit den pittoresken Lampen darüber, den historischen Bierwerbeplakaten an den Wänden, den Bierkrügen auf den Holzregalen. In der Schwemme hinten, wo bereits um zehn Uhr die ersten Schweinsbraten serviert wurden, Töpfe mit heißen Weißwürscht hereingetragen wurden und das Bier zu fließen begann, ging es bereits um Einiges lauter zu. Es könnte alles so schön sein …

»Keine Spur von Tina.« Hedi schien den Tränen nahe. »Ich hätte gestern nicht auf die Vernissage gehen dürfen.« Hedi knetete die Schürze ihres Dirndls. »Seit über 16 Stunden ist sie jetzt überfällig. Das war noch nie da. Ihr Handy ist ausgeschaltet.«

»Hast du schon ihre Freundinnen angerufen?«, fragte Max.

Hedi nickte. »Keine weiß, wo sie ist.« Man sah ihr an, dass sie von den schlimmsten Vorstellungen gequält wurde. »Nichts!« Sie spielte nervös mit dem Edelweißanhänger, der an einem silbernen Kettchen um ihren Hals baumelte. »Max, ich mache mir solche Vorwürfe!« Sie war den Tränen nahe. Ihre sonst so strahlenden Augen beherrschten groß vor Sorge das schmale Gesicht.

Tom konnte nicht anders, als ihr tröstend den Arm zu drücken. Er wusste, wie sehr Hedi und Max an ihren Kindern hingen. Sie waren erst sehr spät Eltern geworden. Nach vielen Jahren Ehe hatten sie die Hoffnung bereits aufgegeben. Und auch dann waren die Schwangerschaften nicht leicht gewesen. Hedi musste bei beiden Kindern monatelang liegen, Tina wäre bei der Geburt fast gestorben. In den ersten Jahren hatten beide Kinder entweder gleichzeitig oder kurz hintereinander alle erdenklichen Kinderkrankheiten. Sanni hatte sich im vergangenen Dezember zu einem Austauschjahr in Australien entschlossen. Und nun war Tina verschwunden.

Während Hedi vor Sorge einer Hysterie nahe war, versank Max in Sprachlosigkeit. Tom spürte, dass Hedi dringend ein Zeichen der Zuversicht benötigte. »Tina kommt schon wieder.«

»Sogar die Birgit hab ich angerufen.« Hedi schüttelte den Kopf.

Max hatte bisher ruhig dagesessen, die Beine breit unter dem massiven runden Holztisch von sich gestreckt. Sein steifer Arm lag von der linken Hand umklammert auf dem Tisch, er blickte in die Ferne. Jetzt sprang er auf, stieß dabei mit dem Oberschenkel gegen die Tischplatte, sodass sich der schwere Holztisch trotz seiner Massivität verschob, die Apfelsaftschorle aus Toms Glas auf den Bierdeckel schwappte. Max musste sich schmerzhaft gestoßen haben, doch das kümmerte ihn augenscheinlich nicht, so sehr war er außer sich.

»Wen hast du angerufen, Hedi? Hab ich richtig gehört? Die Hasslerin? Wieso um alles in der Welt hast du denn die Hasslerin angerufen? Ihr habt mir doch hoch und heilig versprochen, dass die Tina nichts mehr mit dem Basti hat.«

Basti? Tom horchte auf. Er wusste aus Telefonaten mit seiner Mutter, dass Jakob, Bastis Vater, aufs Hinterhältigste gegen Max intrigiert hatte. Er hatte gegen Max opponiert, als es um die Vergabe eines Wies'n-Zeltes ging, was für Max wie für jeden Münchner Wirt die höchste Ehre bedeutet hätte. Jakob hatte Max angeschwärzt, die anderen Wies'n-Wirte gegen ihn in Stellung gebracht. Er hatte dafür gesorgt, dass ein anderer den Zuschlag bekam, obwohl Max eigentlich am Zuge gewesen wäre. Oma Magdalena, die mit den Hasslers schon von Kindesbeinen an, also seit Jahrzehnten, eng befreundet war, hatte vermutet, dass Jakob in Max einen Konkurrenten für den heiß begehrten Posten des Wies'n-Sprechers gesehen und seinen Innovationsgeist gefürchtet hatte. Max waren Jakobs Machenschaften zugetragen worden, was besonders bitter war, da Anian sich nach dem Unfalltod von Max' Vater Quirin rührend um die Familie gekümmert hatte, sodass Oma Magdalena sich lange Zeit in Anians Schuld gefühlt hatte. Er war Zeuge von Quirins tödlichem Skiunfall gewesen, hatte damals unter Einsatz seines eigenen Lebens versucht, den steifgefrorenen Körper des Freundes zu reanimieren. Doch sein Sohn Jakob hatte die über Generationen gewachsenen freundschaftlichen Bande zwischen den Familien aus Hab- und Machtgier mit scharfer Schere zerschnitten.

»Ich wollte jede Möglichkeit ausschließen.«

Hedi verschob die Brezn im Breznkorb. Ihr ist eine Beziehung zwischen Tina und Basti auch nicht recht, dachte Tom. Nicht nur wegen Max, sondern auch, weil ihr weiblicher Instinkt Alarm schlägt. Die männlichen Vertreter der Familie Hassler waren bekannt dafür, nichts anbrennen zu lassen. Hedi hatte selbst am eigenen Leib miterlebt, wie eine Frau an den Affären des Mannes zugrunde gehen kann, denn ihr eigener Vater war kein Kind von Traurigkeit gewesen.

»Tina und Basti sind nun mal Sandkastenfreunde. Sie tanzen Turniere zusammen. Sie stehen kurz vor ihrem nächsten Wettkampf. Sollen wir ihr das etwa auch noch nehmen? Bloß wegen Jakob?«

»Wie Romeo und Julia.« Max Stimme wurde zu einem hohen Singsang.

»Auf jeden Fall ist und war die Tina nicht bei Basti«, sagte Hedi entschlossen.

»So dringend wir sie finden müssen, so froh bin ich darüber.« Max rieb seinen Arm. Sein blaues Auge schien zu pochen, schimmerte eine Spur dunkler. Die Verletzung war nun deutlich zu erkennen. »Mit den Hasslers will ich nichts mehr zu tun haben, das weiß die Tina ganz genau. Und das versteht sie auch.« Er kramte Pfeife und Tabak aus dem Regal hinter sich zwischen zwei Sammlerbierkrügen hervor, legte sie auf den Tisch. Seine mächtige Linke zitterte, als er begann, seine schwarze gebogene Pfeife zu stopfen.

Tom erkannte seinen Bruder nicht mehr. Normalerweise war Max weder stur noch eigenbrötlerisch, sondern ein aufgeschlossener Unternehmer, der seine Umgebung regelmäßig mit innovativen Ideen in Atem hielt.

»Worüber habt ihr euch überhaupt gestritten?«

Hedi ging in die Offensive, stand auf. »Klar. Wenn wir mal streiten, dann ist das natürlich der Auslöser. Euer Streit spielt ja keine Rolle. Dabei: Ihr streitet ja nur noch! Nix passt dir an ihr. Weder was sie anhat noch was sie tut noch wie sie sich verhält. Immer moserst du an ihr herum.«

»Ja was soll ich denn tun? Zuschauen? Ruhig und verständnisvoll lächeln, wenn sie sich die schönen blonden Haare rosa färbt und auf einer Seite abrasiert? Soll ich da sagen: Super, Tina, da kann Lady Gaga einpacken? Soll ich ihr Komplimente machen, wenn sie in einem schwarzen Herrenhemd rumläuft, das so kurz ist, dass du den Bauchnabel sehen kannst? Mit Springerstiefeln dazu. Wenn sie aussieht wie der schwarze Tod? Ehrlich, Hedi. Soll ich da als Vater ruhig bleiben?« Max atmete schwer und stopfte den Tabak fest. Die aus drei edlen Tabaksorten gemischte und in Bier getränkte Tabakmasse im Lederbeutel ging zur Neige.

»Jetzt rauchst du aber nicht, Max! Das tät uns jetzt noch fehlen: Eine Anzeige wegen Verstoßes gegen das Rauchverbot!« Hedi schaute sich um, ob schon jemand in Stellung ging, um sich über einen möglichen Raucher, noch dazu den Wirt, von dem man erwartete, dass er in seinem eigenen Wirtshaus mit gutem Beispiel voranging, zu beschweren.

Max sog an seiner kalten Pfeife. »Habt ihr euch gestern Abend etwa wegen des Nasenrings gestritten? Du willst doch auch nicht, dass sie sich den stechen lässt.«

»Warum wir gestritten haben, tut jetzt nichts zur Sache.« Hedi nahm ein leeres Glas vom Tisch, drückte sich an Tom vorbei aus der Eckbank, ging mit verschlossener Miene in die Küche.

Max beobachtete sie, inhalierte den abgestandenen Geruch des kalten Tabaks. Die Brüder sahen sich an. Beide kannten Hedi gut genug, um zu wissen, dass der Streitgrund triftig gewesen sein musste, wenn Hedi wortlos den Tisch verließ.

Tom beschloss, bei Gelegenheit ein vertrauliches Gespräch unter vier Augen mit seiner Schwägerin zu führen. Bisher waren sie keinen Schritt weitergekommen. Vielleicht wusste Hedi doch mehr über den toten Jungen und Tinas Beziehung zu ihm. Er wollte gerade aufstehen und Konsti informieren, dass jegliche Pläne für den Tag gestorben waren, als Christl mit fliegendem Dirndlrock, schwingendem Pferdeschwanz und außer Atem den Gang entlanggelaufen kam.

»Gute Nachrichten: Tina ist gerade die Treppe zur Wohnung hochgeschlichen. Ganz verweint, aber unversehrt!«

Max' Gesichtszüge entspannten sich schlagartig. Hedi kam aus der Küche gelaufen, trocknete sich überglücklich die Hände an der Dirndlschürze. Auch Tom freute sich, gleichzeitig verstärkte sich das flaue Gefühl in seinem Magen.

9

Hedi stieg bedächtig die Stufen zu ihrer Wohnung hinauf und öffnete die Tür, hinter der Tina vor wenigen Minuten verschwunden war, ganz darauf bedacht, von niemandem gesehen zu werden. Als Mutter fühlte sie deutlich, dass es keinen Aufschub für ein ernstes Gespräch gab. So unsagbar glücklich sie darüber war, Tina wieder wohlbehalten zu Hause zu wissen, so wenig zuversichtlich fühlte sie sich, dass alles sich auflösen würde, wie es gekommen war, das Leben unverändert weitergehen würde. Die Ahnung, dass etwas schieflief, hing wie eine dunkle Wolke über ihr, aus der jederzeit dicke Hagelkörner niederprasseln und eine grenzenlose Verwüstung anrichten konnten. Sie konnte Tina unmöglich die Ruhe gönnen, die ihre Tochter sich jetzt mit Sicherheit sehnlicher wünschte als alles andere auf der Welt.

Hedi dachte an das Gespräch des vorigen Abends. Wenn es doch nur um den Nasenring gegangen wäre, wie Max vermutet hatte. Welcher Segen wäre das in Anbetracht dessen, was wirklich Sache war. Die Wahrheit war so haarsträubend, so unfassbar, so niederschmetternd, dass Hedi sich in den Finger biss, um nicht loszuweinen. Egal, wie Tina sich entscheiden würde, nichts würde bleiben wie bisher. Ihrer aller Leben würde umgekrempelt werden, wenn sich bewahrheitete, was Tina gestern vermutet hatte. Welche Entscheidung stand ihr bevor! Eine Entscheidung, die für Hedi alternativlos war. Max' Reaktion zuvor hatte alles noch viel schlimmer gemacht, hatte gezeigt, dass ein vernünftiges Gespräch mit ihm unmöglich sein würde. Wie sollten sie ihm je die Wahrheit sagen? Wie konnten sie eine unvoreingenommene Entscheidung treffen? Ihr Kind stand völlig neben sich. Wie sehr hatte Hedi sich in der Nacht davor gefürchtet, dass sie Tina nicht lebend wiedersehen würde, weil die sich in einem Zustand befand, der es möglich machte, dass sie das, was sie gestern Abend angekündigt hatte, in die Tat umsetzen würde. Wo waren die harmonischen Familienwochenenden geblieben, an denen sie zu viert im Cabrio Sonntagsausflüge ins Voralpenland unternommen hatten? Voller Lebenslust und guter Laune. Es musste ein anderes Leben gewesen sein als das, was vor wenigen Monaten begonnen hatte und jetzt seinen Höhepunkt erreicht zu haben schien.

Gestern war das Unfassbare nichts als eine böse Vorstellung gewesen mit der Aussicht, dass sie sich, so schnell, wie sie gekommen war, in Luft auflösen könnte. Dass das nicht so sein würde, hatte sie gewusst, als Tina nicht nach Hause gekommen war, hatte sich in den Stunden, in denen sie auf ihre Tochter gewartet hatte, verstärkt, war nun zur Gewissheit geworden. Sie hatte keine Ahnung, was Tina mit dem Ermordeten zu tun hatte, warum ihr Foto bei ihm gefunden worden war. Die Tatsache allein jedoch zeigte ihr, in welchem

Umfeld sich ihre Tochter bewegte, dass alles möglich war, die Situation mehr als ernst. Im Gegensatz zu Max glaubte sie nicht mehr, dass Tina den Toten nicht gekannt hatte.

Auch mochte sie nicht an Max' Reaktion denken, als das Gespräch auf die Hasslers gekommen war. So uneinsichtig hatte sie Max noch nie erlebt. Er war voller Hass gegen die ganze Familie. Ausgerechnet Max, der sonst so ein verträglicher Zeitgenosse war, gesellig und gleichermaßen beliebt bei Gästen und Mitarbeitern. Wusste er mehr, als er ihr gegenüber zugab?

Hedi trat auf Zehenspitzen in Tinas Zimmer. Im Gegensatz zu Sannis glich Tinas Zimmer einer schwarz-rosa verhangenen Räuberhöhle, der man ansah, welche Konflikte das Mädchen ausstand, um von einem verträumten Kind zu einer jungen Frau zu werden. Tina saß auf ihrem Bett, starrte aus dem Fenster, das auf die Sendlinger Straße ging. Das schwarze Herrenhemd war komplett nach oben gerutscht. Trotz der Hitze trug sie schwarze Strümpfe, deren zahlreiche Löcher nur durch wenige Fäden zusammengehalten wurden. Ihre Haare, in einer Art Platinrosa gefärbt, standen wild vom Kopf ab. Tiefschwarze Rinnsale aus verlaufener Wimperntusche zeichneten die Tränen nach, die sie heute Nacht geweint haben mochte und die sie aus einer Gleichgültigkeit heraus nicht einmal abgewischt hatte. Sie ließen ihre Haut noch bleicher scheinen, als sie ohnehin schon war. Ihre katzenartig geschnittenen Augen glänzten nicht mehr lebhaft grün, sondern blickten rot und verquollen, ausdruckslos und starr.

Steht sie unter Drogen?, fragte Hedi sich.

»Tina, mein Schatz. Ich bin so froh, dass du wieder da bist.« Sie flüsterte die Worte noch an der Tür, unfähig, einzutreten und ihre Tochter in den Arm zu nehmen, da sie deren Ablehnung deutlich spürte.

»Wirklich, Mama?« Tina schaute sie nicht an.

»Ja, mein Kind. Das weißt du doch. Du kannst dir nicht vorstellen, welche Ängste wir heute Nacht ausgestanden haben.« Hedi hoffte, Tina mit dem, was sie sagte, zu erreichen. Nichts an deren Reaktion zeigte ihr, ob ihr das gelang. Tina wirkte völlig apathisch.

»›Angst‹, Mama, ›Angst kann etwas Gutes sein‹, hast du damals zu mir gesagt, als ich mich nicht getraut habe, von einem Stein in die Isar zu springen, und du im letzten Moment dazukamst – kurz bevor ich doch springen wollte, weißt du noch? ›Wie gut, Tina‹, hast du gesagt, ›dass du Angst hattest. Sie hat dich vor großen Schmerzen bewahrt‹.«

»Ja, mein Schatz, ich erinnere mich. Was da hätte passieren können! Das Wasser war gerade einmal 50 Zentimeter tief. Ich war so froh, dass du nicht gesprungen bist.«

»Ich bin auch heute Nacht nicht gesprungen, Mama.«

»Tina, um Gottes willen! Was meinst du damit?«

»Ich hatte Angst, Mama. Ich hatte Angst, als ich auf der Großhesseloher Brücke stand und endlich eine Stelle gefunden hatte, an der ich über den Zaun klettern konnte. Es sah alles so unwirklich aus im Morgengrauen.«

Sie sagte es mit Abscheu. Als ob sie sich selbst dafür verachtete, dass ihr der Mut zum Sprung gefehlt hatte. Hedi sah die Brücke vor sich, wie sie meterhoch über der Isar schwebte, deren steiniger Grund bis zur Oberfläche glitzerte, weil der Fluss an manchen Stellen nur wenige Zentimeter tief war. Wie viele Menschen hatten unter dieser Brücke schon einen grausamen Tod gefunden, nachdem es ihnen gelungen war, die extra angebrachten engmaschigen Gitterstäbe zu überwinden. Hedi rannte, ungeachtet der Mauer zwischen ihnen, zu Tina, setzte sich zu ihr aufs Bett, nahm ihren Kopf in die Hand, drückte ihrer Tochter Küsse auf Augen und Stirn, zog sie so nah zu sich heran, dass sie ihre Arme schützend um den schmalen Körper ihres Kindes schlingen konnte. Dann begann sie, Tina im Takt zu wiegen.

»Tina, alles, was zählt, ist, dass du lebst. Alles andere ist egal, vollkommen egal. Wir bekommen das hin, ich helfe dir. Das verspreche ich.«

Jetzt begann das Mädchen zu schluchzen, hemmungslos, wild und ohne jegliche Kontrolle. Hedi blieb ganz still, ließ das Gewitter, das über ihre Tochter hereingebrochen war, vorüberziehen. Währenddessen arbeitete ihr Gehirn fieberhaft. Sie überlegte die nächsten Schritte. Sie brauchten Hilfe. Doch wer konnte ihnen helfen? Zumal sie Max würden hintergehen müssen? Denn Max war der Letzte, der erfahren durfte, was ihr Mutterinstinkt ihr verriet, noch ehe Tina den Mut gefunden hatte, sie einzuweihen.

»Mama?« Tina hob den Kopf aus ihrem Schoß.

»Ja, mein Schatz?«

»Mama, es ist, wie ich gestern vermutet habe.« Tina saß nun ganz still da, in sich zusammengefallen wie ein Häufchen Elend. Gespenstisch still, hilflos. »Ich hab den Test gemacht. Ich bin schwanger.«

»Also wirklich schwanger.« Hedi schloss die Augen, um diese Information, die nun von einer Befürchtung zur Gewissheit geworden war, zu verdauen.

Dann fragte sie: »Wer ist der Vater? Basti?«

»Mama. Bitte. Lass mich damit in Ruhe. Ich kann und ich werde es dir nicht sagen. Bitte. Bitte hör auf, mich zu quälen. Selbst wenn ich wollte, könnte ich es dir erst sagen, wenn ich das Kind zur Welt gebracht hätte. Wenn ich das überhaupt tue …«, flüsterte Tina.

Bevor Hedi antworten konnte, stand Tom im Zimmer.

10

»Hallo, ihr zwei.« Aufgeschreckt starrten Tina und Hedi ihn an. Er störte eindeutig, aber es war nicht zu ändern. Er musste mit ihnen reden. Die Wohnungstür war nur angelehnt gewesen, und so hatte Tom die beiden im abgedunkelten Zimmer fest umschlungen vorgefunden.

»Hey, Tina, das wollte ich dir eigentlich gestern noch geben.« Er streckte Tina ein in rotes Seidenpapier gehülltes Geschenk entgegen, auf dem er einen nach Origami-Kunst gefalteten Papierflieger mit einer Schleife befestigt hatte. Den Stolz darüber, so ein Kunstwerk mit seinen sonst eher grobmotorischen Fähigkeiten vollbracht zu haben, konnte er nicht verbergen. Auf einem der Flügel stand in kalligrafischen Buchstaben »Für Tina.«

»Mensch, Onkel Tom, da hast du dich ja ganz schön ins Zeug geschmissen! Hast du das in deinem Kloster in Japan gebastelt? Oma hat mir erzählt, dass du unter die Origami-Künstler gegangen bist. Ich hab's nicht geglaubt, ehrlich! Aber jetzt, wo ich das sehe …« Tina lächelte unter Tränen.

Lieblingsnichte, dachte Tom. »So gefällst du mir schon besser, Tina-Maus. Komm, lass dich drücken, und dann pack es aus. Ich platze vor Neugier, wie es dir gefällt. Frisch aus Japan für dich importiert.«

Er ging zu ihr, nahm sie in die Arme, setzte sich zwischen Mutter und Tochter aufs Bett. Während Tina das Geschenk auspackte, darauf bedacht, den zerbrechlichen Flieger nicht zu zerknicken, saß Hedi wie versteinert auf der Bettkante. Ihr sonst so lockiges Haar schien alle Spannkraft verloren zu haben, hing ihr müde ins Gesicht. Selbst als Tina das Geschenk ausgewickelt hatte und hochhielt, war ihr nicht mehr als ein schwaches »Wie schön« zu entlocken.

Tina presste den farbenprächtigen Seidenkimono ans Gesicht, während sie erneut von einem Weinkrampf geschüttelt wurde. Tom verzog den Mund. Irgendwie stand er heute mit dem weiblichen Geschlecht auf Kriegsfuß.

»Okay, verstanden. Nicht dein Geschmack.«

»Nein, nein, das ist es nicht. Nur – ich werde ihn nie tragen können. Ich bin schon jetzt zu dick dafür.«

»Also, wenn ich dich so anschaue, würde ich dir dringend davon abraten, den ›Weight Watchers‹ beizutreten.« Tom blickte von einer zur anderen. Er wartete geduldig, bis Tina sich beruhigt hatte. »Probleme?«

Tina sah auf und schniefte. »Mama, du musst mir versprechen, dass du nichts sagst! Bitte Onkel Tom, sei mir nicht böse. Es … es hat nichts mit dir zu tun. Trotzdem danke für den Kimono. Er ist wunderschön.«

»So einen hat Lady Gaga übrigens bei ihrer Japan-Tournee getragen.« Tom versuchte, das Thema zu wechseln. Er hatte eines ihrer Konzerte in Tokio gesehen.

Tina lächelte unter Tränen. »Ich weiß, mit Petticoat drunter, schwarzen Leggings und 20 Zentimeter hohen Plateau-Sohlen. Sah ziemlich cool aus.«

Tom nickte. »Ja, das kann man wohl sagen.« Er dachte an seinen verzweifelten Bruder und wollte nicht länger um den heißen Brei herumreden. »Von dir soll es übrigens auch ein ziemlich cooles Foto geben.« Er verschwieg, dass es recht freizügig war, denn über Details wollte er lieber unter vier Augen mit ihr sprechen.

Seine Worte hatten ihm augenscheinlich Tinas ganze Aufmerksamkeit eingebracht. Mit wenigen Sätzen informierte er sie über die Vorkommnisse des Morgens, über die auch Hedi im Bilde war. Dabei bemühte er sich, seiner Stimme einen unbekümmerten Ton zu geben, so ernst die Angelegenheit auch war. So ein Foto, dachte er, gibt man nicht jedem. Ich bin sicher, dass sie den Toten kannte.

Tina reagierte wie erwartet.

»Keine Ahnung, warum der tote junge Mann ein Foto von mir bei sich gehabt hat.« Ihre Antwort überzeugte Tom nicht.

»Komm, Tina, ich begleite dich aufs Polizeipräsidium. Es wird dir positiv angerechnet werden, wenn du aus eigenem Antrieb dort auftauchst. Mit der Angelegenheit ist nicht zu spaßen. Sowohl eine Falschaussage als auch das Verschweigen wichtiger Hinweise wird negative Konsequenzen haben.«

Hedi erhob sich. Im Vorbeigehen drückte sie Toms Hand und ihre Lippen formten ein stummes »Danke«.

Tom schaute sich im Zimmer um, während Tina sich notdürftig frisch machte. Er sah auf den wild zusammengewürfelten Kleiderhaufen, der aus dem Schrank quoll, den stehen gebliebenen Wecker, das fleckige Kuscheltier, und er bezweifelte, dass Tina in ihrer momentanen Gefühlslage richtig handeln würde. Er erinnerte sich nur zu gut daran, wie er sich als Jugendlicher in der Pubertät verhalten hatte: weit zutraulicher gegenüber Fremden als gegenüber der eigenen Familie, zu Hause meistens stumm, außerhalb quicklebendig. Ein Abnabelungsprozess, der für alle Beteiligten schon unter normalen Umständen schmerzlich genug war, doch in diesem Fall konnte er zusätzlich gravierende Folgen haben.

✳

Tina schwieg, und so marschierten sie stumm nebeneinander her, obwohl Tom sich gerne mit ihr unterhalten hätte. Seine Nichte bevorzugte den Weg durch die verborgenen Gassen, durch den Hinterausgang des Wirtshauses in die Hackenstraße, an der alten Hundskugel vorbei in die Hotterstraße, von hier aus durch den Färbergraben über die Neuhauser Straße. Als ob ihr kalt wäre, hatte Tina trotz der Wärme ihre schwarze Biker-Jacke und die derben Stiefel angezogen. Da auch Tom seine Lederjacke trug, verlieh ihnen zumindest der Kleidergeschmack rein äußerlich eine gewisse Gemeinsamkeit.

Das Mädchen setzte nur widerwillig, mit hängenden Schultern, die Augen auf die Straße gerichtet, einen Fuß vor den anderen. So wird das Stunden dauern, dachte Tom. Doch da sie ungehindert vorankamen, ohne gegen den Menschenstrom ankämpfen zu müssen, der sich durch die Fußgängerzone zog, standen sie eher als erwartet vor Toms Lieblingscafé an der Ecke von Neuhauser Straße und Karmeliterstraße.

Sie weiß mehr, als sie zugibt. Ihr Schweigen verstärkte Toms Verdacht nur. Ihm graute es bei der Vorstellung, dass sie von Mayrhofer verhört werden würde, denn ihm war klar, wie schutzlos das Mädchen der Willkür des übereifrigen Beamten ausgeliefert sein würde. Besser, ich halte sie so lange wie möglich von Mayrhofer fern. Als der Geruch frischer Zwetschgendatschi von Rischart in der Neuhauser Straße in seine Nase stieg, hatte er eine Idee.

»Was hältst du von einer kleinen Pause, Tina, bevor wir uns in die Höhle des Löwen begeben? Du magst doch Zwetschgendatschi genauso gern wie ich, und hier sind sie unschlagbar.«

»Ich würde es lieber schnell hinter mich bringen.«

Tina blieb lustlos. Doch Tom zog einen Stuhl vom Tisch, um ihr ein hübsches Plätzchen im Schatten anzubieten.

»Zwei Datschi mit einer extra Portion Sahne und zwei Milchkaffee, bitte«, bestellte er wenig später an der Theke.

Er ging mit Kaffee, Datschi und Sahne zu Tina zurück, verrührte den Milchschaum, beugte sich zu seiner Nichte herunter. »So ein Verhör ist nicht zu unterschätzen. Natürlich musst du die Wahrheit sagen, aber mir wäre es lieber, wenn du mir vorab alles erzählst und wir dann gemeinsam überlegen, wie wir weiter vorgehen.«

»Es gibt nichts zu erzählen, Onkel Tom. Ich kenne den Toten nicht und habe keine Ahnung, was gestern passiert ist, okay?!«

»Ich glaube dir nicht, dass du den Jungen nicht kennst, Tina.«

»Woher willst du das wissen?«

»Ganz einfach: Ein ziemlich intimes Foto von dir wurde in seiner Tasche gefunden. Ich wollte es vor deiner Mutter nicht sagen, sie hat es nicht gesehen. So ein Foto gibt man keinem Fremden. Und dann habe ich bemerkt, wie erschrocken du warst, als du erfahren hast, dass er tot ist. Unwiderruflich tot, verstehst du?« Tom spießte ein Stück Datschi auf seine Gabel, gab reichlich Sahne dazu, fühlte seine Narbe pochen. »Oder hast du Angst, dass dir auch etwas zustoßen könnte, wenn du etwas verrätst?«

Tina schüttelte den Kopf, drehte an einem ihrer Ohrringe und überlegte lange. »Also gut, es kann sein, dass ich ihn bei Basti gesehen habe.«

»War er mit Basti befreundet?«

»Eher nicht.«

»Sondern?«

»Wenn es der ist, den ich meine, dann hat er Birgit ab und an geholfen. Es kann aber auch jemand anderes sein.«

»Es war niemand anderes. Das weißt du so gut wie ich.«

Tom kaute, ließ Tina Zeit, während er sich von seinem Datschi ablenken ließ. Er liebte diesen unverwechselbaren Geschmack: Der Hefeteig war durchzogen von der Flüssigkeit der reifen Pflaumen, großzügig mit Früchten belegt, mit einem verbindenden Guss überzogen. Herrlich. Gedanklich fasste er den aktuellen Stand zusammen. Ich habe ein erstes Teilchen des Puzzles gefunden: Es gibt eine Verbindung zwischen Tina und dem Mordopfer, die über Basti läuft. Zwar erleichtert das die Sache nicht, doch es ist zumindest ein Anfang.

Da Tina nicht weitersprach, musste er sie provozieren. »Wäre schon ein komischer Zufall, wenn es nicht dieser arme Junge wäre. Außer, du hast dich für eine Bollywood-Karriere entschieden und bringst massenweise solche Fotos unter die Leute. Wie hieß der Junge?«

»Haha. Deine Witze waren auch schon mal komischer, Onkel Tom. Tahil.«

»Nachname?«

»Keine Ahnung. Birgit spricht niemanden mit seinem Nachnamen an.«

»Und du hast ihm ein Foto von dir gegeben?«

»Nein.«

»Woher hatte er es dann?«

»Vielleicht von Basti?« Tina zuckte mit den Schultern.

»Wieso sollte Basti Tahil dein Foto geben?«

»Ich weiß es nicht.«

Vielleicht hat er es sich genommen, dachte Tom. So könnte das Foto zumindest in Tahils Tasche gekommen sein.

»Wobei hat Tahil Birgit eigentlich geholfen?«

»Tahil hat in ihrer Tanzschule zu besonderen Anlässen, also bei Tanzturnieren und Tanzabenden, als eine Art Mädchen für alles ausgeholfen. Stühle schleppen und so. Kellnern. War auch schon Wies'n-Aushilfe bei Bastis Vater und Opa. Bei Birgit ist er vor ungefähr zwei Monaten das erste Mal aufgetaucht. Er hat Birgit voll leidgetan.«

»Und wie war Tahil so?«

Tina trank immerhin einen Schluck Milchkaffee. »Er war irgendwie völlig verängstigt. Trauerte seiner alten Heimat nach. Er wollte zurück nach Sri Lanka. Er kam aus Colombo. Ich hab das mal gegoogelt. Ist die Hauptstadt. Er sprach immer von Teeplantagen, von feuchter warmer Erde, die er unter seinen Füßen spüren wollte. Er trug nur Flip-Flops, wollte Geld sparen, damit er wieder zurück konnte. Er war total unglücklich hier, hat sich fremd gefühlt. Birgit wollte ihm helfen. Er hat natürlich gemerkt, dass sie auf ihn abfährt, und hat das gnadenlos ausgenutzt. Basti ging das total auf den Wecker.«

Tom war froh, dass sie etwas auftaute. »Und was hatte er sonst mit Basti zu tun?«

»Mit Basti?«

»Ja, mit Basti.« Tom hatte seinen Datschi schon fast verputzt, während Tinas Teller unberührt geblieben war. »Schmeckt dir dein Datschi nicht?« Er wäre durchaus bereit, ihr bei ihrer Portion zu helfen.

Tina blickte auf ihren Teller, sprang auf, hielt sich die Hand vor den Mund und rannte in Richtung Toilette.

»Oh mein Gott! Das darf doch wohl nicht wahr sein.« Die Erkenntnis traf Tom wie ein Schlag. Augenblicklich erkannte er, dass er nicht in die erwartete heimatliche Idylle, sondern in das pure familiäre Chaos zurückgekehrt war. Dazu kam seine persönliche Situation mit Christl, an die er erst gar nicht denken wollte. Selbst ihm verging kurzzeitig der Appetit.

Er lehnte sich in seinem Stuhl zurück, bemüht, die nötige Distanz zu wahren. Eines nach dem anderen. Zuerst die größten Brocken aus dem Weg räumen. Es gibt immer und für alles eine Lösung. Nichts ist alternativlos. Nimm das Geschehen in die Hand, sonst bestimmt es dich.

Kreidebleich kam Tina zurück.

»Du bist schwanger.« Er sah auf ihren Bauch.

»Bitte, Onkel Tom. Kein Wort zu Papa.«

»Etwa von Bastian?«

»Das hat Mama auch gefragt.«

»Die Sache entbehrt nicht einer gewissen Ironie! Und?«

»So einfach ist das Leben nicht, Onkel Tom.«

»Mensch, Mädchen!«

Vor zwei Jahren war sie noch ein strahlendes Energiebündel gewesen, nun saß ein Häufchen Elend vor ihm: knochendürr und durchscheinend blass. Endstation im Blick. Tinas Leben musste dringend eine andere Richtung nehmen, aber schullehrerhafte Vorwürfe waren jetzt fehl am Platz. Vielmehr musste sie aufgeheitert werden und lernen, wieder die positiven Aspekte des Lebens zu sehen.

»Hey, Tina-Maus. Ich kann mir schon denken, dass du eine

ganze Reihe heißer Verehrer hast. Aber Mensch, du bist doch schlau. Du kannst mir doch nicht erzählen, dass du unter all den Männern den Überblick verloren hast.«

Tom stellte sich Max vor. Er würde fassungslos sein. Und wie sah es erst in Hedi aus, die normalerweise strikt an ihrem katholischen Glauben festhielt? Wäre es nicht so ernst, könnte man glauben, in einer schlechten Komödie gelandet zu sein. Ausgerechnet die Tochter seines Bruders war mit 16 Jahren schwanger. Max trat uneingeschränkt für die berufliche Chancengleichheit von Männern und Frauen ein, machte sich für Frauen in Führungspositionen stark. Eine gute Ausbildung für seine Töchter war ihm wichtiger als alles andere. Er würde auch Tina gern im Ausland sehen, damit sie wertvolle Erfahrungen für die Zukunft sammeln konnte. Und nun drohte sie, noch vor dem Abitur ein Baby zur Welt zu bringen – noch dazu vom Sohn seines größten Widersachers. Höchstwahrscheinlich. Für Max stände vermutlich außer Frage, dass Tina das Kind nicht zur Welt bringen sollte. Aber wie sah Hedi das? Und vor allem: Wie stand Tina dazu?

Tina wirkte nun überraschend selbstbewusst. »Ich weiß es selbst erst seit gestern, Onkel Tom. Glaub mir, eher beiße ich mir die Zunge ab, als dass ich euch sage, wer der Vater ist.«

»Aber du weißt es schon, oder?«

Ein Blick genügte, um zu wissen, dass es Tina ernst war. Sie war schon immer ein Sturkopf gewesen, hatte im Gegensatz zu ihrer Schwester tagelange Redestreiks mit hartnäckiger Gelassenheit durchgezogen. Es war sinnlos. Tom schob Teller samt Tisch beiseite, beugte sich nach vorn, nahm ihre Hand.

»Tina, hör mir zu. Du kannst dich auf mich verlassen. Ehrenwort. Selbst wenn es mir schwerfällt, denn Max ist mein Bruder, und ich stehe tief in seiner Schuld. Ich werde ihm nichts sagen, und deine Probleme werden sich lösen. Du weißt, dass wir zu dir stehen, egal was passiert. Aber wie dem auch sei, Max hat es nicht verdient, die nächsten Tage hinter

Gittern zu verbringen. Abgesehen davon, dass er keine Zeit für solche Sperenzchen hat, würde es seinen Ruf nachhaltig schädigen, öffentlich einer solchen Tat verdächtigt zu werden. Ernsthaft in die Sache hineingezogen zu werden, käme einer Art Spießrutenlauf für ihn gleich. Aber es sieht alles danach aus, als ob ihm jemand diesen Mord in die Schuhe schieben möchte. Sicher, er hat durchgedreht, als er dich auf diesem Foto gesehen hat. Aber das ist noch lange kein Grund für einen Mord. Ich schlage vor, du erzählst mir jetzt der Reihe nach, was du weißt, und dann sehen wir weiter, okay?«

Tina blickte ihn forschend an, bevor sie die Augen niederschlug. »Mein Gott, Papa stellt sich wirklich voll idiotisch an mit seiner Eifersucht. Ein paar Tage im Knast täten ihm ganz gut. Aber das ist noch lange kein Grund, ihm einen Mord anzuhängen. So ein Quatsch!« Sie strich die rosa Haare zurück. »Wann genau ist der Mord eigentlich passiert?«

»Wohl etwa eine halbe Stunde nach Mitternacht.« Zumindest hatte man Max nach seinem Alibi in diesem Zeitraum gefragt. Tom war überrascht, dass sie danach fragte.

Seine Antwort gefiel ihr offenbar nicht. »So eine Scheiße!«

»Warum?«

»Egal.«

»Nichts ist egal, Tina. Du warst doch gestern Nacht auch unterwegs. Hast du etwas beobachtet?«

»Nein.«

Tina schwieg wieder, und Tom erkannte, dass sie, selbst wenn es so gewesen wäre, nichts sagen würde. Er änderte das Thema.

»Also, wie war das mit Basti und Tahil?«

Tina seufzte. »Der Basti, weißt du, der steht ziemlich unter Druck. Schlechte Noten und so. Sein Vater, aber auch sein Opa stellen ziemliche Ansprüche an ihn. Er wird ja mal das ganze Erbe übernehmen als einziger Sohn. Da soll er frühzeitig an das Unternehmen herangeführt werden und alles von der Pike auf lernen. Sein Vater weckt ihn oft schon morgens um fünf Uhr, und er muss mit auf den Schlachthof, um das Fleisch auszusuchen, das im Wirtshaus verkocht werden soll. Er ist aber eher ein sensibler Künstlertyp – wie die Birgit eben. Er kann anschließend oft nicht in die Schule, weil ihm schlecht ist und weil er das alles so ekelhaft findet. Dabei soll er ja Betriebswirtschaft studieren und muss gute Noten schreiben. Der NC in München ist inzwischen auch schon bei eins Komma irgendwas, und er macht im Frühjahr Abi. Seine Mutter verteidigt ihn nicht vor seinem Vater. Sie steckt ja selbst in der Zwickmühle und hat regelrecht Angst vor ihm. Sie flüchtet sich in ihre Arbeit und möchte, dass wir im Herbst bei den Deutschen Meisterschaften im Turniertanz den Titel holen – solange Basti noch in der Jugend tanzt. Das können wir schaffen, wenn wir fleißig trainieren. Ich meine, wir hätten es schaffen könne, wenn ich nicht …«

Sie hatte die Augen gesenkt, am Ende so leise gesprochen, dass Tom sie kaum verstehen konnte. Nun konnte er sich denken, wie es weiterging. Er nahm den Faden auf. »Und um dem Druck standhalten zu können, hat er Drogen genommen. Tahil erkannte, dass Basti eine lebende Goldgrube ist, und hat ihn mit allem versorgt, das aufputscht, stimmt's?«

Tina nickte.

»Was genau?«

»Anfangs Gras, dann Koks, jetzt Tabletten, unterschiedlich, alles Mögliche.«

»Ja«, sagte Tom, »es ist schon komisch. Weißt du, während der 60er und danach war der Hauptgrund, Drogen zu nehmen, Spaß haben zu wollen. Und heute? Viele Jugendliche greifen danach, um den vielen Verpflichtungen gerecht zu werden, die auf ihnen lasten. Das ist einer der Nebeneffekte davon, dass wir auf Kosten der zukünftigen Generationen leben. Schade, dass so ein Leistungsdruck aufgebaut wird – zumindest in Deutschland. Auf der anderen Seite, schau dir andere europäische Länder an. Da stehen viele junge Leute nach dem Studium reihenweise auf der Straße. Das ist auch keine Lösung.«

Tina zuckte mit den Schultern. Sie hatte im Moment eigene Probleme.

»Hatte Basti vielleicht Streit mit Tahil? Gab's Probleme mit den Lieferungen? Hat Tahil Basti damit erpresst, seinen Eltern etwas zu sagen?«

»Mensch, Onkel Tom, du denkst doch nicht etwa, dass Basti etwas mit dem Mord zu tun hat?«

»Man schaut in niemanden rein. Auf jeden Fall ist hier ganz schön die Kacke am Dampfen.«

»Tahil hatte vor irgendetwas tierische Angst. Er muss sich mit einem türkischen Drogendealer angelegt haben. Ich glaube, er hatte den verpfiffen. Der wollte sich rächen, hatte ihn auf der Abschussliste. Tahil hat sich dann einer anderen Gang angeschlossen. Die waren wohl ziemlich brutal. Das war er als Hindu nicht. Kein radikaler, sondern durch und durch friedlich. Hat keiner Fliege was zu leide getan. Vor circa drei Wochen kam er völlig fertig morgens zu spät zu Birgit. Sie war ziemlich sauer. Er war total durch den Wind. Hat irgendetwas von einem toten Wachmann gestammelt. Hat sich übergeben. Vielleicht gibt es da einen Zusammenhang. Das musst du durchleuchten, Onkel Tom.«

Tom wusste nicht, was er denken sollte. Natürlich konnten die Mörder auch aus den einschlägigen Kreisen kommen, in denen Tahil verkehrt hatte. Sicher recherchierten Starke und Mayrhofer bereits in diese Richtung. Mit großer Wahrscheinlichkeit fanden sich Hinweise auf kriminelle Querverbindungen im polizeiinternen Netz. Aber auch Basti hatte ein handfestes Motiv, Tahil zu ermorden, wenn der ihm den Drogenfluss gekappt oder ihn erpresst hatte. Tom konnte nur hoffen, dass der Junge, den er als sensibel und feinfühlig einschätzte, sich nicht zu einer nicht mehr rückgängig zu machenden schweren Straftat hatte hinreißen lassen, die einen Menschen das Leben gekostet hatte und ihm selbst die Zukunft für immer verbauen würde. Ganz abgesehen davon, dass sie für immer auf seinem Gewissen lasten würde. »Hast du dich gestern Nacht mit ihm getroffen?«

Dann hätte Basti zumindest ein Alibi. Doch Tina schüttelte traurig den Kopf. Je länger Tom sie betrachtete, desto sicherer war er, dass sie ihm noch etwas verschwieg.

»Und wie ist das mit dir und den Drogen?«

»Selten.«

»Und welche?«

»Ganz harmlos. Manchmal Gras. Selten Koks. Ganz selten Tabletten. Im Moment nichts.«

Tom beobachtete, wie sie ihre Sitzposition veränderte, die Beine zusammenpresste, sich seitlich von ihm abwandte. Sie lügt. Er drückte ihren Arm.

»Na komm, Tina, ich bring dich jetzt nach Hause, den Termin bei der Polizei verschieben wir. Glaub mir, das Leben hat auch seine positiven Seiten. Du musst es dir vorstellen wie eine Fahrt mit der Achterbahn. Mal geht es nach oben, mal nach unten, manchmal überschlägt man sich. Du bist gerade im Looping – und gleich geht es wieder bergauf.«

Tom strahlte sie mit grenzenlosem Optimismus an. Tina musste lächeln.

»Es ist schön, Onkel Tom, dass du wieder bei uns bist.«

»Danke, Lieblingsnichte. Das tut gut. Und weißt du was? Wenn das alles hier überstanden ist, dann machen wir beide eine richtig schöne Bergtour, nur wir zwei, damit du auf andere Gedanken kommst, okay?«

»Kinderwagentauglich.«

Tina, die Hand vor dem Mund, rannte erneut zur Toilette. Tom wurde das Gefühl nicht los, dass sie ihm nicht alles gesagt hatte, was sie über den Toten und den Verlauf des vorangegangenen Abends wusste.

11

»Ja da schau her, der Tom Perlinger.« Korbinian Mayrhofer lehnte sich im Bürostuhl zurück, biss genüsslich in eine Leberkässemmel, als Tom, nachdem er Tina unbemerkt zu Hause abgeliefert hatte, das Büro mit dem Schild »Kriminaldezernat 12« betreten hatte. Tom dachte an den Datschi in seinem Magen, der augenblicklich mit der Leberkässemmel in Mayrhofers Hand im Clinch lag.

Mayrhofer hatte seinen Schreibtisch so gestellt, dass er zum einen den direkten Blick zur Tür hatte, zum anderen aber auch aus dem Fenster sehen konnte. Der bildet sich glatt ein, dass er jetzt im Chefsessel sitzt, dachte Tom.

»Servus, Mayrhofer. Gerade viel beschäftigt?«

Mayrhofer wurde knallrot. »Servus, Perlinger. Ja, im Gegensatz zu dir. Du fängst ja erst am Montag an, wie man hört.«

»Wohl wahr.«

Tom schaute sich im Zimmer um. Mayrhofer und er hatten sich nie gut verstanden. Tom konnte sehen, wie ungelegen er dem zukünftigen Kollegen kam, der in seinem Alter war und dessen aktuellen Dienstgrad er nicht kannte. Sie hatten gemeinsam die Polizeischule besucht. So weit, dass sie sich geprügelt hätten, war es nie gekommen, denn Tom war Mayrhofer konsequent aus dem Weg gegangen. Er empfand ihn als ungleichen Gegner, und sich mit Schwächeren anzulegen, war nicht sein Stil, selbst wenn er provoziert wurde. Aus der Distanz hatte er den Kollegen oft genug in einer Situation beobachtet, in der dieser aus einer völligen Selbstüberschätzung heraus versucht hatte, sich mit Stärkeren anzulegen. Er war jedes Mal kläglich gescheitert, hatte aber scheinbar bisher nicht gelernt, seine

Grenzen zu akzeptieren. Er schien nach wie vor in einer solchen Phase der Selbstüberschätzung zu stecken, denn genau auf diesem Stuhl, auf dem Mayrhofer nun saß, hatte einst Heribert Werner gesessen, allerdings nie in einer solch laschen Haltung, wie Mayrhofer sie jetzt einnahm. Fehlte nur noch, dass er die Füße auf den Tisch legte. Tom wurde wütend.

»Seit wann sitzt du auf dem Stuhl vom Heribert?«

»Solang kein anderer da ist!«

»Der Stuhl, Mayrhofer, ist dir ein paar Nummern zu groß!«

»Meinst? Meinst, da muss ein Großmaul drauf? So wie du eines bist?«

»Reiß dich zusammen, Mayrhofer. Ein Disziplinarverfahren kannst du dir im Gegensatz zu mir nicht leisten.«

»Was du dir leisten kannst, Perlinger, und was nicht, das muss sich erst noch rausstellen. Wie's ausschaut, steckt dein Bruder ganz tief in einem Mord drin. Wenn wir bei dem Toten Spuren eines Kampfes oder sonstige Hinweise auf deinen Bruder finden, dann ist er geliefert. Und wie sein Fräulein Tochter ihre Finger im Spiel hat, muss sich auch noch rausstellen. Kein guter Moment, Perlinger, um hier den großen Macker zu markieren.«

Tom ging ans Fenster. Er ließ die Aussicht auf die hintere Fassade von St. Michael auf sich wirken, dachte an Heribert. Ohne ihn wäre er vermutlich angesichts der Brutalität seines letzten Falls in Düsseldorf Amok gelaufen, anstatt sich ein Sabbatjahr zu nehmen. Es war Heribert, der ihn vertraut gemacht hatte mit den Abgründen der menschlichen Natur, sodass ihn nichts mehr unvorbereitet traf. Heribert hatte ihm Motive und Konflikte fein zerlegt präsentiert. Er hatte ihn gelehrt zu erkennen, wann unkontrollierte Gefühle in blinde Mordlust, in das Ausleben krankhafter Triebe, in Habgier, Heimtücke und Grausamkeit umschlagen konnten, und er hatte diese rückhaltlose Leidenschaft für Gerechtigkeit in ihm geweckt. »Du musst immer weitersuchen, Tom, verstehst du?«, hatte er ihm eingeschärft. »Vieles ist verschleiert, manches so unglaubwürdig, dass du es nicht für möglich hältst. Aber du darfst nie aufgeben, bevor du nicht sicher bist, die Wahrheit gefunden zu haben.« Wenn Heribert ihm einen Sachverhalt dargelegt hatte, waren Recht und Unrecht zu zwei klar voneinander getrennten Materien geworden wie Weizen und Spreu – auch wenn sein Mentor diese Leidenschaft mit dem Tod bezahlt hatte. Er hatte Heribert bewundert, und so war es weniger Mayrhofers Anschuldigung, die ihn so wütend machte, als vielmehr die Tatsache, dass er auf Heriberts Stuhl saß. Tom drehte sich langsam um.

»Mayrhofer, ich sag dir eines: Wenn du Streit willst, kannst du ihn haben. Da, wo ich herkomme, da macht man mit Typen wie dir keine langen Sperenzchen. Da wird nicht lang gefackelt und eins, zwei drei, finden die sich bei der Streife wieder, bei der ›Schandi‹. Was meinst du, wie deine Mama staunt, wenn sie dem Bubi wieder die Uniform waschen muss. Das magst du doch nicht, oder? Dann halt die Klappe und hör auf, anderen Leuten den Job zu versauen, host mi?«

Mayrhofer vergaß zu kauen, selbst dann noch, als die Tür aufgerissen wurde und Jessica Starke hereinstürmte. Tom schaute überrascht zur Tür.

»Oh, der neue Chef!« Jessica strahlte.

Tom lachte. »Naa, das kann jetzt nicht wahr sein!«

»Ja wissen Sie denn noch nicht, dass Sie unserem Kommissariat zugeteilt sind?« Jessica Starke blickte Mayrhofer fragend an.

»Nein, das wusste ich bis jetzt noch nicht. Ich habe erst am Montagmorgen einen Termin mit Josef Breuninger und Xaver Weißbauer. Aber umso besser. Mayrhofer, dann liegen die Karten auf dem Tisch. Dann ist das wohl mein Platz, auf dem du da so gemütlich sitzt.«

Mayrhofer musterte Tom mit zusammengekniffenen Augen, aus denen rote Hasslichter blinkten. »Erst ab Montag.« Er hing nicht mehr ganz so locker im Stuhl.

»Also Mayrhofer«, meinte Jessica, »ein Tag hin oder her! Chef ist Chef.«

»Ein Tag hin oder her kann entscheidend sein.«

Mayrhofer ließ Tom nicht aus den Augen, der ihn nicht weiter beachtete, sondern sich zu Jessica drehte, ihr die Hand entgegenstreckte.

»Guten Tag, Tom Perlinger. Sie müssen Jessica Starke sein. Freut mich, Sie kennenzulernen.«

»Jawohl, das bin ich. Das Vergnügen ist ganz auf meiner Seite. Ich komme gerade von Josef Breuninger. Er musste leider weg, sonst könnten Sie ihm jetzt noch guten Tag sagen. Er und Xaver Weißbauer werden am Montag nicht wie geplant im Haus sein. Die Vorbesprechung zur Sicherheitskonferenz wurde vorverlegt. Er bat mich, Sie am Montag herzlich willkommen zu heißen und Ihnen auszurichten, dass Sie bei uns eingeteilt sind. Er und Weißbauer werden Sie später noch persönlich begrüßen.« Sie holte Atem.

Tom musterte die junge Frau. Trotz ihres Umfangs machte sie einen dynamischen und aufgeweckten Eindruck. Die blauen Augen blitzten humorvoll, als sie nun einen Blick zu Mayrhofer warf. Ihre Kleidung, die Tom an das Zelt erinnerte, das er in kalten Nächten aufgebaut hatte, um sich vor dem Sturm zu schützen, war von der Form wie auch von der Farbgebung her unkonventionell. Es wirkte groß genug, um Unterschupf zu gewähren. Sie erinnerte ihn an die Düsseldorfer Frohnaturen, die im Karneval so richtig aufdrehen konnten und den Rest des Jahres einen großen Teil der Arbeitszeit damit verbrachten, als Betriebsnudel für gute Stimmung zu sorgen.

Er seufzte ob dieser Teamkonstellation. Was hatten sich seine zukünftigen Chefs, Xaver Weißbauer, der Polizeipräsident, und Josef Breuninger, der Leiter des K 1, nur dabei gedacht, ihn ausgerechnet mit Korbinian Mayrhofer zusammenzuspannen? Machte es ihnen neuerdings Spaß zu beobachten, wie ihre Mitarbeiter sich gegenseitig an die Gurgel gingen? Tom schätzte Weißbauer und Breuninger. Sie waren alte Hasen. Xaver Weißbauer war ein hochintelligenter Mann, der die klassische Polizeilaufbahn in Windeseile durchlaufen hatte und dank seines Weitblickes und seiner Fähigkeit, Empathie mit Strategie und Durchsetzungsvermögen zu verbinden, bereits in jungen Jahren auf dem Posten des Polizeipräsidenten gelandet war. Tom kannte ihn als einen Mann mit Bodenhaftung, der zu jedem leitenden Kommissar eine persönliche Beziehung hatte und nicht zuletzt durch diese individuelle Note dafür sorgte, dass die Motivation des gesamten Kommissariats stimmte.

Dr. Josef Breuninger war der leitende Kriminalrat des K 1 und stand damit allen dem K 1 nachgeordneten Kommissariaten K 10 bis 15 vor. Er hätte sich auf seine baldige Pensionierung freuen können, wenn er nicht, wie sein alter Freund und Weggefährte Heribert Werner, Polizist der alten Schule gewesen wäre, der für seinen Beruf mit Leib und Seele lebte. Im Laufe seiner Dienstzeit hatte er maßgeblich dazu beigetragen, die Zahl der Kapitalverbrechen in München dank seiner hohen Aufklärungsrate nachhaltig einzudämmen. Tom freute sich auf die Zusammenarbeit mit ihm, denn er wusste, dass er von Breuninger noch eine Menge lernen konnte.

Weil er beide Vorgesetzten sehr schätzte, fragte er sich, was um alles in der Welt die beiden geritten hatte, ihn in dieses Kommissariat zu stecken. Sollte er gleich zum Handy greifen und versuchen gegenzusteuern? Tom zögerte. Er wusste, dass er als ein Mann galt, der die Dinge nahm, wie sie kamen, und der versuchte, Schwierigkeiten, die sich vor ihm aufbauten, aus dem Weg zu räumen, statt neue zu schaffen. Die Fragen in seinem Kopf überstürzten sich. Hatte die aktuelle Personalsituation den beiden keine andere Möglichkeit gelassen, als ihn im K 12 zu platzieren? Sollte er in

Wirklichkeit Mayrhofer auf die Finger schauen? War seine Leitung des K 12 nur eine vorübergehende Lösung, bis sie eine andere Position für ihn gefunden hatten? Er konnte sich keinen anderen Reim darauf machen. Hatten sie Jessica Starke bewusst als Pufferzone zwischen Mayrhofer und ihn gesetzt? Er betrachtete sie kritisch. Ob sie trotz aller Stärke, die sie ausstrahlte, der Vermittlungsaufgabe gewachsen war, die im Spannungsfeld zwischen Mayrhofer und ihm auf sie wartete? Sie würde eine Menge aushalten müssen. Ob er sich auf sie verlassen konnte?

Die beiden anderen im Raum wirkten ebenso angespannt, wie Tom sich fühlte, als sich plötzlich die Tür öffnete, eine junge Frau Arm und Kopf hereinstreckte und Starke mit den Worten »Der vorläufige Obduktionsbericht« eine Akte in die Hand drückte und wieder verschwand.

Jessica schaute unschlüssig von einem zum anderen. Tom erkannte die Chance, übernahm die Führung.

»Dann zeigen Sie mal her. Sie beide haben der Obduktion ja sicher beigewohnt.«

Damit zog er Starke lächelnd die Akte aus der Hand, lehnte sich an den Schreibtisch, fing an, sich einen Überblick über die Fakten zu verschaffen.

»Perlinger, das ist nicht dein Fall.«

Mayrhofer war offensichtlich noch nicht bereit, aufzugeben. Er war mutiger geworden. Tom las seelenruhig weiter, ohne dass Mayrhofer es wagte, ihn erneut zu stören. Als er gesehen hatte, was er sehen wollte, klappte er die Akte zu, warf sie vor Mayrhofer auf den Tisch. Er ging zu ihm, beugte sich über den Schreibtisch zu ihm herunter. Er flüsterte und hoffte, dass Jessica nicht verstehen konnte, was er Mayrhofer zu sagen hatte.

»Jetzt hör zu, Mayrhofer. Ich bin hier ab Montag der Chef. Und dann möchte ich, dass dieser Schreibtisch geräumt ist, ist das klar? Für Machtkämpfe hast du jetzt keine Zeit mehr.

Aber nicht wegen dieses Falls, denn der ist bis dahin gelöst. Sondern wegen einer ganzen Reihe alter Fälle, die du alle aufarbeiten wirst. Also halt dich ran.«

Er richtete sich auf, nickte Jessica freundlich zu, ging zur Tür. »Pfiat euch. Bis Montag.«

»Äh …« Jessica nahm ihre Handtasche vom Stuhl. »Ich komm dann mal mit. Ich wollte sowieso in die Kantine runter, einen Kaffee trinken.«

Sie folgte ihm auf den Gang.

»Also«, meinte sie dann atemlos, »Sie waren ja schneller als ich, und Mayrhofer wird den Bericht die nächsten Stunden blockieren, denn was darin steht, ist schließlich Herrschaftswissen – und das gibt der Herr ungern preis. Denn dann kann er ja nicht mehr so einfach delegieren. Wir waren zwar bei der Obduktion, aber da gab es noch einige Unklarheiten. Also was steht da drin?«

»Sie fackeln nicht lange, was?« Toms Mund verzog sich zu einem anerkennenden Lächeln. »Auf gute Zusammenarbeit, Jessica! Nennen Sie mich Tom. Wir können uns auch gerne duzen, so haben wir das hier immer gehandhabt. Schließlich arbeiten wir ab Montag eng zusammen.« Er hielt ihr die Hand hin.

»Gern. Jessica.« Sie schlug ein.

Jessica reichte Tom bis knapp unter die Achseln. Tom hatte das gute Gefühl, dass er sich auf sie verlassen konnte. Es heißt, die ersten zwei Minuten sind entscheidend dafür, wie man sich mit einem Menschen versteht. Meistens stimmt's, dachte Tom.

»So, wie der Täter vorgegangen ist, muss er den Toten entweder bestialisch gehasst haben, oder er war aus einem sonstigen Grund von einem unkontrollierten krankhaften Tötungswillen besessen.« Tom begann, den Gang entlangzuschlendern, während er sprach und sie neben ihm blieb.

»Wie kommst du darauf?«

Tom registrierte, dass sie bei dem Du gestockt hatte. Anscheinend kam es ihr noch nicht leicht über die Lippen. Für ihn, ihren Vorgesetzten, würde es einfacher sein.

»Die Art und Weise, wie er getötet hat«, begann er das, was er gelesen hatte, zusammenzufassen. »Der Tod trat zwischen 00.30 Uhr und 01.00 Uhr ein. Der Fundort war auch der Tatort, das zeigen die Blutspuren an der Mauer des Brunnens. Der Tote verlor durch brutale Schläge in die Nieren und ins Gesicht das Bewusstsein. Er fiel und schlug mit dem Hinterkopf unglücklich gegen die Steinumrandung des Brunnens. Diese Verletzung war tödlich. Der Täter hätte es dabei bewenden lassen und sich später darauf berufen können, dass das Ganze eine harmlose Schlägerei war, die mit einem tödlichen Unfall endete. Damit wäre er fein raus gewesen. Aber nein, er wollte unbedingt auf Nummer sicher gehen, dass der Junge tot war. Seine Strafe war ihm egal. Er hat sein Opfer zusätzlich erwürgt und anschließend unter Wasser gedrückt.«

»Klassischer Fall von Übertötung also. Aber warum?«, fragte Jessica und schloss an: »Mann oder Frau?«

»Schwer zu sagen.« Tom zuckte die Schultern. »Im ersten Moment würde man dazu tendieren, einem Mann die Tat zuzuschreiben. Auf der anderen Seite … Du weißt selbst, wie manche Frauen heute unterwegs sind. Dennoch, ich denke, in erster Linie suchen wir einen kräftigen Mann.«

»Einen Profi?«, fragte Jessica.

»Wohl kaum. Schläge in die Nieren und an die Schläfen – ich denke, der Täter wusste, wohin er zu schlagen hatte. Aber ein Profi übertötet nicht. Nein, ich denke, wir haben es mit einem Mord im Affekt zu tun.«

Jessica nickte. Im selben Moment wurde Tom bewusst, dass er Mayrhofer einen Ball zuspielte, denn der wollte Max einen Mord aus Eifersucht in die Schuhe schieben. Es war nicht zu ändern. So waren die Fakten.

»Ist der Tote schon identifiziert?« Tom hatte auf der Akte nur die übliche Nummer gesehen.

»Ja, das hat sich überschnitten. Er trug keine Papiere bei sich, aber seine Fingerabdrücke und unser Computer haben ihn entlarvt. Tahil Pervaz, 19 Jahre alt. Tamile aus Sri Lanka. Seit zwölf Jahren in Deutschland. Vorbestraft. Kein fester Wohnsitz. Wir waren schon bei den Eltern. Sie wohnen in einem Wohnblock am Hasenbergl. Das war kein leichter Gang. Die Mutter ist zusammengebrochen. Der Vater hat stur vor sich hingestarrt. Sie haben den Sohn seit zwei Jahren nicht mehr gesehen. Mit 14 ist er das erste Mal straffällig geworden. Die Mutter hat unter Tränen versichert, dass sie alles versucht hätten, den Sohn wieder auf den rechten Weg zu bringen. Er war sehr begabt, hat das Gymnasium besucht. Das will wirklich etwas heißen, wenn man in diesem Milieu aufwächst. Da hat man kaum eine Chance im Leben. Aber Tamilen gelten ja gemeinhin als sehr ehrgeizig. Die Mutter meinte, Tahil sei in Kontakt mit den falschen Leuten gekommen. Sei in der Schule gemobbt worden. Der Junge, der ihn damals gegen seine Angreifer verteidigt hatte, hat ihn später gezwungen, sich einem türkischen Dealerring anzuschließen. Vor wenigen Tagen hat Tahil sich das erste Mal seit zwei Jahren bei der Mutter gemeldet. Er sei an einem Riesending dran, und alles würde gut werden, hat er ihr versprochen. Sie ist wohl sehr unglücklich in Deutschland. Er wollte sie mit sich zurück nach Sri Lanka nehmen, sobald das Ding über die Bühne sei, hat sie geschluchzt. Sie hat erst geredet, als ihr Mann im Bad war. Sie hatte wohl gleich das Gefühl, dass etwas nicht stimmte.« Jessica machte eine Pause.

»Er hat ihr gesagt, er sei an einer großen Sache dran. Wusste sie mehr dazu?« Das war interessant. Tom witterte eine Spur. Dass Tahil zurück nach Sri Lanka wollte, deckte sich mit Tinas Aussage. Auch die Tatsache, dass er Geld brauchte, um in sein Heimatland zurückzukehren.

»Wir sind schon dabei, seine ganzen Verbindungen zu checken. Es ist nicht ausgeschlossen, dass es sich bei dem ›Riesending‹ um einen größeren Drogendeal handelt und er einem Milieumord zum Opfer gefallen ist. Du hast ja gelesen, er hatte Spuren von Hasch und Ecstasy im Blut. Die Einstechlöcher an seinen Armen lassen darauf schließen, dass er hin und wieder auch Heroin gespritzt hat. Seine gesamte körperliche Verfassung war sehr schlecht. Vermutlich hat er lieber irgendwelche Tabletten und Aufputschmittel eingeworfen, als etwas zu essen.« Sie machte eine Pause.

Tja, die Menschen sind unterschiedlich, dachte Tom und sah sie an. Jeder macht sein Ding. Tabletten statt Essen würden ihr nie passieren. Er hatte also recht gehabt, was den toten Jungen anbelangte. Ob Tahil eine Chance gehabt hätte, wenn Max ihm tatsächlich einen Job angeboten hätte? Ob der Junge darauf eingegangen wäre? Birgit hatte versucht, ihm zu helfen. Wohl ohne Erfolg.

Jessica fuhr fort: »Er hat sich in den einschlägigen Kreisen Feinde gemacht, als er bei seiner letzten Festnahme unter Druck gegen einen türkischen Dealerring ausgesagt und einem Strohmann wichtige Informationen weitergegeben hat. Das hat letztendlich zur Festnahme des Clanchefs geführt. Du kannst dir leicht vorstellen, wie das aufgenommen wurde. Er musste untertauchen und hat sich einer neuen Gruppe um einen Serben, Dragovan Glaskovitch, angeschlossen. Wir sind dabei, die Mitglieder dieser Gruppe zu recherchieren und alle Querverbindungen zu checken. Glaskovitch gilt als extrem brutal. Er war vermutlich an einem grausamen Mord an einem alten Wachmann beteiligt. Dem Alten wurde mit einer Eisenkette, bei der die Glieder mit Eisendornen präpariert waren, der Schädel zerfetzt. Er starb langsam und qualvoll. Glaskovitch konnte nichts nachgewiesen werden, aber die Tat trägt seine Handschrift. Tahil könnte theoretisch seine neuen Freunde gegen den türkischen Dealerring in Stellung gebracht haben. Vielleicht wusste er Details über den geplanten Deal und wollte dafür sorgen, dass er mit der neuen Truppe zum Zug kommen würde, das wäre ein guter Einstieg gewesen! Leider fehlt sein Handy. Daher ist die Suche recht mühselig. Und wir haben keine Möglichkeit, seine Bewegungen in den letzten Stunden nachzuvollziehen. Allerdings besaß er vermutlich sowieso diverse Prepaidhandys …« Sie stockte. »Was ist mit der Verletzung am kleinen Zeh?«

»Laut Bericht könnte sie von der Ecke einer Metalltür stammen. Prämortal. Kurz vor seinem Tod. Muss tierisch weh getan haben.«

Jessica nickte, als ob sie sich das gedacht hätte. »Was ist eigentlich mit deiner Nichte? Ist sie wieder aufgetaucht?«

Vor »deiner«, so schien es, hatte sie besonderen Anlauf nehmen müssen. Es gefiel ihm, mit welcher Zurückhaltung und Distanz sie das vertrauliche Du einsetzte. In ihrer Frage schwang ehrliche Sorge um das Mädchen mit.

»Ja, Gott sei Dank. Tina ist wieder da. Ihr könnt die Suchaktion einstellen. Sie schläft sich erst mal richtig aus. Es ging ihr nicht gut und sie hat etwas zur Beruhigung genommen. Ich denke, morgen ist sie vernehmungsfähig.«

»Mayrhofer geht die Wände hoch, wenn er das hört.«

»Du musst es ihm ja nicht auf die Nase binden. Er kam nicht auf die Idee, danach zu fragen.« Auch er setzte das Du mit Respekt ein.

»Woher kannte Tina den jungen Mann eigentlich? Konntest du schon mit ihr sprechen?«

Sie standen inzwischen vor dem Paternoster, den Tom wie einen guten Kumpel schätzte. An manchen Tagen war er damit x-mal auf und ab gefahren, nur um dieses unvergleichlich sanfte Schweben zu fühlen, doch heute wollte er nicht schweben, er hatte schon genug Bodenhaftung verloren.

»Nehmen wir die Treppe.«

Er berichtete ihr, was Tina ihm über Tahil erzählt hatte, verschwieg aber, dass Max gesehen hatte, wie der junge Mann ihnen in die Hofstatt gefolgt war. Aus dem Mageninhalt, der im Bericht aufgeführt war, hatte Tom geschlossen, dass Tahil ihnen nicht nur gefolgt war, sondern auch selbst die Vernissage besucht und von den Kanapees gegessen haben musste. Er grübelte im Stillen. Was hatte Tahil dort gesucht? Wen hatte er getroffen? Warum war ihm der junge Inder nicht aufgefallen? Wer sonst könnte ihn gesehen haben?

Jessica ging die Stufen weit bedächtiger herunter als er. Oder lag das an einer Frage, die sie beschäftigte? Die Falten auf ihrer Stirn zeigten ihm, dass sie mit sich rang.

»Woher hat dein Bruder eigentlich sein blaues Auge?«

»Ein Betrunkener im Wirtshaus, der nicht gehen wollte.« Tom tat gleichgültig. Er musste zu einer Notlüge greifen, um die Dinge nicht unnötig zu verkomplizieren. »Wisst ihr schon, wie der Tote den Abend verbracht hat? Irgendwelche Anhaltspunkte?«

Jessica spürte, dass er ihr etwas vorenthielt, das sah er ihr deutlich an. Sie musste über einen messerscharfen Verstand und einen beachtenswerten Instinkt verfügen. Dadurch war eine plötzliche Spannung zwischen ihnen entstanden. Sie schien zu überlegen, inwieweit sie ihrerseits ihrem neuen Chef vertrauen konnte, ohne negative Folgen für ihre eigene Position zu riskieren. Diese taktischen Überlegungen standen ihr ins Gesicht geschrieben.

»Die Spurensicherung«, meinte sie, »hat natürlich zahlreiche Fingerabdrücke und Spuren rund um den Fischbrunnen gefunden, obwohl das auf dem rauen Nagelfluh-Stein gar nicht so einfach ist. An der Leiche selbst waren allerdings keine verwertbaren Abdrücke. Der Mörder muss Handschuhe getragen haben. Die ganzen Spuren werden gerade per Computer ausgewertet. Das ist natürlich eine Riesenarbeit. Den Bericht erwarten wir für morgen früh.«

»So schnell?« Tom war überrascht.

»Ja. Mayrhofer gibt Gas.«

»Klar, er will brillieren.« Sie hatten die Treppe hinter sich gelassen. »Bis Montag will er nachweisen, dass mein Bruder der Mörder ist und ich sein Kompagnon. Damit erhöht er seine Chancen, den Hintern weiter auf Heribert Werners Platz platt drücken zu können.«

»Bingo.« Jessica lachte.

Nun waren sie an der Pforte angekommen. Er hielt ihr die Hand hin.

»Jessica, danke für dein Vertrauen.«

»Gerne doch. Ähm. Dein Bruder darf die Stadt nicht verlassen.«

»Warum eigentlich? Schließlich besteht kein Anlass zur Flucht, und auch die Beweislage reicht nicht aus, um Max zu verhaften.«

»Mayrhofer hat Anzeige wegen Beamtenbeleidigung gegen ihn erhoben.«

Also doch. Tom hängte sich die Lederjacke über die Schulter. Er wollte nicht weiter darauf eingehen. Stattdessen meinte er: »Da fällt mir ein, kannst du mir ein Foto von Tahil besorgen?«

»Ein Foto steht schon auf der Homepage. Tahil war ein hübscher Junge. Wäre sein Leben ein bisschen anders gelaufen, dann hätte er sein Glück als Model versuchen können, statt krumme Dinger zu drehen. Wir haben einen Aufruf an die Bevölkerung herausgegeben. Vielleicht hat jemand etwas beobachtet.«

Sie verabschiedeten sich, und Tom verließ das Präsidium, nachdem er noch ein paar Worte mit dem Pförtner gewechselt hatte, der ihn begrüßte, als wäre er nie weg gewesen. Trotzdem konnte er nicht glauben, dass er hier schon ab dem kommenden Tag täglich ein und aus gehen würde.

12

Eigentlich hätte ihn sein nächster Weg direkt zu Bastian führen müssen. Doch es gab triftige Gründe, die Tom davon abhielten. Der wichtigste war, dass es noch zu früh war. Ein zu frühes Eingreifen konnte die Ermittlungen negativ beeinflussen. Aber auch sonst war ihm der Gedanke, mit Bastian zu sprechen, ausgesprochen unangenehm. Erstens wegen des Familienstreits, in den er zwar nicht persönlich involviert war, den zu ignorieren ihm aber vorgekommen wäre wie ein Verrat an den Menschen, die ihm am nächsten standen. Verstärkt wurde dieser Konflikt durch die Tatsache, dass er sich Anian trotz allem freundschaftlich verbunden fühlte und davor zurückschreckte, ihm jetzt zu begegnen. Zweitens wollte er Tina auf keinen Fall in den Rücken fallen. Aus den wenigen Sätzen, die sie ihm anvertraut hatte, war nicht eindeutig hervorgegangen, ob sich die beiden liebten, ob Bastian überhaupt von ihrer Schwangerschaft wusste und welche Rolle er dabei gespielt hatte. Tina hatte ihn nicht als Erzeuger geoutet. Wie sollte er dem Jungen, der vielleicht seine Nichte geschwängert hatte, in die Augen blicken, ohne unweigerlich Aggressionen zu empfinden?

Der dritte Grund hatte mit der Tatsache zu tun, dass er offiziell noch nicht im Amt war. Er hatte keinen Auftrag für eine Befragung, seine Ermittlungen waren inoffiziell. Er konnte weder einen Ausweis noch eine Dienstmarke vorweisen. Diese Gründe ließen ihn den Weg zur Hofstatt einschlagen, statt am Marienplatz in Richtung Platzl abzubiegen, wo die Hasslers eine großzügige Stadtvilla bewohnten. Während er überlegte, wie er am Wirtshaus vorbeikäme, ohne Benno und Christl zu begegnen, fiel ihm der Juwelier ein.

Sollte Tahil wirklich die Vernissage besucht haben – und dafür sprachen sowohl sein Mageninhalt als auch die Tatsache, dass Max ihn gesehen hatte – dann musste er dem Juwelier aufgefallen sein. Es war sogar anzunehmen, dass Thromschatz den Toten gekannt hatte und Näheres über seine Stunden vor dem Tod wusste. Hier öffnen sich ganz neue Perspektiven, die in eine andere Richtung als in die eines Milieumordes weisen, dachte Tom.

THROMSCHATZ: MODERNES DESIGN UND ALTE SCHÄTZE, so stand es in goldenen Buchstaben quer über dem Schaufenster mit der eleganten Tagesauslage. Tom konnte die Schrift schon von Weitem lesen. Sie war ihm am Vorabend gar nicht aufgefallen, was kein Wunder war, denn er war aus dem Staunen nicht herausgekommen, so viel hatte sich hier verändert.

Innerhalb von fünf Jahren war im ehemaligen Gebäudekomplex der »Süddeutschen« ein komplett neues Geschäftsviertel mit einer eleganten Verbindungspassage zur Neuhauser Straße entstanden. Eine beachtliche Leistung. Tom hatte vom Fortgang der Bauarbeiten, die direkt neben dem Wirtshaus begonnen hatten, durch Max und seine Mutter erfahren. Erst gestern hatten sie die Entwicklung noch einmal Revue passieren lassen und Max hatte ihm von den letzten Jahren erzählt.

Für seinen Bruder waren diese fünf Jahre alles andere als ein Wellness-Urlaub gewesen. Nicht nur, dass mit einem Schlag die Mitarbeiter der »Süddeutschen« und der »AZ« als Stammgäste weggebrochen waren, nein, die Baustelle hatte auch noch das Wirtshaus beinahe komplett vom Besucherstrom der Innenstadt abgeschnitten. Hohe Bauzäune, große Baufahrzeuge blockierten über Jahre hinweg den Zugang zum Wirtshaus, das – als ehemaliges Stammhaus der Hacker-Pschorr-Brauerei – eine Institution war. Zuletzt hatte man sogar die Toiletten der Bauarbeiter direkt neben dem Eingang des Wirtshauses platziert. »Eine unglaubliche Schikane«, hatte Max sich gestern ereifert.

Es war nur dessen Innovationsgeist zu verdanken gewesen, dass sie diese Phase überlebt hatten. Und Max, das Stehaufmännchen, hatte nicht nur überlebt, sondern sich außerdem mit aller Kraft dafür eingesetzt, dass die Sendlinger Straße zur Fußgängerzone ernannt wurde – zumindest bis zur Hackenstraße. Damit lagen sowohl der Eingang zur Hofstatt als auch sein Wirtshaus in der Fußgängerzone. Insgeheim stellte Max sich die verkehrsberuhigte Zone allerdings bis zum Sendlinger Tor vor. Denn nur dann würde der Stadtkern mit den historischen Stadtmauern korrespondieren, was eine nachhaltige Aufwertung der gesamten Innenstadt bedeuten würde.

Einige der Hofstatt-Investoren hatten den Nutzen von Max' Vision schnell erkannt und begonnen, sein Engagement zu unterstützen. Sie waren ihm plötzlich entgegengekommen, hatten ihm sogar Übernahmeangebote unterbreitet, das Max allerdings strikt abgelehnt hatte, denn das Haus befand sich seit Generationen im Besitz der Familie. Das wiederum hatte das gerade aufkeimende wohlwollende Verhältnis mit diesen Investoren ins Gegenteil verkehrt. Sobald die Entscheidung für die Fußgängerzone gefallen war, hatte sich der Ton drastisch geändert. Gleichzeitig hatte sich der Gegenwind seitens der Neider verstärkt. Wichtige Altstadt-Patriarchen mit guten Verbindungen zum Stadtrat begannen, das Vorhaben zu blockieren.

Max hatte ihm gestern mit verstellter Stimme vorgespielt, wie sie sich in lautstarken Sitzungen gebärdet hatten: »Was sagt ihr da? Die erweiterte Fußgängerzone soll die Attraktivität der Innenstadt steigern, noch mehr Touristen anziehen? Was versucht man, uns von höchster Stelle aus Politik und Wirtschaft deutlich zu machen? Alle profitieren von der erweiterten Fußgängerzone?«

Tom konnte sich vorstellen, wie die Dickbäuchigen, die sich heftig wehrten, wenn ihre Interessen gefährdet waren, und von denen der eine oder andere noch einen der traditionellen mit Federkielen bestickten »Wampenhalter« als Statussymbol trug, diese Argumente nicht einfach akzeptieren wollten. Sie stellten auf stur, wenn sie nicht das Sagen hatten, der Geldfluss einen anderen Lauf nahm als in ihre weit geöffneten Taschen, die so tief waren, dass sie nie voll wurden. In dieser Zeit waren politische Schwergewichte aufeinandergeprallt – und Max war Gefahr gelaufen, zwischen ihnen zermalmt zu werden.

Jakob, einziger Sohn des alten Familienfreundes Anian, hatte geschickt diesen Zeitpunkt für seine Intrige gewählt, obwohl Max, der ihn fast als einen weiteren jüngeren Bruder betrachtete, ihm oft genug aus der Patsche geholfen hatte. Genau in dem Moment, als Max vertrauensvoll auf seine Unterstützung gezählt hatte, war er ihm heimtückisch in den Rücken gefallen.

Es waren harte Jahre gewesen. Jahre, die nicht nur die Ehe von Max und Hedi einer Zerreißprobe unterzogen hatten. Nein, auch Jahre, die wenig Zeit für die Familie gelassen, die zusätzlich ein kräftiges Loch in ihr Portemonnaie gerissen hatten, denn sie mussten auf Rücklagen zurückgreifen, um das Wirtshaus zu retten. Tom war seinem Bruder in dieser Zeit mit einem größeren Geldbetrag beigesprungen, den er von seinem Vater als vorgezogenes Erbe erhalten hatte.

Diesen Sommer nun endlich war die Fußgängerzone bis zur Hackenstraße eingeweiht worden, auch die Hofstatt hatte ihre Pforten geöffnet. Max hatte den Biergarten auf die Fußgängerzone der Sendlinger Straße erweitern können, dazu allerdings einige Investitionen tätigen müssen, um den Ausbau der Küche, weiteres Mobiliar und zusätzliche Mitarbeiter zu finanzieren. Seit zwei Monaten schrieb das

Wirtshaus wieder schwarze Zahlen, wie Max ihm gestern stolz anvertraut hatte, als Tom ihn auf seine grau gewordenen Haare angesprochen hatte. Trotzdem konnte sein Bruder noch längst nicht aufatmen. Denn während er mit der Finanzierung der Investitionen kämpfte, wollte plötzlich jeder, aber auch wirklich jeder, auf einen Schlag mehr Geld von ihm. »Der liegt nun in der Fußgängerzone«, hieß es. »Was der für einen Reibach macht!« Die Gäste fragten sich, ob er seine Preise erhöht habe, und beobachteten streng seine Preispolitik auf der Speisekarte. Natürlich, hatte Max ihm erklärt, müsse er jetzt seine Preise halten, sonst würde er seine Stammkundschaft verprellen. Aber aus Sicht seiner Konkurrenten unterwandere er damit das bestehende Preisgefüge, verschaffe sich unlautere Wettbewerbsvorteile. Und, dachte Tom nun, wenn es um Geld und Profit geht, dann können aus Freunden schnell Feinde werden, das haben wir ja gerade mit Jakob erlebt. Dieses Klischee hatte sich über viele Jahrhunderte der Menschheitsgeschichte bewahrheitet, warum sollte es in diesem Fall anders sein? Wer wusste schon, welche Drähte im Hintergrund wo zusammenliefen?

Bei Tom hatten alle Alarmglocken geschrillt, als Max ihn heute auf dem Rückweg vom Polizeipräsidium gefragt hatte, ob er das Wirtshaus nicht doch verkaufen solle, weil er an einem Punkt angekommen sei, an dem er nicht mehr könne. Es musste viel passieren, bis sein Bruder bereit war, ernsthaft über diesen Schritt nachzudenken.

Kann es sein, dass Tahil für die Interessen anderer missbraucht worden ist? Dass ihm Max' Einstecktuch und Tinas Foto zugesteckt wurden, um den Verdacht auf Max zu lenken und ihn mürbe zu machen?, schoss es Tom durch den Kopf. Wer ist dieser Thromschatz? Welche Verbindungen hat er zu welchen Investoren? Tom und Hedi hatten ihn am Vorabend auf einige Gesichter aufmerksam gemacht.

Durch die Erweiterung der Fußgängerzone war das Wirtshaus für sie interessanter denn je. Wer sagte denn, dass der junge Mann nicht einem schlau inszenierten Auftragsmord zum Opfer gefallen war? Vielleicht lag Tom mit seinem ersten Eindruck falsch, und es waren doch Profis am Werk gewesen. Der Juwelier schien ihm ein guter Ansatzpunkt, die Hintergründe näher zu durchleuchten.

Tom warf sich seine Lederjacke, die er wegen der Hitze unter dem Arm getragen hatte, über die Schulter, beobachtete den Innenraum des exklusiven Geschäftes durch das Schaufenster. Alle Spuren der Vernissage vom Vorabend waren beseitigt. Das Ladeninnere wirkte so distinguiert und unpersönlich, dass man über eine gehörige Portion Selbstvertrauen verfügen musste, um das Geschäft zu betreten. Eleganz und Perfektion als natürliche Sicherung gegen den Eintritt Unbefugter – aber auch gegen den potenzieller Kunden.

Kurz entschlossen drückte Tom die goldene Klinke, wollte schwungvoll eintreten. Doch die Tür öffnete sich nicht, fast wäre er mit dem Kopf gegen die Glasscheibe geprallt, wenn er nicht im letzten Moment zurückgezuckt wäre. Immerhin schien jemand sein Missgeschick beobachtet zu haben, denn im Innenraum regte sich nun etwas. Thromschatz – groß und schlank im dunklen Zweireiher – trat aus einem hinteren Büro, tippte auf einen Knopf, woraufhin die Glastür so abrupt aufschnellte, dass Tom instinktiv nach hinten auswich.

»Entschuldigen Sie.« Schon war der Juwelier zur Stelle.

Seine beherrschten nordischen Gesichtszüge erstarrten zu einer freundlichen Maske, als er Tom erkannte. Für Tom ein Zeichen, dass der Juwelier wusste, mit wem er es zu tun hatte. Und wer hatte schon gern die Polizei im Haus?

»Herr Perlinger, nicht wahr?« Thromschatz neigte den Kopf, deutete eine Verbeugung an.

Small Talk. Tom erwiderte die weltmännische Pose, kam

nach den üblichen Freundlichkeitsfloskeln auf die Vernissage und die Montez-Juwelen zu sprechen. Thromschatz führte ihn zu einer Ledersitzgruppe, bot ihm einen Platz an, sank selbst in einen tiefen Clubsessel.

»Nun, Herr Perlinger, was kann ich für Sie tun?«

Tom, der sich instinktiv dagegen wehrte, in den Polstern zu versinken, stemmte die Beine breit in den Boden, legte die Arme auf der Lehne ab. Er schaute sich im Laden um.

»Wissen Sie, ich kaufe selten Schmuck.«

»Umso mehr freue ich mich, dass Sie den Weg zu mir gefunden haben. Ich nehme an, Sie denken an ein Geschenk für eine junge Dame, sehe ich das richtig?«

»Absolut.«

»Zu welchem Anlass möchten Sie das Schmuckstück denn verschenken?«

»Das ist eine gute Frage.«

»Also kein konkreter Anlass?«

»Noch kein bestimmter.«

»Haben Sie denn eine Vorstellung, was Sie verschenken möchten und in welcher Preislage wir ansetzen sollen?«

Tom dachte wehmütig an Christl. »Die Montez-Juwelen, die wären genau das Richtige.«

Thromschatz kniff die Augen zusammen, als ob er sich verhört hätte.

»Nein, Scherz beiseite.« Tom war Thromschatz' skeptische Reaktion nicht entgangen. »Es soll einfach ein kleines, nettes Kettchen mit einem Anhänger sein. Etwa in diesem Stil.« Er holte seinen Drachenanhänger an der Platinkette aus dem runden T-Shirt-Ausschnitt hervor.

Thromschatz begutachtete ihn mit einer gewissen Distanz. »Platin. Offen gestanden ist das nicht unser Stil. Ich bedaure.«

Der Juwelier musterte Tom, bevor sein Blick unmissverständlich Richtung Tür driftete. So schnell wirst du mich nicht los, dachte Tom und entspannte sich, was zur Folge hatte, dass er tiefer im Polster versank.

»Vielleicht haben Sie eine Idee? Es muss nicht Platin sein. Silber wäre auch okay.« Tom fixierte den Juwelier unbeirrt.

»Eine Idee in Silber?«

»Ja, es könnte zum Beispiel etwas Indisches sein.«

»Etwas Indisches?«

»Zum Beispiel. Mir fiel der junge Inder gestern Abend auf. Und da ich einige Zeit in Asien verbrachte habe, wäre das eine schöne Assoziation. Dieser Junge sah aus wie ein Lieferant.«

Tom genoss die Überraschung in Thromschatz' Mimik. Der ansatzlose Themenwechsel brachte den Hanseaten kurzfristig in Turbulenzen. Er reagierte schnörkellos.

»Ein indischer Lieferant? Wo denken Sie hin? Nein, hier war kein Inder. Da müssen Sie sich getäuscht haben.«

Thromschatz verschränkte die Arme vor der Brust, erhob sich. Tom blieb sitzen.

»Wissen Sie, dass der junge Mann, der gestern noch lustig von Ihren Kanapees gegessen hat, heute Morgen tot am Fischbrunnen gefunden wurde? Ermordet.«

Die starre Fassade der Freundlichkeit zeigte erste Risse, die Thromschatz jetzt mit einer Handbewegung wegzuwischen versuchte, als er sich der Tür zuwandte.

»Ja, ich habe von einer ›Fischbrunnen-Leiche‹ gehört. In einer Stadt wie München, die bekannt ist für ihre Sicherheit, spricht sich ein Mord in der Innenstadt schnell herum. Allerdings täuschen Sie sich, wenn Sie annehmen, dass dieser Mann gestern Abend hier war. Wie kommen Sie darauf?«

Auch Tom hatte sich erhoben.

»Sind Sie denn ganz sicher, dass er nicht hier war?«

»Auf meiner Gästeliste stand kein indischer Gast. Das wüsste ich. Aber die Mitarbeiter vom Catering und vom Putzdienst kenne ich offen gestanden nicht persönlich. Ich gebe Ihnen recht, da könnte ein ausländischer Mitarbeiter dabei gewesen sein. Möchten Sie die Kontaktdaten der beiden Firmen?«

Nettes Ablenkungsmanöver. Tom setzte sich wieder, schlug die Beine übereinander. »Wir können ausschließen, dass der Tote vom Catering oder vom Putzdienst war, Herr Thromschatz.«

»Wie gesagt, ich hatte keinen indischen Gast und kann mich auch nicht erinnern, dass jemand einen Inder mitgebracht hätte. Die einzige Erklärung wären das Catering oder der Putzdienst gewesen. Das sollten Sie nochmals prüfen. Aber selbst wenn darunter ein Inder gewesen wäre, heißt das noch lange nicht, dass es der Tote war.« Thromschatz blieb stehen.

Tom dachte an den Bericht der Rechtsmedizin, an die Übereinstimmung der Kanapees mit dem Mageninhalt des Toten, er dachte an den Jungen, der ihm deutlich vor Augen stand. Er ging nicht auf Thromschatz' Einwand ein.

»Vielleicht hat er sich ja für den Schmuck interessiert.«

Thromschatz lachte eine Spur zu höhnisch. »Ein Inder, der sich für einen bayerischen Kunstschatz interessiert? Sie scheinen das Interesse unserer ausländischen Mitbürger für unsere Kultur zu überschätzen.«

»Der Tote hatte eine kriminelle Vergangenheit.« Tom stand auf.

»Was wollen Sie damit sagen?«

Thromschatz zeigte kein großes Interesse an der Antwort, ging stattdessen mit langen Schritten zur Tür. Tom verharrte mehrere Schritte von ihm entfernt. Gleich würde der Juwelier den Türöffner betätigen, Tom hinausbitten.

»Dass er sich vielleicht mehr für den Wert der Juwelen als für ihre Geschichte interessierte.« Tom drehte sich zu der Stele, die unweit der Tür stand, betrachtete interessiert den Inhalt, während Thromschatz eine verabschiedende Verbeugung andeutete.

»Für einen Wert, der jenseits seiner Vorstellungen liegt und den er sich selbst in seinen kühnsten Träumen nicht hätte leisten können?«

»Vielleicht kannte er ja andere Mittel und Wege …« Tom machte Anstalten, nach dem Schmuckstück in der Stele zu greifen, was Thromschatz offensichtlich beunruhigte.

»Vorsicht!«, rief er. »Die Alarmanlage ist an.«

Tom zog die Hand lächelnd zurück, nicht ohne einen Zweifel daran zu lassen, dass er sie jederzeit wieder nach unten fallen lassen konnte, um für ein bisschen Aufregung zu sorgen. Thromschatz verstand das Spielchen.

»Das wäre ein ganz ungewöhnliches Vorgehen, wenn sich ein potenzieller Dieb vor Hunderten von Leuten zeigen würde, bevor er zugreift.« Der Juwelier machte eine bedeutungsvolle Pause, den Finger jetzt wenige Zentimeter vom Türöffner entfernt.

»Nicht unbedingt. Vielleicht wollte er die Lage ausspionieren.«

»Darf ich fragen, Herr Perlinger, ob Sie offiziell hier sind? Sind Sie mit dem Fall betraut?« Thromschatz zog den Finger zurück, spielte sein eigenes Spiel.

Darauf hatte Tom gewartet. »Mehr als das, Herr Thromschatz. Mehr als das. Das dürfte Ihnen nicht entgangen sein.«

Thromschatz blieb starr. »Wir sind hier alle gut vernetzt. Die Gerüchteküche brodelt wie ein bayerischer Eintopf. Wie ich gehört habe, wurde ihr Bruder heute früh vernommen. Es soll Indizien geben, die gegen ihn sprechen. Ich hoffe, er ist nicht ernsthaft in Schwierigkeiten?«

»Wohl kaum.« Tom erwiderte den Blick des Juweliers. Tom war wesentlich kräftiger als der Juwelier, der nun endgültig den Knopf drückte, sodass die Tür aufsprang. Tom ging darauf zu. Als er auf gleicher Höhe mit Thromschatz war, fragte er: »Wo waren Sie eigentlich gestern nach der Vernissage?«

Thromschatz schien auf die Frage gewartet zu haben. »Ich

habe aufgeräumt und bin dann nach Hause zu meiner Frau gefahren.« Er trat einen Schritt zurück, um Tom durchzulassen. »Schade, dass ich Ihnen bei der Wahl des richtigen Schmuckstückes nicht helfen konnte. Aber eventuell entscheiden Sie sich ja doch noch für eine ausgefallene Investition, die sich langfristig lohnt. Eine schöne Frau weiß das zu schätzen …«

Die Erleichterung, mich loszuwerden, steht ihm ins Gesicht geschrieben, dachte Tom.

»Sie meinen, wie die schöne Lola Montez? Wenn ich mich recht erinnere, hat das Schmuckstück dazu geführt, dass der König abdanken und seine Geliebte Bayern verlassen musste.«

»Das war natürlich Pech.«

Ihre Gesichter waren sich gefährlich nahe, als Tom an Thromschatz vorbeiging.

»Pech, Herr Thromschatz, trifft häufiger ein, als Sie sich vorstellen können.«

In Gedanken vervollständigte Tom den Satz: Besonders wenn man eine zentimeterdicke Dreckschicht am Stecken hat wie du. Sein Blick fiel auf die untere Ecke der Tür. Die Metallspitze war braun-rot verklebt. *Blut?* Tom betrat die belebte Passage und machte sich auf den Heimweg.

13

Marlene Thromschatz wartete, bis sie den Klingelton hörte, der ihr verriet, dass sich die Tür hinter dem Besucher geschlossen hatte, dann strich sie ihren engen Rock glatt und trat aus dem hinteren Büro.

»Carsten, komm schnell. Er ist auf 180. Du musst sofort zurückrufen.«

Ihr Mann stand sinnierend an der Fensterauslage, tupfte sich die Stirn mit dem Taschentuch. Der große elegante Hanseat, in den sie sich einst wegen seiner selbstsicheren Haltung verliebt hatte, ließ die Schultern kraftlos nach vorne hängen, als er sich ihr zuwandte.

»Hast du das Gespräch mitbekommen? Hauptkommissar Tom Perlinger. Er war auch bei unserer Vernissage. Er kam sofort auf die Montez-Juwelen und auf diesen toten Inder zu sprechen.«

»Na und?« Marlene hasste es, wenn ihr Mann schwach wurde, sich einschüchtern ließ. Der gut aussehende Kommissar war ihr schon am Vorabend als Gast aufgefallen, sie hatte sich mit Markus Wickerl über ihn unterhalten. Sie war also im Bilde. Natürlich hatte sie, als sie von einem toten Inder am Fischbrunnen gehört hatte, eins und eins zusammengezählt und sich an den jungen Mann vom Vorabend erinnert. Doch dieses Thema wollte sie nun nicht mit ihrem Mann vertiefen. Sie hatten einen Plan, und den galt es zu realisieren. Und zwar zügig.

»Mein Gott, man braucht den Schmuck nur zu erwähnen, und schon rutscht dir die Hose in die Knie. Was ist schon dabei? Warum hast du das ganze Tamtam mit der Ausstellung veranstaltet, wenn du jetzt panisch reagierst, sobald du auf den Schmuck angesprochen wirst? Ich dachte, du hast dich endlich dazu durchgerungen, diese gottverdammten Juwelen zu verkaufen! Aber nein, du kannst dich einfach nicht von ihnen trennen. Dieser Schmuck beherrscht dich, nicht nur finanziell, sondern emotional mit Haut und Haaren. Als ob dein Vater noch leben und dich weiter tyrannisieren würde.« Sie schaute auf das Ölporträt, das seitlich hinter Thromschatz' Schreibtisch hing, im flämisch-düsteren Stil grinste der alte Familienpatriarch zu ihr herunter. »Du solltest sein Porträt abhängen, um endlich frei von ihm und diesen Juwelen zu werden. Die haben eine viel zu große Macht über dich.«

Marlene hatte die Worte hasserfüllt ausgestoßen, ungeduldig, vom Wunsch getrieben, diesem Übel endlich ein Ende zu setzten. Ja sicher, die Juwelen waren ein Kunstschatz. Aber der magische Bann, den sie auf ihn ausübten, war mit normalem Verstand nicht zu erfassen. Es schien, als wären sie so etwas wie seine innere Uhr, sein innerer Kompass. Fluch und Segen seines Lebens.

Am Anfang ihrer Beziehung war sie richtiggehend eifersüchtig auf die Schmuckstücke gewesen. Sie erinnerte sich gut daran, wie Carsten ihr *seinen Schatz* gezeigt hatte. Keine Briefmarkensammlung, nein, Juwelen im Wert mehrerer Millionen. Sein Deal des Lebens, wie der alte Erich Thromschatz, Carstens Vater, zu sagen pflegte. Seine Augen und die seines Sohnes waren von einem irren Glanz erfüllt, wenn sie die Steine betrachteten. Marlene hatte nie nachgefragt, wie Erich in den Besitz dieser Kunstschätze gekommen war. Insgeheim hatte sie wohl befürchtet, dass die Antwort sie beunruhigen würde.

Zu Beginn ihrer Beziehung war sie so dumm gewesen, darauf zu warten, dass Carsten ihr die Juwelen aus einem Moment der Leidenschaft heraus schenken würde wie Ludwig I. seiner Geliebten Lola Montez. Doch das hatte er nie getan – auch zur Verlobung und zur Hochzeit nicht. Carsten hing an dem Schmuck wie andere Menschen an einem Kind.

Er betrachtete die wertvollen Stücke, ließ sie durch seine Finger gleiten, war in einer anderen Welt. Sie kam nicht dagegen an. *Hass.* Inzwischen war nur noch Hass in ihr. Hass auf die Juwelen, Hass auf ihn. Hass, der sie aufzehrte, der sie zu ersticken drohte, der so mächtig war, dass sie beim Versuch, sich dagegen zu wehren, an ihre Grenzen stieß. Die Schmuckstücke sollten nun endlich aus ihrem Leben verschwinden. Vielleicht würde er dann wieder ein anderer sein, und sie könnten versuchen, von vorne zu beginnen.

Wollte sie das eigentlich noch? Sie wusste es nicht. Sie wollte, dass der Plan gelang, dass die Juwelen und mit ihnen die Geldsorgen aus ihrem Leben verschwanden.

Sie hatte bereits die Nummer gewählt, hielt ihm den Telefonhörer hin, während sie die Muschel mit der Hand abdeckte. Sich auf dieses Geschäft einzulassen, war ihre Idee gewesen. Zu ihrer Überraschung war er auf ihr Drängen eingegangen. Das konnte nur heißen, dass ihm das Wasser finanziell bis zum Halse stand, die Lage noch weit bedrohlicher war, als er ihr anvertraute. Doch diesmal würde es gelingen, den Schmuck zu Geld zu machen. Alles war perfekt arrangiert, sie musste sich nur im entscheidenden Moment zusammenreißen, durfte sich ihre Furcht nicht anmerken lassen. Sie gab ihm den Hörer in die Hand. Er stand auf der anderen Seite des mahagonifarbenen Doppelschreibtisches, und sie musste sich zu ihm beugen, um ihn zu erreichen.

»Los, mach schon!« Ihr Ton hatte allen Respekt verloren.

Sie zeigte auf den Lautsprecher des Telefons. Er schüttelte den Kopf. Also würde sie den Inhalt des Gesprächs aus seinen Antworten schließen müssen. Carsten hielt den Hörer ans Ohr. Erst am Zucken seiner Augen erkannte sie, dass sich jemand meldete. Sie sah seinen Adamsapfel auf und ab hüpfen, als er schluckte.

»Thromschatz hier. Was gibt es?«

Marlene war nervös. Eigentlich war alles geklärt. Das Telefonat konnte nur bedeuten, dass es Schwierigkeiten gab. Ein Mord war nie geplant gewesen. Hatte der Tod dieses Inders etwa mit ihrem Vorhaben zu tun, und war er Anlass dafür, die Pläne zu ändern? Ihr Mann schwieg, hörte zu, bejahte, wischte sich den Schweiß von der Stirn, sah sie nicht an. Schließlich, sie schloss, dass der andere bereits auflegen wollte, kam Carsten zu Wort.

»Warte! Dieser Tom Perlinger war hier. Du kennst ihn doch. Er hat deinen Inder bei der Vernissage gesehen.«

Stille.

Carsten atmete schwer, verwischte Schweißperlen auf der Stirn. »Ja. Okay. Was hast du eigentlich gestern nach dem Treffen gemacht?«

Marlene vernahm ein Lachen aus der Leitung. Carsten hielt den Hörer auf Abstand fest umklammert, sodass seine Knöchel weiß hervortraten. Es folgte ein kurzer verbaler Schlagabtausch, den Carsten verlor. Seine Rechtfertigungen klangen müde, und dafür, dass sie falsch waren, gab es keine bessere Zeugin als sie selbst.

»Ich? Ich war zu Hause.« Carsten war einen Moment lang still, lauschte vermutlich seinem Gesprächspartner, bevor er weitersprach. »Natürlich kann Marlene das bestätigen.«

Er musste ihrem Gesichtsausdruck ansehen, dass sie wusste, dass er log. Sowieso hätte ihre Aussage kaum Gewicht. Er setzte sich, stützte den Kopf in die freie Hand, wiederholte die Worte. »Gut. Heute Nacht. Alles klar.«

Nach einem aus dem Mund ihres Mannes fremd und linkisch klingenden »Pfiat di!« war das Gespräch beendet.

Sie sahen sich schweigend an. Was hatte ihr Mann soeben gesagt? Sie könne bestätigen, dass er die Nacht zu Hause verbracht hatte? Das war ein Irrtum. Wenn er zu Hause gewesen wäre, hätte er gewusst, dass ihr Bett in der letzten Nacht leer geblieben war. Marlene entschied sich, dieses Thema nicht zu vertiefen, es hätte nur zu einem Krach geführt, bei dem sie mehr Zugeständnisse hätte machen müssen, als ihr lieb war. Sie nahm die Zügel in die Hand, um ihn abzulenken, um seine Zweifel, ob das, was er tat, richtig war, zu zerstreuen.

»Hast du schon die aktuellen Kontoauszüge geholt?«

»Nein.« Seine Antwort kam einsilbig, arrogant.

Sie ging davon aus, dass ihre Frage ihn aus dem Büro treiben würde, doch er blieb am Schreibtisch sitzen. Gut, musste sie ihn eben weiter bearbeiten.

»Du kannst die Augen vor unserer desaströsen Lage nicht verschließen, Carsten! Von selbst wird sie nicht besser werden. So hohe Ausgaben und kaum Einnahmen. Aber es musste ja das Geschäft in dieser Top-Lage sein. Erst die Kaution, dann diese horrende Miete! So ein Wucher! Auch die Vernissage wird kaum etwas bringen! Literweise Champagner und kiloweise Kaviarhäppchen haben sie vertilgt, deine feinen Besucher, die ja angeblich so reich sind, dass ihnen halb München gehört. Von wegen ›Die kaufen gleich was aus der Auslage.‹« Sie äffte ihren Mann mit hoher Stimme nach. »Nicht umsonst heißt es, von den Reichen kann man sparen lernen.«

Gerade erst hatten sie den lächerlichen Brief mit der erneuten Mieterhöhung von der Hassler GmbH & Co. KG erhalten.

»Unser Kontostand ist schon tiefer als der Marianengraben«, redete sie weiter auf ihn ein. »Es ist aber auch kein Wunder, du verkriechst dich ja regelrecht. Hältst den Schein aufrecht, gibst weiter fleißig Geld aus. Die neuen Schuhe letzte Woche, handgearbeitet, die neue Luxuskarosse, der neue Maßanzug, jeden Abend essen gehen … Nur mit Haube und Michelin-Stern, versteht sich, alles nur vom Feinsten für den edlen Herrn!«

Sie mochte es nicht, wenn ihr Mann sich so schwach zeigte wie im Moment. In den letzten Tagen und Wochen war er stetig tiefer in sich zusammengesunken, wischte sich ständig mit dem Taschentuch den Schweiß von der Stirn. Ein Elend! Seine Probleme waren gravierender, als er zugab und als sie im Grunde ihres Herzens wissen wollte. Geldprobleme ängstigten sie. Sie kam aus ärmlichen Verhältnissen, hatte sich mit der Heirat in eine wohlhabende Hamburger Kaufmannsfamilie eine sorgenfreie Zukunft erhofft. Besonders ärgerte sie, dass er nicht bereit war, sein Verhalten an die veränderte finanzielle Situation anzupassen. Er war unfähig, sich zu bescheiden, ein egoistischer Sturkopf, der weiter auf großem Fuß lebte, ohne Rücksicht auf sie und ihr gemeinsames Leben.

»Alles wird gut, Marlene. Du brauchst dir keine Sorgen zu machen.«

Carsten hatte geflüstert, wie man mit einem Kind spricht, das Angst vorm Einschlafen hat. Sie wusste, dass er im Moment alles ertragen konnte, nur keine Hysterie. Ihre Hysterie stempelte ihn zum Versager. Eine Insolvenz würde vernichtend für ihn sein, denn Misserfolg wurde in seiner Familie nicht geduldet. Die Schande zu scheitern war ihm unerträglich. Er hatte A gesagt, nun musste er auch B sagen, trotzdem er seine Entscheidung bereute und krampfhaft nach einer Alternative suchte. Es gab kein Zurück mehr. Die Mühlen waren angelaufen. Es gab nur noch den Weg zu kooperieren, sonst würde der donnernde Groll der griechischen Götter über sie herniederbrechen, und Dionysos würde sie eigenhändig nicht in Wein, sondern in Bier ertränken.

Doch auch Carstens Einknicken blieb eine Gefahr, wenn auch nicht die einzige. Denn wenn irgendetwas schieflaufen würde, irgendein Verdacht auf ihn fallen würde, so würde das seinen Tod bedeuten, das war glasklar. Ihr Mann saß in einer Zwickmühle. Gefangen von einem Millionenschatz. Daher war er so nervös, daher schwitzte er, fiel in sich zusammen wie eine Vogelscheuche, die ihren Dienst getan hatte. Denn selbst wenn alles glattging, hatte er gegen seine Ideale verstoßen. Ob er fähig sein würde, diese Spannung, die selbst an ihren Nerven zehrte, zu ertragen? Der Druck lastete deutlich schwerer auf ihm, und er war labiler als sie. Sie hatte die Pistole in seiner Schublade gesehen, obwohl sie wohlweislich vorgab, nichts davon zu wissen. Ob er ahnte, was sie wusste? Ob es ihn schmerzte, wie gleichmütig sie dieses Wissen hinnahm?

Marlene schaute Carsten an und erkannte, dass sie den Ton ändern musste, um ihn zu erreichen. »Vergiss nicht, in ein paar Tagen hast du ihn in der Hand. Also bleib positiv!«, lenkte sie versöhnlich ein.

»Meine Hand ist zu klein, um ihn im Griff zu haben.«

Er stützte den Kopf auf. Doch trotz des aufkeimenden Mitgefühls ging sie auf diese Geste, die ihr Verständnis wecken sollte, nicht ein, sondern beantwortete die E-Mail-Anfrage eines Boulevard-Journalisten zu den Montez-Juwelen. Marlene hatte längst erkannt, dass sie weitaus abgebrühter war als er. Jetzt kam es auf den richtigen Augenblick an, und den würde sie erkennen. Sie selbst würde eine Unbekannte in der Gleichung bleiben. Unberechenbar, für ihren Mann schon lange verloren. Für sie zählte lediglich die Stunde der Abrechnung. Marlene sah zwei dicke Fische an ihrer Angel, die fest am Haken hingen und an denen sie ihren Hunger zu stillen gedachte.

14

Carsten Thromschatz hatte keinen Hunger. Die Zerreiß-probe, der seine Nerven ausgesetzt waren, schlug ihm auf den Magen. Nicht einmal seine Frau kannte das volle Aus-

maß seiner Misere. Er hatte sich verkalkuliert. Ein Groß-
teil seines Vermögens, das er auf den Rat russischer Freunde
in Zypern angelegt hatte, war dem zypriotischen Schulden-
schnitt zum Opfer gefallen. Den restlichen Teil seiner Anla-
gen, die in risikoreiche Aktien investiert waren, konnte er
bei einem rasanten Sinkflug beobachten. Die Finanzexper-
ten prognostizierten keine Richtungsänderung. Er hatte auf
Außenseiter gesetzt. Höchst unbeständig, und nun kurz vor
dem Absturz. Seine Rücklagen näherten sich der Nulllinie,
sein Schuldenberg wuchs wie Unkraut auf einem Komposт-
haufen. Weder seine Mutter noch seine Schwester, beide wohl-
habend, konnte er um Hilfe bitten. Beide Frauen hatten nie
verziehen, dass sein Vater ihm, dem einzigen Sohn, den Groß-
teil des Familienerbes – darunter die Montez-Juwelen – vererbt hatte. Trotz aller Anstrengungen bei der Vergabe des
Symbols für Liebe und Leidenschaft schlechthin leer auszugehen, war wie ein Dolchstoß in den weiblichen Stolz gewesen. Carsten biss sich auf die schmalen Lippen, bis sie blute-
ten. Der warme süße Geschmack tat ihm gut.

Als er die Tür ins Schloss fallen hörte – das sichere Zeichen
dafür, dass Marlene gegangen war, um irgendwo in der Innenstadt ein Sandwich zu Mittag zu essen –, ging er ins Badezim-
mer, ließ Wasser ins Waschbecken laufen, tauchte sein Gesicht
ein. Er gab sich der Dunkelheit hin, die mit dem Wasser seine
Augen bedeckte. Ihm wurde klar, dass er nur ein Spielball war,
ein Mittel zum Zweck. Als er eingewilligt hatte, das Ladengeschäft anzumieten und nach München zu ziehen, hatte er, ohne
es zu wissen, sein Schicksal besiegelt. Seitdem war er nichts
weiter als eine Billardkugel, abhängig von der Willkür eines
Billardprofis, der ihn jeden Moment mithilfe seines Queues
in einem Loch versenken konnte. Aus und vorbei.

Carsten trocknete sich das Gesicht, ging zurück an seinen Schreibtisch. Die Abkühlung hatte ihm keine Linde-
rung verschafft. Er spürte einen stechenden Schmerz auf der

linken Seite. Es war nicht das erste Mal, dass sein Herz sich meldete und sein linker Brustkorb sich zu versteifen begann, als ob er in einen Schraubstock eingezwängt wäre, der langsam, aber sicher immer enger gedreht wurde. Er schnappte nach Luft. In verzweifelter Wut schlug er mehrmals mit der Faust auf den Tisch. Danach fiel ihm das Atmen schwer. Er nahm sein Taschentuch aus der Hosentasche, wischte sich den Schweiß von der Stirn. Den seitlichen Blick auf das Porträt seines Vaters mied er. Der hatte ihm das alles eingebrockt.

Die Wand in seinem Rücken war den Schließfächern im Tresorraum einer Bank nachempfunden. Reine Attrappe. Carsten lachte auf. Der wahre Tresor befand sich unten im zweiten Kellergeschoss, eingebettet in dicke Gewölbemauern, nur wenigen Vertrauten bekannt. Wie geschickt er doch beraten worden war, als man ihm empfohlen hatte, den Tresor in der unteren Kelleretage einbauen zu lassen. Der Keller unter dem Keller war wie geschaffen für eine geheime Schatzkammer. Dieses Argument hatte – und das war blanker Hohn – mit den Ausschlag dafür gegeben, dass er sich überhaupt für das Ladengeschäft entschlossen hatte. Er starrte die Tür an, die in den Keller führte, fühlte die Magensäure in seinem Magen aufsteigen, brennende Übelkeit gären.

Das Telefon schrillte. Ein flüchtiger Blick auf das Display verriet ihm, dass es das Sekretariat der Hassler GmbH & Co. KG war. Sicher ging es wieder um die ausstehende Miete und die bevorstehende Mieterhöhung. Nein, er würde nicht abnehmen. Er dachte nicht daran, sich weiter unter Druck setzen lassen. So klar sein Verstand ihn zur Ruhe mahnte, so stark begann sein Herz zu rasen, wie um sich aus dem Schraubstock zu befreien, in dem es klemmte.

Er dachte an seine Recherchen. Ausgerechnet heute Früh war Carsten auf einen erschreckenden Hinweis gestoßen. Jahrzehntelang hatte er keine offizielle Spur zur Vergangenheit der Juwelen gefunden, bis er heute beim Morgenkaffee auf dem iPad zufällig über eine Publikation des »United States Holocaust Memorial Museums« in Washington D. C. gestolpert war, in der der Name Zilla Feinstein erwähnt wurde. Zilla Feinstein war im Jahr 2000 im Alter von 87 Jahren in New York verstorben und hatte ihr bescheidenes Vermögen, wie viele Juden, dem Museum vermacht. Bis auf eine Nichte, die in Australien lebte, hatte sie keine Nachkommen gehabt. Carsten hatte den Vormittag über intensiv überlegt, ob er sich mit der Nichte in Verbindung setzten sollte. Doch er schreckte davor zurück. Er durfte nichts überstürzen. Und er bezweifelte, dass diese Nichte ihm helfen würde. Selbst wenn Carsten alle Schuld, die sein Vater auf sich geladen hatte, übernehmen würde, war es mehr als unwahrscheinlich, dass diese Therese Feinstein über größere Mittel verfügte und bereit wäre, gemeinsam mit ihm eine zufriedenstellende Lösung zu finden. Nein. Es war besser, die Vergangenheit ruhen zu lassen. Die Erkenntnis, dass die verstorbene Zilla Feinstein eine Nichte hatte, bot ihm keine Alternative, sondern verkomplizierte seine Probleme vielmehr. Carsten zwang sich, jeglichen Gedanken an die Familie Feinstein aus seinem Bewusstsein zu verdrängen. Mit zitternden Fingern trocknete er den Schweiß auf seiner Stirn.

Der Tresorraum, schoss es ihm wieder durch den Kopf. Er könnte sich im Tresorraum einschließen, langsam ersticken. Wenn er es geschickt anstellte, würde man Marlene für seinen Tod zur Verantwortung ziehen. Er stand auf, von Selbstmitleid überwältigt. Tränen schossen ihm in die Augen. Nein, soweit war es noch nicht. Seine Wut auf die rigorose Selbstsucht und Habgier, die über sein Lebenswerk hinwegfegten wie ein Hurrikan, war zu groß.

Carsten lachte erneut auf. Es war ein gekünsteltes, viel zu hohes, gespenstisches Lachen. Wenn er an den Keller dachte, auf dessen zweiter Ebene er in das sicherste Tresorsystem investiert hatte, das der Markt derzeit hergab, dann sah er

Zerberus, den Höllenhund mit den glimmenden Augen, freudig seine lange Rute auf den Boden peitschen, denn er hatte ihm fette Beute in die Krallen gespielt. Zwar hatte die Versicherung auf einer aufwendigen Lösung bestanden, nachdem sie erfahren hatte, welchen Schatz es zu versichern galt, doch das System war bei genauer Betrachtung nichts weiter als eine schöne Fassade.

Carsten nahm den Brief mit der Mieterhöhung, den Marlene ihm auf den Schreibtisch gelegt hatte, zerriss ihn in kleine Fetzen. Erst langsam und genüsslich, dann immer schneller, mit hassverzerrtem Gesicht. Als die Schnipsel im Papierkorb lagen und er die Spuren der Druckerschwärze auf seinen Fingern bemerkte, wurde ihm klar, dass es nur eine Kopie gewesen war. Das Original hatte Marlene abgeheftet. Es spielte keine Rolle, die darin angekündigten Maßnahmen waren ohnehin unvermeidlich, der Realität konnte er nicht entfliehen.

Doch eine Chance hatte er noch. Minimal zwar, aber vorhanden. Es gab ein Nadelöhr für eine Chance, die er selbst einfädeln musste. Seine Hand zitterte, als er sich diesmal die Stirn abtupfte. Der Schweiß war kalt. Das Taschentuch färbte sich rot, als er sich über die Lippen fuhr.

Carsten stand auf, ging in den Verkaufsraum, um etwas Kraft zu tanken. Die Wärme, die der sonnige Mittag brachte, drang nicht in die Passage, durch die, wie sonst auch, Menschen mit vollen Einkaufstaschen hetzten, als ob es gelte einen Wettlauf zu gewinnen. Er fror. Doch anstatt raus in die Stadt zu gehen, pulsierendes Leben zu spüren, sich ein paar erholsame Minuten in der Mittagssonne zu gönnen, schlich er zurück ins Büro, den Kopf zwischen den eckigen Schultern vergraben wie ein Greis, der dem Henker ein Schnippchen zu schlagen gedachte. Der Höhepunkt war noch nicht erreicht.

Er zog an der unteren Schublade des Schreibtischs. Sie klemmte. Er zog ein zweites Mal, dieses Mal so heftig, dass die

Schublade fast aus der Verankerung riss. Ganz hinten, direkt vor der Duellpistole, lag das Prepaidhandy, das er in letzter Zeit wöchentlich durch ein neues ersetzte. Die Nummer, die in kein Verzeichnis eingetragen war, kannte er auswendig.

»Jacobi.«

Die Stimme am anderen Ende der Leitung ließ Carsten zusammenfahren, als hätte ihm jemand einen Dolchstoß versetzt. Der triumphale Unterton war nicht zu überhören. Jacobi hatte seinen Anruf erwartet, denn er hatte einkalkuliert, dass Carsten über seinen unangemeldeten Auftritt gestern nicht wortlos hinweggehen würde. Daher hätte er ihn auch nie kontaktiert, wenn Jacobi nicht – eines seiner lächerlichen Machtspiele – einen Fehler in das Päckchen eingebaut und den Ohrring vergessen hätte. Der Anruf kostete Carsten mehr Kraft, als er im Moment zur Verfügung hatte. Aber hatte er eine Wahl?

»Ich bin's.« Carsten wusste im selben Moment, dass es überflüssig gewesen war, darauf hinzuweisen. Erster Punkt für Jacobi, der prompt lachte.

Wann war ihre Beziehung gekippt? Es war nicht mehr nachvollziehbar, aber Horst Jacobi und er waren alte Kindergartenfreunde aus dem Hamburger Nobelviertel Harvestehude. Sie hatten ganze Heere kleiner Soldaten im Sand aufgebaut, als sie älter waren, Nachmittage lang »Backgammon« gespielt. Jacobi war Vollwaise, bei seinen ärmlichen Großeltern aufgewachsen, die sich mühten, das alte windschiefe Häuschen, das aus einer anderen Zeit übrig geblieben war und zu nah an der Alster stand, zumindest solange zusammenzuhalten, bis sie ihren Enkel großgezogen hatten. Es war ihnen nicht gelungen. Jacobi kam noch während der Grundschulzeit in ein Kinderheim in der Nähe von Hamburg. Sie hatten sich aus den Augen verloren, bis sie zufällig eines Tages in Wien in der Nähe der Hofreitschule bei einem Juwelier aufeinanderstießen und schnell erkannten, dass sie berufliche Gemeinsamkeiten nutzen konnten. Jacobi hatte sich durch eine schwere Schulzeit und Ausbildung gequält, aus der er allen Widerständen zum Trotz als begnadeter Handwerker und Goldschmied hervorgegangen war. Genau das, was Carsten brauchte. Er hatte seitdem bei Jacobi exklusive Neuanfertigungen und Restaurierungen in Auftrag gegeben.

Das war viele Jahre lang sehr gut gegangen, bis Horst Jacobi schließlich zum stillen Teilhaber geworden war. Doch je schlechter die Geschäfte liefen, je mehr Carsten sich verkalkulierte, je abhängiger Jacobi von ihm wurde, desto mehr litt auch die Partnerschaft. Es war, als ob Jacobi ihn für die ganze Unbill, die ihm in seinem Leben widerfahren war, verantwortlich machte, ihm mit allen Mitteln demonstrieren wollte, dass er inzwischen am längeren Hebel saß, ihn zertreten konnte wie eine lästige Fliege, wenn er wollte.

Was habe ich Jacobi getan?, fragte Carsten sich. Ein, zwei lange zurückliegende Situationen fielen ihm plötzlich ein. Sie waren tief im Gedächtnis seiner Kindheit verschüttet gewesen. Das Feuerwehrauto. Jakobis Heiligtum. Carsten hatte es in der Alster versenkt. Die Wohnzimmerscheibe im Haus von Jakobis Großeltern, die er in einem zornigen Streit über seine Niederlage beim »Backgammon« mit dem Ball zerschmettert hatte. Sie war nie repariert worden, weil das Geld gefehlt hatte. Das war gewesen, kurz bevor Jacobi ins Kinderheim gekommen war.

Inzwischen hatte sich die Situation geändert, Jacobi hatte ihn in der Hand. Dabei fühlte er sich nach wie vor für ihn verantwortlich. Es war dieser Zwiespalt, der ihn quälte. Seit Jacobi wie eine omnipräsente Drohung in der Öffentlichkeit aufgetaucht war, machte er ihm Angst, hatte er eine Grenze überschritten, wurde er zum siamesischen Zwilling, von dem er sich ohne blutigen Schnitt nicht trennen konnte. Er dachte an seine Duellpistole in der Schublade und jagte seinem Alter Ego – denn das war Jacobi in gewisser Weise für ihn, weil er ihm jederzeit den Spiegel vorhalten konnte – in Gedanken eine

Kugel in den Kopf. Die Idee erheiterte ihn. Seine Stimme war fest, als er sagte: »Der rechte Ohrring fehlt.«

»Ist das alles, was du zu sagen hast, Carsten? Hast du mitbekommen, dass jemand ermordet wurde? Ausgerechnet der junge Mann, der gestern bei dir war und der mir gefolgt ist. So ein Zufall aber auch.«

Carsten wich aus: »Warum bist du gestern gekommen?«

»Damit du nicht vergisst, wer das Eisen geschmiedet hat, mit dem die Pferde beschlagen sind.«

»Wie könnte ich dich vergessen, Horst?«

»Wer bis zum Hals im Morast versinkt, der verdrängt gern, wer ihm das Brett hält, Carsten.«

»Hör zu, Horst! Um bei deinem Bild zu bleiben: Die Pferde stehen beschlagen im Stall. Sie laufen nicht davon, denn du hältst die Zügel in der Hand. Aber ich brauche den Ohrring. Und zwar heute noch. Und diesmal nicht vor aller Augen.« Carsten schob nervös die Briefe und Rechnungen auf seinem Schreibtisch von sich weg.

»Das werde ich nicht schaffen. Lass die Ohrringe aus dem Deal. Die sind nicht mit im Budget.«

»Ist es das, was du willst? Mehr Geld?«

»Nicht mehr und nicht weniger als das, was mir zusteht.« Horsts Stimme klang entschlossen.

Carsten hörte, wie Marlene von außen die Tür aufschloss. Das Gespräch war nicht für ihre Ohren bestimmt, er musste zum Schluss kommen. »Wie viel?«, fragte er.

»25 Prozent.«

»Du bist verrückt.«

Die Pause, die entstand, war lang genug, um den Hörer abzudecken. Er bat Marlene, einen Kaffee zuzubereiten, als sie den Raum betrat. Das räumte ihm ein paar Minuten Zeit ein.

Jacobi schwieg beharrlich, bis Carsten endlich sagte: »Gut. Du bekommst den Anteil, ich den Ohrring. Wir sehen uns um zehn Uhr heute Abend! Übergabe am Marienplatz. Gleiche

Zeit, gleicher Ort. Danach ist Schluss. Ab dann trennen sich unsere Wege endgültig.« Thromschatz atmete tief durch. Eines musste er noch wissen. Seine Stimme nahm einen flehenden Ton an, für den er sich selbst verachtete. »Was wollte der Inder?«

»Von mir nichts, Carsten. Von dir?«

»Hast du ihn gekannt?«

»Nein. Und du?«

»Er wusste, was in dem Päckchen war. Ich frage mich, von wem«, sagte Carsten.

»Von mir nicht. Musste er deshalb sterben? Schade, er war hübsch.«

»Hast du dich an ihn rangemacht?«

»Ich steh nicht auf Kinder! Lenk nicht ab. Du hattest ein Motiv!«

»Du weißt, dass ich kein Mörder bin.«

»Es wird schwierig werden, das zu beweisen, Carsten. Ich habe gesehen, wie der Junge um Mitternacht dein Geschäft betreten hat.« Jacobi ließ seine Worte kurz wirken, ehe er anschloss: »Vergiss die 25 Prozent nicht!«

Das Piepsen in der Leitung sagte Carsten, dass sein Kompagnon grußlos aufgelegt hatte. In Gedanken legte er die Duellpistole an, schoss gezielt zwischen Jakobis Augen. Wenig später betrat Marlene mit einer Tasse heißem Kaffee das Büro.

15

Larissa warf wahllos ein Kleidungsstück nach dem anderen in den Koffer auf ihrem Bett. Obwohl sie zig Schmerzmittel eingenommen hatte, konnte sie sich kaum bewegen, ohne laut aufzustöhnen. Sie hätte gerne eine Pause beim Packen eingelegt, doch sie durfte keine Zeit verlieren, denn sie hatte den Verdacht, dass er jeden Moment kommen könnte, um nach ihr zu sehen. Das wollte sie unbedingt verhindern.

Sie band die hellblonden Locken im Nacken zu einem Knoten zusammen und humpelte zum Schreibtisch, um die wichtigsten Unterlagen einzupacken, die sie zur Vorbereitung auf die Klausur in der nächsten Woche benötigte. Sie wollte auf keinen Fall durch die Prüfung fallen, denn sie bedeutete die erste genommene Hürde zum lang ersehnten ersten Staatsexamen.

Fast bewusstlos hatte sie sich am späten Vormittag in die Arztpraxis geschleppt. Der Gynäkologe war ihr nicht geheuer gewesen, obwohl sie seine Adresse von einer Kollegin aus dem »Revue« bekommen hatte. *Streng vertraulich.* Larissa hatte vorsichtshalber einen falschen Namen angegeben und bar bezahlt. Der Arzt hatte unter Narkose ihre Wunden versorgt, doch sie wurde den Verdacht nicht los, dass er ihren wehrlosen Zustand ausgenutzt hatte. Hatte er sie etwa fotografiert? *Das Schwein.* Zuzutrauen war es ihm. Am Schluss tauchten die Bilder im Internet wieder auf. Es gab genug Perverse, die gut und gerne für solche Bilder zahlten.

Larissa griff zum Handy und rief ein Taxi. Die nächsten Tage würde sie im Hotel verbringen. In Sicherheit. Sie würde Timon anrufen. Der Studienkollege würde ihr nicht nur ein neues Handy besorgen, sondern auch das Vorlesungsskript mit ihr durchgehen. Mit viel Schminke würde sie die blauen Flecken in ihrem Gesicht abdecken können. Außerdem würde sie ihm erzählen, dass sie in einen Unfall verwickelt gewesen war. Zu viele Fragen würde Timon sowieso nicht stellen. Er würde einfach froh sein, in ihrer Nähe zu sein.

Larissa griff nach der Packung Schmerztabletten, um mit einem Glas Wasser eine weitere Tablette hinunterzuspülen. Wenn sie das Staatsexamen erst einmal in der Tasche hätte, würde sie den Studienort wechseln. Ihr Handy summte. Sie zuckte zusammen. Das Taxi konnte es nicht sein.

Auf keinen Fall wollte sie *ihn* jetzt sprechen. Sie wollte keine Entschuldigungen hören. Keine Beteuerungen, dass er sie liebte und alles für sie tun würde. Aber wenn sie jetzt nicht abnahm, würde er womöglich kommen und noch vor dem Taxi hier sein. Da war es besser, ihn am Telefon hinzuhalten.

Larissa humpelte zum Handy, das auf dem Nachttisch auf der anderen Seite des Doppelbettes lag. Als sie dort angekommen war, verstummte das Handy. In der Anrufliste sah sie, dass sie mit ihrer Vermutung richtig gelegen hatte: *Er* hatte versucht, sie zu erreichen.

Jetzt war Eile geboten. Sie würde den Koffer die Treppe hinunterschleppen und im Schutz des Hauseingangs auf der gegenüberliegenden Straßenseite auf das Taxi warten. Larissa verschloss den Koffer und griff die weiße Baseballmütze, die ihr Gesicht halbwegs verdeckte. Gerade zog sie die Wohnungstür hinter sich zu, als sie schwere Schritte sich die Treppe hochwuchten hörte.

»Larissa. Wo wuillst denn hi?«

Bitte nicht.

»Kimm. Lass uns eini gehen und redn.«

16

Tom schlich über die dunkel gebeizte Holztreppe am Wirtshaus vorbei nach oben. Alles hätte er jetzt ertragen, nur nicht den Anblick von Christl und Benno als glückliches Paar. Er musste dringend abschalten, das Gespräch mit Thromschatz verdauen, denn es hatte einige neue Ansatzpunkte gebracht, die zu durchdenken sich lohnen würde. Vorher allerdings wollte er Hubertus besuchen und ihn bitten, das Foto des Toten von der Internetseite auszudrucken. Tom war überzeugt, dass die letzten Stunden in Tahils Leben der Schlüssel zum Motiv dessen mysteriösen Todes waren.

Hubertus hatte am Computer gesessen, bevor Tom geklingelt hatte, das war ihm deutlich anzusehen. Er trug seine Lesebrille, sein Haar war zerzaust, und er ging stöhnend ins Hohlkreuz, als er die Tür öffnete. Sein Hemd steckte nachlässig in den ausgebeulten Jeans. Rauhaardackel Günther sprang freudig kläffend an Tom hoch, als die Freunde sich wie üblich mit einem Abklatschen der Hände begrüßten. Der Schwanz des Hundes schlug im fröhlichen Takt gegen den Boden, während Hubertus alles andere als glücklich dreinblickte.

»Hey, schlecht geschlafen?«, fragte Tom den Freund.

»Gar nicht. Ärger in der Redaktion.«

»An der Stelle hast du doch schon meterdick Hornhaut angesetzt.« Tom erinnerte sich, dass Hubertus' Verhältnis zur Chefredaktion seit jeher einer Gratwanderung glich, bei der jeden Moment der Absturz drohte.

»Diesmal geht's ums Ganze.«

Hubertus führte Tom in sein Wohn- und Arbeitszimmer. Die gesamte Wohnung glich einem einzigen Arbeitsraum.

Meterhohe Regale brechend voll mit Büchern, Ordnern, Papierstapeln türmten sich vom Boden bis zur Decke. Eine komplette Regalwand nahmen Hubertus' geliebte Krimis ein. Von Agatha Christie über Elisabeth George und Stephen King stapelten sich berühmte Krimiautoren der letzten 100 Jahre, mischten sich mit aktuellen Bestsellern. Einige Bücher lagen aufgeschlagen im Regal, manche davon waren mit Post-its und handschriftlichen Bemerkungen versehen. Daneben ruhten historische Abhandlungen und philosophische Schriften.

Wie kann er das Durcheinander bloß ertragen? Tom hatte sich schon oft gefragt, wie Hubertus die vielen Themen, die ihn umgaben, auf eine Linie brachte. Vorne im Regal stand der bunt bemalte Glückselefant, den Oma Magdalena ihm als Zeichen ihrer Freundschaft von einer ihrer zahllosen Reisen mitgebracht hatte, die sie zusammen mit ihrem zweiten Ehemann, seinem Adoptivvater Peter Perlinger, unternommen hatte. Die Figur streckte den Rüssel in die Luft, schien tröstende Rufe zu trompeten.

Vor dem Regal lag Günthers Körbchen, in dem sich der Hund jetzt einrollte, sie von seinem Lieblingsplatz aus mit treuen Hundeaugen beobachtete. Ansonsten war der Boden übersät mit aufgeschlagenen Bildbänden, Postern, Broschüren, vollgekritzelten Notizblöcken und losen Blättern. Tom wunderte sich, wie Hubertus trotz der abgestandenen Luft, in der sich so gut wie kein Sauerstoffmolekül mehr zu befinden schien, frei atmen konnte. Er konnte, denn trotz Augenrändern wirkte er voller Tatendrang.

Hubertus bot Tom einen Platz in einer der beiden intellektuell anmutenden Designerschalenfauteuils an, die vor dem Besprechungstisch standen, der sich an den Schreibtisch anschloss. Er schob die Unterlagen auf der Tischfläche zu einem Stapel zusammen und platzierte sie auf der freien Stelle unterhalb des Tisches. Durch die geschlossenen einfach verglasten Fenster drang der gewohnte Straßenlärm der

Sendlinger Straße herein. Tom ging zum Fenster und öffnete es weit, um frische Luft hereinzulassen.

Die Mittagssonne ließ die tänzelnden Staubkörner aufblitzen. Tom musste unweigerlich an Spitzwegs Bild »Der arme Poet« denken. Auch Hubertus hätte eher einen Schirm gegen den Regen aufgespannt und dann weitergelesen, als das Loch im Dach zu reparieren. Nicht einmal das Leselicht am Schreibtisch, das er in der Nacht zum Arbeiten benötigt hatte, war gelöscht.

»Cappuccino?« Hubertus schritt seinerseits zum Fenster, stellte es auf Kipp. Tom sah dem Freund an, wie überarbeitet er war.

»Danke, lass mal. Ich will dich nicht lange stören. Ist nicht zu übersehen, dass du bis zum Kinn in Arbeit steckst, Hubi.«

Beide setzten sich. Hubertus griff sich einen Kugelschreiber, den er nachdenklich betrachtete, und kippte im Sitz nach hinten.

»Seit über 40 Jahren schreibe ich nun für die NMN. Kannst du dir das vorstellen? Jetzt hat die Chefredaktion schon wieder gewechselt. Zum zehnten Mal mache ich das jetzt mit. Kein Problem. Mal sind sie länger da, mal kürzer, aber ausnahmslos alle haben sie mich, auch wenn ich Freier bin, als festen Bestandteil der Redaktion akzeptiert. Nur dieser Anton Wolf nicht.«

»Anton Wolf?« Es war nicht einfach, Hubertus in seinem Redefluss zu stoppen.

Günther spitzte die Ohren. Hubertus legte den Kugelschreiber auf den Schreibtisch, kippte mit dem Stuhl nach vorne. »Jawohl, Anton Wolf, der neue Chefredakteur. Der denkt, ich sitze bereits im Alzheimer-ICE und bin mit Höchstgeschwindigkeit ins Reich der Demenz unterwegs, nur weil mein Geburtsjahr jenseits seines historischen Vorstellungsvermögens liegt. Ist selbst noch in der Probezeit und erst seit vier Monaten in Amt und Würden. Hat mich eben angerufen und gemeint, er hätte sich mal meine Personalakte geholt. Ich ginge ja schon auf die 70 zu. Ich solle mir mal überlegen, wie ich meine restliche Zeit angenehmer verbringen könne als damit, Artikel für die NMN zu schreiben. Als ich ihm sagte, ich kann mir nichts Schöneres vorstellen, meinte er, er schon.«

Hubertus nahm wieder den Kuli zur Hand. Er schaute auf den Aufdruck, der das Logo der NMN zeigte, dann glitt sein Blick zu Boden. Er wirkte auf einmal alt und kraftlos.

»Im Klartext: Er will keine Beiträge mehr von mir annehmen, Tom, geschweige denn veröffentlichen. Er müsse den Stil der Zeitung anpassen, hat er gesagt. Da brauche er keine Artikel, an denen jemand länger als zwei Tage sitzt. Kein Budget. Die Anzeigen gingen zurück. Hintergründe seien uninteressant. Pressemeldungen von Agenturen reichten voll aus. Da zahle er einen Monatsbeitrag, und der müsse sich schließlich lohnen.«

Hubertus machte eine Pause, warf den Kugelschreiber zurück auf den Schreibtisch, schaute den Hund an, der wie gebannt auf Toms Reaktion zu warten schien und bei dem Aufprall des Kulis auf dem Schreibtisch zusammengezuckt war.

»Weißt du, was das für die Qualität der Zeitung bedeutet, Tom? Die NMN, die letzte Bastion des wahren Journalismus, liegt komplett am Boden! Wer braucht da noch Pressefreiheit, wenn eh alle das Gleiche drucken und jegliche Freiheit dem wirtschaftlichen Druck zum Opfer fällt?«

»Hm. Wirklich so schlimm?«

Hubi nickte. Tom hätte nun doch gerne einen Cappuccino getrunken. Was sollte er dem Freund antworten? Er würde es schwer haben, gegen den Willen dieses Anton Wolf zu bestehen. Was Hubertus da zum Ausdruck brachte, war der Lauf der Zeit, wie man so sagte. Unter anderem ein Grund dafür, dass Tom während seines Sabbatjahres die Abgeschiedenheit des Klosters gesucht hatte.

»Komm schon, Hubi. Du hast es noch immer geschafft. Ich würde das mal nicht überbewerten.« Tom zog die Augenbrauen hoch, nahm eines der Blätter zur Hand, die vor dem Computer lagen, um das Thema zu wechseln, den Freund auf andere Gedanken zu bringen. »An was schreibst du denn gerade?«

Es war nicht zu übersehen, dass Hubertus mitten in einer umfangreichen Recherche steckte. Hubertus knipste die Mine seines Kugelschreibers ein und wieder aus, dann tippte er mit dem Kuli in die Luft.

»Tja, mein Lieber, da wirst du staunen. Das sind erste Recherchenotizen. Mir lassen diese Montez-Juwelen keine Ruhe. Ich bin auf einen absoluten Knaller gestoßen. Erinnerst du dich an den Fall Cornelius Gurlitt vor einiger Zeit?« Hubertus legte den Kuli auf den Tisch, schob seine Lesebrille nach oben.

»Cornelius Gurlitt. Vage. Im Flugzeug habe ich von seinem Tod gelesen. Hatte man nicht in seiner Wohnung über 1000 wertvolle Kunstwerke gefunden?«

Tom dachte daran, dass er lediglich gekommen war, um Hubi zu fragen, ob er Tahil am Vorabend bei Thromschatz beobachtet hatte, und nicht, um gesellschaftsrelevante Themen zu erörtern. Ob der alte Freund in seiner selbst auferlegten Klausur überhaupt schon mitbekommen hatte, dass ein Mord geschehen war?

»Der Fall hat in München und in ganz Deutschland für Furore gesorgt, nicht nur weil Gurlitt seine gesamte Sammlung wider Erwarten dem Kunstmuseum Bern vermacht hat. Eine ganze Reihe namhafter Kunstwissenschaftler war mit dem Fall betraut. Wundert mich übrigens, dass man in dem Zusammenhang nie von der guten Mühlbauer gehört hat.« Hubertus schaute Tom vielsagend an.

»Vielleicht fiel es nicht in ihr Ressort.« Tom hatte die Historikerin in positiver Erinnerung und wollte nichts auf sie kommen lassen.

Hubertus wiegte den Kopf. »Wie auch immer. Dieser Gurlitt hatte die Kunstwerke von seinem Vater geerbt. Doch nach der spektakulären Entdeckung kamen Zweifel an der Rechtmäßigkeit dieses Besitzes auf. Die Bilder wurden beschlagnahmt, um die Herkunft zu prüfen. Das war sicher sinnvoll, wurde aber meiner Meinung nach übertrieben.«

Tom ahnte bereits, worauf Hubi hinauswollte: die Montez-Juwelen. Sein Freund hatte dem Juwelier nicht verziehen, dass der ihm bei der Frage nach der Herkunft der Juwelen so unwirsch über den Mund gefahren war und ihn vor versammeltem Publikum lächerlich gemacht hatte.

Hubertus lehnte sich wieder im Stuhl zurück, dozierte, den Kuli wie einen Zeigestock in der Hand schwenkend. »Die entscheidende Frage ist natürlich: Wie ist der alte Kunsthändler Hildebrand Gurlitt, Cornelius Gurlitts Vater, überhaupt in den Besitz dieser außergewöhnlichen Kunstwerke gekommen?«

Gute Frage. Toms Neugierde war geweckt.

»Um das herauszufinden, kam es zu einer Vereinbarung zwischen Cornelius Gurlitt, dem Bayerischen Justizministerium und der Bundesregierung. Gurlitt musste die meisten seiner Kunstwerke einer Provenienzforschung zur Verfügung stellen.«

»Provenienzforschung?« Tom hatte den Begriff noch nie gehört.

»Dabei geht es darum, die Herkunft von Kunstwerken und Kulturgütern zu überprüfen.«

»Aha.«

»Du wirst mir recht geben, dass auch diese plötzlich aufgetauchten Montez-Juwelen guten Gewissens als Kulturgut der bayerischen Geschichte bezeichnet werden können.«

»Durchaus.« Tom beugte sich nun seinerseits nach vorne, stützte die Ellenbogen auf den Oberschenkeln auf.

Hubi war nicht zu bremsen. »Was bedeutet das also für

den Fall Gurlitt, und was könnte es für die Juwelen dieser Lola Montez bedeuten?«

Tom hatte lange genug den Geschichtsunterricht besucht, der sich während der kompletten Oberstufe ausführlich mit dem Dritten Reich befasst hatte, und er hatte die nicht versiegende öffentliche Diskussion zu diesem Thema aufmerksam verfolgt. Er dachte an das jüdische Museum am Sankt-Jakobs-Platz, das gleich hinter dem Rindermarkt lag und erst vor wenigen Jahren eröffnet worden war. Er brauchte einen Moment, um die Tragweite dieser Annahme zu verdauen.

»Das heißt«, fasste er seine Schlussfolgerung zusammen, »man geht im Falle Gurlitt davon aus, dass die Kunstwerke wohlhabenden Juden weggenommen wurden. Und du denkst, dass das auch auf die Montez-Juwelen zutreffen könnte?«

»Genau das. Im Fall Gurlitt endete das Ermittlungsverfahren schlagartig mit dessen Tod. Was, sei mir nicht böse, auch Fragen aufwirft. Aber das soll jetzt nicht unser Thema sein. Ich habe das unbestimmte Gefühl, dass diese Montez-Juwelen eine ähnliche Geschichte haben könnten wie die Gurlitt-Sammlung. Du musst zugeben, Tom, es ist doch mehr als dubios, dass auf einmal so ein Kunstsammler aus Hamburg bei uns in München auftaucht und im Besitz eines bayerischen Kulturschatzes ist. Seine Reaktion auf meine Frage war mehr als abweisend, findest du nicht? Genauso abweisend wie die der zuständigen Kuratorin übrigens. Ich meine, es springt einen doch direkt an, dass hier etwas nicht stimmt.«

Tom stand auf, ging ans Fenster. »Schon. Noch dazu, wenn am darauffolgenden Morgen eine Leiche auf dem Marienplatz gefunden wird und ihr Mageninhalt auf eine Verbindung zu der Veranstaltung schließen lässt. Besonders wundere ich mich darüber, dass der Juwelier bestreitet, Tahil gesehen zu haben, ich komme gerade von ihm. Gut, der Junge kam aus einem kleinkriminellen Milieu, damit wird man als Kunstsammler sicher nicht gerne in Verbindung gebracht. Aber gerade dann wäre es doch nur logisch, wissen zu wollen, was der Fremde überhaupt bei ihm zu suchen hatte.«

»Wer ist ermordet worden?« Hubertus wirkte irritiert. Er hatte also in seiner Arbeitswut nichts von der Welt draußen mitbekommen.

Tom setzte ihn ins Bild. Auch über die Indizien, die gegen Max sprachen, über seinen Besuch im Polizeipräsidium und sein Gespräch mit dem Juwelier – nur Tinas Schwangerschaft klammerte er aus. Hubertus war äußerst beunruhigt über das, was geschehen war, während er die Nacht am Computer verbracht hatte. Er drückte erregt die Enter-Taste, und auf dem Bildschirm erschien das Dokument, an dem er bis eben geschrieben hatte.

»Hör zu«, sagte er zu Tom, »ich bin auf ein interessantes Detail gestoßen.«

Günther kam wie auf Befehl zu seinem Herrchen, ließ sich zu seinen Füßen nieder. Hubertus betrachtete ihn liebevoll.

Tom tippte mehrmals mit der Fußspitze auf den Boden. »Jetzt spann mich bitte nicht auf die Folter.«

»Also, die Montez ist einige Zeit nach dem Desaster in München in die USA ausgewandert und dort jung verstorben. Aber fest steht: Sie hatte jüdische Verwandte in Deutschland.«

Von draußen drangen laute Stimmen und Hundegekläff herein. Günther sprang auf, rannte bellend zum Fenster. Hubertus saß nun stocksteif auf seinem Stuhl, wartete auf Toms Reaktion, die verhalten ausfiel.

»Interessant.«

»Absolut. Als Nächstes müssen wir wissen, an wen sie den Schmuck vererbt hat. Sie muss ihn bei ihrer Flucht aus München doch mitgenommen haben, auch wenn ich bisher keinerlei Hinweise darauf gefunden habe.«

»Meinst du eigentlich, man kann davon ausgehen, dass diese Juwelen tatsächlich ihr gehörten?«

Hubertus nickte. »Zweifelsohne. Ich habe inzwischen mit der Mühlbauer telefoniert. Sie hat gesagt, es gebe einen historischen Kaufbeleg, der bezeuge, wie viel Ludwig I. die Gunst der Montez wert war. Außerdem stammt die Brosche, die sie auf dem Porträt in der Schönheiten-Galerie im Schloss Nymphenburg trägt, aus dem Schmuckensemble. Der Hofjuwelier hatte das Collier so gearbeitet, dass man den Anhänger separat als Brosche tragen konnte.«

Tom konnte es sich nicht verkneifen, seinen Freund aufzuziehen. »Alles klar, Hubi, du hast Blut geleckt!« Dann wurde er wieder ernst. »Ich fasse zusammen: Es gilt, das Geheimnis um die dunkle Vergangenheit der Montez-Juwelen zu lüften. Dabei ergeben sich zwei Ansätze. Der eine: Die Juwelen sind in München geblieben. Der andere: Die Montez hat den Schmuck nach ihrem Tod vererbt. Was ist in beiden Fällen mit den Juwelen passiert? Stimmt dein Gefühl? Waren sie in jüdischem Besitz? Hat sich jemand unrechtmäßig daran bereichert? Seltsam ist, dass die Kunstschätze so plötzlich aus dem Nichts aufgetaucht sind. Sollte sich dein Verdacht bewahrheiten, dann wäre hier, analog zum Fall Gurlitt, eine – wie hieß der Begriff noch gleich? – Provenienzforschung angebracht. Stimmt's?«

»Mindestens. Der Schmuck dürfte in der Szene Höchstpreise von bis zu zehn Millionen erzielen.« Hubertus tippte mit dem Kuli auf den Schreibtisch.

»Gut.« Tom stand auf. »Das ist eine Spur, die sich zu einer Riesensache auswachsen und hinter der ein triftiges Mordmotiv stecken könnte. Auch wenn mir die Zusammenhänge im Moment alles andere als klar sind. Arbeite weiter an dem Artikel, Hubi. Wer weiß, vielleicht schaffst du es doch wieder auf die Titelseite der NMN. Und du hilfst Max. Ach ja, bevor ich es vergesse: Kannst du mal auf die Internetseite des Polizeipräsidiums gehen?«

Hubertus gab die Domäne ein. Gemeinsam fanden sie das Foto des toten Tahil Pervaz. Tom verglich das geschundene Gesicht auf dem Foto mit dem, das er am Abend zuvor lebendig gesehen hatte, und wurde von einer Welle tiefen Mitleids erfasst. Tahil war übel mitgespielt worden. Der Tod war auf brutale Weise zu ihm gekommen.

Hubertus betrachtete das dunkle Gesicht mit den eingefallenen Wangen. Tom sah ihm an, wie er versuchte, Zusammenhänge herzustellen, die er noch nicht fassen konnte. Schließlich schaute Hubertus zu Tom auf.

»Und? Kommt er dir bekannt vor?«

Hubertus schob die Lesebrille, die immer wieder nach unten rutschte, hoch und nickte. »Ja. Das tut er. Vor dem Wirtshaus habe ich ihn nicht gesehen, aber ich kam ja auch erst später. Allerdings musste Günther, als ich von der Vernissage nach Hause kam, dringend raus. Wegen des Regens bin ich zuerst durch die Hofstatt gelaufen. Natürlich mit Tüte! Da habe ich gesehen, wie der Junge aus dem Juweliergeschäft kam und Thromschatz ihm nachgeschaut hat. Ich weiß es deshalb so genau, weil der Junge meinte, in Hundekacke zu treten, bedeute Glück. Ich habe es nicht ganz verstanden. Später, auf dem Rückweg von unserer Runde, habe ich ihn am Marienplatz gesehen. Er lungerte in den Arkaden vom Kaufhaus Beck herum. Das muss schon deutlich nach Mitternacht gewesen sein.«

Der Hund stand am Fenster, bellte erneut. Beide schauten sie in Richtung des Tieres, das jedes Mal, wenn sein Name fiel, die Ohren spitzte und den Kopf schief legte. Doch Hubertus war noch nicht am Ende.

»War gestern nicht Vollmond? Da war ja unglaublich viel los in der Stadt! Ich bin erst mit Günther von der Hofstatt über die Neuhauser Straße, dann zurück und von der Sendlinger Straße zum Rindermarkt und über die Grünzone vom Oberanger zum Marienplatz und wieder zurück. Weißt du, wer mir am Marienplatz entgegenkam?« Hubertus legte eine kurze Kunstpause ein. »Jakob Hassler. Er muss dem Jungen auch begegnet sein. Ich denke, Jakob war auf dem Weg nach

Hause. Der hatte wohl zu tief ins Glas geschaut, so wie der geschwankt hat.«

Tom horchte auf: »Wann war das?«

»Gegen halb eins.«

Sieh mal einer an, dachte Tom, Jakob zur Tatzeit in der Nähe des Tatorts. Doch welches Motiv für einen Mord sollte er haben? Ob er vielleicht mitbekommen hatte, dass der Ermordete seinen Sohn mit Drogen versorgt hatte?

Hubertus' Miene war besorgt, als er fortfuhr, als ob er wüsste, dass Tom auf das, was er noch zu sagen hatte, nicht begeistert reagieren würde. »Und Max.«

»Was meinst du?«

»Max war auch noch unterwegs.«

»Was? Wo und wann hast du Max gesehen?«

Hubertus schien bereits zu bereuen, was ihm herausgerutscht war. »Das hat mit Sicherheit nichts zu bedeuten. Du kennst ja unseren Max. Er hatte gerade die letzten Gäste vor der Tür verabschiedet. Das war gegen Mitternacht, als wir das zweite Mal losgezogen sind. Anstatt zurück ins Haus zu gehen, lief Max in Richtung Hackenstraße, war dann ziemlich schnell verschwunden.«

»Hat er dich bemerkt?«

»Nein, er war ganz in Gedanken.«

»Wann bist du wieder nach Hause gekommen?«

»Ich denke, dass ich ungefähr eine Stunde unterwegs war.«

»Also genau während der Tatzeit.«

»Bin ich jetzt auch verdächtig?«

Tom wehrte lächelnd ab. »Günther hätte Alarm geschlagen und die Taschen des Toten nach Essbarem durchwühlt. Das wäre nicht spurlos vonstattengegangen. Nein, aber vielleicht ist dir sonst noch etwas aufgefallen?«

Hubertus saß ruhig da und schüttelte nach einer Weile den Kopf. Tom war beunruhigt. Warum hatte Max ihm verschwiegen, dass er in der Nacht unterwegs gewesen war? Der

Fall wurde immer verworrener. Tom nahm das ausgedruckte Foto des Toten und verabschiedete sich. Der Hund begleitete ihn in Erwartung eines Abschiedsleckerlis zur Tür, während Hubertus sich bereits wieder in seine Arbeit vertieft hatte.

17

Christl war aufgewühlt, als sie die Gaststube am Nachmittag zur Spätschicht betrat. Auf keinen Fall wollte sie Tom begegnen.

Sie war am Morgen nicht darauf vorbereitet gewesen, ihm plötzlich gegenüberzustehen. So viele Jahre hatten sie nichts voneinander gehört. Irgendwann hatte sie ihn aus ihrem Leben verdrängt. Aus und vorbei. Sicher, sie war damals unglaublich enttäuscht gewesen, als er nach ihrer gemeinsamen Nacht so sang- und klanglos aus ihrem Leben geschlichen war. Ja, sie hätte sich gewünscht, dass er um sie gekämpft, dass er sie aus Düsseldorf angerufen, dass es ihn genauso leidenschaftlich wie sie danach verlangt hätte, dass die Ereignisse jenes Abends sich wiederholten. Ja, sie hätte sich sogar auf eine Fernbeziehung mit ihm eingelassen. Zu der Zeit hatte sie noch studiert, und es wäre kein Problem gewesen, regelmäßig nach Düsseldorf zu fahren. Sicher, sie hätte ihrerseits den ersten Schritt wagen können, als er sich nicht bei ihr gemeldet hatte, doch dazu war sie nicht der Typ. Sie hatte noch nie um die

Gunst eines Mannes gebettelt. Also hatte sie sich arrangiert, sich eingestehen müssen, dass sie womöglich nur ein willkommener Zeitvertreib für Tom gewesen war, ein »Chicken to go« gewissermaßen, so leidenschaftlich und vertraut die Nacht mit ihm auch gewesen war, so viele glückliche Kindheitserinnerungen sie auch verbanden. Nun, die Zeiten hatten sich eben geändert.

Sie hatte zwar kurz nach dem Tod ihres Bruders ihr Betriebswirtschaftsstudium im sechsten Semester abgebrochen, doch heute war sie dank Max und Hedi Restaurantleiterin und weit mehr als ein gefälliger Zeitvertreib. Dennoch hatte der Zusammenprall am Morgen sie aus der Bahn geworfen. Er war ernster geworden. Und, wenn sie ehrlich war, stand ihm diese Ernsthaftigkeit gut, machte ihn zuverlässiger, kombinierte seine Leichtigkeit mit einer Tiefe, die sie nicht mehr losließ. Als er heute so plötzlich vor ihr gestanden hatte, hatte sie empfunden wie damals als Kind, als er ihr die Hand gereicht hatte, um mit ihr gemeinsam über einen Baumstamm zu balancieren, den sie zuvor über den Fluss gelegt hatten. Wie glücklich und ausgelassen waren sie gewesen, als sie das andere Ufer des Flusses erreicht hatten!

Hoffentlich hatte er die Gänsehaut, die über ihren Körper gezogen war, nicht bemerkt. Sie hatte sich den ganzen Morgen wie ferngesteuert gefühlt und nach dem Mittagstisch eine Pause eingelegt. Benno war sie wohlweislich aus dem Weg gegangen. Ohne einen Moment Ruhe, ohne ihre Gedanken ordnen zu können, wäre sie dem Ansturm, wie er an einem Donnerstagabend, noch dazu vor einem Bayernspiel, zu erwarten war, nicht gewachsen gewesen. Benno. Mein Gott, Benno.

Benno war ihr Beschützer, er war wie ihr Bruder. Eine Art Reinkarnation. Zur richtigen Zeit am richtigen Ort. Sie mochte Benno, vertraute ihm. Aber ihre Gefühle für ihn waren ganz anders als die, die sie für Tom empfand. Während ihrer Kindheit und Jugend war die Liebe zu ihm stetig gewachsen, hatte sich von kleinkindlicher Vertrautheit über kindliche Begeisterung und jugendliche Schwärmerei zu einer tiefen Liebe entwickelt. Aber als ihr das bewusst geworden war, hatte sie ihn auch schon wieder verloren.

Trotzdem. Tom, das war Magie, die über sie kam, ohne dass sie sich wehren konnte. Tom, das war ein Gefühl wie Eis, das in der Sonne schmolz, wie ein Looping bei der Fahrt mit der Achterbahn, wenn man nicht mehr wusste, wo oben und unten war. Tom, das war eine Hand, die sich ihr entgegenstreckte, die sie ergreifen musste. Tom, das war Himmel und Hölle gleichzeitig, das hatte sie gelernt. Tom, das war schon immer Liebe, und seit der gemeinsamen Nacht war es Leidenschaft. Tom war wie Kleister, an dem sie kleben blieb, ob sie wollte oder nicht. Sie wusste, sie würde machtlos sein, wenn er sie in den Arm nehmen würde, wenn er sie berühren würde, wenn er sie küssen würde, wenn er …

Gefangen. Was sollte sie nur tun? Sie stand in dem kleinen Personalraum des Wirtshauses, in dem die Mitarbeiter ihre privaten Sachen aufbewahrten, fühlte sich verloren. Entschlossen legte sie eine frische Dirndlschürze um. Geradezu zwanghaft band sie die Schleife weiter rechts und größer als sonst. Der alte Brauch, der signalisierte, dass man vergeben war, war ihr heute wichtiger denn je. Er war den einheimischen Gästen im Wirtshaus sehr gut bekannt – und auch Tom. Ersparte ihr dieses Überbleibsel der Tradition sonst lästige Ausreden, zumindest solange, wie die Männer im Wirtshaus noch nüchtern waren, so würde es ihr heute Abend das Leben retten. Selbst in der Schwemme, wenn viele mehr getrunken hatten, als sie vertrugen, wurde dieses Symbol respektiert, Tom würde die Schleife nicht übersehen können. Der Kleister konnte nicht haften. Jawohl, jetzt ist es zu spät. Seit drei Monaten war sie fest mit Benno liiert, und Benno meinte es ernst. Sie hatten sogar gemeinsam seine Eltern besucht.

Sie waren zu seinem elterlichen Hof im Süden München gefahren, und seine Familie hatte sie begrüßt wie die zukünftige Schwiegertochter. Benno, in seiner unverstellten Art, hatte gestrahlt, als er sie vorgestellt hatte. Und sie hatte keine Spielverderberin sein wollen, hatte mitgespielt, mit der flauen Frage im Magen, ob es richtig war, worauf sie sich einließ. Und jetzt? Gab es noch ein Zurück?

Sie stellte die hohen Pumps, die sie sich gestern gekauft und die sie wider alle Vernunft während der Pause beim Bummel über die Sendlinger Straße getragen hatte, um sie für ihre Rolle in einem neuen Theaterstück einzulaufen, in ihren Spind zurück, schlüpfte in die bequemen Servierschuhe. Konzentrier dich auf die Arbeit, ermahnte sie sich. Sonst stimmt die Kasse morgen nicht. Das konnte sie sich als Restaurantleiterin auf keinen Fall erlauben, und sie wollte Max und Hedi nicht enttäuschen. Immerhin hatten die beiden sie nicht nur bei sich aufgenommen, sondern sie setzten auch große Stücke auf sie und hatten ihr die Restaurantleitung viel früher, als sie es jemals erwartet hätte, anvertraut.

Sie ging durch die Küche, scherzte mit den Köchen und den Kolleginnen, die an der meterlangen neuen Schankanlage ununterbrochen Getränke, vor allem Bier, zapften. Auf dem Dienstplan am Schwarzen Brett verschaffte sie sich den aktuellen Überblick und kontrollierte, ob die Einteilung stimmte, ob alle Mitarbeiter wie vorgesehen anwesend waren. Zufrieden trat Christl in den Durchgang von der Küche ins Restaurant und überblickte die Lage, während ihre Kolleginnen mit voll beladenen Tabletts an ihr vorbeieilten und ihr freundlich »Servus, Christl!« zuriefen.

Christl vermied den Blick zum Mitarbeitertisch, der links in der Ecke stand, und den sie Haustisch nannten, denn sie wusste, was sie da erwartete. Sie war noch nicht mutig genug, sich dem, was kommen musste, zu stellen. Das Restaurant war brechend voll, die Schwemme hatte bereits vorübergehend Einlassstopp, die Stimmung war ausgelassen und bierselig. Wie gut, dass der Lärm, der von dort herüberschwappte, durch die großen Holzschwungtüren gedämpft wurde. Es war kurz vor halb neun. Auf den Fernsehern im Restaurant wurde ein Interview mit dem Trainer des FC Bayern vor dem morgigen Spiel gegen Dortmund übertragen. Die meisten der männlichen Gäste, egal welcher Nationalität, starrten gebannt auf den Bildschirm, während sie, mit einer Halben vor sich, auf ihr Essen warteten oder aßen und die Frauen entweder schwiegen oder unbeeindruckt kommentierten, was sie sahen.

Christl erblickte wie jeden Abend viele vertraute, aber auch viele fremde Gesichter. Stadtbesucher aus dem Umland, die sich nach dem Einkaufsbummel einen Schweinsbraten oder ein Schnitzel genehmigten. Touristen, die müde von der Stadtbesichtigung waren und nun zur Krönung des Tages bayerische Schmankerl kennenlernen wollten. Begeistert studierten sie die Speisekarten auf Englisch, Französisch und Russisch, genossen die gemütliche Stimmung, griffen nach dem Breznkorb in der Mitte des Holztisches, um von dem unbekannten Salzgebäck mit der lustigen Form zu kosten.

Am runden Vereinstisch in der Bürgerstube sah Christl einige Vertreter des Stadtrates, in deren Mitte ausgerechnet Anian thronte. Auch Max' Freunde, die Wirte Anton Friesinger, Ernst Angermair und Xaver Hutschner waren anwesend. Wie aus der Gestik zu schließen war, ging es hoch her.

Unglaublich, dass der alte Hassler sich wie eh und je ungeniert ins Wirtshaus traute. Nach allem, was sein Sohn sich geleistet hatte. Christl hatte die Intrige gegen Max in ihren ersten Wochen vor Ort hautnah miterlebt. Der alte Bierbrauer ignorierte hartnäckig, was geschehen war. Christl fragte sich, woher er die Chuzpe nahm. Anders konnte man das nicht nennen. Wollte er damit verhindern, dass das Band zwischen den Familien endgültig zerschnitten wurde? Oder verschloss er die Augen vor dem heimtückischen Charakter seines Sohnes Jakob? Eigentlich mochte sie den Alten, der immer einen lustigen Spruch parat hatte, der kein Hehl daraus machte, wie gut sie ihm gefiel, wie gern er mit ihr scherzte. Sicher hatten auch Hedi und Max Anian entdeckt. Ob sie ihn begrüßt hatten? Christl konnte es nicht länger vermeiden: Ihr Blick fiel auf den runden Haustisch.

Wie erwartet. Tom saß mit Max und Hedi, Benno und Tina beim Abendessen. Christl schluckte. Hubertus' Platz war frei, ein weiterer Platz war eingedeckt. Ihr Platz. Schließlich gehörte sie so gut wie zur Familie. Weg. Ich muss hier weg. Aber wie und wohin? Immerhin hatte sie Dienst. Vor lauter Aufregung hatte sie den ganzen Tag nichts gegessen, ihr Magen knurrte, doch sie würde keinen Bissen hinunterbringen. Gerade wollte sie auf dem Absatz kehrt machen, zurück in die Küche schleichen, als sie Hedi rufen hörte. »Christl, komm! Setz dich zu uns.«

Es blieb ihr keine andere Wahl, als Hedis Aufforderung nachzukommen. Benno rutschte sofort zur Seite, um ihr den vordersten Platz anzubieten – gleich neben ihm, Tom gegenüber. Sie atmete tief durch, sammelte ihren Mut, warf den Pferdeschwanz zurück. Auf dem Weg zum Tisch ließ sie den Rock selbstbewusst schwingen.

»Servus beisammen.« Sie lächelte möglichst ungezwungen in die Runde, wobei sie es vermied, Tom anzusehen, der seinerseits, wie sie aus den Augenwinkeln wahrnahm, seinen Teller anstarrte, als sie Platz nahm. »Was gibt's denn zu essen?«

»Filet-Töpfchen.« Hedi tat ihr auf.

Die Familie wollte sich augenscheinlich von der angespannten Stimmung nicht den Appetit verderben lassen und hatte ein Gericht gewählt, als gäbe es etwas zu feiern.

Benno streichelte mit seiner runden großen Hand sanft über ihren Oberschenkel. Christl drückte ihr Bein gegen seines, was seine Augen strahlen ließ. Er fragte: »Später Lust auf eine Runde ›Schafkopf‹? Wir wären zu viert: du, Hubertus, Tom und ich.«

Christl erschrak. »Das ist eine nette Idee, Benno, aber du siehst ja, der Laden brummt. Da muss ich nach dem Essen mithelfen. Frag doch einen der anderen hier.« Aber ihr war im Grunde klar, dass Max und Hedi keine Zeit haben würden und Tina vermutlich gleich wieder nach oben verschwinden würde.

»Nein, Christl, lass mal.« Hedi hatte aufgegessen und schob ihren Teller beiseite. »Es ist Toms erster richtiger Abend zu Hause. Ihr habt euch Jahre nicht gesehen. Amüsiert euch, Kinder. Ich rufe Martha an, dass sie kommen soll. Na Tom, wann hast du das letzte Mal ›Schafkopf‹ gespielt?«

»Lange her.« Tom kaute sorgfältig.

Hedi war ganz begeistert von ihrer Idee. »Tina, spiel halt mit. Zumindest so lange, bis Hubi kommt. Dann seid ihr zu viert«, schlug sie vor.

Christl blickte in die Runde. Sie wusste, dass Hedi ihre Tochter lieber bei ihnen wusste als sonst wo. Bis auf Benno, der Tom immer wieder herausfordernde Blicke zuwarf und ganz offenkundig darauf aus war, ihn beim »Schafkopf« zu besiegen, war keiner begeistert. Christl fiel auf, wie blass Tina war. Ihr Teller war unberührt, und sie wirkte abwesend. Prompt schüttelte das Mädchen den Kopf.

»Nein Mama, ich will nicht.«

Christl wollte schon aufatmen, weil sie hoffte, um das Spiel herumzukommen, als Max sich einschaltete.

»Mensch, Tina, du hast gar nichts gegessen. Schau, die Filetspitze ist butterzart. Genau wie du sie liebst.« Ohne ihre Antwort abzuwarten, tat er ihr auf.

Tina stieß den Teller von sich, stand auf. »Papa, lass mich in Ruhe. Mir wird schlecht von dem Theater, das hier gespielt wird. Ein junger Mann ist fast vor unserer Haustür ermordet worden, und ihr macht weiter, als wenn nichts wäre. Und weißt du, was das Schlimmste ist? Ich weiß nicht, was ich denken soll. Meinst du, ich hab nicht gemerkt, wie du mir gestern Abend gefolgt bist, Papa?!«

Hedi schaute Max an. »Max?«

»Ich zumindest will wissen, was unsere Tochter nachts so treibt.« Max' Stimme war gefährlich leise.

Tina dagegen ereiferte sich. »Papa, du hast kein Recht, mir nachzuspionieren!«

Hedi beugte sich vor. »Jetzt mal alles mit der Ruhe, ihr Streithanseln! Die Gäste schauen schon rüber.«

Christls Augen trafen die von Tom, sie spürte seinen Blick wie einen elektrischen Schlag, der ihre Knie weich werden ließ, obwohl sie sich mit aller Macht dagegen wehrte. Benno verstärkte den Druck seiner Hand auf Christls Oberschenkel, um ihr zu signalisieren, dass sie sich raushalten sollte. Tina funkelte ihren Vater an, der sich zurücklehnte, nach seiner Pfeife griff und in den Mund steckte, ohne sie anzuzünden.

»Komm, Tina, jetzt beruhig dich und iss was!«

»Papa!« Tinas Augen füllten sich mit Tränen.

Sie sieht aus wie ein nacktes Vögelchen, das zu früh aus dem Nest gefallen ist, dachte Christl.

»Papa, du bist mir gestern nachgegangen. Was hast du gesehen?«

»Genug.«

Nun schauten alle auf Max.

»Max?«, fragte Hedi.

Der nahm einen Schluck Helles, den ersten der ganzen Woche, wie Christl wusste. Er war sichtlich um Ruhe und Gelassenheit bemüht, legte die kalte Pfeife auf den Tisch.

»Tina, gib es zu: Der Junge, mit dem du dich gestern Nacht an der Frauenkirche getroffen hast, war Bastian. Lässt er dich nicht in Ruhe? Soll ich mal mit ihm reden oder mit seinem Vater oder seinem Großvater?«

»Papa, dir ist nicht zu helfen. Als ob das noch eine Rolle spielen würde. Lass mich bitte einfach in Ruhe!« Damit sprang Tina auf, drückte sich an Hedi und Tom vorbei, rannte davon.

»Das hast du mal wieder toll hinbekommen, Max«, sagte Hedi. »Und überhaupt: Ich wüsste auch gerne, was mit deinem Gesicht passiert ist. Und der obere Knopf von dem Hemd, das du gestern anhattest, fehlt auch. Das war der letzte von den Hirschhornknöpfen mit dem Hacker-Emblem.« Hedi stand nun auch auf. »Max, kommst du bitte mal mit nach oben?«

»Später.« Max blieb sitzen.

Christl und Tom schauten sich an. Familienfrieden auf Windstärke acht.

Hedi folgte ihrer Tochter, würdigte Max keines Blickes.

»Das war der letzte von den Hirschhornknöpfen mit dem Hacker-Emblem …«, äffte Max seine Frau nach. Er trank einen Schluck, während er beiden Frauen hinterherblickte.

Benno nahm Tinas Teller, machte sich über die zurückgelassene Filetspitze her. Christl fühlte sich fehl am Platz. Tom hob sein Glas, stieß mit Max an, während sie und Benno organisatorische Fragen zum Ablauf des Abends klärten. Benno wischte sich mit der Serviette über den Mund, rief Anna zu sich, um mit ihr die aktuelle Tischaufteilung durchzugehen. Als Benno aufstand, um einen Kontrollgang zu machen, gelang es Christl nicht zu gehen. Sie klebte. Nun klebte sie also doch an Tom, blieb sitzen, hörte, worüber Tom und Max sich flüsternd unterhielten.

»Max, Hubi hat dich um Mitternacht aus dem Haus gehen sehen.«

»Na und? Darf man jetzt nachts zum Ausgleich für einen langen Tag nicht mehr spazieren gehen? Was wollt ihr eigentlich von mir? Hab ich dich um Hilfe gebeten, damit du mir in den Rücken fällst, Tom?«

Christl wusste, dass es unmöglich war, an Max heranzukommen, wenn er diesen Gesichtsausdruck annahm. In dieser Beziehung war er Tina sehr ähnlich.

»Das Mindeste, was ich erwarte, wenn ich dir helfe, ist, dass du mir die Wahrheit sagst«, fuhr Tom seinen Bruder an.

»Glaub mir, ich weiß selbst, was ich dir sagen muss und was nicht. Dass ich nachts draußen war, hat rein gar nichts mit dem Mord zu tun und ist in dem Zusammenhang völlig unerheblich.«

»Dort, wo du warst, hast du dir das blaue Auge geholt, und das ist verdammt noch mal alles andere als unerheblich, verstehst du das?«

Tom sah seinen Bruder so wütend an, dass Christl fürchtete, die beiden würden sich im nächsten Moment in die Haare geraten.

Max erhob sich. »Ich werde jetzt Anian Grüß Gott sagen.«

»Ja, schlag in die Sahne.« Tom schüttelte den Kopf.

Benno kam zurück. Er musste die letzten Sätze mitbekommen haben. »Zu Anian komm ich besser mit, Chef.«

Christls Herz begann wild zu pochen. Tom setzte sich neben sie. Sie spürte sein Bein an ihrem. Allein mit Tom. Ihr Teller war noch halb voll, sie konnte jetzt nicht einfach aufstehen und verschwinden.

»Ganz schönes Chaos, was?« Sie sagte es, um überhaupt etwas zu sagen.

»Seit wann bist du mit Benno zusammen?« Tom sah ihr tief in die Augen.

Sie schaute zur Seite. »Wieso interessiert dich das?«

Tom schwieg. Der Klang seiner Stimme ging ihr durch Mark und Bein, als er wieder zu sprechen begann.

»Als ich mich entschloss, wieder nach München zu kommen, das hört sich jetzt sicher blöd an, habe ich gehofft, wir könnten da anknüpfen, wo wir das letzte Mal aufgehört haben.«

Sie schluckte. Bitte nicht. Keine Schwäche zeigen. »Wieso hast du dich nie gemeldet?«

»Ich weiß es nicht. Es gab keine Zukunft. Ich in Düsseldorf, du in Passau. Ich hatte Angst. Angst vor der Verantwortung, Angst vor der Bindung. So viel weiß ich heute: Damals bin ich geflohen. Als du dich nicht gemeldet hast, habe ich gedacht, du sähest das genauso.«

»Meinst du im Ernst, ich hätte mich nach unserer Nacht jemals als Erste bei dir gemeldet?«

Sie sahen sich an, er nahm ihre Hand in seine beiden.

»Es tut mir leid, Christl.«

Sie entzog sich ihm. »Du machst es dir einfach, Tom. Tauchst hier auf und wirfst alles durcheinander.«

»Wusstest du denn nicht, dass ich komme?«

Sie schüttelte den Kopf. »Und du? Oma Magdalena hat dir doch sicher erzählt, dass ich hier bin?«

»Wenn ich das gewusst hätte, dann hätten wir uns gestern schon gesehen.«

Christl schluckte. Bin ich allen so unwichtig, dass sie kein einziges Wort über mich verlieren?

»Sie haben alle dicht gehalten und von einer Überraschung gesprochen«, meinte er und prostete ihr zu.

»Die Überraschung ist gelungen.«

Christl konnte nicht sagen, warum, aber sie wurde auf einmal unglaublich wütend. Sie raffte ihren Dirndlrock, wollte gehen, da stand Benno mit eingefrorenen Gesichtszügen neben ihr. Er hat uns beobachtet, schoss es ihr durch den Kopf. Er weiß alles.

Benno legte die Karten auf den Tisch. »So, Kinder, Schafkopfen.«

Es war ein Befehl. Der Aufruf zum Stierkampf in der Arena.

»Hubertus fehlt«, versuchte Christl, ihn zu stoppen.

Aber Benno gab nicht auf. »Max spielt mit. Martha ist zur Aushilfe da. Alles in Butter.«

Er schob sie in die Bank zurück. Tom bedeutete ihr, sich wieder zu setzen. Beide wussten, worum es in Wirklichkeit ging. Das hier war kein Kartenspiel, es ging um sie, Christl.

Unwillig nahm sie Platz. »Eine Runde, mehr nicht.«

Tom lächelte Christl zu. Es war ein offenes Lächeln, das ihr zeigte, wie leicht sie ihn verletzen könnte, wenn sie wollte. Mit einem Mal fühlte sie sich wie bei einer Prüfung, bei der jede Antwort unwiderruflich zum Erfolg oder Durchfallen führen konnte. Die Entscheidung duldete keinen Aufschub. Sie schluckte. Es gab nur Ja oder Nein. Beide Männer wollten Klarheit, wollten von ihr wissen, woran sie waren.

Benno teilte aus. Vor jedem von ihnen lagen acht nagelneue Schafkopfkarten, auf deren Rückseite das FC-Bayern-Logo mit den vier Meistersternen abgedruckt war, als Max sich zu ihnen setzte.

»Und?«, fragte Tom. »Was meint Anian?«

»War überraschend besorgt und hat mir seine Hilfe angeboten, falls ich welche brauchen sollte.« Max nahm seine Karten auf.

»Wer's glaubt. Deine Pläne zur Fußgängerzonen-Erweiterung hat er als Idiotie bezeichnet.« Bennos grimmiger Gesichtsausdruck wich einem freudigen Grinsen, als er sein Blatt betrachtete. »Und natürlich wollte er wissen, ob der liebe Tom jetzt bei uns auf Verbrecherjagd geht«, fuhr Benno fort.

Max wandte sich seinem Bruder zu. »Er freut sich, dass du wieder da bist und ruft dich morgen an.«

Benno sortierte seine Trümpfe.

Christls Blatt war katastrophal. Eigentlich war sie eine hervorragende Kartenspielerin, aber diesem Blatt stand selbst sie machtlos gegenüber. Die Familienurlaube hatten ihr Vater, ihr Bruder, ein Freund ihres Bruders und sie in der Regel von morgens bis abends mit Schafkopfspielen verbracht. Ihre Mutter, von Beruf Apothekerin und eine krass gegensätzliche Persönlichkeit zu ihrem Vater, der sein Dasein als Musiker eher schlecht als recht meisterte, war regelmäßig ausgeschlossen worden. Auch ein Grund, der zur Scheidung beigetragen hatte, gestand sich Christl ein, als sie jetzt plötzlich daran denken musste. Hätte sie nicht den Eichel-Ober und Eichel-Unter gehabt, hätte sie versucht, mit diesem Blatt eine Null zu spielen.

»Und dann habt ihr gekontert, dass ich lieber ›Schafkopf‹ spiele, als Verbrecher zu jagen.«

Toms und Christls Blicke trafen sich. Sie spürte, wie sie gegen ihren Willen errötete und wie Benno sie beide beobachtete. Seine Miene verfinsterte sich.

»Ich tät ein Solo spielen«, warf Benno in die Runde, während seine Brust anschwoll und er auf dem Stuhl hin und her rückte.

Er spielt auf Risiko, dachte Christl.

Benno warf das Eichel-Ass aus, wohl darauf vertrauend, dass niemand auf der Farbe blank wäre, was sich schnell als Irrtum erwies. Tom stach das Ass, Christl steuerte eine Neun, Max die Eichel zehn bei. Der erste Stich ging an Tom, Christl und Max, und so blieb es, denn als Toms Blatt schwächelte, genügte ein Blick zwischen ihm und Christl, und sie brachte geschickt den Eichel-Ober und -Unter ins Spiel. Sie ergänzten sich geradezu genial. Christl fühlte sich zunehmend wohler, obwohl – oder gerade weil – Tom mit am Tisch saß. Sie ließ sich auf das Spiel ein, ihre Lust und ihr Siegeswille überwogen bald ihren anfänglichen Unmut und sie wurde mit jedem Stich ausgelassener. Eine Ausgelassenheit, die Benno verletzte, was sie zu spät erkannte.

Während Max automatisch, doch mit dem Glück desjenigen, der in Gedanken versunken ist, abwarf, verkrampfte sich Benno mehr und mehr. Sein Kopf wurde zunehmend röter. Er senkte das Kinn nach unten wie ein Stier vor dem Angriff. Christl sah es und verschloss die Augen.

Nach dem vierten Spiel hielten alle drei triumphierend die letzte Karte der Runde in der Hand, als Benno sein Schellen-Ass gegen Christls Gras-Sieben geben musste, da sie am

Spiel war. Er schmiss seine wenigen Stiche auf dem Tisch durcheinander. »Mir reicht's!«

»Nicht mal schneiderfrei, würde ich sagen!« Tom begann, geblendet von jungenhafter Spielfreude, die Stiche auszuzählen. Christl sah gespannt zu.

Das war zu viel für Benno. Zornig wie ein Kind, das nicht verlieren kann, sprang er auf. Christl berührte seinen Arm. Benno, bitte. Reiß dich zusammen.

»Das habt ihr euch ja schön ausgedacht. Meint ihr, ich habe nicht gemerkt, was hier abläuft?« Benno war jetzt knallrot, wie kurz vorm Explodieren.

»So ein Quatsch!« Tom hielt beim Zählen inne.

Christl wurde flau im Magen.

Benno griff nach seinem halb vollen Bierglas, sodass das Bier auf den Tisch schwappte und auf Christls Dirndlschürze spritzte. Wortlos lief er in Richtung Küche.

»Benno, das ist doch nur ein Spiel!« Christl eilte ihm hinterher. Sie erreichte ihn kurz vor dem Eingang zur Küche und hielt den Ärmel seines karierten Holzfällerhemdes fest, wollte ihn überreden zu bleiben, wollte ihm alles erklären. Doch er war nicht umzustimmen.

»Meinst du, ich sehe nicht, wie Tom dich anhimmelt? Und du? Du scheinst genauso verschossen in ihn zu sein wie er in dich. Von mir aus hätte er grade bleiben können, wo er war, am Arsch der Welt – und das für immer!«

»Benno, bitte, lass uns reden.«

»Nein danke. An der Nase herumführen kannst du andere, Christl, aber mich nicht! Ich muss noch etwas im Büro erledigen und danach bin ich weg. Pfiat di!«

Es war der verwundete Ausdruck in seinen Bernhardineraugen, der sie bis ins Mark traf und ihr Gewissen peinigte, als er in der Küche verschwand. Sie fühlte sich zerrissen. Was tue ich ihm an?, fragte sie sich und wusste, dass die Antwort darauf im Ungewissen lag.

Als sie zurückkam, stand Max auf. Er hatte eindringlich auf Tom eingeredet und wirkte verletzlich, wie er jetzt den leblosen Arm schützend vor den Körper hielt.

»Ich sehe nach Benno. Bei Liebeskummer hilft bekanntlich Arbeit.« Max verschwand.

Tom saß allein am Tisch. Er prostete ihr zu, wirkte aber verschlossen. Sollte sie sich zu ihm setzen? Ihr wurde heiß. Es war ihre Entscheidung. Oder sollte sie besser nach Hause gehen und sich eine neue Arbeitsstelle suchen? Tüchtige Mitarbeiterinnen wurden überall gesucht. Es war nicht ihr Verstand, der entschied, als sie sich setzte.

»Wahrscheinlich hast du recht«, meinte er. »Ich tauche auf und erzeuge Chaos. Jetzt sind alle weg. Nur wir zwei sind noch übrig. Und du bist wahrscheinlich stocksauer auf mich, weil ich Benno vergrault habe.«

Wie an dem Kommunionsabend vor acht Jahren, dachte sie. Da war ich auch wütend, weil du dich geweigert hast, in den Abendgottesdienst zu gehen und deiner Mutter und Hedi die Stimmung verdorben hast. Er hatte sich über die Predigt des Pfarrers am Morgen aufgeregt, und sie hatten am Nachmittag über das Für und Wider von Religionen diskutiert.

»Kommt dir das bekannt vor?«, fragte er prompt.

Er sah umwerfend aus. Ein großer Junge, der etwas ausgefressen hatte, aber mit dem Ergebnis durchaus zufrieden war. Christl lächelte, und ihr Herz klopfte wild. »Wie ich Hedi verstanden habe, habe ich frei.«

»Lass uns gehen.«

Tom trank einen Schluck und erhob sich. Sie spürte, wie sein Blick in ihrem Dekolleté versank. Sie klebte, sie klebte fest und fand das Lösungsmittel nicht. Aber nicht nur sie schien zu kleben, auch er hing fest.

Sie nahm das Glas, trank den Rest. »Schiffe am Rindermarkt versenken?«

»War schön damals, findest du nicht?«

Sie erinnerte sich, dass die Kommunionsgesellschaft auf dem Weg zur Kirche am Rindermarkt vorbeigekommen war. Trotz aller Überzeugungsarbeit, die sie vorher geleistet hatte, war er plötzlich stehen geblieben. »Wie auch immer, einmal am Tag reicht.« So ein sturer Esel, hatte sie gedacht, sich aber dennoch mit ihm auf die Stufen des Springbrunnens gesetzt, statt in die Abendandacht zu gehen. Irgendwann hatte sie ins Wasser gegriffen, ihn nass gespritzt. Das hatte in einer wilden Wasserschlacht geendet, an deren Schluss das pastellfarbene luftige Sommerkleid an ihrem Körper geklebt hatte. Und er an ihr. Und sie an ihm. Und beide zusammen in seiner Dachgeschosswohnung.

Bin ich noch wütend auf ihn?

»Manche Dinge lassen sich nicht wiederholen.« Sie hatte Angst, dass es nicht so sein würde wie damals.

»Das müssen sie auch nicht, weil es immer einen neuen Anfang gibt.« Er nahm seine Lederjacke von der Bank, legte den Arm um ihre Taille. Christl spürte den festen Druck, und es fühlte sich gut an. Wie sie so nebeneinander durch den Gang des Wirtshauses schritten, kam es ihr so vor, als ob allein sie beide den Raum füllten, obwohl sicher über 400 Gäste im Restaurant saßen.

18

»Benno, ich gehe dann nach oben. Schließt du bitte ab? Und vergiss nicht, die Budgetplanung in die Schublade zu legen, wenn du gehst«, sagte Max gegen Mitternacht.

Benno nickte. Max sieht müde aus, dachte er beiläufig, während er mit brummendem Schädel über den Unterlagen saß, beobachtete, wie Max mit hängenden Schultern das Büro verließ. Er entschloss sich, erst den Kontrollgang zu machen, sich danach zum x-ten Male die Kostenplanung vorzunehmen. Seine Konzentration ließ nach, doch keinesfalls wollte er vor dem Morgengrauen seine Wohnung betreten.

Den schweren Schlüssel in der Hand stapfte er zuerst durch die Schwemme und das Restaurant, anschließend in Richtung Keller, um zu kontrollieren, dass sich niemand mehr in den Toilettenräumen befand. Er war tief verletzt und aufgewühlt, denn er hatte vom Büro aus beobachtet, wie Tom und Christl das Wirtshaus gemeinsam verlassen hatten.

Er fühlte sich wie ein schwerer, tapsiger Bär, der verloren durch den Wald läuft. Ausgerechnet Christl hatte ihm diesen Kosenamen verpasst. Doch heute war er kein lustiger Tanzbär wie sonst, vielmehr ein Braunbär, der in eine Höhle kriechen wollte, um in einem langen Winterschlaf alles zu vergessen. Natürlich hatte er gespürt, wie zurückhaltend sich Christl die ganze Zeit ihm gegenüber verhalten hatte, dass sie sich ihn eher als Freund denn als Liebhaber wünschte. Aber er war zuversichtlich gewesen, dass sich ihre Gefühle mit der Zeit ändern würden, schließlich hatten sie gemeinsam seine Eltern besucht, das hatte Anlass zur Hoffnung gegeben. Jetzt gab ihm der brennende Schmerz in seinen Eingeweiden eindeutig zu verstehen, dass er dabei war, sie zu verlieren. Aber er war nicht bereit, sie kampflos aufzugeben. Wer konnte schon sagen, ob Tom überhaupt in München bleiben würde, so unstet, wie er war. Er war schon öfter überraschend verschwunden, war für ein Mädchen wie Christl alles andere als ein zuverlässiger Partner. Er, Benno, würde an ihrer Seite bleiben, bereit, für sie da zu sein, wenn sie ihn brauchte, so beschloss er, als er behäbig die Stufen nach unten stieg. Er hatte bereits die Hauptbeleuchtung ausgeschaltet, sodass die Kellernische in einem dämmrigen Licht lag. Täuschte er sich oder hörte er ein Geräusch aus der Herrentoilette?

»Hallo, ist da jemand?«, rief er.

Keine Antwort. Vielmehr war ein schürfendes Kratzen zu vernehmen, als ob jemand einen metallenen Gegenstand über den Boden zöge. Bennos rechte Hand umschloss den Schlüssel, die Linke schloss sich zur Faust. Er fühlte instinktiv, dass eine Gefahr lauerte, die sich zu etwas Lebensgefährlichem ausweiten konnte. Kurz überlegte er, ob er Max anrufen sollte. Dann verwarf er den Gedanken, denn er hörte ein gedämpftes Flüstern, die Wasserspülung lief. Alles gut, dachte Benno erleichtert. Da hat tatsächlich jemand auf dem Klo verpennt.

»Ich warte hier auf Sie.« Der Gast sollte wissen, dass er nicht befürchten musste, eingeschlossen zu werden, die Nacht im Wirtshaus verbringen zu müssen. Benno blieb neben der alten Hochzeitstruhe im Gang stehen. Er sah, dass das Bild über der Truhe, eine alte Ansicht von München, schief hing, und war gerade dabei, es mit einem seufzenden Handgriff geradezurücken, als er hörte, wie die Tür der Herrentoilette aufgestoßen wurde. Er fuhr herum.

Der Lichtkegel aus einer Taschenlampe fiel auf seine Pupillen und er riss geblendet den Arm vor die Augen, um sie vor dem grellen Licht zu schützen. Blinzelnd erkannte er eine mittelgroße gedrungene Gestalt, deren Gesicht durch eine schwarze Maske verdeckt war. Der Umriss einer zweiten, dünnen großen Person, ebenfalls vermummt, tauchte hinter dem breiten Rücken des ersten Mannes auf. Er hielt die Tür weit geöffnet. Der dahinterliegende Raum glich einem schwarzen Loch, denn die Männer hatten das Licht gelöscht. Jetzt ging alles sehr schnell. Zu schnell.

Benno duckte sich, wollte sich zur Treppe drehen, um zu fliehen. Doch ehe er sich versah, war der Muskelprotz bei ihm, packte ihn am Kragen, riss ihn zurück. Die Taschenlampe blitzte auf, dann spürte Benno, wie ihr Griff mit Wucht auf seinen Hinterkopf krachte, die Haut an der Stelle platzte. Er verlor das Bewusstsein und klappte auf den kalten Fliesen zusammen.

19

Tom öffnete die Augen. Es war erst sechs Uhr früh am Freitagmorgen, wie ihm der Blick auf sein Handy verriet. Doch anscheinend hätte er schon längst auf den Beinen sein sollen, denn in der Anrufliste sah er, dass Jessica mehrfach versucht hatte, ihn zu erreichen. Trotzdem brauchte er einen Moment, um sich zu orientieren. Wo war er? Das war nun schon der zweite Morgen, an dem er orientierungslos aufwachte.

Durch das Fenster drang Autolärm. Er lag in einem blütenweiß bezogenen Bett mit vielen bunten Kissen in Rot, Türkis, Orange und Lila. Ein weiß gerahmter Spiegel an der Wand und ein bunter Perlenvorhang vor der kleinen Balkontür sowie ein Meer üppiger Topfpflanzen gaben dem Raum eine heimelige und gemütliche Atmosphäre. Er hörte das Wasser im Bad rauschen, erinnerte sich mit einem Schlag wieder an jede Kleinigkeit der letzten Stunden, fühlte sich so wohl, so passend in Raum und Zeit wie nie zuvor in seinem Leben. Seine Zehen kribbelten vor Wonne.

Mein Gott! Was für eine Nacht! Es hatte sie beide voll erwischt. Sie hatten gemeinsam das Wirtshaus verlassen. Von dem Moment an, als er seinen Arm um Christls Taille gelegt hatte, war es, als ob das Schicksal sie in einen Tiegel gelegt und verschmolzen hätte. Ihre Hautoberflächen hatten die gleiche Spannung, Plus- und Minus-Pol wechselten in stetiger Frequenz, schufen eine fließende Anziehungskraft zwischen ihnen, der sich keiner von beiden entziehen konnte. Sie mussten sich einfach berühren, waren machtlos gegen die Magnetkraft, die zwischen ihnen entstand, die der Realität eine Intensität verlieh, die ihr Erleben und alles um sie herum in schillernde Farben tauchte. Er wollte alles noch einmal durchleben.

Sie hatten den Weg zu Christls Wohnung in Richtung Sendlinger Tor eingeschlagen. Während sie über die Sendlinger Straße geschlendert waren, hatten sie unbekümmert gescherzt. Christl hatte draufloserzählt. Sie hatte ihm von ihrer Theatergruppe berichtet, war mit kleinen schnellen Schritten neben ihm hergetänzelt, hatte ihm von ihrer neuen Rolle berichtet, die in den wilden Münchner Jahren spielte. Sie gab die Uschi Obermaier – mit Hippie-Klamotten und High Heels – und musste lernen, auf hohen Absätzen zu laufen. Sie waren gerade auf Höhe der Asamkirche angekommen, da war ihnen Jakob in der Dunkelheit entgegengekommen. Tom hatte ihn an der unförmigen Figur erkannt.

Jakob grüßte knapp, blieb aber nicht stehen, um mit ihnen zu plaudern, was Tom kaum wunderte, auch wenn er nicht direkt von den Familienstreitigkeiten betroffen war. Tom nahm aus den Augenwinkeln wahr, wie Jakob wenige Meter weiter in einen Porsche Macan stieg. Auf dem Fahrersitz saß eine aufreizende Wasserstoffblondine, deren Gesicht allerdings im Halbdunkel lag. Sie wirkte seltsam steif, fast wie angekettet.

»Larissa Stein«, meinte Christl, die seinem Blick folgte. »Anian hat sie mir erst neulich vorgestellt, als ich ihn mit Larissa auf dem Viktualienmarkt getroffen habe. Eine tolle junge Frau! Studiert Jura und hilft nebenbei im Wies'n-Büro der Hasslers aus.«

Tom fand die Uhrzeit für ein Mitarbeitertreffen recht ungewöhnlich, doch Christl vermutete, dass sie die Tochter oder Enkelin eines Geschäftsfreundes sei. Irgendwie beruhigte es ihn, wie geradlinig sie dachte. Glücklich, sie um sich zu haben, hatte er sich dem Klang ihrer Stimme hingegeben, der tiefer war, als man es bei ihrer schlanken Figur vermutet hätte, hatte sie um die Taille gefasst, in einem Hauseingang Schutz gesucht, und sie hatten sich geküsst. Lange und atemlos.

Ihre Stimme, dachte er jetzt, ist genauso überraschend wie ihre Figur. Er rief sich ihren fränkischen Unterton, ihre weiche Haut in Erinnerung, fühlte, wie die Wärme im Zimmer und das Bewusstsein ihrer Nähe ein wohliges Gefühl der Zufriedenheit in ihm aufsteigen ließen, das er für immer festhalten wollte. Er seufzte. Das Wasserrauschen im Bad hörte jetzt auf. Dafür surrte temperamentvoll eine elektrische Zahnbürste. Gleich würde Christl wieder bei ihm sein.

Sie hatten gestern Abend Christls Wohnung nicht mehr verlassen. Statt auszugehen, hörten sie Musik, erzählten, aßen und tranken eine Kleinigkeit, berührten sich, küssten sich und scherzten. Manchmal wurde der Abstand zwischen ihren Händen größer, nur damit sie fühlen konnten, wie lange die Spannung bestehen würde, um sich davon zu überzeugen, dass sie blieb, egal, wie weit sie die Hände voneinander entfernten. Es war wie Magie. Später entdeckte er die lange Narbe an ihrem Oberschenkel, die von dem Unfall herrührte, bei dem ihr Bruder vor ihren Augen gestorben war. Christl hatte auch im Auto gesessen, hatte aber wie durch ein Wunder lediglich diese tiefe Schnittwunde davongetragen.

»Mini werde ich in diesem Leben nicht mehr tragen können«, scherzte Christl über diesen körperlichen Makel.

Er war froh über ihre Worte, denn er wollte der Einzige sein, der die Narbe sehen und küssen durfte.

Sie wiederum betrachtete seinen Brustkorb, liebkoste das Narbengewebe mit ihren Fingerspitzen, drängte ihn aber nicht, ihr mehr zu erzählen als das, was er freiwillig sagen wollte. Er erzählte ihr viel.

Irgendwann, als der Morgen zu dämmern begann, krochen sie in Christls Bett, kuschelten sich eng aneinander.

»Was mache ich nur mit Benno?«, murmelte Christl, dann schlief sie in seinen Armen ein.

Ihre langen rotbraunen Haare fielen wie ein Vorhang auf seine Brust, er hielt ihren Körper fest, wagte kaum zu atmen, um sie nicht zu wecken, bis auch er – mit dem Duft ihrer Haut in der Nase – eingeschlafen war, obwohl es ihm schwerfiel, denn sein Körper verlangte nach ihr. Er stöhnte erneut, als er daran dachte. Da hörte er plötzlich die Badezimmertür aufklicken. Kurz darauf tappten ihre nackten Füße über das Linoleum. Sein Herz schlug schneller.

»Ausgeschlafen?« Christl stand frisch geduscht neben ihm. Ein weißes Saunahandtuch um den schlanken Körper gewickelt, trocknete sie mit einem anderen Handtuch die Haare, ließ dann die schwere Fülle über die rechte Schulter nach vorne fallen. Sie kniete sich auf das Bett, bückte sich zu ihm hinunter, gab ihm einen Gutenmorgenkuss. Er spürte ihre duschwarme Haut.

»Stell dir vor …«, flüsterte sie, den Mund ganz nah an seinem. Ihre Zähne schimmerten weiß zwischen den geöffneten Lippen. Auf ihrem Hals glänzte ein Wassertropfen. Sie roch nach Flieder und Lavendel. Ihre Lider waren halb geschlossen, die Augen glänzten, vom Schwung ihrer Wimpern umrahmt. Ihre Stimme war weich und tief. »Stell dir vor, als ich heute Morgen aufgewacht bin, hatte ich das Gefühl, dass meine Brüste über Nacht angeschwollen sind.«

Sie lächelte ihn an. Er fühlte sich wie Adam im Paradies.

»Lass mal fühlen.« Er zupfte sanft an dem Handtuch, das sie bedeckte. Der Knoten gab nach, das Tuch rutschte langsam über ihre runden Brüste, gab sie schließlich frei. Tom zog Christl an sich, genoss den Moment, als ihre Lippen sich trafen – heiß und mit der Leidenschaft, die frei wird, wenn das lang Ersehnte in Erfüllung geht und Wunsch und Wonne sich vereinen.

20

Tom war noch schwindlig vor Endorphinen, als er die Nummer auf seinem Handy aufleuchten sah. Er nahm ab.

»Ja, Jessica?«

Sie sprudelte gleich los. »Stell dir vor, ein Zeuge hat sich gemeldet. Er hat Tahil kurz vor seinem Tod am Marienplatz gesehen. Ein alter alleinstehender Mann, der nicht schlafen konnte und Donnerstagnacht wie so oft den Marienplatz von seinem Fenster aus beobachtet hat.«

»Und?«

»Tahil ist kurz nach Mitternacht dort aufgetaucht und hat

etwa eine halbe Stunde lang ganz offensichtlich auf jemanden gewartet.«

»Hat der Zeuge gesehen, auf wen?« Tom warf sich nebenbei sein T-Shirt über. Christl hatte die Wohnung bereits verlassen. Er wollte ein ernstes Wort mit Max reden, bevor der Alltag seinen Bruder in Beschlag nahm. Vielleicht würde er heute gesprächiger sein.

Jessica blieb für einen kurzen Moment stumm, bevor sie antwortete. »Klar, er hat seine Kamera geholt und den Mord fotografiert, einschließlich Nahaufnahme des Täters.« Sie ließ ein unterdrücktes Kichern hören. »Nein, Scherz beiseite. Leider nicht. Er wurde müde und ist kurz vor halb eins ins Bett gegangen. Vorher ist ihm allerdings eine Gestalt aufgefallen, die wie ein Betrunkener auf den jungen Mann zuwankte und ihn ansprach. Er hatte den Eindruck, dass die beiden sich kennen würden und Tahil dem anderen helfen wollte.«

Tom schwieg. Er hatte das Gefühl, dass Jessica ihm noch mehr zu sagen hatte. Und tatsächlich, nach kurzer Pause fuhr sie mit ihrem Bericht fort.

»Und nun wirst du überrascht sein: Diese Person kam dem alten Mann tatsächlich bekannt vor, auch wenn ihn das Schwanken irritierte, weil er sicher ist, dass dieser Mann, den er seit Jahren um diese Zeit den Marienplatz überqueren sieht, nie betrunken ist.«

»Spann mich nicht auf die Folter, Jessica. Wer war der Mann?«

»Willst du gar nicht wissen, wie der Alte auf die Entfernung darauf kam, den Mann zu kennen?«

»Ich will wissen, wer er ist.«

Tom hatte sich inzwischen angezogen, das Bettzeug mit einer Hand zu einer kunstvollen Tagesdekoration zusammengeworfen, ein großes Herz für Christl auf ein Blatt gezeichnet und es in die Mitte des Tisches gelegt. Nun zog er behutsam die Wohnungstür hinter sich zu und lief die Treppe hinunter, während er Jessicas Bericht lauschte.

»Der Alte liest seit Jahrzehnten die einschlägige Regenbogenpresse und kennt fast alle Prominenten, die in der Innenstadt wohnen. Es macht ihm Spaß, ihre Gewohnheiten zu beobachten und zu wissen, wer wann und wo anzutreffen ist. Das ist gewissermaßen sein Lebenselixier.«

»Ein Prominenter?«

»Ja. Und einer, den du gut kennen dürftest. Ein Wirt, der wie jeden Abend zur gleichen Zeit am gleichen Ort war. Der Alte war sich sicher – selbst auf diese Entfernung bei Nacht – die untersetzte Figur, den runden Schädel und das weit hinten angesetzte Haar eindeutig wiedererkannt zu haben.«

Tom hatte inzwischen ein Gespür dafür bekommen, dass Jessica ihn – wie so manch anderer – desto länger hinhielt, je ungeduldiger er wurde, daher schwieg er beharrlich, auch wenn er innerlich mit den Hufen scharrte. Obwohl die Beschreibung nicht passte, fürchtete er sofort, sie könnte seinen Bruder meinen. Er hoffte inständig, keine weitere Horrormeldung zu hören.

Jessica hielt das Schweigen eine volle Minute aus – in stiller Vorfreude auf die Überraschung, die der Name bei ihm auslösen würde.

»Jakob Hassler. Der Alte hat Jakob Hassler erkannt. Dein Bruder und Jakob haben sich im letzten Jahr ja eine ganz schöne Medienschlacht geliefert, wie ich gerade im Netz lesen konnte.«

Jakob. Also hat Hubertus recht gehabt, als er meinte, ihn gesehen zu haben. Damit gab es gleich zwei Zeugen, denen Jakob in der Nähe des Tatorts aufgefallen war. Es war also davon auszugehen, dass es stimmte. Tom atmete durch.

»Sieh mal einer an. Jakob zur Tatzeit unterwegs auf dem Marienplatz. Damit hätte er gute Gelegenheit gehabt, Tahil zu töten.«

»Da er so geschwankt hat, war er wohl nicht in bester Verfassung.«

»Wer weiß? Das kann Tarnung gewesen sein. Oder er hat sich Mut angetrunken. Stark genug für den Mord wäre er.«

»Auf Zeitungsbildern kommt er eher als Pudding denn als Muskelprotz rüber.«

»In seiner Jugend hat Jakob aktiv geboxt.«

»Na dann.«

»Die Frage ist, welches Motiv er gehabt haben könnte.« Doch trotz dieses offenen Punktes verspürte Tom neue Zuversicht in diesem Fall. Obwohl er noch nicht wieder im Dienst war, übernahm der Polizist in ihm die Führung. »Gut, Jessica, du weißt, was zu tun ist. Besuche Jakob, löchere ihn nach allen Regeln der Kunst. Was er um Mitternacht auf dem Marienplatz zu suchen hatte, können wir uns denken: Er war auf dem Weg nach Hause, an dieser Gewohnheit hat ihn der Alte erkannt. War er betrunken? Wenn ja, warum? In der Tat, er trinkt ungern mehr, als er von Berufs wegen muss. Warum hat er also gewankt? War er verletzt? Hat ihn sonst etwas aus der Bahn geworfen? Wenn ja, was? Wie gut hat er den toten Jungen gekannt? Dass er ihn gekannt hat, wissen wir, da er als Aushilfe bei seiner Frau gearbeitet hat. Steht er dazu, ihn gekannt zu haben, oder versucht er zu leugnen? Hat Jakob das Opfer als Aushilfe auf der Wies'n beschäftigt? Verfolg diese Spur weiter, Jessica. Setz Mayrhofer auf die Milieurecherche an. Lass dir von Jakob die Liste seiner Wies'n-Mitarbeiter geben. Versuche, auch an Birgit ranzukommen. Hat Tahil am Donnerstag bei ihr gearbeitet? Uns fehlt noch immer ein Hinweis auf die letzten Stunden vor seinem Tod. Welche Beziehung könnte es zwischen Jakob und Tahil gegeben haben, die Anlass genug für ein Mordmotiv bietet? Ach Jessica, und recherchier nach einer gewissen Larissa Stein. Sie könnte Jakobs Geliebte sein. Hier könnten sich weitere Spuren ergeben.«

»Larissa Stein.«

Jessica schien seine Anregungen geradezu aufzusaugen. Er hörte das Kratzen des Stiftes, mit dem sie vermutlich soeben den Namen in ihr Notizbuch schrieb. Sie würde erst einmal beschäftigt sein. Tom überlegte, ob er sie über seinen Verdacht, dass Tahil kurz vor seinem Tod eine Vernissage besucht hatte, in Kenntnis setzen sollte. Er entschied sich erst einmal dagegen, zumal er sah, dass Hubertus versucht hatte, ihn zu erreichen. Was hatte der Freund inzwischen herausgefunden?

»Gut. Ich versuche mein Bestes. Aber einen Moment noch, Tom«, schob Jessica schnell hinterher, »das war noch nicht alles. Das war erst die gute Nachricht.«

Tom horchte auf, lief instinktiv schneller. In der Annahme, dass die Ampel der Autos auf Rot zeigte, überquerte er die Sonnenstraße. Hupend raste eine dreispurige Flotte auf ihn zu, ein Adrenalinstoß durchzuckte ihn, ließ ihn über die Straße spurten.

Jessicas Stimme klang mitfühlend. »Die schlechte Nachricht ist: Wir wissen jetzt, wem das Einstecktüchlein gehört, das bei dem Toten gefunden wurde. Die DNA konnte eindeutig zugeordnet werden.«

Tom wusste die Antwort. Er hatte den breiten Fußgängerweg am Sendlinger Tor erreicht, blieb stehen. Jessica schien seine Gedanken lesen zu können.

»Du weißt es bereits, stimmt's?« Das Du kam ihr inzwischen überraschend flüssig von den Lippen.

»Sprich es aus.« Er sah keinen Grund, sich zu rechtfertigen.

»Du wusstest die ganze Zeit, dass das Einstecktuch deinem Bruder gehört. Warum hast du uns im Dunkeln tappen lassen? Wolltest du uns auf die Probe stellen?«

»Ist Mayrhofer schon informiert?«

»Er ist unterwegs, musste dringend zum Arzt wegen Zahnschmerzen. Notaufnahme. Er hat den Bericht noch nicht gelesen.«

»Das lässt hoffen.«

»Sei dir da nicht so sicher. Sein Wunsch, dir eins auszuwischen, ist größer als seine Hypochondrie.«

»Jessica?«

»Ja?«

»Du musst mir einen Gefallen tun.«

»Nein.«

Tom schwieg. Er wollte nicht daran denken, wie gefährlich es war, sich seiner zukünftigen Mitarbeiterin auszuliefern.

»Hör zu, Tom, ich brauche meinen Job. Im Gegensatz zu dir hab ich kein rotes Telefon. Bei Anruf Geld. Das funktioniert bei mir nicht. Ich habe ein Problem, wenn ich arbeitslos werde.«

»Jessica.«

»Nein.«

»Hör zu. Du brauchst nicht viel zu tun. Schieb den Bericht einfach unter die Unterlagen, die sich auf Mayrhofers Schreibtisch stapeln. Ein alter Trick. Bis er sich so weit durchgearbeitet hat, haben wir den Fall gelöst, und er wird glauben, dass die Putzfrau den Bericht aus Versehen verlegt hat. Wenn nicht, dann springe ich in die Bresche.«

»Na klasse. Am besten bewerbe ich mich selbst auf die Stelle als Putzfrau!«

»Jessica, du glaubst doch nicht ernsthaft, dass Max aus Eifersucht einen Mord begeht?«

»Ich kenne deinen Bruder nicht. Die Tatsache, dass sein größter Konkurrent, Jakob Hassler, am Tatort war, entlastet ihn nicht unbedingt. Das musst du zugeben!«

»Ich weiß, du kennst mich kaum, aber bitte vertrau mir.«

»Sagte der Wolf zum Rotkäppchen und verschlang das Mädchen mit einem Bissen.«

»Mir ist jetzt nicht zum Spaßen zumute.«

»Meinst du, mir? Mayrhofer will deine Nichte durchleuchten. Er ist überzeugt davon, dass das fehlende Bindeglied zwischen ihr und dem Toten Drogen sind. Er hofft, über sie an die Informationen zu kommen, an welchem *Riesending*, wie seine Mutter es ausdrückte, Tahil dran war. Mayrhofer ist sich sicher, dass es dabei um Drogen geht. Er möchte nicht nur deinen Bruder des Mordes überführen, sondern gleichzeitig den größten Drogenring Münchens sprengen.«

»Na bitte. Lass ihn seine Arbeit tun.«

»Tom?«

»Ja.«

»Ich kann dich beruhigen. Ich habe den Bericht schon vor unserem Telefonat unter die anderen Unterlagen geschoben.«

»Ich wusste es, Jessica. Auf dich ist Verlass. Vertrau mir. Wir werden den Fall lösen, bevor Mayrhofer den Bericht liest, und dann ist er hinfällig. Vergiss Larissa Stein nicht. Ich habe das Gefühl, hier liegt das Motiv begraben.«

»Hoffentlich.«

»Jessica?«

»Ja?«

»Ich habe da auch noch was für dich …«

Ihre Loyalität hatte ihn überzeugt, er informierte sie über Tahils Besuch bei Thromschatz und darüber, dass auch Anian und Jakob anwesend gewesen waren.

»Jessica, check die Finanzen und die Vergangenheit des Juweliers.«

Jessica versprach, sich sofort zu melden, wenn sie mit ihren Recherchen weitergekommen wäre.

Tom wurde von einer plötzlichen Unruhe erfasst. Er hatte ganz deutlich das Gefühl, dass ein neues Unheil über sie hereinbrach, das alles, was bisher geschehen war, in den Schatten stellen sollte.

21

Kaum hatte Tom aufgelegt, da klingelte sein Handy erneut. Er warf einen Blick aufs Display. Hubertus.

»Tom, ich hab's gewusst. Das hängt alles zusammen.«

»Du sprichst in Rätseln.« Tom war auf Höhe der Asamkirche.

»Die Juwelen haben das bayerische Staatsgebiet nie verlassen.«

»Alles was recht ist, Hamburg zählt noch nicht zu Bayern.«

»Ich meine, zur Zeit der Lola Montez!«

Tom fiel es schwer, sich auf Hubertus einzustellen. In Gedanken war er noch bei dem Gespräch mit Jessica, die ihn soeben tief beeindruckt hatte und auf dem besten Weg war, eine unentbehrliche Kollegin zu werden, wie er sich eingestand. Sie ist ein Glücksfall, dachte er. Es war schon seltsam, dass er sich mit Kolleginnen – dem allgemeinen Klischee entsprechend – in der Regel besser verstand als mit Kollegen. Einer der wenigen, den er auch heute noch einen Freund nennen würde, hatte ihn vermutlich hinterhältig verraten. Er hatte Claas' Verhalten bis zum heutigen Tag nicht verstanden.

Seine Gedanken wirbelten weiter zwischen Christl, Düsseldorf, Jessica, Mayrhofer, den Juwelen, dem Mord und Max. Er fühlte sich wie in einem schlechten Film, in dem ihm eine äußerst undankbare Rolle zugeteilt worden war.

Wäre es nach ihm gegangen, so hätte er sich jetzt vor allem eines gewünscht: eine Dusche, frische Kleidung und dann gemeinsam mit Christl zu frühstücken, um anschließend mit ihr, Konstantin und Felix zur lang ersehnten Bergtour aufzubrechen. Seine Rolle jedoch verlangte ein zeitnahes Gespräch mit Max darüber, wie und wo er sich wirklich verletzt hatte, sowie einen persönlichen Besuch bei Bastian, sobald erste Ergebnisse von Jessica vorlagen.

Und zwischen all diesen Wünschen und Notwendigkeiten wollte Hubertus nun seine neuesten Erkenntnisse zur Geschichte eines bayerischen Kunstschatzes loswerden, dessen Bedeutung momentan nicht abzuschätzen war. Denn die Informationen konnten durchaus lediglich in der Fantasie des Freundes von solch hoher Wichtigkeit sein. Tom hatte momentan keine Nerven dafür, aber Hubertus ließ nicht locker.

»Am besten kommst du jetzt gleich zu mir, und ich erzähle dir, was ich herausgefunden habe, okay?«

Tom zögerte.

Hubertus Stimme wurde dringlicher. »Glaube mir, es gibt da einen Zusammenhang.«

Tom fuhr sich durch die Haare, seufzte. Es war schwer, dem alten Freund einen Wunsch abzuschlagen. Er war hin- und hergerissen.

»Und einen Cappuccino gibt's auch?«

»Auch zwei, wenn du magst.«

Als Tom keine fünf Minuten später den Eingang zum Wirtshaus passierte, kämpfte er mit sich. Sollte er Christl mit einem kurzen Besuch und einem dicken Kuss überraschen? Sie war sicher mit Vorbereitungen beschäftigt. Schweren Herzens entschied er sich dagegen, denn Benno würde nicht begeistert sein, sie gemeinsam zu sehen, falls er auch schon im Haus wäre. Tom wollte nicht unnötig in die Arbeitsatmosphäre der beiden dazwischenfunken. Christl hatte versprochen, ein ernstes Gespräch mit Benno zu führen. Sie wollte ihn schonend auf die neue Situation und ihre Gefühle für Tom vorbereiten. Tom durfte auf keinen Fall vorgreifen, denn das würde ihr nicht gefallen. So sehr er in manchen Momenten dazu neigte, eigenmächtig zu handeln, so wichtig war es ihm jetzt, Christls Wunsch zu respektieren.

Wenn er sich später an diesen Moment erinnerte, haderte er schwer mit dieser Entscheidung, denn, so sagte er sich, hätte er Christl einen kurzen Besuch abgestattet, so wäre ihm sofort aufgefallen, dass im Wirtshaus etwas nicht stimmte. Ihnen allen wäre Schlimmes erspart geblieben. Aber entgegen seinem sonstigen spontanen Verhalten gehorchte er diesmal der Stimme, die ihn zur Zurückhaltung zwang, und ging geradewegs nach oben zu Hubertus, am Eingang der Gaststube vorbei.

22

Die vertrauten Räume waren noch dunkel und kühl gewesen, als Christl gegen Viertel nach sieben glückselig, aber vergeblich den Schlüssel im Schloss zu drehen versucht und überrascht festgestellt hatte, dass die Eingangstür ins Wirtshaus offen war.

Das ist gar nicht Bennos Art!, dachte sie. Sie ließ die Tür hinter sich zuschnappen, trat entschlossen in den Gang.

Ihre Füße schmerzten, denn sie hatte wieder die hochhackigen Pumps an. Es war erbärmlich, wie sie darin lief. Wie sollte sie es nur bis zur Aufführung schaffen, in ihnen wie ein Mannequin dahinzuschweben? Sie würde mit dem Regisseur sprechen, ihm vorschlagen müssen, die Rolle barfuß zu spielen, das passte auch zu Uschi Obermaier. Sie widerstand tapfer dem Impuls, die Schuhe auszuziehen, da sie nicht wusste, ob der Regisseur, den alle mit Uli ansprachen, auf diesen Vorschlag eingehen würde. Plötzlich stutzte sie.

Sie hatte am Abend zuvor mitbekommen, wie Max Benno gebeten hatte, den Schlüsseldienst zu übernehmen und die Budgetplanung zu prüfen, um ihn abzulenken und ihm einen einsamen Abend zu Hause zu ersparen. Benno gehörte zweifelsohne zu den Menschen, denen es half, sich bei persönlichen Problemen in die Arbeit zu stürzen. Daher war es absolut untypisch für Benno, diese Aufgaben nicht gewissenhaft zu erledigen.

Christl kämpfte gegen ihr schlechtes Gewissen an. Er wird doch nicht etwa meinetwegen durcheinander sein, hoffte sie. Ihr schlechtes Gewissen meldete sich zurück. Oder ist er schon hier, obwohl er Spätschicht hat?, überlegte sie weiter. Vielleicht konnte er nicht schlafen und war deshalb früher gekommen. Sie würde jetzt gleich mit ihm sprechen, ihm ihre Gefühle darlegen. Er hatte rückhaltlose Ehrlichkeit verdient, sie konnte nur hoffen, dass er ihr Angebot, ihm immer eine verständnisvolle Freundin zu bleiben, annehmen würde. Sie war so unglaublich glücklich. War es zu viel verlangt, darauf zu hoffen, dass er sich mit ihr freuen würde?

Allen Mut zusammenfassend, ging sie durch die Küche nach oben in Richtung des kleinen Büros, das Max und Benno sich teilten. Die 15 Quadratmeter große Schaltzentrale des Wirtshauses. Die Tür stand weit offen, die Schreibtischlampe brannte, der PC war an und die Budgetplanung lag auf dem Tisch ausgebreitet, wie Christl mit einem Blick auf die Zahlenreihen erfasste.

So was!

Wie konnte Benno die vertraulichen Unterlagen so offen liegen lassen? Selbst wenn er nur mal eben in den Keller gegangen war, war das unverzeihlich. Die Zahlen waren nicht für fremde Augen bestimmt. Und wieso hatte er die Fenster-

läden nicht wenigstens ein bisschen aufgestoßen, um Tageslicht hereinzulassen? Christl schüttelte den Kopf, spürte, wie
sie wütend zu werden drohte. Es ging ihr gegen den Strich,
wenn Menschen aus persönlichen Gründen ihre Arbeit ver-
nachlässigten. Wie oft hatten sie und Benno sich über dieses leidige Thema unterhalten. Und nun schien er auf dem
besten Wege, sich genauso zu verhalten, wie sie beide es gar
nicht mochten. Das war fast Verrat an den Idealen, die sie
sich zum Ziel gesetzt hatten.

Sie musste Benno finden, hier und jetzt mit ihm reinen
Tisch machen, sonst würde ihr schlechtes Gewissen auch zwischen Tom und ihr stehen wie eine unüberwindbare Mauer.
Schlimmer noch, dachte sie. Die Mauer würde Benno noch
stärker in seinem Handeln und Denken einschränken als
sie, denn sie und Tom befanden sich auf der Sonnenseite
der Mauer. Benno dahinter, dort, wo es dunkel und kalt war.

Christl konnte ihn plötzlich nur zu gut verstehen. Ihr war
es ähnlich ergangen, bevor Tom gestern vor ihr gestanden hatte
und sie sich wiedergefunden hatten. Benno tat ihr so unendlich
leid. Sie musste ihm helfen, durfte nicht zulassen, dass er sich
gehen ließ und seine Arbeit vernachlässigte. Sie lief aus dem
Büro, die Treppen hinunter, durch die Küche, stürmte durch
den Gang, ihre Stimme hallte durch die menschenleeren Räume.

»Benno!«

Ein Schaben war aus dem Keller zu hören, als würde ein
Sack über den Boden geschleift. Dann hörte sie ein dumpfes
Geräusch. Ob mit den Leitungen wieder etwas nicht stimmte?
Sie waren doch gerade erst repariert worden. Christl stand
oben auf der breiten Treppe, die hinunter in das Schäfflerge-
wölbe führte. Sie zögerte.

»Benno?«

Stille. Warum antwortete er nicht? Er musste sie hören.
Sie hatte eine tragende Stimme. Uli vom Theater lobte sie
regelmäßig dafür. Wieder das dumpfe Geräusch. Wieso hatte

Benno im Keller kein Licht eingeschaltet, zumal er es im Büro hatte brennen lassen? Sie drückte auf den Schalter, stieg die Treppe hinunter, hielt sich am Geländer fest, um mit den unbequemen Schuhen nicht zu fallen. Sie zog sie endlich aus, lief barfuß weiter, die Schuhe in der Hand.

»Benno?«

Die Tür zu den Männertoiletten stand offen. Sollte ihm schlecht geworden sein? Hatte er sich verletzt?

»Mensch, Benno, jetzt sag halt was!«

Christl betrat ohne zu zögern die Toilette, erschrak. Sie starrte direkt in die feindlichen, eng zusammenstehenden Augen eines großen fremden Mannes mit strähnigen Haaren und erschreckend unsymmetrischen Gesichtszügen. Die Augen unter den derben Augenbrauen blitzten auf, als er sich nun über die wulstigen Lippen leckte, mit unpassend hoher Stimme zu piepsen begann.

»Hey, Drago, das ist die Hübsche.«

Christl spürte die Brutalität, die von ihm ausging, noch ehe sie den Revolver in seiner Hand bemerkte. Christl vergaß zu atmen. Ihr Herz flatterte unregelmäßig. Nur weg hier!

Er sah es ihr an.

»Hey, Süße, du willst doch nicht, dass ich dir eine Kugel durch die Titten jage.«

Der Fiesling zielte auf ihre linke Brust. Sein Mund stand offen, Christl sah den Speichel darin glänzen. Sein Gesicht nahm einen gierigen Ausdruck an, als er in ihr Dekolleté starrte.

Hinter ihm tauchte ein zweiter Mann auf, dessen Ärmel weit hochgekrempelt waren, die Oberarme entblößt, die dick wie die Stempel eines Nilpferdes und, übersät mit Tätowierungen, vor Schweiß glänzten. Er war klein und gedrungen. Sein kahler Kopf saß rund und ansatzlos auf den Schultern. Mit den zahlreichen Ringen und Ösen in seiner Haut glich er einer offenen und unaufgeräumten Werkzeugkiste. Er war feucht und rot im Gesicht wie ein Sumoringer nach einem

Kampf. Mit der linken Hand umklammerte er einen schwarzen Beutel. Als er Christl sah, begann er wild zu fluchen.

»Hey, die ist doch super, die Kleine, Mann!« Der Dünne leckte sich über die Lippen, seine Augen traten aus den Höhlen, der Blick war wirr.

»Denk wenigstens dieses eine Mal nicht mit deinem Schwanz, du Idiot.«

»Die bringt Kohle, Mann.«

Der Sumoringer stutzte, dann grinste er. Breitbeinig versetzte er dem Dünnen einen Stoß. »Einem geschenkten Gaul schaut man nicht ins Maul. Wir nehmen sie mit, und dann nix wie weg hier!«

Mit wenigen Schritten sprang der Sumoringer auf Christl zu, drehte ihr einen Arm auf den Rücken und presste ihr seine dreckige Hand auf den Mund, noch bevor sie die Lippen zum Schreien hätte öffnen können. Zwischen den beiden Männern erkannte Christl eine Gestalt auf dem Boden liegen. *Benno.* Um seinen Kopf hatte sich auf den weißen Fliesen eine rote Lache gebildet. Sie schrie gegen die Hand auf ihrem Mund, die jeden Ton unterdrückte.

23

Hubertus und Günther begrüßten ihn freudig, der Duft von frisch gebrühtem Cappuccino drang durch die Wohnung.

Günther führte Tom direkt zu einem Schrank mit Leckerlis und klopfte energisch mit einer Pfote an die Tür. In der Wohnung herrschte die übliche unaufgeräumt-intellektuelle Atmosphäre, die Hubertus umgab wie eine eigene Welt.

»Darfst ihm eines geben.«

Tom nahm Hubertus beim Wort und holte ein Leckerli aus dem Schrank, das Günther voller Wonne verspeiste.

»Also, was gibt's Wichtiges?« Tom trank einen Schluck des heißen Cappuccinos, den Hubertus bereits vorbereitet und ihm mit den Worten »Den wirst du brauchen können« überreicht hatte.

»Also bisher sind wir davon ausgegangen, dass Lola Montez ihre Juwelen mitgenommen und sie nach ihrem Tod weitervererbt hat.« Hubertus hatte sich auf seinen Schreibtischstuhl gesetzt.

»Stimmt. So vor rund 150 Jahren.« Tom unterdrückte den Blick auf seine Armbanduhr.

»Das hat sie aber nicht getan«, triumphierte Hubertus, Toms trockene Ironie überhörend.

»Sondern?«

Tom hatte seinen Cappuccino bereits halb ausgetrunken. Hubertus war ein echter Meister italienischer Kaffeekunst. Lag es an dem starken Getränk, dass Tom erneut von dieser seltsamen Unruhe erfasst wurde, Schwierigkeiten hatte, sich auf Hubertus Geschichte zu konzentrieren? Ich hätte doch zu Christl gehen sollen, schalt er sich. Hubertus dagegen genoss es sichtlich, einen Zuhörer gefunden zu haben, war nicht zu bremsen.

»Der Verbleib der Juwelen hätte sich damals zu einem Staatsskandal auswachsen können. Aber die Abdankung des Königs hat alles andere überlagert.«

»Aha.«

»Ludwig hatte einen Stab von Ministern. Darunter auch einen Graf Maximilian von Marco-Zillersberg, ein Urenkel von Kaiserin Maria Theresia. Sein Schloss kannst du heute noch bei Dietramszell besichtigen, und am Wittelsbacher Platz bewohnte er mit seiner jungen Frau ein Palais.«

»Hubi, das alles ist über 160 Jahre her!«

»Ja, aber das spielt eine große Rolle, Tom, glaub mir. Die Dinge sind oft nicht so banal, wie sie aussehen. Alles hat einen tieferen Sinn. Für alles gibt es einen Anfang. Jede Entwicklung, jedes Ereignis hat eine Logik, die gewachsen ist. Und auch diese Juwelen haben eine Geschichte! Mein Instinkt sagt mir, dass es genau diese Geschichte ist, die uns heute einholt – und, davon bin ich überzeugt, uns auf die Spur des Mörders führt. Wir wissen doch beide, dass Max damit absolut nichts zu tun haben kann.«

Hubertus' Cappuccino sah kalt aus, doch das schien ihn nicht zu stören. Tom schüttelte sich. Kalter Kaffee.

»Logisch. Aber müssen wir deshalb bei unseren Ermittlungen gleich 160 Jahre zurückgehen?«, fragte er.

Hubi stand auf, ging zum Fenster. Tom kannte das, wusste, dass sein Freund nun beleidigt war. Also nahm er den Faden wieder auf.

»Nun gut, was war mit diesem Grafen?«

Tom stellte die Cappuccinotasse hörbar auf den Unterteller. Hubertus sollte zumindest merken, dass er nicht in Stimmung für lange Ausschweifungen war. Warum habe ich nur das Gefühl, dass irgendetwas schiefläuft, fragte er sich, während er sich Hubertus' Geschichte anhörte. Es half nichts. Nun war er hier, also konnte er ebenso gut den Gedankengängen des Freundes folgen. Danach würde er gleich zu Christl gehen. Benno hin oder her.

Hubertus kraulte Günther und fuhr fort.

»Der Graf war ein begeisterter Kunstsammler und hatte tiefe Einblicke in die Staatsfinanzen. Außerdem pflegte er beste Beziehungen zu Ludwigs Sohn Maximilian. Daher wusste er nicht nur von dem Juwelengeschenk an die Maitresse seines Vaters, sondern auch um den Wert dieses Geschenks. Aus glaubwürdigen Quellen geht hervor, dass es beim Gutshof Menterschwaige, kurz nachdem die Montez aus der Stadt getrieben worden war, zu einem brutalen Kampf kam. Zahlreiche junge Soldaten haben dabei ihr Leben gelassen. Aller Wahrscheinlichkeit nach war Graf Marco-Zillersberg dafür verantwortlich.«

»Du willst damit andeuten, dass die Häscher den Schmuck im Auftrag dieses Grafen zurückholen sollten?«

»Absolut, Tom. Überleg mal! Nicht nur das. Die Montez-Juwelen tauchen in den offiziellen Bestandslisten der königlichen Schatzkammer überhaupt nicht mehr auf.«

Hubertus hatte sich in Rage geredet. Er schaute Tom vielsagend an, hielt damit inne, Günther zu kraulen, der jetzt Tom mit der Nase anstupste.

»Genau, weil die Montez sie hatte.«

»Irrtum, Tom. Es gibt einen Brief, in dem sie sich bitterlich darüber beklagt, dass ihr bei ihrer Flucht aus München alles genommen wurde. Und wenn man ihre weitere Lebensgeschichte liest, wird klar, dass sie über keinerlei Finanzreserven verfügte.«

»Du meinst, die Juwelen wurden geklaut und dann als Schmiergeld eingesetzt?«

»Du bist ganz der Alte, mein Lieber. Jawohl! Wenn man die Zusammenhänge mit ein bisschen klarem Menschenverstand betrachtet, muss es so gewesen sein.« Hubertus lehnte sich zufrieden in seinem Stuhl zurück.

»Du willst damit sagen, Hubi, Maximilian wollte sich den bayerischen Thron unter den Nagel reißen, indem er den Grafen mit den Juwelen geschmiert hat? Und der Graf war der eigentliche Strippenzieher?«

»Entweder Maximilian oder einer seiner zahlreichen Parteigänger, vielleicht auch der Graf selbst hat sich einen gigantischen Karrieresprung davon versprochen, Ludwig aus dem

Weg zu räumen. Es ist bekannt, dass Graf Marco-Zillersberg durchaus bereit gewesen war, für ein besonderes Stück über gewisse Dinge hinwegzusehen.«

»Eine hoch brisante Vermutung. Aber denkbar. Gut, dass wir diese Fragen heutzutage nicht mehr klären müssen. Die Geschichte hat ihren Verlauf genommen. Aber wie ging es mit den Juwelen weiter?«

»Ja, das ist nun der Knackpunkt: Sie tauchten ein einziges Mal auf – rund zehn Jahre später – im Zusammenhang mit einer Ausstellung des Grafen. So komme ich ja überhaupt erst darauf. Danach verliert sich die Spur.«

Tom trank seinen Cappuccino aus, stellte seine Tasse ab, wollte aufspringen, gehen, da verriet ihm Hubertus' Blick, dass er noch einen Joker in der Hinterhand hatte. Um nicht unnötig Zeit zu verlieren, schwieg Tom hartnäckig, blieb sitzen. Das Koffein hatte seine innere Unruhe noch verstärkt, er spürte sein Herz wild schlagen. Jetzt red schon, dachte er.

Hubertus verschob einen Stapel seiner Unterlagen auf dem Schreibtisch, kramte eine Zeitung hervor, betrachtete das Bild darauf und hielt es Tom hin.

»Heute früh hatte ich ein echtes Déjà-vu.«

»So?« Tom sah ein Foto des Bildes der Montez mit ihren Juwelen in Grautönen über die halbe obere Seite der Zeitung abgedruckt.

»Und zwar in dem Moment, als ich die Nahaufnahme des Colliers in der Zeitung sah. Vorgestern Abend habt ihr so gedrängt, dass wir keine Zeit mehr hatten, den Schmuck aus der Nähe zu sehen. Und heute wurde unter ›Vermischtes‹ groß über die Vernissage berichtet. Hast du den Artikel gelesen?«

»Nein. Sorry. Ich bin eigentlich kein großer Schmuckfan, und zum Zeitungslesen bin ich noch nicht gekommen.«

»Weißt du, als ich das Foto gesehen habe, hat mein Gehirn es wie von selbst zu einem anderen Bild ergänzt, das ich vor langer Zeit gesehen habe. Dieselbe Pose, derselbe Stolz, derselbe Schmuck. Das war vor rund 17 Jahren bei einer Familienfeier, zu der du auch eingeladen warst. Da habe ich den Schmuck schon einmal gesehen – nicht an Lola Montez, sondern an einem Kind, an einer Fotowand. Bei dieser Erinnerung war der Zusammenhang plötzlich da.«

Tom richtete sich in seinem Stuhl auf. Hubertus war ein scharfer Beobachter und verfügte über ein phänomenales Gedächtnis. Das hatte ihm zu manch herausragendem Artikel verholfen.

Hubertus stand auf. Begleitete seine Worte mit beschreibenden Gesten.

»Ich sah das Foto an der Wand wieder vor mir, viel größer, als es in der Realität war. In natura war es nur etwa zehn mal 15 Zentimeter groß, eine frühe Porträtfotografie, wohl zum Ende des 19. Jahrhunderts aufgenommen. Ein Original. Es zeigte ein bildhübsches Mädchen von vielleicht acht Jahren, eindeutig aus einem großbürgerlichen Haushalt. Das Mädchen hatte sich verkleidet und war geschminkt, vermutlich hatte es Erwachsene gespielt. Die Eltern fanden ihr Kind so niedlich, dass sie, als sie es entdeckten, den Fotografen kommen ließen, um es in voller Pracht zu fotografieren.«

Tom ließ Hubertus seine bedeutungsvolle Pause, ohne sie zu unterbrechen. Er grübelte, von welcher Familienfeier Hubertus sprechen könnte.

»Das Mädchen trug das elegante Abendkleid seiner Mutter«, fuhr Hubertus fort, »ihre Handtasche und ihren Schmuck. Sie strahlte, ganz geblendet von der eigenen Schönheit, mit dem Collier, das viel zu groß ihren Hals umspielte, und mit den langen Gehängen, die von ihren Ohren baumelten, um die Wette. Jeder, der das Bild sah, musste denken, dass es sich bei dem üppigen Schmuck um Modeschmuck handelte.«

Vor 17 Jahren? Tom durchreiste gedanklich diverse Familienfeste. Abiturfeier, Taufen, Geburtstage …

»Das Foto war wirklich ausgesprochen gelungen, aber ich muss gestehen, ich hatte es vergessen. Erst heute Morgen, als ich den Beitrag las und die Fotografie des Schmucks sah, erschien es wie durch Zauberhand vor meinem geistigen Auge.«

»Wo war denn das?«, unterbrach Tom nun doch ungeduldig.

Ist es dem alten Strategen etwa doch gelungen, auf ein wichtiges Detail zu stoßen?, fragte Tom sich. Warum nicht? So unwahrscheinlich war das nicht. Die Juwelen, die einst aus bayerischem Besitz kamen, waren in Bayern geblieben und in einer alteingesessenen Familie weitervererbt worden. Welche Familie konnte in Verbindung zu der des Grafen stehen? Und wie kam es, dass der Schmuck heute im Besitz eines Hamburger Sammlers und Juweliers war, der ausgerechnet in der Münchner Innenstadt ein Geschäft eröffnet hatte? Hier schloss sich der Kreis. Die Geschichte der Juwelen konnte in der Tat eine wichtige Rolle bei der Lösung des Mordfalls spielen, das spürte Tom auf einmal überdeutlich. Er stand auf, ging zu Hubertus ans Fenster, schaute auf die Sendlinger Straße. Alles ruhig. *Zu ruhig?*

»Wo war das, und wer war das Kind?«, fragte er noch einmal.

»Erinnerst du dich an Bastians Taufe? Eure Familien waren damals noch eng miteinander befreundet, und wir waren alle eingeladen, so wie die Hasslers wenig später bei Tinas Taufe. Du hattest gerade erfolgreich dein Abitur bestanden und wolltest erst nicht mitkommen.«

»Mein Gott ja, ich erinnere mich.«

Tom hatte damals eine schwierige Zeit durchlebt. Magdalena hatte ihm erst kurz zuvor anvertraut, wer sein wirklicher Vater war.

Ja, jetzt erinnerte er sich an das Fest. Es hatte »Am Platzl«, am alten Familiensitz der Hasslers stattgefunden. Die Hasslers gehörten eindeutig zu den alteingesessenen Münchner

Familien mit jahrzehntelangen und vielfältigen Querverbindungen in die Politik. Sonst hätten sie nie dieses München umspannende Brauerei- und Wirtshausimperium auf-
bauen können. Politik und Wirtschaft waren in München seit
jeher eng miteinander verwoben. Die Hasslers hätten sich im
Grunde nie mit den Hackers abgegeben, wenn nicht Anian
und Quirin alte Schulfreunde gewesen wären, zusammen-
geschweißt durch eine Seilschaft, über deren Hintergründe
keiner von beiden je gesprochen hatte.

Magdalena hatte Tom einmal anvertraut, dass sie überzeugt
war, dass Anian ihren Quirin zeitlebens dafür bewundert
hatte, wie er aus dem Nichts das Wirtshaus geschaffen, ohne
große Rücklagen seine Lage stetig verbessert hatte, während
Anian der Besitz in die Wiege gelegt worden war. Obwohl er
so viel reicher und mächtiger gewesen war als Quirin, hatte
Magdalena bei ihm stets ein gewisses Neidgefühl wahrge-
nommen. Selbst jetzt noch, nach dem Streit, obwohl Jakob
für alle sichtbar als Sieger daraus hervorgegangen war.

Klick! Zwei passende Puzzleteilchen.

»Hubi, glaubst du im Ernst, diese Montez-Juwelen haben
den Hasslers gehört? Das wäre ja ein Wahnsinnszufall!«

»Ich weiß es nicht, Tom. Mir war bei der Taufe langweilig und ich bin im Wohnzimmer umhergewandert auf der
Suche nach einem neuen Thema für einen Beitrag, den ich
am nächsten Tag abgeben musste. Dabei fiel mir die Wand
mit den Familienfotos auf. Birgit hatte sie neu dekoriert. Ich
habe einige bekannte Münchner Größen unter den frühen
Hochzeitsporträts entdeckt. Alle in teuren Silberrahmen. Ich
wollte Anian vorschlagen, seine Familienchronik in einem
Beitrag zu veröffentlichen. Dabei habe ich dieses Foto entdeckt und war ganz begeistert davon. Ich hätte es mir gut als
Aufmacherfoto vorstellen können.«

»Ja, jetzt erinnere ich mich an das Fest. Gab es da nicht
irgendeinen Streit?«

»Stimmt, den Streit hatte ich glatt vergessen. Das heißt, ein Streit war es eigentlich nicht, weil Birgit sofort klein beigegeben hat. Nur Jakob wurde laut. Und dann kam Anian dazu.«

»Weißt du noch, worum es bei dem Streit ging?«

»Ja, tatsächlich ging es sogar um genau dieses Foto. Birgit und ich standen vor der Wand, und ich bewunderte die Art, wie sie die Bilder kombiniert hatte. Ich weiß es noch wie heute. Sie hielt Bastian im Taufkleid auf dem Arm und trug ein elegantes Versace-Kleid, das ihre durchtrainierte und so kurz nach der Geburt des Jungen schon wieder schlanke Figur betonte. Sie muss noch ganz jung gewesen sein, um die 20, denke ich. Den Bastian hat sie ja sehr früh bekommen. Ich habe gespürt, dass sie etwas Aufmerksamkeit und positive Resonanz brauchte. Besonders Annegret hat ihr damals das Leben schwer gemacht, sie misstrauisch beäugt und nie als Schwiegertochter akzeptiert. Noch bis heute lässt sie Birgit spüren, dass sie vor der Heirat schwanger war. Das passte nicht in ihr Weltbild.«

»Stimmt. Ganz anders als Anian. Ich weiß noch, wie Hedi über die Blicke gelästert hat, die Anian Birgit zugeworfen hat. Als ob sie etwas miteinander hätten, hat sie gemeint.«

»Schwiegervater und Schwiegertochter? Also bitte. Da ist die Fantasie mit Hedi durchgegangen.«

»Vielleicht hatte Annegret Birgit deshalb so auf dem Kieker?« Tom hatte schon vieles erlebt, er hatte sich abgewöhnt, etwas für unmöglich zu halten.

Hubertus schüttelte den Kopf. »Birgit freute sich über die Fotowand und besonders über dieses Bild. Sie war ganz vernarrt in das süße Foto und schwärmte, das Motiv würde all das verkörpern, was die Jahrhundertwende in Bayern ausmachte. Sie hätte es mir gern für den Artikel überlassen.«

Tom hatte sich wieder gesetzt, begann, Günther zu kraulen. »Gehörte das Mädchen denn zur Familie?«

»Das habe ich leider nicht herausbekommen, weil Jakob

kam und lospolterte. Was ihr einfiele, mit mir über das Bild zu reden. Ob sie verrückt sei, es mir für einen Beitrag zur Verfügung zu stellen. Er verlangte, dass Birgit das Foto sofort von der Wand nahm. So einen Quatsch wolle er nicht in seinem Wohnzimmer hängen haben. Und besonders wichtig war ihm, dass Anian nichts von dem Bild mitbekam. Hat er aber. Jakob hat einen seiner unkontrollierten Anfälle bekommen. Du weißt schon, wenn die Fettmassen in Wallung geraten.« Hubertus kicherte.

Tom erinnerte sich. Christl war auch da gewesen. Sie hatte gerade einen schulischen Durchhänger gehabt. Im Grunde ähnlich wie Tina heute. Er hatte versucht, sie aufzuheitern. Sie hatten am Kuchenbuffet gestanden, sich über Jakob lustig gemacht. Von wegen Spießer, auf dem kapitalistischen Highway und so.

Den Hang zur Cholerik hatte Jakob von Anian geerbt. Tom hatte Jakob nie besonders gemocht, sich oft gefragt, wie es dem drei Jahre älteren und wenig attraktiven Mann gelungen war, eine so junge und feinsinnige Frau wie Birgit zu erobern. Die ehemalige Ballerina passte weder von ihrer inneren Einstellung noch körperlich zu dem schwerfälligen, von einfachen Trieben gesteuerten Jung-Patriarchen.

»Und Birgit hat natürlich gemacht, was er sagte.«

»Du kennst sie ja. Sie kuscht bis heute vor ihm.«

»Unglaublich. Und das, wo die Emanzipation inzwischen im letzten Winkel der Welt angekommen ist.«

Bei emanzipierten Frauen musste er gleich wieder an Christl denken. Und sofort war die quälende Unruhe zurück, die Sorge, die Vorahnung. Ein Stachel, den er sich nicht erklären konnte, der sich aber immer tiefer in ihm festsetzte. Ich muss sie sehen. Unbedingt. Sofort. Aber erst muss ich …

Wieso traf manchmal einfach alles gebündelt zusammen? Wie eine Art Rushhour der Ereignisse. Eines nach dem anderen. Tom zwang sich zur Ruhe. Er griff zum Handy. Hubertus hatte einen weiteren wichtigen und, wie es aussah, hoch interessanten Ansatzpunkt ausgegraben. Jessica musste Birgit sofort nach der Fotografie fragen. Vielleicht besaß sie das Bild noch. Jedes Detail zählte. Birgit würde, wenn man es richtig anpackte, erzählen, was sie wusste.

»In Bayern ticken die Uhren halt anders.«

Hubertus hing noch beim Thema Emanzipation fest.

»Hubi, danke! Ganze Arbeit. Jessica Starke, meine neue Kollegin, ist gerade bei Hasslers. Sie muss mit Birgit reden.«

Tom wählte bereits ihre Nummer.

Während die Verbindung hergestellt wurde, das Freizeichen ertönte, weihte er Hubertus mit doppelter Sprachgeschwindigkeit in seine aktuellen Überlegungen ein.

»Stell dir vor, Jakob wurde nicht nur von dir, sondern von einem weiteren Zeugen zur Tatzeit auf dem Marienplatz beobachtet. Er könnte entdeckt haben, dass Tahil Bastians Drogenlieferant war. Birgit natürlich genauso, was sie beide verdächtig macht. Und Tahil hat unter Umständen über die Hasslers von den Juwelen erfahren. Birgit mochte ihn. Dadurch kann er an mehr Informationen gekommen sein, als gut war. Anian ist wiederum mit dem Juwelier ganz dicke. Tahil hatte gute Verbindungen ins kriminelle Milieu. Hier entspinnt sich ein ganzes Knäuel an Querverbindungen.«

Am anderen Ende der Leitung sprang die Mailbox an. Wieso erreicht man eigentlich immer nur diese blecherne Roboterstimme, wenn es besonders wichtig und eilig ist? Tom fluchte innerlich, hinterließ eine Nachricht.

Sobald sich die Indizien weiter verdichteten, musste er sich einschalten. Im Moment war es noch zu früh, persönlich in Erscheinung zu treten und womöglich diese vielversprechende Spur zu gefährden. Wenn es tatsächlich nicht nur eine Verbindung zwischen Hasslers und Tahil, sondern zusätzlich auch eine zur Vergangenheit der Juwelen gab, dann zog sich die Schlinge um die Verdächtigen – und in diesem Fall um die Familie Hassler – immer enger. Er würde sich bald in die

Höhle des Löwen begeben müssen, aber zunächst sollte Jessica das Gelände erkunden, so viel Zeit musste bleiben. Sie war in offizieller Mission unterwegs.

»So gesehen hätten alle vier ein Motiv.« Hubertus hob Günther auf seinen Schoß. »Jakob, Birgit, Anian, sogar Basti.«

»Wieso Anian?«

»Weil er den Rest der Familie schützen wollte?«

Tom bezweifelte das, und Hubertus beantwortete sich die Frage selbst.

»Okay, das würde zumindest für andere Großväter gelten, für ihn vielleicht nicht. Anian wird in letzter Zeit immer eigensinniger, halsstarriger und vergesslicher! Selbst einige seiner guten Eigenschaften scheinen sich im Alter ins Gegenteil zu verkehren. Er wird mir immer suspekter. Seine Habgier ist legendär. Vielleicht wollte er die Juwelen für die Familienehre zurückhaben.«

»Dafür bräuchte er nur den Geldbeutel aufmachen und niemanden deswegen ins Jenseits befördern.« Das Argument überzeugte Tom nicht.

»Bist du sicher, dass es den Hasslers finanziell so gut geht? Die schöne Fassade kann täuschen. Gut, Jakob scheint im Geld zu schwimmen, da gebe ich dir recht. Soweit ich weiß, hat Anian ihm bereits einen großen Teil seines Vermögens überschrieben – aus steuerlichen Gründen. Du kennst Jakob. Er ist noch schlimmer als sein Vater. Sollte Anian abhängig von seinem Sohn sein, so gnade ihm der Allmächtige!«

»Dass der alte Anian so blöd ist und sich vor lauter Steuergeiz in Jakobs Abhängigkeit begibt, kann ich mir beim besten Willen nicht vorstellen, Hubi«, widersprach Tom.

»Wer weiß? Die Firma gehört beiden. Es bedeutet ja nicht, dass er existenziell abhängig sein muss. Aber vielleicht reicht das Geld eben nicht, um mal eben zehn Millionen für ein Schmuckstück lockerzumachen.«

»Wenn die Juwelen wirklich ein Familienerbstück sind,

dann müsste Jakob doch ein genauso großes Interesse wie Anian daran haben, diesen bayerischen Kulturschatz wieder in seinen Besitz zu bringen.« Tom stand wieder am Fenster, schaute nach draußen.

»Ja, eigentlich schon«, stimmte Hubertus ihm zu.

»Außer«, überlegte Tom, »es klebt tatsächlich Blut an den Juwelen. Wenn eine Provenienzuntersuchung positiv wäre, dann hätten die rechtmäßigen Erben einen Anspruch darauf. Wie wäre das, wenn der Schmuck weiterverkauft wurde? Wäre so ein Kauf zulässig oder müsste er rückgängig gemacht werden?«

»Jetzt wird's kompliziert, Tom. Du meinst, wenn die Juwelen unrechtmäßig in Thromschatz' Besitz sind, er sie den Hasslers aber regulär verkauft hat und die ursprünglichen Erben Anspruch erheben?«

»Genau.«

»In dem Fall freuen sich die Anwälte und hören unversiegbare Geldquellen sprudeln.«

»Vermutlich. Wenn man das umgehen will, ist es einfacher, die Juwelen still und heimlich von einem Kleinkriminellen gegen gutes Entgelt verschwinden zu lassen.« Tom gefiel seine Schlussfolgerung.

»Vorausgesetzt, man verfügt über genügend kriminelle Energien und hat Zugriff auf die entsprechenden Ressourcen.« Hubertus setzte Günther ab und stellte sich neben Tom ans Fenster.

Tom nickte abwägend. »Also wie man es dreht und wendet, jeder der drei – und sogar Bastian, wenn die Drogenquelle versiegte – hat ein Motiv. Jessica muss parallel die finanziellen Strukturen der Hassler GmbH & Co. KG sowie alle persönlichen Konten überprüfen. Dass Jakob zur Tatzeit am Tatort war, rechtfertigt das offiziell.«

Mit ihren Informationen würde es für ihn einfacher sein, die mögliche Motivation von Jakob, Anian, Birgit und Basti zu durchleuchten und den Täter herauszufiltern, wenn er denn aus der Ecke käme. Von seiner persönlichen Liste der Verdächtigen hatte er allerdings auch den Juwelier noch nicht gestrichen.

Tom gab Hubertus zum Abschied als Zeichen seiner Hochachtung für die Kombinationsgabe des Freundes einen Klaps auf die Schulter. Jetzt zu Christl.

Er hastete durch den Hausgang. Plötzlich zerriss ein Schuss die Stille des frühen Morgens. Tom zuckte zusammen. Er hörte Günthers Bellen durch das Treppenhaus hallen. Der Schuss war eindeutig von unten gekommen. Er passte so gar nicht in die sommerlich heile Welt der Sendlinger Straße, die er aus Hubertus' Fenster beobachtet hatte. Himmel! Tom wusste schlagartig, dass die Ungeduld, die ihn zur Eile getrieben hatte, keine Einbildung gewesen war, und dass die nächsten Stunden zu den schwersten seines Lebens gehören würden.

Ein zweiter Schuss, das Geräusch von quietschenden Reifen. Tom spurtete die Treppe hinunter. Sein Herz raste. Die Geschehnisse nahmen eine dramatische Wende.

24

Zu spät. Als Tom atemlos in das Wirtshaus stürmte, fand er Hedi an die Eingangstür gelehnt vor, die linke Hand aufs

Herz gedrückt. Max sprang dicht hinter ihm die Stufen hinunter, Hubertus folgte mit Günther im Schlepptau.

»Was ist passiert?«, fragte Tom.

»Die haben unsere Christl entführt!« Hedi hielt sich die Hand vor den Mund.

»Wer?«

»Ich habe sie nicht erkannt, Tom. Zwei Vermummte. Ein großer Dünner und ein Muskelprotz.« Jetzt begann sie zu weinen. »Max, oh Gott, was sollen wir tun?«

Tom starrte sie an. Er war unfähig, einen klaren Gedanken zu fassen.

»Was sagst du da, Hedi?«, fragte Max.

»Es ist wahr.«

Hedi ging zu ihrem Mann hinüber. Der nahm sie in die Arme.

»In welche Richtung sind sie geflohen?«

Hedi zeigte die Hackenstraße entlang Richtung Oberanger.

»Mit einem schwarzen SUV. Ich konnte es nicht verhindern. Der Muskelprotz hat Christl festgehalten und ihr einen Revolver an den Kopf gedrückt. Der Dünne hat mich bedroht. Als der Dicke mit Christl an der Tür war, hat er dem Dünnen ein Zeichen gegeben. Der ist losgerannt, ich hinterher. Als ich auf die Straße lief, hat er geschossen.«

»Ist dir was passiert?« Max musterte sie besorgt.

»Nein. Mein Gott!«

Zu Toms Schmerz gesellte sich unbändige Wut auf sich selbst. Ich habe es gespürt! Er schlug mit der Faust in seine geöffnete Hand. Warum bloß habe ich nicht reagiert? Warum war es mir wichtiger, den Fall aufzuklären, als Christl zu schützen?

Er spürte das Adrenalin durch seine Blutbahnen rauschen. Sein Gehirn legte den Turbogang ein. Es war, als ob das Hormon alle Gefühle lähmte und sein Verstand umso klarer und schneller das Ziel fokussierte. Christl zurückholen. Es galt, keine Sekunde zu verlieren. Die Entführer konnten mit ihrer Geisel noch nicht weit gekommen sein.

»Wie sah der SUV genau aus?« Fakten mussten her.

»Schwarz. Wie die meisten. Mercedes, Audi, BMW – keine Ahnung. Vielleicht ein Land Rover. Ich weiß es nicht. Irgendwie kastenartig, eckig.«

»Kennzeichen?«

»Tom, es tut mir leid. Es war unmöglich, das zu erkennen. Ich bin in Deckung gegangen, zurück in den Eingang. Als ich die Reifen quietschen gehört habe, bin ich auf die Straße und habe nur noch das Heck des schwarzen Ungetüms unten am Oberanger um die Ecke biegen sehen. Es war ein Albtraum. Alles ging viel zu schnell.« Das helle Funkeln in ihren Augen floss über, sie brach in Tränen aus.

»Und Christl?«

»Sie haben ihr die Arme auf den Rücken gebunden und ein Pflaster auf den Mund geklebt. Der Muskelprotz hat sie hinter sich hergeschleift wie eine Puppe. Sie war völlig wehrlos.« Hedi schluchzte bei diesen Worten.

Tom griff nach seinem Handy, drückte die Kurzwahltaste zum Kriminaldauerdienst. Er meldete die Entführung, gab die Suche nach einem schwarzen SUV mit zwei Männern und einer jungen Frau im Dirndl auf. Hedi übernahm das Gespräch, beschrieb die Entführer und Christl. Das SEK wurde informiert, man versprach, weitere Kollegen vorbeizuschicken, schrieb eine sofortige Großfahndung aus. Der gesamte Polizeiapparat lief blitzartig an.

»Wo ist eigentlich Benno?« Tom hoffte einen Moment lang, dass Benno etwas mit der Entführung zu tun haben könnte. Er würde Christl sicherlich keinen ernsthaften Schaden zufügen. Aber ihm war klar, wie abwegig der Gedanke war.

»Spätdienst.« Max biss wie im Schmerz die Lippen aufeinander.

Wusste er mehr, als er zugab? Hatte er sich irgendetwas

zuschulden kommen lassen, war er vielleicht selbst Opfer eines Rachefeldzuges geworden? Erst Tinas Foto in der Tasche des Ermordeten, dann eine Entführung in seinem Haus.

Wenn er erpresst würde, hätte er mich doch ins Vertrauen gezogen.

Jetzt legte Max den gesunden Arm um Hedi, drückte sie. Sie reichte ihm knapp bis zur Schulter. Schutzsuchend verbarg sie das Gesicht an seiner Brust. Es war sinnlos, Max jetzt zu befragen.

»Hedi, noch mal bitte. Wie war das, als du kamst? Lass uns das drinnen durchspielen.«

Tom bat die anderen, draußen auf die Spurensicherung zu warten, und betrat mit Hedi die Wirtsstube. Eine unheimliche Stille lag über den leeren Tischen und Stühlen, das Holz wirkte auf ihn nun dunkler und älter, als es tatsächlich war.

Hedi beschrieb, wie sie kurz vor halb acht gekommen und alles wie sonst vorgefunden hatte. Im Keller hatte Licht gebrannt. Daraus hatte sie geschlossen, dass Christl bereits im Haus war. Sie hatte sich in der Küche ein Glas Wasser geholt und plötzlich Schritte hinter sich gehört. Als sie sich umdrehte, stand eine große vermummte Gestalt vor ihr und bedrohte sie mit einer Pistole. Aus dem Keller kam ein weiterer Vermummter. Er zog Christl hinter sich her, brüllte und drückte ihr eine Pistole an die Schläfe.

Tom entschied sich, nicht auf die Spurensicherung zu warten, sondern sofort in den Keller zu gehen, auch wenn man ihm das nachher vorwerfen könnte. Er wollte keine Zeit verlieren und wusste, wie man sich einen Überblick des Tatorts verschaffte, ohne Spuren zu verwischen.

»Warte draußen bei den anderen, Hedi.«

Sie ging.

Christl musste ihren Peinigern im Keller in die Arme gelaufen sein. Aber was hatten die Kerle hier überhaupt gesucht? Hatte die Entführung etwas mit dem Mord an Tahil zu tun?

Im Keller bot sich ihm ein trauriges Bild.

Benno lag leblos, doch in stabiler Seitenlage, in einer angetrockneten Blutlache auf den kalten Fliesen. Das Blut kam aus einer Verletzung am Hinterkopf und aus dem Mund, wie Tom bei näherem Hinsehen erkannte. Benno musste in dem Moment, als ihm ein harter Gegenstand über den Hinterkopf geschlagen worden war, unglücklich gestürzt und sich auf die Zunge gebissen haben. Hätte er nicht auf der Seite gelegen, so wäre er an seinem eigenen Blut erstickt. Tom fühlte den Puls. Schwach. Benno, der wohl Stunden auf den kalten Fliesen gelegen hatte, war stark unterkühlt.

Tom rief den Krankenwagen, legte seine Lederjacke vorsichtig über Benno. Für ihn konnte er jetzt nichts weiter tun, gleich würde Hilfe kommen. Er schaute sich um. Was hatten die Männer im Keller gesucht?

Hier unten war gearbeitet worden – das war eindeutig. Er folgte den feuchten braunen Schlieren, die sich über die weißen Fliesen bis in die hinterste Toilettenkabine zogen.

Sieh mal einer an. Tom pfiff durch die Zähne. Die komplette hintere Wand der Kabine, die aus einer weiß gestrichenen massiven Holzplatte bestanden hatte, war herausgestemmt worden. Dabei war darauf geachtet worden, die Sanitäranlagen nicht zu beschädigen. Das Werkzeug lag wild verstreut auf dem Boden der Kabine. Den Einbrechern war die Zeit davongelaufen.

Tom dachte nach. Die Eindringlinge hatten zweifelsohne vorgehabt, sich einschließen zu lassen, um in Ruhe die Nacht durcharbeiten zu können. Benno musste sie bei seinem Kontrollgang aufgeschreckt haben. Daraufhin mussten sie ihn brutal zusammengeschlagen und unbeirrt weitergearbeitet haben, ohne sich um ihn zu kümmern, deshalb war er so unterkühlt.

Wo vorher die Holzverkleidung gewesen war, kam die aus schweren Natursteinen bestehende Gewölbewand des alten Brauereikellers zum Vorschein. Stopp, nicht ganz. Tom erkannte einen Rundbogen, der nur circa einen halben Meter breit war und in die Nachbarwand überging. Dieser Rundbogen bestand nicht aus massivem Stein, sondern aus losem Mauerwerk. Das Innere des Rundbogens war ausgehoben worden. Gerade groß genug, dass ein einigermaßen schlanker Mensch hindurchschlüpfen kann, dachte Tom.

Wie es aussah, hatten die Männer gegen Morgen versucht, die Öffnung zurückzubauen und die Spuren zu verwischen. Darauf ließ das lockere Mauerwerk schließen. Dabei waren sie vermutlich das zweite Mal gestört worden, diesmal von Christl. Das musste so gegen sieben Uhr gewesen sein. Aber warum waren sie überhaupt in den Keller eingebrochen? Was hatten sie gesucht?

Um das herauszufinden, musste man in das ausgehobene Loch kriechen. Mein Gott, dass es so etwas noch gab. Sicher, immer wieder wurden verschüttete Blindgänger aus dem Krieg gefunden, ganze Viertel mussten geräumt werden. Aber ein geheimer Kellergang im 21. Jahrhundert mitten in einer Weltstadt! Das war unglaublich. Tom starrte auf seine Hände. Natürlich hatte er keine Latex-Handschuhe dabei, die er hätte überstreifen können. Sollte er doch warten, bis seine Kollegen kamen? Die Gefahr, hier wichtige Spuren zu verwischen, war zu groß. Das durfte er auf keinen Fall riskieren, denn jede Spur konnte zu den Entführern und damit zu Christl führen.

»Wo ist der Verletzte?«, war eine tiefe Stimme im Vorraum zu vernehmen.

Tom ging zurück zu Benno. Der Notarzt und die Sanitäter waren also vor der Spurensicherung da. Tom informierte sie, was geschehen war. Während der Notarzt Bennos Puls fühlte, seine Augenlider hob, die Pupillenreflexe prüfte, holten die Sanitäter eine goldglänzende Wärmedecke, die sie über Benno legten. Der Notarzt untersuchte ihn auf innere Verletzungen, die den Transport beeinträchtigen könnten. Arzt und Sanitäter verständigten sich mit wenigen für Tom unver-

ständlichen Worten, legten Benno eine luftgepolsterte Hals-
krause um, hievten ihn dann vorsichtig auf eine Trage, nachdem der Arzt ihm eine Spritze verabreicht hatte.

Tom ging mit nach oben. Max sprach gerade mit der Spurensicherung. Nach einer knappen Begrüßung verschwanden die Männer nach unten.

Tom ging zu Max und berichtete ihm, was er entdeckt hatte.

»Hast du eine Ahnung, was die gesucht haben könnten?«

»Ja Kruzitürken! Der alte Bierkeller. Das gibt's doch
nicht!« In seinen Bruder kam Leben.

»Ein Kellerlabyrinth?«, fragte Tom ungläubig.

Max nickte. »Es umfasst die gesamte Fläche unter der Hofstatt.«

Tom orientierte sich innerlich, erkannte mit einem Mal,
was es bedeuten würde, wenn in der Tat ein solches Laby-
rinth existierte.

»Und am Ziel wartet ein Schatz!«

»Die Montez-Juwelen.« Max nickte erneut.

Tom hatte Zweifel. »Die gesamte Hofstatt unterkellert,
sorry, das kommt mir komisch vor.«

Max und Hubertus wechselten einen vielsagenden Blick.

»Der Keller war Teil des Bierkellers der ehemaligen Brauerei«, setzte Hubertus an. »Die Kellergewölbe haben bis
zur Mitte des 19. Jahrhunderts anstelle von unseren heutigen Kühlanlagen das Bier in Fässern tief unter der Erde kalt
gehalten. Fast das gesamte Hackenviertel war damals unterkellert. Die einzelnen Räume waren mit einer unterirdischen
Haupttrasse verbunden, durch die die Biergäule, die an die
Dunkelheit unter Tage gewöhnt waren, schwere Kutschen-
wägen mit den riesigen Bierfässern zogen. Oben im Wirtshaus haben die Gäste schon aufs Bier gewartet.«

»Über dem Keller war ein Biergarten.« Max rieb sich mit
der linken Hand das Kinn. »Er musste später der wachsen-
den Bebauung der Altstadt weichen.«

»Und ihr seid sicher, dass diese Keller bei der Sanierung erhalten wurden?« Tom konnte es nicht glauben.

Max nickte. »Soweit ich weiß, hat die Fertigstellung der Hofstatt unter anderem deshalb so lange gedauert, weil die Hassler GmbH & Co. KG die Keller unbedingt erhalten wollte. Anian hat bei einer Begehung festgestellt, dass die meterdicken Steinwände gut erhalten waren. Es gab lange Diskussionen mit den Behörden vom Denkmalschutz und den Statikern der Baufirma. Als Anrainer waren wir auch das eine oder andere Mal dabei. Es ging vor allem um die Sicherheit und Stabilität der Gesamtanlage unter Berücksichtigung der S- und U-Bahn-Trassen, deren Betrieb Erschütterungen mit sich bringt. Aber letztendlich ist es Anian gelungen, die anderen Investoren zu überzeugen. Man hat sich darauf geeinigt, eine zusätzliche Decke einzuziehen und manche Keller aus statischen Gründen zuzuschütten. Aber andere konnten erhalten werden. Die Idee wurde beim Verkauf entsprechend ausgeschlachtet: Die exklusiven Dachgeschosswohnungen und Penthäuser bekamen gegen einen saftigen Aufpreis einen Keller unter dem Keller dazu – also einen idealen Wein- oder Lagerkeller.«

»Oder einen Tresorraum«, sagte Tom.

Er sah Hubertus an. Dieser Einbruch ließ ihr vorangegangenes Gespräch in einem ganz anderen Licht erscheinen. Ihre Vermutungen, eben noch weit hergeholt und nahezu undenkbar, bestätigten sich gerade, wurden so real wie Funde, die man nach langen archäologischen Ausgrabungen in den Händen hält.

»Hubertus, schau, was du über die Familienchronik der Hasslers herausfindest. Und sprich mit der Mühlbauer über die Juwelen. Wir müssen die Querverbindungen aufdecken. Vielleicht erreichst du Birgit, und sie kann dir mehr über das Foto erzählen. Tina könnte wissen, wo sie um diese Uhrzeit am besten zu erreichen ist.«

Tom fragte sich, ob er den Juwelier von der Liste der Verdächtigen streichen konnte oder nicht.

25

So also sieht ein bayerischer Bierbaron aus, dachte Jessica Starke, als sie Jakob gegenüberstand.

Grüne Froschaugen, Fischmaul, ein schütterer Haarflaum, dazu ein aufgedunsener, schwammiger Körper. Eine Nase mit einem Schlag nach links. Dicke Wurstfinger mit abgekauten Nägeln. Der klassische unsportliche »Dicki«, der als Kind in der Schule sicher gehänselt worden war. Jessica nahm sich bei seinem Anblick fest vor, die Diät diesmal durchzuhalten, sich jetzt definitiv im Fitnessstudio anzumelden.

Sein Büro war beeindruckend, das war nicht zu leugnen. Die Dimensionen des Raumes hatten Saalcharakter. Die Glasfassade sorgte für Transparenz und bot einen atemberaubenden Ausblick über die Dächer Münchens. Schwarz polierte Marmorfliesen auf dem Boden, weiß lackiertes Mobiliar mit Chromelementen und großformatige, augenscheinlich von einer Innenarchitektin ausgewählte Bilder verstärkten das moderne Ambiente, dem jede persönliche Note fehlte.

Hier hat man radikal auf bayerischen Barock verzichtet, schoss es Jessica durch den Kopf. Man wollte sich eindeutig etwas Weltmännisches geben.

Jakobs kloßartige Figur, die in einen semmelfarbenen Leinenjanker gehüllt war, wirkte hinter dem transparenten Schreibtisch aus einer fragilen Stahl- und Glaskonstruktion fehl am Platz.

»Griaß Ihna, Frau Kommissarin.« Er stand auf, sackte gleich wieder in sich zusammen. Seine rechte Hand schnellte an seine Nieren, er krümmte sich auf dem Stuhl, legte dann beide Ellenbogen auf die Schreibtischplatte und stemmte sich so gestützt in seinem Schreibtischstuhl hoch.

»Oh, haben Sie Schmerzen?« Jessica legte ihre Tasche neben dem Stuhl vor dem Schreibtisch ab.

»Na, na.« Er quälte sich aus dem Sitz, bat sie an den Konferenztisch, der in der Mitte des riesigen Raumes stand.

»'s is nix. Von Zeit zu Zeit sticht's in d' Seitn.«

Sie nahm ihre Tasche und folgte ihm.

Obwohl er sich bemühte, hochdeutsch zu sprechen, war er schwer zu verstehen. Er stand nun neben ihr, und sie bemerkte, dass er nur wenig größer war als sie, womit er für einen Mann und besonders für sein Gewicht überraschend klein war. Sein Nasenbein schien angebrochen zu sein, zudem fiel Jessica seine aufgeplatzte Lippe auf. Die dünne gelbliche Hautschicht, die sich auf der Wunde gebildet hatte, verdoppelte die Dicke seiner Lippenwülste, was dazu führte, dass sich sein Mund beim Sprechen schief zur rechten Seite zog.

»Sie hatten nicht zufällig eine Schlägerei?« Jessica schätzte das Alter der Wunde auf einen Tag.

»A Schlägerei? Naa, wie kommen S' denn da drauf?«

»In meinem Beruf sieht man solche Verletzungen häufiger, und meist rühren sie nun mal von einer Schlägerei her.« Jessica schwor sich, ihm keinen Zentimeter Land zu schenken.

»In oan Wirtshaus a.«

Sein Mund verzog sich zu einem schiefen Grinsen, die Augen blieben kalt. Sie lagen beide auf der Lauer.

»Bitte nehmen S' doch Platz.« Er wies auf einen Stuhl.

Gut, dachte Jessica, spielen wir auf Zeit. Sie nahm Platz, legte Notizbuch und Stift vor sich hin.

»Danke. Sie haben von dem Mord am Marienplatz gehört?«

»Ja scho.« Er verschränkte die Wurstfinger auf der Glasplatte, unter der sein Bauch im Takt seines Atmens einen abwechselnd größer und kleiner werdenden Schatten fabrizierte.

»Sie kannten den jungen Mann?« Das Gespräch würde zäh werden, das war ihr bereits klar. Sie würde ihm jeden Satz aus der Nase ziehen müssen.

»Berlinerin?« Er hatte den bellenden Tonfall des Ur-Bayern.

»Gut erkannt.« Sie warf den langen Pony zurück.

»Mei, muss 's halt a gebn.« Er ließ keinen Zweifel daran, dass für ihn jeder, der kein Bayer war, bestenfalls als halber Mensch durchging.

Jessica wurde selten auf ihren Akzent angesprochen, der fast nicht zu hören war. Sie wartete, denn sie wollte ihre Frage ungern wiederholen. Ihr Blick schweifte von ihm zu dem Porträt, das hinter seinem Rücken auf einem Sideboard stand. Es zeigte Jakob in 20 bis 30 Jahren.

»Haben Sie ein Simulationsporträt im Zeitraffer von sich erstellen lassen?« Sie wies auf das Bild. Revanche!

»Des is da Vater.«

Die Empörung in seiner Stimme verriet, dass er es nicht mochte, mit seinem Vater verwechselt zu werden. Außerdem hatte er ihre feine Ironie überhört. Er beugte sich über den Schreibtisch, schien wieder von einem überfallartigen Schmerz geplagt.

»Also, wos woilln S'? Ewig Zeit homma need.« Er ließ die Wurstfinger auf der Glasplatte tanzen.

»Beantworten Sie meine Frage.«

Immerhin bemühte er sich, so zu sprechen, dass sie ihn verstand. »Tun S' nicht so, als ob S' nicht wüssten, dass ich den Buben 'kannt hab. Ja, der war bei meiner Frau tätig und gelegentlich bei mir auf d' Wies'n.«

Kiek mal eener an, dachte Jessica.

»Und mit Ihrem Sohn war er auch befreundet?«

»Naa.«

»Nein?«

»Sog i ja.«

»Wir haben Hinweise, dass Tahil Pervaz Ihren Sohn mit Drogen beliefert hat.«

»Schmarrn!«

»Naa.« Sie ahmte seinen Tonfall nach. Mit der gleichen Rigorosität. Es tat gut. Sie mochte die Bayern.

»Versuchen S' need, boarisch zu redn. Des wird need.« Er grinste.

Trotz aller Derbheit kann er einen Hauch von Charme entfalten, wenn er will, stellte sie fest.

»Gut. Wir haben Zeugen dafür, dass Tahil Pervaz Ihren Sohn mit Drogen versorgt hat.«

»Die Tina?« Er grinste noch immer. Jetzt wieder maskenhaft.

»Wen auch immer. Weit mehr als das sollte Sie interessieren, welches Licht das in unseren Augen auf Sie wirft.«

Jessica konnte auch grinsen. Besonders überzeugend kam es, wenn sie dazu die Augenbrauen hochzog und im entscheidenden Moment ihre Zunge schnalzen ließ. Wie sagte man in Bayern, wenn man dem anderen zu verstehen geben wollte, dass man auch nicht ganz blöd war? *Woaßt, i kimm nämlich a need auf der Brennsuppen dahergschwomma.*

»Wissen Sie, Sie wären nicht der erste Vater, der keinen anderen Weg sieht, seinen Sohn vom Drogenkonsum fernzuhalten, als dessen Dealer für immer aus dem Verkehr zu ziehen. Eigentlich recht kurzsichtig gedacht, finden Sie nicht?«

»Sie, sein S' vorsichtig.« Er richtete sich zu voller Größe auf, blieb dennoch Sitzzwerg.

Jessica erinnerte sich an Toms Erzählung, wie übel Jakob Max mitgespielt hatte. Er war nicht zu unterschätzen. Dabei kam er ihr nicht vor wie der große Stratege. Unwillkürlich glitt ihr Blick wieder auf das Porträt hinter ihm. Er merkte es.

»Was schauen S' denn scho wieder auf des Foto?«

Er vermeidet bewusst, seinen Vater beim Namen zu nennen, stellte Jessica fest.

»Auch Großvätern ist jedes Mittel recht, wenn es um ihren einzigen Enkel geht.«

»Raus.«

Jessica ärgerte sich über sich selbst. Sie hatte den Bogen überspannt, war dem Patriarchen blindlings ins Messer gelaufen, hatte es verbockt. Zum einen nahm er sie als Frau nicht ernst. Sie fühlte sich wie eine lästige Fliege, die er zu verscheuchen suchte. Zum anderen kannte er seine Rechte. Wenn sie mit einem Informationsgewinn aus diesem Gespräch hervorgehen wollte, musste sie andere Register ziehen, aber im Moment fiel ihr keines ein. Sie stellte sich vor, wie Mayrhofer triumphieren würde, wenn ihr kein anderer Weg blieb, als Jakob zur Vernehmung – die natürlich Mayrhofer selbst durchführen würde, und zwar in höchstem Maße unterwürfig – aufs Präsidium zu bestellen.

Sie überlegte fieberhaft, wie sie dem Gespräch eine andere Wendung geben könnte, als ihr Handy surrte. Karin Lorenz, die junge, ehrgeizige Assistentin des gesamten K 1, war am Telefon.

»Jessica?«

»Was gibt's?«

»Ich habe Neuigkeiten zu Larissa Stein. Da musste ich dich anrufen und wollte nicht warten, bis du wieder im Präsidium bist.«

»Schieß los.« Jessica trat ans Fenster, beobachtete aus der Entfernung Jakob, der sich seinem Smartphone widmete. Seinem kindlich erregten Gesicht nach zu urteilen, hatte er eine Spiele-App aufgerufen.

»Larissa Stein ist als Jurastudentin an der Uni eingeschrieben und hat letzten Herbst als Wies'n-Aushilfe bei der Hassler GmbH & Co. KG gearbeitet. Außerdem tritt sie regelmäßig als Burlesque-Tänzerin im ›Revue‹ am Bahnhof auf und fährt mit gerade einmal 22 Jahren standesgemäß einen Porsche Macan, der auf Jakob Hassler zugelassen ist. Ihr Luxusappartement am Viktualienmarkt dagegen läuft auf Anian Hassler. Frag mich nicht, wie ich das rausbekommen habe, es war nicht leicht. Ich schicke dir ein Foto von ihr.«

Hochinteressant. Jessica schluckte. Sollte das heißen, Vater *und* Sohn hielten die gleiche Frau aus? Sollten sie etwa beide ein Verhältnis mit ihr haben? Sie brauchte einen Moment, um diese Nachricht in ihre konservativen Gedankengänge zu schleusen. Jessica schaute zu Jakob. Konnte es wirklich sein, dass dieser Fettkloß ebenso wie sein Vater ein Verhältnis mit einer 22-jährigen Jurastudentin und Burlesque-Tänzerin hatten? Gab es eine junge Frau, der Geld so viel mehr bedeutete als Ästhetik und wahre Gefühle – ganz zu schweigen von Moral und Anstand?

»Denkst du das Gleiche wie ich?« Karin war noch in der Leitung. »Auch wenn es schwer zu verstehen ist, anders kann ich es mir nicht erklären.«

Jessica lehnte sich dicht an die Fensterscheibe, hielt die linke Hand ans Handy, flüsterte, sodass Jakob sie nicht verstehen konnte.

»Puh. Ich bin zwar wirklich liberal erzogen worden, aber dennoch geschockt. Ich dachte immer, das erzkonservative Bayern sei Spitzenreiter in Sachen Anstand und Moral!«

»Na ja, zumindest der Fassade nach.« Karin kam aus Baden-Württemberg und hatte da ihre eigenen Erfahrungen, wie Jessica wusste.

»Noch was?« Jessica sah, dass Jakob unruhig wurde.

»Ja. Da wirst du staunen. Parallel bin ich an einer Recherche vom K 15. Da hat sich gestern ein Gynäkologe gemeldet, der eine junge Frau behandelt hat, die Mittwochnacht nur knapp mit dem Leben davonkam. Sie hat bar bezahlt, ihm ihren Namen nicht verraten. Sie ist sexuell misshandelt worden, hatte Würgemale am Hals und Hämatome am ganzen Körper. Musste genäht werden. Sie hat nach der OP überstürzt seine Praxis verlassen. Er hat uns Fotos von ihr geschickt mit der Bitte um absolute Diskretion. Du weißt schon, Schweigepflicht! Aber er meinte, er wolle verhindern, dass so ein Schwein weiter frei herumläuft.«

Wieder eine Pause.

»Und?« Jessica atmete schneller.

»Stell dir vor, die Frau auf den Fotos hat große Ähnlichkeit mit der, die auf den Fotos des ›Revue‹ als Burlesque-Tänzerin angekündigt wird.«

Jessica atmete pfeifend aus. »Larissa Stein. Wow. Volltreffer. Danke, dass du mich gleich angerufen hast. Just in time!«

Karin hatte was gut bei ihr.

Jessica legte auf. Gleich darauf hörte sie den Ton, der ankündigte, dass eine Mail eingegangen war. Karin musste ihr das Foto geschickt haben, während sie telefonierten. Eine sehr hübsche, junge blonde Frau lächelte ihr nur mit einem spärlichen Bikini bekleidet aus dem Smartphone entgegen. Bewarb man sich so als Burlesque-Tänzerin? Sie scrollte nach unten, sah nun Fotos von derselben hübschen Frau, doch ohne Lächeln. Großflächige blaue Flecken und Würgemale entstellten sie an Hals, Bauch und Armen. »Die Fotos vom Intimbereich habe ich dir erspart«, stand darunter geschrieben. Karin hatte ein weinendes Emoticon daneben getippt. Jessica spürte die aufsteigende Wut, die sie immer ergriff, wenn die Schwäche einer Frau rücksichtslos ausgenutzt wurde.

Jakob war noch in sein Spiel vertieft, schaute aber irritiert auf, als sie nun vor ihm stand, ihre Tasche nahm, auf den Tisch stellte, Block und Stift hineinpackte.

»Vielleicht sollte ich lieber mit Ihrer Frau sprechen, Herr Hassler.«

»Mei, tun S', was S' need lassa kinna.« Er griff nach seinem Tablet, das ebenso transparent war wie der Schreibtisch und das unauffällig auf der Glasplatte gelegen hatte. Er gab ihr zu verstehen, dass er nun weiterzuarbeiten gedachte.

»Schätzt Ihre Frau eine gewisse Larissa Stein genauso, wie sie Tahil Pervaz geschätzt hat? Andernfalls wird sie nicht begeistert sein, wenn sie hört, dass das Auto von Larissa Stein auf Sie zugelassen ist.«

Der Schuss saß. Das erste Tor ging an sie.

Der Name Larissa Stein brachte sein Fett in Wallung und ließ sein Gesicht rot anlaufen. Sie drehte sich um, wollte gehen. Er fing an, schwer zu atmen, als er sich erhob, stellte sich ihr in den Weg. So nah, wie sie ihm jetzt war, roch sie seinen Atem. Er hatte beträchtlichen Mundgeruch. Es war der Mundgeruch eines Mannes, der hauptsächlich von Leberkäs und Schweinsbraten lebte und bei dem sich gelegentlich ein Stück Fleisch in einer Zahnlücke verfing. Jessica fühlte trotz allen Unverständnisses, wie es überhaupt zu so einer Beziehung hatte kommen können, tiefes Mitleid mit dem jungen Mädchen.

Jakob schien sich von seiner offensichtlichen Überraschung schnell zu erholen, schon bald verströmte er dieselbe Arroganz wie zuvor.

»Brauchst need denga, dass du mich mit so am Schmarrn erpressa kinnst. Die Birgit und i, mir hom a liberale Beziehung.«

»Gut. Sie führen also eine liberale Ehe. Aber wie ist das bei Ihrem Vater? Und weiteren Liebhabern?«

»Mei Vatta?«

Zwei zu Null. Seine Reaktion ließ darauf schließen, dass er nichts von der Beziehung seines Vaters zu Larissa Stein wusste. Vielleicht war er aber auch sehr erfolgreich darin, die

Augen zu verschließen und sich selbst zu belügen, oder er spielte ihr gegenüber nur den Überraschten. Jessica tendierte dazu, Letzteres zu glauben. Schließlich musste er wissen, dass eine Studentin sich eine solche Wohnung, wie Larissa Stein sie am Viktualienmarkt bewohnte, unmöglich selbst finanzieren konnte.

»Sie sollten eigentlich gut genug über die Finanzen Ihres Vaters im Bilde sein, um zu wissen, dass ihm die Wohnung gehört, die Frau Stein bewohnt.«

»Mei Vatta hat sei privates Geld. Des geht mi nix o.«

Es konnte natürlich sein, dass Anian die Wohnung in einer Art stillen Reserve hielt, niemand davon wusste.

»Sind Sie etwa so naiv zu glauben, dass Ihr Vater nichts von Ihrer Existenz in Larissa Steins Leben weiß? Weiß er nicht, wer die Luxuskarosse seiner Geliebten finanziert?«

»Mei Vatta kriagt need ois mit. Der wird a älta. Und die Larissa, die is schlau.«

Bekam sein Vater wirklich nicht alles mit? Und er? Störte ihn das etwa nicht? Diese Larissa Stein muss ein abgebrühtes Luder sein, wenn sie Vater und Sohn parallel laufen lässt, dachte Jessica. Fast tat ihr Jakob leid, wie er da saß. Konnten Männer wirklich so blind sein, wenn es um Liebe, besser gesagt: um Sex, ging? Hatte sich da jemand kaltblütig an ihr gerächt? War einer der beiden Männer hinter ihr Geheimnis gekommen? Konnte das auch der Grund für den Mord an Tahil sein? Hatte er von der heimlichen Liaison beider Hasslers gewusst, sie gegeneinander aufgehetzt oder sie erpresst und war so selbst zum Opfer geworden?

»Hat Larissa Stein außer Ihnen beiden noch weitere Liebhaber?«

»Was meinen S' jetzt damit?«

Obwohl latente Aggression aus seiner Körperhaltung sprach, machte er keinen erneuten Versuch, sie hinauszuwerfen. Er war redebereit, der Hefeteig war dabei aufzugehen.

»Die junge Frau wurde Mittwochnacht brutal misshandelt. Wenn sie keine weiteren Liebhaber hatte, dann müssen entweder Sie oder Ihr Vater ihr das angetan haben.«

Jessica zeigte ihm die Fotos. Sie bewegte sich sowieso schon auf dünnem Eis, da kam es darauf auch nicht mehr an.

War sein Entsetzen echt? Daneben blitzte eine sadistische Geilheit in seinen Augen auf und sein »Jessas Maria!« kam ihr geheuchelt vor.

»Waren Sie das, Herr Hassler?«

»Naa!«

Sie waren wieder dort, wo sie begonnen hatten. Doch nicht ganz. Er rieb sich das Kinn, und Jessica schwieg, weil sie spürte, dass er ihr noch etwas sagen wollte.

»Mei Vatta braucht need zum wissa, wie des mit der Larissa und mir is. Des reicht, wenn i des woaß.«

Aha. Jakob wusste also von der Beziehung seines Vaters zu Larissa, aber umgekehrt schien es nicht so zu sein. Was er dann sagte, hatte eine ganz eigene Logik, die sich Jessica erst später erschloss.

»Meim Vatta is des wurscht, was hernach kimmt. Hauptsache, er is der Erste. Imma der Erste. Und jetzt, da er nimma so ko, wie er wui, erst recht.«

Er erzählte ihr einen Teil dessen, was in der Mordnacht geschehen war, denn er hatte wohl den Eindruck, dringend ein Alibi zu brauchen.

Jessica bezweifelte, dass sein Alibi zur Entlastung ausreiche. Sie war emotional verwirrt, denn sie bekam alte Geschichten von Inzucht und krankhafter Sexsucht zu hören, denen sie in dieser Form noch nie begegnet war. Sie fragte sich, wie weit zu gehen zwei Männer, Vater und Sohn, bereit waren, die beide der gleichen Frau verfallen waren. Jakob jedenfalls bemühte sich, glaubhaft zu versichern, dass er Larissa Stein das letzte Mal am Dienstag gesehen und ihr kein Leid zugefügt hatte, weil sie die Frau seines Lebens war.

Jessica atmete tief durch und klopfte sich innerlich auf die Schulter. Gut gemacht!

26

»Hallo, Jessica. Bist du dem Leibhaftigen begegnet?«

Tom war froh darüber, ihr aufgewecktes Gesicht zu sehen, bevor Mayrhofer mit den Männern der Spurensicherung in der Hofstatt auftauchte, aber sie war ganz blass, jede Fröhlichkeit war wie weggeblasen.

Um ihn herum wimmelte es bereits von Streifenpolizisten, während er vor dem Eingang des Juweliergeschäftes auf den Inhaber wartete, der jeden Moment mit dem Schlüssel eintreffen musste. Erst ein Blick in seinen Tresor würde zeigen, ob sie mit ihrer Vermutung, dass der Einbruch den Montez-Juwelen gegolten hatte, richtig lagen, und ob sich daraus weitere Spuren zu Christls Verbleib ergeben würden.

Hedi hatte Benno ins Krankenhaus begleitet. Hubertus und Max waren im Wirtshaus geblieben und standen dort der Spurensicherung zur Verfügung. Das Wirtshaus würde den gesamten Vormittag geschlossen bleiben. Für den Abend hatten sich zahlreiche Gruppen angemeldet, die das Spiel Dortmund gegen Bayern auf den Großbildschirmen verfolgen wollten. Es war unklar, ob man bis dahin wieder geöffnet haben würde. Die größte Sorge galt sowieso Christl.

»Was ist los?«

Netter Versuch abzulenken, dachte Tom. »Das habe ich dich gerade gefragt.«

Er wusste nur zu gut, dass es Momente gab, in denen man sich sammeln musste, um das soeben Erlebte in Worte fassen zu können. Aber sie gehörte seiner Meinung nach zu den Frauen, die eine Menge vertragen konnten. Sie schien ihm durchaus belastbar.

Da sie ihn weiterhin abwartend ansah, ließ er es gut sein und fragte stattdessen: »Hat Mayrhofer dich nicht informiert?«

»Doch, aber offen gestanden habe ich nur Bahnhof verstanden. Was genau ist denn passiert?«

Tom setzte sie ins Bild. Als er zum Punkt der Entführung kam, versagte ihm die Stimme vor Wut darüber, dass ihm die Hände gebunden waren, während Christl in Lebensgefahr schwebte.

Jessica schien ihm seine Gefühle anzusehen. »Kennst du die entführte junge Frau?«

»So kann man das sagen.«

Tom dachte an die Nacht mit Christl, ihre Nähe, ihren warmen Körper, die vertraute Stimme, ihren Geruch – und hätte schreien können. Er kickte mit dem Fuß gegen eine Steinplatte am Boden.

»Sag bloß, du hast dich verliebt? Am zweiten Tag zurück in München! Das nenn ich von der schnellen Truppe!«

Eine scharlachrote Woge spülte über Jessicas Gesicht. Sie warf den Kopf in den Nacken und blies ihren langen Pony aus der Stirn. Was war denn in sie gefahren?

»Ich kenne Christl von Kindesbeinen an.« Mehr wollte Tom dazu nicht sagen. Der Schmerz beim Gedanken an Christl war zu heftig. »Was hat Jakob gesagt?«

Vielleicht hatte Jessica Neuigkeiten, die den Fall weiterbrachten.

»Tja, rate mal, woher dein Bruder sein blaues Auge hat.«

»Doch nicht etwa von Jakob?«

»100 Punkte. Max ist noch gut davongekommen. Und dafür, dass er einen steifen Arm hat, hat er Jakob ganz schön verprügelt. Eine böse aufgeplatzte Lippe, ein lädiertes Nasenbein und eine geprellte Niere gehen auf sein Konto.«

»Und warum?«

»Die beiden sind Donnerstag kurz nach Mitternacht auf der Neuhauser Straße aufeinandergeprallt. Dein Bruder kam von der Frauenkirche, Jakob aus seinem Wirtshaus in der Neuhauser Straße. Waren wohl beide in keiner guten Stimmung. Jakob besteht darauf, dass dein Bruder ihn zuerst angegriffen hat. Es ging um Tina. Max hat Jakob vorgeworfen, dass er seinen Sohn auf Tina ansetzt, weil ihm jedes Mittel recht ist, um ihm eins auszuwischen. Dein Bruder hat erst Bastian, dann die ganze Familie beleidigt, Jakob wiederum Tina …«

»Reicht. Ich kann es mir lebhaft vorstellen.«

Tom hielt sich die Stirn. Oh Mann! Immerhin erklärte das, woher Max sein blaues Auge hatte. Warum hatte Max ihm nicht die Wahrheit erzählt? War es ihm peinlich, dass er sich dazu herabgelassen hatte, sich mit Jakob zu prügeln?

»Stimmt es eigentlich, dass Tina schwanger ist?« Jessicas Stimme verriet Anteilnahme.

»Wie kommst du darauf?«

»Das gab wohl den Ausschlag für die Prügelei.«

Tom stutzte. Also wusste Max von Tinas Schwangerschaft. Auch das hatte er verschwiegen.

»Der Test war wohl positiv.«

»Von Bastian Hassler? Das ist ja wie bei Romeo und Julia!« Jessica konnte es nicht glauben.

»Tina weigert sich, den Namen des Kindsvaters zu nennen.«

»Kein Wunder! Stell dir vor, welche Lawine auf sie zurollt, wenn das Kind tatsächlich von Bastian ist.«

»Da ich zur Familie gehöre, brauche ich mir das nicht vorzustellen. Ich erlebe es hautnah mit. Beschäftigen wir uns lieber damit, den Fall voranzubringen, Jessica.«

»Die Schlägerei wird deinem Bruder als Alibi nicht reichen.«

»Ja. Das gilt auch für Jakob. Was hat er denn nach der Schlägerei gemacht?« Tom suchte die vorübereilenden Menschen nach Mayrhofer ab. Er sollte sich verdammt noch mal unterstehen, jetzt schon zu kommen.

»Jakob ist nach Hause gegangen. Er hat zugegeben, unweit des Fischbrunnens Tahil begegnet zu sein und kurz mit ihm gesprochen zu haben. Danach hat er sich nach Hause geschleppt. Er hat nach eigener Aussage gedacht, einen Arzt aufsuchen zu müssen, weil er gefürchtet habe, dass seine Niere ernsthaft in Mitleidenschaft gezogen wäre.«

»Das hat er aber nicht getan und deshalb hat er kein Alibi.«

Jessica nickte. »So ist es. Ebenso wenig wie Max, wenn ich das richtig sehe. Beide hatten ein Motiv und die Gelegenheit. Jakob und seine Frau schlafen getrennt. Er hat nicht versucht, sie als Alibi einzusetzen, was ja sowieso nicht besonders tragfähig gewesen wäre. Ich denke, er ist soweit mit der Rechtslage vertraut. Er meint, er und seine Frau hätten eine ›liberale Beziehung‹.« Sie machte eine Pause, holte tief Luft.

»Liberale Beziehung ist gut!« Tom lachte auf.

Doch er wurde gleich wieder ernst. Er sah Jessica an, dass sie kurz davor war, die Brocken hervorzuwürgen, die sie gerade verdaute.

»Aber dass eine Frau tatenlos zusieht, wie ihr Mann sich mit der 22-jährigen Geliebten seines eigenen Vaters vergnügt und sich zum Affen macht, weil er denkt, sie sei seine große Liebe, das glaube ich bei aller Liberalität nicht.«

»Wie bitte? Anian und Jakob haben beide ein Verhältnis mit derselben Frau?«

Hatte ihn sein Gefühl also nicht getäuscht. Die Blonde

war keine Tochter eines Geschäftsfreundes, keine Freundin der Familie.

Seine Gedanken überschlugen sich, ein Teilchen fügte sich zum anderen. Unweigerlich dachte er an das, was Hedi damals vermutet hatte und worüber er gerade mit Hubertus gesprochen hatte. Auf einmal schien es gar nicht mehr so weit hergeholt, dass Birgit vor ihrer Hochzeit ein Verhältnis mit Anian gehabt haben könnte. Hatten sich Vater und Sohn Birgit geteilt so wie jetzt Larissa Stein? Daraus ergab sich die Frage, wessen Sohn Bastian wirklich war. Tom rekonstruierte die Zeiten, und nichts schien ihm mehr unmöglich.

»Ja, so ist es. Ist das nicht unglaublich? Sie haben beide ein Verhältnis mit derselben jungen Frau. Jakob hat es zugegeben. Angeblich wusste er die ganze Zeit von seinem Vater, sein Vater aber nicht von ihm. Ehrlich, ich bin schockiert, Tom! Das mitten im hochkonservativen München! Das ist mal eine etwas andere Interpretation von ›mit Laptop und Lederhosen‹.« Jessica schüttelte den Kopf.

Während Tom noch über die dubiose Familientradition nachdachte, wurde ihm klar, dass Jessica noch mehr herausbekommen hatte.

»Was noch?«, fragte er.

»Irgendjemand hat in der Nacht von Mittwoch auf Donnerstag nicht nur Tahil ermordet, sondern vermutlich auch Larissa Stein brutal misshandelt.«

Die Art, wie sie ihn ins Vertrauen zog, bestärkte sein Gefühl, dass sie – obwohl von Haus aus eine exzellente Teamplayerin – in ihrem Dezernat aktuell als Einzelkämpferin dastand. Wenn er jemals die Führung dieses Dezernats übernehmen sollte, so nahm er sich vor, würde er einen Rahmen schaffen, der auf Teamarbeit und Vertrauen basierte und der es möglich machte, dass alle an einem Strang zogen und miteinander kommunizieren konnten.

Er legte ihr anerkennend die Hand auf die Schulter. Die zugegebenermaßen skurrile Tatsache, dass Vater und Sohn ein Verhältnis mit der gleichen jungen Frau hatten, brachte ihr Welt- und besonders ihr Männerbild ins Wanken, das war ihr deutlich anzusehen. Er hoffte, dass sie ihn aufgrund seiner Beziehung zu Christl nicht bewusst oder unbewusst in das chauvinistische Männerbild einordnete, das vermutlich gerade in ihr wuchs.

»Was ist mit Larissa Stein passiert?«

»Sie ist von einer Bestie vergewaltigt worden.«

Jessica erzählte ihm, was sie wusste, zeigte ihm die Bilder auf dem Handy.

Tom war schockiert. »Das heißt allerdings nicht zwangsläufig, dass der Mörder und der Vergewaltiger identisch sein müssen. Allerdings scheint in beiden Fällen eine ähnliche emotional bedingte und brutale Gewalttätigkeit vorzuliegen.«

Tom ging in Gedanken die Liste der Verdächtigen durch.

»Was hat denn dein Bruder im Anschluss an die Schlägerei gemacht? Oder soll ich ihn das selbst fragen?«

»Ja, das ist eine gute Idee.«

Tom hatte jetzt nicht die Zeit, sich auf Nebenkriegsschauplätze einzulassen. Vielmehr beschäftigte ihn der Gedanke, welche Rolle Larissa Stein in diesem Spiel spielte, wer Motiv und Gelegenheit zu all den Verbrechen hatte, die sich seit Mittwoch mit einer Gesetzmäßigkeit vor ihren Augen abspielten, die einer Reihe Dominosteine glich, die fielen, seit der erste Stein angestoßen worden war. Doch es gab noch einen weiteren wichtigen Punkt, der ihn beschäftigte.

»Was kam bei der Überprüfung der Finanzen von Thromschatz raus? Kamst du schon dazu?«

Jessica nickte. »Das war nicht so einfach«, gab sie zu. »Offiziell gibt es ja keinen Anlass, Nachforschungen anzustellen. Glücklicherweise hat mir ein guter Bekannter, der beim Finanzamt arbeitet, mit ein paar Anhaltspunkten weitergeholfen. Dadurch konnte ich Thromschatz' Hausbank ausfindig machen. Nachdem ich mich ausgewiesen hatte, gab man mir unter Berufung auf das Bankgeheimnis ausweichend Auskunft. Immerhin konnte ich so viel erfahren, dass ich sagen kann, dass du mit deiner Vermutung wahrscheinlich richtig liegst. Der Juwelier steht kurz vor der Pleite.«

»Sehr gut. Spitzenklasse, Jessica.«

Tom beobachtete, wie sich ihre Wangen rosig färbten, dann sah er einen bekannten Kopf um die Ecke biegen.

»So, jetzt ist er da, der gute Mayrhofer. Immerhin hat er uns genügend Zeit gelassen, dass wir uns gegenseitig auf den aktuellen Stand bringen konnten.«

»Was sagen wir ihm?«

»Sag ihm so viel, wie dein Gefühl erlaubt, ihm zu sagen. Ich bin erst ab Montag offiziell im Dienst.«

»Guter Tipp.« Jessica lachte.

Also nahm sie die Verantwortung an.

Sie sahen beide zu, wie Mayrhofer sich knochendürr und wichtig einen Weg durch die Passanten bahnte, die Sandwiches kauend oder mit Tüten bepackt durch die Passage eilten. Den Juwelier und seine Frau hatte er im Schlepptau. Mayrhofer triumphierte und hüpfte wie ein Gummiball neben den beiden her.

»Ich weiß jetzt, mit wem dieser Tahil Pervaz sich herumgetrieben hat«, sagte er statt einer Begrüßung, sobald er bei Tom und Jessica angekommen war. »Mit einem gewalttätigen Serben und einem frisch entlassenen Sexualstraftäter. Die letzte Frau, die der in seiner Gewalt hatte, ist komplett entstellt in Haar gelandet. Dass der wieder frei ist, ist das reinste Justiz-Wunder. Diese Christl Meixner kann einem leidtun.«

Tom ballte die Hände in den Hosentaschen zu Fäusten und biss die Zähne aufeinander, bis seine Wangenmuskeln schmerzten – nicht nur wegen Mayrhofers respektloser Art, sondern vor allem wegen der aussichtslosen Lage, in der Christl sich befand. Die Entführung entpuppte sich als noch weit gefähr-

licher, als er sich in seinen ärgsten Albträumen hätte vorstellen
können. Und dass das Unvorstellbare eintreten konnte, hatte
er in der Vergangenheit zu oft am eigenen Leib erfahren, um
nun zuversichtlich zu sein, dass Christl nichts zustoßen würde.

27

Christl kam langsam zu sich, rollte sich mühsam vom Bauch
auf den Rücken. Sie war verschnürt wie ein Paket. Ihre Arme
waren an den Körper gepresst, ihre Beine so eng zusammengebunden, dass das Seil trotz des Dirndlrocks in ihr Fleisch
einschnitt. Sie spürte einen der hohen Pumps an ihrem rechten Fuß, während ihr linker Fuß nackt war. Der Dünne hatte
ihr befohlen, einen Schuh anzuziehen, ihr lüstern zugeschaut.

Um den Kopf hatte man ihr ein Klebeband gewickelt, das
den Mund verschloss und dessen Klebefläche bei jeder Bewegung an ihrem Pferdeschwanz zerrte. Sie lag in einem dunklen
Raum, nur durch eine schmale Luke an der Decke drang ein
wenig Tageslicht herein. Sie hatte nicht die geringste Ahnung,
wo sie sich befand, wie spät es war und wie lange sie bereits
in diesem Kellerloch lag, in dem es wie in einem Rohbau roch
und in dem eine zentimeterdicke Staub- und Putzschicht die
feuchte Luft schwer werden ließ.

Sie blinzelte, sah sich um, erkannte nichts als Wände aus
Beton. Der Raum war rund zwei Meter breit, drei Meter lang,

annähernd fünf Meter hoch. Der Lichtschein, der aus der Luke hereinfiel, war so matt, als würde sich darüber ein dunkles Treppenhaus befinden. In die Betonwand an der Stirnseite des Zimmers war eine weiß lackierte Metalltür eingelassen, die weder Klinke noch Knauf oder Schloss besaß. Ansonsten war der Raum bis auf die muffige Matratze, auf der sie lag, leer. Es gab weder Wasser noch etwas, das ihr als Toilette hätte dienen können, noch etwas, womit sie sich von ihren Fesseln hätte befreien können. Es gab kein Entrinnen. *Tom!*

Ihre Nasenschleimhäute kämpften gegen die Staubschicht an. Ein fürchterlicher Niesreiz quälte sie, doch niesen war mit dem Klebeband unmöglich. Sie würgte, bekam kaum Luft. Die Hausstauballergie, der sie normalerweise wenig Beachtung schenkte, drohte auszubrechen. Sie spürte, dass es nur eine Frage der Zeit war, bis ihr die Luft ausgehen würde. Die Tabletten, die ihr bei einem Allergieschub sonst halfen, lagen auf dem Schreibtisch im Büro.

Wie spät mochte es sein? Wie lange lag sie schon hier? Ihre innere Uhr war aus dem Rhythmus geraten. Ihr Herz raste, sie hatte schrecklichen Durst. Ob sie jemals lebendig hier herauskommen würde? Sie wälzte sich auf der Matratze, versuchte, ihre Dirndltaschen zu ertasten, stellte fest, dass sie leer waren. Natürlich, auch ihr Handy war weg. So ein Mist! Tränen der Wut und der Angst stiegen in ihr auf. Sie berührte ihren Mund mit der Schulter, fühlte getrocknetes Blut, das aus einer schmerzhaften Platzwunde an den Lippen unter dem Pflaster hervorgequollen und geronnen war. Auch ihr Pferdeschwanz war blutverklebt und schweißgetränkt. Ihr Rücken schmerzte. Ihr Kopf schien zu bersten. Die Wunde pochte, jetzt, da sie ihr bewusst geworden war.

Das Letzte, woran sie sich erinnern konnte, war, wie der brutale Glatzkopf sie hinter sich hergezerrt hatte. Stück für Stück kam die Erinnerungen zurück. Kaum waren sie im Auto gewesen, hatte ihr der Dünne mit dem schiefen Gesicht mit seinen dreckigen Pfoten grob an den Busen gegrabscht und auf den Glatzkopf mit piepsiger, hoher Kehlkopfstimme eingeredet. »Überlass sie mir!«

»Fahr los!« Der Glatzkopf hatte den Lüstling weggestoßen. Sie hatte versucht, sich loszureißen. Der erste Schlag ins Gesicht. Sie hatte gesehen, wie Hedi angerannt kam, wie der Dünne auf sie geschossen hatte. Der Muskelprotz hatte ihren Kopf am Pferdeschwanz zurückgerissen und ihr ein Getränk eingeflößt, während sie die Reifen quietschen hörte. Danach hatte sie nichts mehr mitbekommen. Vermutlich war ein Betäubungsmittel im Getränk gewesen.

Was sollte sie jetzt tun? Sich bemerkbar machen? Sie lauschte, hörte etwas. Was war das? Ein Auto fuhr um eine Kurve. Noch eines. Direkt über ihrem Kopf. Sie hörte Reifen quietschen. Stop-and-go. Das Auto fuhr durch eine enge Kurve, das Gummi der Reifen streifte an einem Bordstein entlang. *Immer wieder.*

Sie kannte das Geräusch. Woher nur? Angestrengt dachte sie nach. Wo bin ich? Christl lag da und horchte. Ihre Gedanken jagten ebenso wild im Kreis wie die Autos über ihr. Wie diese schienen sie keinen Ausweg zu finden. Sie unterdrückte den nächsten Hustenreiz, der ihr die Luft zu rauben drohte. Panisch vor Angst, einen Asthmaanfall zu bekommen, riss sie die Augen auf, bäumte sich auf, prallte, verschnürt, wie sie war, zurück auf die Matratze, fühlte den Schmerz, brauchte einen Moment, um wieder zur Besinnung zu kommen. Sie drehte sich mit dem Gesicht zur Wand, in der Hoffnung, so dem Staub zu entfliehen. Sie musste ruhig bleiben, doch sie wurde wütend, begann, mit den verschnürten Beinen gegen die kalte Betonwand zu klopfen, erschrak, dachte an das schiefgesichtige Monster und den dumpfen Muskelprotz, an ihre wehrlose Lage. Nein, Lärm zu erzeugen, war keine gute Idee. Sie musste sich so unauffällig wie möglich verhalten, sich ablenken.

Tom, hilf mir, schrie jede Faser ihres Herzens. Wenn sie ihn nur erreichen könnte.

Erschöpft blieb sie liegen, reglos, die Augen geschlossen. Ihr Herz pochte, das Blut rauschte in ihren Ohren. Die quietschenden Autoreifen gaben der Panik, die Besitz von ihr zu ergreifen drohte, eine Melodie. Die Beklemmung in ihrer Brust glich glühendem Stahl. Als sie dachte, die Glut würde ihren Brustkorb sprengen, fielen ihr die Gebete »Vater unser« und »Ave Maria« ein. Sie hörte ihre eigenen Gedanken wie ein Flüstern und begriff, dass sie zu beten begonnen hatte.

»Gegrüßt seist du, Maria, voll der Gnade, der Herr ist mit dir. Du bist gebenedeit unter den Frauen, und gebenedeit ist die Frucht deines Leibes, Jesus. Heilige Maria, Muttergottes, bitte für uns Sünder, jetzt und in der Stunde unseres Todes. Amen. – Vater unser, der Du bist im Himmel, geheiligt werde Dein Name; Dein Reich komme; Dein Wille geschehe, wie im Himmel, so auf Erden! Unser tägliches Brot gib uns heute und vergib uns unsere Schuld, wie auch wir vergeben unsern Schuldigern; und führe uns nicht in Versuchung, sondern erlöse uns von dem Bösen. Denn dein ist das Reich und die Kraft und die Herrlichkeit in Ewigkeit. Amen. – Ave Maria, Muttergottes …«

Seit Jahren hatte sie keine Kirche von innen gesehen. Jetzt hüllten sie die gebetsmühlenartig dahingedachten Worte in eine Gleichmut, die ihr Ruhe und Kraft schenkte. Das Rauschen in ihren Ohren wurde leiser. Der Schmerz in ihrer Brust ließ nach. Da fiel ihr ein, woher sie die Autogeräusche kannte. Sollte sie etwa nur wenige 100 Meter Luftlinie vom Wirtshaus entfernt sein? Oh, mein Gott!

Plötzlich hörte sie ein Geräusch an der Tür, warf sich herum. Der Dünne mit dem schiefen Gesicht starrte sie an, aus seinem Grinsen sprach triebhafte Geilheit. Wirre Augen, offenstehender Mund, tropfender Speichel.

»Jetzt sind wir allein.« Er blökte mit seiner viel zu hohen

Stimme, gab der Tür einen Tritt. Christl wusste, was das zu bedeuten hatte. Ihr Körper bebte vor Angst, Entsetzen kroch in ihre Glieder.

28

»Besser als die Katakomben von Paris«, scherzte Jessica, obwohl weder ihr noch Mayrhofer zum Scherzen zumute war.

»Wieso, kennst du die?«

Mayrhofer versuchte, sich in dem kleinen Raum einzurichten. Jessica und er befanden sich im Tresorraum des Juweliergeschäftes, tief unten im zweiten Kellergeschoss. Der Platz war für zwei Personen eigentlich viel zu eng, zumal sie wegen der geringen Deckenhöhe die Köpfe einziehen mussten – selbst Jessica, klein, wie sie war. Die beiden Kollegen von der Spurensicherung waren soeben in dem schachtartigen Gang verschwunden, der von einer kreisrunden Öffnung in der Rückwand des Tresors aus in die Dunkelheit führte.

Hoffentlich kommen sie bald zurück, dachte Jessica, denn lange halte ich es hier nicht aus.

Die Tresortüren standen weit offen, gaben den Blick auf gähnende Leere frei. Carsten Thromschatz hatte einem Herzinfarkt nahe gewirkt, als sie vor einer halben Stunde gemeinsam den Tresorraum betreten und festgestellt hatten, dass die Montez-Juwelen sowie die gesamte Tagesdekoration –

geschätzter Gesamtwert: rund 14 Millionen Euro – spurlos verschwunden waren. Marlene Thromschatz hatte Baldrianadragées aus ihrer It-Bag gekramt und ihrem Mann zugeschoben. Jessica waren die Schweißflecken auf seinem weißen Hemd aufgefallen, die unter seinen Achseln wie Wasserflecken auf Löschpapier wuchsen. Tom Perlinger hatte das Ehepaar nach oben begleitet, während sie und Mayrhofer bei den Kollegen von der SpuSi im Keller geblieben waren.

»Jetzt auch noch ein Einbruch in der Hofstatt. Als ob wir nicht sowieso schon Land unter hätten.« Mayrhofer stöhnte und fügte bedeutungsvoll hinzu: »Und schon wieder Familie Hacker mittendrin. Da kannst du sagen, was du willst, Jessi: Die haben Dreck am Stecken!«

»Hm.« Jessica wich aus. Sie würde ihn über kurz oder lang in ihre neuesten Erkenntnisse einweihen müssen. Aber vorerst ging es um die Ehre in der hohen Disziplin der Kombinatorik, und sie wollte endlich selbst die Lorbeeren für ihre Rechercheerfolge ernten.

»Was hast du eigentlich heute früh getrieben?« Misstrauen in seiner Stimme.

»Auf jeden Fall nicht Zahnärzte gepampert«, antwortete sie, während sie sich damit beruhigte, dass sie kein schlechtes Gewissen zu haben brauchte, wichtige Indizien zu verschleppen, denn die Geschichte mit Larissa Stein würde nicht zum schnelleren Auffinden der Geisel beitragen. Und auf Karin konnte sie sich verlassen, sie würde Mayrhofer gegenüber zurückhaltend sein. Er hatte sie gleich am ersten Tag angebaggert, seitdem war er bei ihr unten durch.

An seine Zahnschmerzen erinnert, zog Mayrhofer eine wehleidige Grimasse. »Dafür den lieben Tom gepampert, was? Ich finde, Jessi, du wirfst dich ihm regelrecht an den Hals. Sei vorsichtig! Wir wissen noch nicht, was bei der ganzen Geschichte herauskommt. Vielleicht steckt er tiefer mit drin, als du wahrhaben willst.«

»Seit wann bist du um mein Seelenheil besorgt?«

»Seit ich fürchten muss, eine Kollegin mit Liebeskummer ertragen zu müssen.«

»So ein Quatsch!« Sie schüttelte den Kopf, dass der Pony flog.

Was dachte der sich denn? Jessica hatte sofort registriert, dass es die Sorge um Christl Meixner war, die ihren neuen Chef vollauf beherrschte, ihm inzwischen wichtiger war als die Aufklärung des Mordes an Tahil Pervaz. Klar, er sah toll aus, hatte ein beeindruckendes Charisma und ja, er wäre ihr Typ. Aber sie wohl nicht seiner. Tom Perlinger war kreidebleich geworden, als er gehört hatte, dass einer der Entführer ein gesuchter Sexualstraftäter war. Ihm war natürlich genauso klar gewesen wie ihr, dass die Fälle zusammenhingen. Er hatte die Beschreibung der Entführer, die seine Schwägerin gegeben hatte, sofort mit den Fotos in Einklang gebracht, die Mayrhofer von Tahils Freunden gezeigt hatte. Er hatte diese Fotos abfotografiert, obwohl Mayrhofer heftig protestiert hatte. Von den Spuren beim Juwelier versprach er sich weitere Hinweise auf die Entführer. Ob diese Christl hübsch ist?, fragte sich Jessica und spürte ganz gegen ihren Willen einen schüchternen Anflug von Eifersucht aufsteigen. Ob er mit ihr geschlafen hatte? Er hatte verändert gewirkt.

Jessicas Rücken schmerzte, denn die gebückte Haltung war ausgesprochen unbequem. Sie unterdrückte die aufkommende Platzangst. Die Luft wurde von dem Geruch nach faulen Äpfeln beherrscht, der aus dem Gang in das Gewölbe strömte. Die Feuchtigkeit kroch in ihre Glieder, ließ sie frösteln. Sie biss die Zähne zusammen, zwang sich durchzuhalten.

Die Katakomben von Paris hatte sie nie besichtigt, denn sie mied selbst die U-Bahn, egal in welcher Stadt, weil sie es hasste, tiefer als einen Meter unter der Erde zu sein – selbst wenn sie nicht befürchten musste, auf die Gebeine längst Verstorbener zu stoßen.

Sie hatte einmal, als sie frisch nach München gezogen war, an einer Führung durch die Salzbergwerke in Bad Reichenhall teilgenommen und war fast erstickt, als der Zug mit einer Höllengeschwindigkeit durch einen schmalen Schacht in die Tiefe gesaust war, als ob es keine Rückkehr gäbe. Die Luft war ihr weggeblieben, weil die Schwere der Erdmassen über ihr auf ihren Schultern gelastet hatte wie meterdicker Stein.

So wie jetzt, dachte sie und rang nach Atem. Es ist idiotisch, schimpfte sie mit sich, bei einem aufkommenden Gefühl von Enge an noch beklemmendere Momente zu denken.

Um sich abzulenken und um die frostige Stille zwischen ihnen zu erwärmen, wandte sie sich an Mayrhofer: »Kennst du die Bierkeller am Nockherberg?«

»Die in der Hochstraße?«

»Ja.«

»Na. Das ist nur was für Touristen.«

Was sollte sie darauf erwidern? Eine solche Besichtigung hätte nun durchaus hilfreich sein können, weil sie unter Umständen eine bessere Vorstellung davon geliefert hätte, wie das Kellerlabyrinth hinter der Öffnung aussah. Sie hatte zwar von den legendären Bierkellern am Nockherberg gehört, doch es bisher – vermutlich vor dem Hintergrund der Erfahrung in den Salzbergwerken – erfolgreich vermieden, an einer Führung teilzunehmen. Ein anderer geheimer Gang kam ihr in den Sinn.

»Im Schwarzwald gibt es die Klöster Frauen- und Herrenalb.«

»Na und?«

»Die waren mit einem geheimen Gang verbunden, sodass die Nonnen und Mönche sich gegenseitig besuchen konnten.«

»Hier geht es wohl eher um schlichten Einbruch als um guten Sex.« Er rückte näher an sie heran.

»Vordergründig.« Sie hatte erst vor Kurzem etwas sehr Interessantes in diesem Zusammenhang gelesen, das ihr nun zu denken gab. »In der Traumdeutung steht der Keller symbolisch für das Sexualleben. Und aus irgendeinem Grund muss sich ja irgendjemand brennend für diesen Keller interessiert haben.«

»Du meinst, so ein Keller kann erotisch sein?«

Mayrhofer schien sich prompt aufgefordert zu fühlen, noch näher an sie heranzurücken. Sie wich ihm aus, presste die Arme gegen die Decke, wie um die schweren Steine wegzudrücken.

Der Gedanke ist gar nicht so abwegig, fand sie. Hat nicht Schmuck als Geschenk – solange er nicht als reine Wertanlage betrachtet wird – per se etwas mit Leidenschaft und Liebe zu tun?

Jessica hatte den Beitrag in der »Süddeutschen« heute beim Frühstück regelrecht verschlungen, weil ihr Toms Bericht über die Vernissage nicht aus dem Kopf gegangen war. Sie erinnerte sich an die Überschrift: *Die Montez-Juwelen: Verhängnisvolle Liebe und tödliche Leidenschaft.*

»Sehr weit hergeholt«, sagte Mayrhofer.

Nein, dachte Jessica. Ich habe eine Spur, das weiß ich genau. Die Gänsehaut, die sich von ihren Armen aus über ihren gesamten Körper ausbreitete, kam nicht von der Kälte im Keller, sondern vielmehr von dem sicheren Bewusstsein, den Punkt gefunden zu haben, an dem der Kreis sich schloss: Leidenschaft und Habgier, Sexualität und Perversion, Fanatismus und Mordlust – das waren Emotionen und Verhaltensweisen, die sich hier angesichts der Tatsache, dass die geschichtsträchtigen Juwelen verschwunden waren, zu einem roten Faden versponnen.

Mayrhofer drückte sich inzwischen eng an sie. Vermutlich hatte ihr Gespräch über Leidenschaft in ihm das Verlangen ausgelöst, hier und jetzt mit weiblichen Rundungen auf Tuchfühlung zu gehen. Auf enge Tuchfühlung. Sie spürte deutlich, wie sich sein Ellenbogen in die Falte zwischen ihren beiden

Rettungsringen von Magen und Bauch, die selbst in dieser gestreckten Haltung nicht verschwanden, bohrte.

»Meine Mastreife hast du ja jetzt ausreichend geprüft, Mayrhofer. An der gibt's nichts zu meckern.« Jessica ließ die Arme heruntersausen und traf seinen Unterarm.

»Au! Was kann ich dafür, dass es hier so eng ist und manche Leute mehr Platz brauchen als andere?«

Er grinste frech, aber bei ihm sah es nicht jungenhaft aus. Am liebsten hätte sie ihn in den Tresor geschubst, die Tür hinter ihm zugeschlagen. Stattdessen schob sie sich, da sie aufgebracht war und nicht mehr rauchte, was hier unten sowieso nicht möglich gewesen wäre, einen Kaugummi in den Mund, kaute, schwieg, konzentrierte sich auf die Zusammenhänge. Da sie dank Tom einen Informationsvorsprung hatte, wusste sie, dass der Tote in seinen letzten Lebensstunden höchstwahrscheinlich in eben diesem Geschäft gewesen war. Das konnte kein Zufall sein. Es musste eine logische Verbindung zwischen beiden Fällen geben.

Interessanterweise hatte die Tatsache, dass eine junge Frau entführt und ein weiterer Mann lebensgefährlich verletzt worden war, den Juwelier fast noch mehr aus dem Konzept geworfen als der Diebstahl selbst. Der Juwelier und seine Gattin hatten nur einen flüchtigen Blick in den leeren Tresor geworfen, als ob sie prüfen wollten, ob alles so war wie erwartet. Seine Aufregung führte Jessica eher auf seinen Gesamtzustand zurück. Er leide unter einem Migräneanfall, hatte er gesagt. Sie fragte sich, ob Thromschatz wirklich von dem Einbruch überrascht worden war oder ob er nicht vielmehr damit gerechnet hatte.

Jessica lauschte und hörte jetzt, da sie darauf achtete, die gedämpften Stimmen von Tom und dem Ehepaar, die sich ein Stockwerk weiter oben anscheinend einen verbalen Schlagabtausch lieferten.

»Findest du es nicht komisch, Jessi, dass der Einbruch ausgerechnet vom Keller des Wirtshauses ausging?« Mayrhofer hatte seine Stirn in Denkfalten gelegt.

»Nein, warum? In meinen Augen entlastet das Max Hacker eher«, antwortete Jessica. »Denn welcher Wirt würde schon von seinem eigenen Keller aus einen Einbruch beim Juwelier nebenan planen.«

»Einer, der davon ausgeht, dass jeder denkt, dass das keiner tut.«

Mayrhofer hatte offenbar seine eigene Logik. Er öffnete den Mund, wie um noch mehr zu sagen. Doch bevor er Gelegenheit dazu hatte, streckte ein Kollege von der Spurensicherung seinen Kopf aus dem dunklen Gang heraus. Der Verbindungsgang war also gefunden. Der Mann kroch mühsam durch das Loch im Tresor in den Raum und hielt ihnen seine Ausbeute entgegen: einen Hirschhornknopf in einem Plastiktütchen.

»Sieh mal einer an!« Mayrhofer betrachtete das in den Knopf geschnitzte Emblem. »Ich glaub, ich weiß, wem der gehört. Und wenn ich mich täusche, fress ich 'nen Maßkrug!«

»Guten Appetit!«

Jessica starrte auf das Logo des Wirtshauses, das in den Knopf geschnitzt war.

29

Thromschatz war extrem unruhig, das spürte Tom genau. Der Mann, der vor ihm stand, hatte nichts mehr mit dem beherrschten weltmännischen Gentleman vom Abend der Vernissage gemeinsam. Er war ein leptosomer Typ, der sowieso kein Fett ansetzte, aber in den letzten zwei Tagen musste er zusätzliche Kilos verloren haben. Er bemühte sich, im Hintergrund zu bleiben, dabei irrten seine Augen umher, suchten offenbar nach einem Halt, den sie nicht fanden. Seine Hände glitten immer wieder in die Jackettasche, holten ein Taschentuch heraus, steckten es zurück. Seine Augen quollen hervor, und er sah aus, als ob er sich jeden Moment übergeben müsste.

Seine Frau dagegen wirkte überraschend gelassen. Wie Schneewittchen, dachte Tom, und zwar ein Schneewittchen, das es nicht erwarten kann, bis die böse Schwiegermutter mit der nächsten List ankommt, die es bravourös und charmant ins Gegenteil verwandelt und zu seinem Vorteil nutzt.

»Ich informiere gleich einmal die Versicherung.« Marlene Thromschatz eilte ins Büro.

An der Tür des Juwelierladens waren zwei Polizeibeamte postiert, die dafür sorgten, dass kein Unbefugter das Geschäft betrat. Thromschatz schleppte sich nun zu der Sitzecke, in der Tom gestern mit ihm gesessen hatte, ließ sich in einen der beiden Sessel plumpsen. Sein Gesicht trug den Ausdruck unendlicher Müdigkeit. Er sah so schlecht aus, dass Tom das Gefühl hatte, ihm helfen zu müssen.

»Soll ich Ihnen ein Glas Wasser holen?«

»Danke. Das wäre nett.«

Tom fand sich zurecht, ohne Marlene Thromschatz um Rat fragen zu müssen. Durch die dünne Wand zwischen Büro und

Küche hörte er Teile des Telefonats mit, das sie mit der Versicherung führte, während er ein Glas mit frischem Münchner Bergquellwasser aus der Leitung füllte. Wie zu erwarten schien es kein einfaches Gespräch zu sein.

»Natürlich, Sie erhalten einen umfassenden Bericht und eine Liste der entwendeten Schmuckstücke. Die Polizei ist im Haus und nimmt alles auf«, versicherte sie freundlich, doch im selbstbewussten Ton dessen, der sich sicher ist, im Recht zu sein.

Tom überreichte Thromschatz das Glas, der es, statt direkt daraus zu trinken, erst in den Händen drehte, es dann betrachtete, als ob er befürchtete, Gift verabreicht zu bekommen. Tom nahm ihm gegenüber auf der Kante des Clubsessels Platz, beugte sich weit nach vorne.

»Herr Thromschatz, sagen Sie mir, was Sie wissen! Eine junge Frau ist in Lebensgefahr. Sie befindet sich aller Wahrscheinlichkeit nach in den Händen eines eben erst entlassenen Sexualstraftäters. Sie können sich denken, was das bedeutet. Und ich werde das Gefühl nicht los, dass Sie mehr darüber wissen, als Ihnen lieb ist.«

»Wo denken Sie hin!«

Thromschatz ließ sich in seinen Sessel zurücksinken. Tom glaubte ihm nicht, dass er die Tragweite seiner Verantwortung nicht kannte. Eine Tragweite, die ihm an die Substanz ging, denn Thromschatz' Augen flackerten nach oben, sodass der weiße Rand des Augapfels unter der Iris sichtbar wurde, als er schließlich doch einen Schluck trank.

Tom hielt seinen Blick fest auf ihn gerichtet, sodass ihm keine Regung entgehen konnte. »Herr Thromschatz, wir wissen, dass Sie Finanzprobleme haben. Der Einbruch kommt Ihnen gerade recht! Wenn Sie die Versicherungssumme kassieren, sind Sie finanziell aus dem Schneider!«

»Wie kommen Sie denn auf die Idee?« Thromschatz lockerte seine Krawatte, öffnete den Hemdkragen.

»Wir haben mit Ihrer Bank gesprochen.«

»Dazu hatten Sie kein Recht!«

»Herr Thromschatz, es geht hier nicht mehr um Recht und Unrecht im formalen Sinne. Es geht auch nicht mehr nur um Einbruch und Betrug. Es geht um brutalen Mord und darum, dass Christl Meixner in Lebensgefahr schwebt. Jede Sekunde, die wir hier verplempern, kann über ihr Leben entscheiden. Haben Sie das Gesicht dieses Mannes schon mal gesehen?«

Tom hielt Thromschatz das Foto auf seinem Handy hin, das er von Mayrhofers Vorlage abfotografiert hatte. Er hatte keinerlei Zweifel daran, dass es sich bei Tahils kriminellen Freunden um die beiden Entführer handelte. Die Beschreibung, die Hedi abgegeben hatte, passte genau auf diese beiden Gestalten – der eine lang und dünn, der andere klein und muskelbepackt. Man brauchte nur einen Blick in die verschlagenen Gesichter zu werfen, um zu wissen, dass sie keine Sekunde zögern würden, um bis zum Äußersten zu gehen. Christl! Tom biss die Zähne zusammen. Er musste sich zusammenreißen, um den Juwelier nicht bei den Schultern zu packen, die Wahrheit aus ihm herauszuschütteln.

»Ich weiß nichts.« Das war anscheinend alles, was Thromschatz dazu zu sagen hatte. Er holte sein Taschentuch aus der Tasche, tupfte sich den Mund ab.

»Mensch, Thromschatz, helfen Sie uns! Es kann doch nicht in Ihrem Sinne sein, dass noch ein Unglück geschieht. Also: Was wissen Sie über die Entführer?«

»Nichts.«

Thromschatz fuhr sich fahrig mit dem Tuch über die Stirn. Er schien in sich zusammenzusinken, doch plötzlich schnellte er hoch. Er schaute zur Tür, riss die Augen auf, rappelte sich in seinem Sitz auf, um Haltung anzunehmen. Tom, der die Tür im Rücken hatte, drehte sich nicht um, sondern fixierte den Juwelier weiter. Er kniff die Augen eng zusammen.

»Das glaube ich Ihnen sogar.«

Es ist wie verhext, dachte Tom, denn er war fest davon überzeugt, dass Thromschatz in die Sache involviert war. Er musste nur einen anderen Hebel finden, um ihn zum Sprechen zu bringen.

»Wie gut kennen Sie die Familie Hassler?«, fragte er.

»So gut man seinen Vermieter eben kennt.«

Thromschatz sprach nun schneller als zuvor, schielte immer wieder zur Tür. Tom drehte sich zur Seite, nahm aus den Augenwinkeln wahr, dass die beiden Polizeibeamten mit jemandem sprachen. Er konnte nicht erkennen, wer bei ihnen war, und wollte sich nicht ablenken lassen.

»Was hat Sie eigentlich veranlasst, nach München zu ziehen? Hamburg ist doch auch eine schöne Stadt.«

»Top Geschäftslage. Wasser gegen Berge …« Thromschatz nuschelte mehr, als dass er sprach.

Die Tür ging auf. Einer der beiden Polizisten wandte sich an Tom. Tom kannte ihn von früher, konnte sich aber nicht an seinen Namen erinnern. Der Mann sprach ihn mit einer Höflichkeit an, als ob Tom schon wieder im Dienst wäre.

»Hauptkommissar Perlinger, entschuldigen Sie, Herr Hassler möchte Sie sprechen.«

Thromschatz sank auf seinem Sitz in sich zusammen.

30

Mayrhofer war nicht zu stoppen. Jessica blieb ihm dicht auf den Fersen, als sie durch das Juweliergeschäft rannten, an Tom vorbei, der mit einem älteren Herrn, der wie die Kopie von Jakob aussah, zusammenstand. Anian Hassler.

Sie durfte auf keinen Fall riskieren, dass Mayrhofer allein auf Max traf. Vor dem Wirtshaus hatte sich eine kleine Traube von Touristen gebildet, als sie wenige Minuten später ankamen. Wohl eine Busgruppe, die ein Weißwurstfrühstück gebucht hatte und nun keinen Einlass fand, da die Spurensicherung noch vor Ort war und die Polizei das Wirtshaus abgesperrt hatte. Mayrhofer drängte sich durch die Menschen, die gerade beratschlagten, was sie tun könnten, wie sie ihr Geld zurückbekämen, überhaupt, was das für eine Schweinerei sei, ihnen wegen einer läppischen Entführung das Weißwurstfrühstück zu verweigern.

Max und Hedi standen in der hinteren Ecke am Stammtisch, Max telefonierte. Hedi musste gerade erst aus dem Krankenhaus zurückgekehrt sein, denn die Handtasche hing noch über ihrer Schulter. Sie stand mit weit aufgerissenen Augen neben ihrem Mann. Kreidebleich.

»500.000 Euro.« Max flüsterte ins Telefon. Jessica stellte sich so nah neben ihn, dass sie seine Worte verstehen konnte. Dann legte Max auf, blickte über Mayrhofer hinweg, den er um Haupteslänge überragte, so, als ob Mayrhofer gar nicht da wäre. Der baute sich vor dem Wirt auf, Max ergriff vor ihm das Wort.

»Lassen Sie es gut sein, Mayrhofer. Das waren die Entführer. Sie wollen 500.000 Euro Lösegeld.«

Hedi zog einen der Holzstühle heraus, setzte sich. Max stützte den gesunden Arm auf, der kranke hing kraftlos herunter.

»Mei, Max, wo sollen wir nur so viel Geld hernehmen?« Hedi schüttelte den Kopf.

»*Sie*?«, fragte Mayrhofer zurück. »Sie müssen gar nichts. Lassen Sie das mal unsere Sorge sein. Wir kümmern uns darum.«

Er zog sein Handy aus der Tasche. Dabei nahm er das Tütchen mit dem Knopf heraus, legte es scheinbar achtlos auf den Tisch. Es war schummrig im Wirtshaus, aber Hedi erkannte den Knopf sofort.

»Max, das ist ja dein Knopf!« Sie wollte nach dem Tütchen greifen, doch Mayrhofer steckte es blitzschnell wieder ein, sprach gleichzeitig mit dem Kollegen am anderen Ende der Leitung. Während er die Zentrale über den Anruf der Entführer informierte und bat, die nötigen Schritte einzuleiten, um Max' Handy mit einer Fangschaltung zu belegen, wandte Jessica sich dem Wirt zu. Max bot ihr den Platz neben sich an. Anna kam, stellte eine Apfelschorle vor Jessica hin.

»Was haben die Entführer noch gesagt?« Jessica trank einen Schluck. Sie merkte erst jetzt, wie durstig sie war.

»Keine Polizei.« Max holte seine Pfeife, sog daran, ohne sie neu zu stopfen.

»Das sagen sie immer.«

»Ja, ich weiß. Und glauben Sie mir, wenn ich bisher so etwas im Fernsehen gesehen habe, dann habe ich gedacht: So ein Schmarrn! Natürlich Polizei. Was denn sonst! Aber jetzt … jetzt sieht die Sache anders aus. Die Christl, die ist wie eine Tochter für uns. Wir werden alles für sie tun.«

»Woher können wir 500.000 Euro nehmen?« Hedis schnellen Augenbewegungen nach zu urteilen, spielte sie in Gedanken verschiedene Möglichkeiten durch.

»Es wird uns schon was einfallen.« Max schien es nichts

auszumachen, an einer kalten Pfeife zu ziehen. »Und wenn ich Anian um Hilfe bitten muss.«

»Ob der Ihnen hilft, nachdem Sie seinen Sohn krankenhausreif geprügelt haben?« Jessica war überrascht. Nach allem, was sie inzwischen über die Beziehung zwischen den beiden Familien wusste, hätte sie gedacht, dass Max davor zurückschrecken würde, Anian um Hilfe zu bitten.

»Wie kommen Sie darauf?« Max legte die Pfeife weg.

»Ich habe gerade mit Jakob Hassler gesprochen.«

»Hat er also gepetzt«, stellte Max fest.

»Daher also dein blaues Auge. Ich hab es mir schon fast gedacht.« Hedi schaute fast erleichtert. »Du weißt, was mit Tina ist, Max, stimmt's? Deshalb hast du dich mit Jakob geprügelt.«

»Ja. Ich hab's geahnt. Ein Vater, der seine Tochter liebt, der merkt so was.« Max suchte den Tabak, fand ihn.

»Und du meinst, als angehender Großvater stellt Anian mal eben 500.000 Euro für Christls Rettung zur Verfügung?« Hedi nahm ihm den Tabak weg.

»Sonst fällt mir niemand ein.« Max rückte seinen Stuhl vom Tisch weg. Er saß breitbeinig da, mit dem Rücken an die Lehne gelehnt. Plötzlich schlug er, sich der Aussichtslosigkeit der Situation bewusst werdend, mit der Faust auf den Tisch. Er tat Jessica leid. Er wirkte wie ein Riese, der sich auf nichts anderes mehr konzentrieren konnte als darauf, die Brandung davon abzuhalten, die Insel zu überfluten, auf der alles, was er liebte, versammelt war.

Mayrhofer, der sich ein paar Schritte entfernt hatte, sodass niemand hören konnte, was er sagte, setzte gerade dazu an, zu ihnen zurückkehren, da klingelte sein Handy erneut.

Jessica wandte sich Max zu. »Herr Hacker, glauben Sie mir, wenn jemand Christl Meixner lebend aus den Händen der Entführer befreien kann, dann wir. Wir haben alle Mittel und Möglichkeiten. Bitte vertrauen Sie uns.«

Hedi legte ihre Hand auf den Unterarm ihres Mannes. Jessica hatte gelernt, dass es in manchen Momenten besser war zu schweigen, abzuwarten, bis die Betroffenen selbst erkannten, was das Beste für sie war. Doch bevor einer von ihnen das Wort ergriff, kam Mayrhofer zurück. Sein selbstgefälliges Lächeln verhieß nichts Gutes. Er baute sich vor Max auf, der noch immer saß.

»Max Hacker, ich muss Sie bitten, mich aufs Präsidium zu begleiten. Sie stehen unter dem dringenden Verdacht, Tahil Pervaz getötet zu haben.«

Anschließend betete er die Belehrung vor der Festnahme herunter, wies Max darauf hin, dass es sinnvoll sei, einen Anwalt einzuschalten.

»Sonst geht es dir gut, Mayrhofer?« Max drehte den Kopf in die entgegengesetzte Richtung. Es war überdeutlich, dass er Mayrhofer nicht ernst zu nehmen gedachte.

Jessica wusste im gleichen Moment, woher Mayrhofer seine Entschlossenheit nahm, denn sie kannte das triumphale Leuchten in seinen Augen. *Der Bericht.* Der Bericht über die DNA-Spuren am Einstecktuch, die mit denen von Max übereinstimmten. Der Bericht, den sie unter den Stapel Unterlagen auf seinem Schreibtisch geschoben hatte. Irgendjemand musste ihn gefunden und ihn soeben darüber informiert haben. Und natürlich hatte Mayrhofer zielsicher geschlossen, dass sie Bescheid wusste, ohne ihn informiert zu haben.

»Und mit dir habe ich später noch eine Gans zu rupfen.«

Sein Gesichtsausdruck war alles andere als kollegial. Ein Hühnchen zu rupfen, dachte sie und fragte sich, wohin dieser Fall sie führen würde.

»Ich will mit meinem Bruder sprechen.« Max erhob sich, richtete sich zu voller Größe auf.

31

Er ist alt geworden. Tom musterte Anian aus nächster Nähe. Unter dem hellen Licht im Juweliergeschäft, das darauf ausgerichtet war, Diamanten und Brillanten zum Strahlen zu bringen, gruben sich die Falten tief in Anians Gesicht und ließen, obwohl er sonst gut gepolstert war, an die pergamentartige Haut einer Schildkröte denken. Anian nickte in Thromschatz' Richtung, legte dann verbindlich seine Hand auf Toms Schulter.

»Grüß dich, Tom.«

»Hallo, Anian.« Tom tat es ihm gleich.

»Sag mal, was ist denn hier los?« Anian rückte sein Hörgerät mit der Geste desjenigen, der nie zufrieden mit dem Sitz dieser Prothese war, näher an die Ohrmuschel, schob den Kopf nach vorne.

»Christl ist entführt worden.« Tom wusste, dass Anian Christl gern mochte, denn er hatte am Vorabend beobachtet, wie die beiden gescherzt und gelacht hatten. Außerdem hatte er ein Faible für schöne Frauen, und Christl war schön.

»Was?« Das Entsetzen in Anians Augen war nicht gespielt. In dem Moment vibrierte Toms Handy in der Hosentasche.

»Entschuldige.« Er drehte sich um, nahm den Anruf entgegen. Es war Hubertus.

»Tom?« Hubertus musste unterwegs sein, atmete schnell.

»Ja.«

»Tom, ich war bei Birgit und habe mit ihr über das Foto gesprochen. Die Juwelen haben tatsächlich den Hasslers gehört. Birgit hat das Foto von Klara Rinner bekommen. Klara war die Witwe von Theodor Rinner. Ich kann mich gut an sie erinnern. Klara starb rund zehn Jahre nach ihrem Mann im Jahre 1998, also in dem Jahr, in dem Bastian getauft wurde. Sie war eine Persönlichkeit, robust, energisch, ist fast 100 Jahre alt geworden. Eine von den alten vornehmen Damen, die immer alles wissen. Sie war ein Fan von Birgit und begrüßte ihre Heirat mit Jakob sehr.

Klara ließ kurz vor ihrem Tod Birgit zu sich rufen und schenkte ihr das Foto. Das Mädchen auf dem Bild ist Jakobs Ur-Ur-Großtante, Maria Hassler, deren Mutter eine geborene von Marco-Zillersberg war. Maria war Klaras beste Freundin, starb aber in jungen Jahren noch während des Ersten Weltkrieges an einer Lungenentzündung. Das Foto hatte sie Klara in der Grundschule mit einem Gedicht ins Poesiealbum geklebt. Klara hat es gehütet wie einen Schatz. Nur so konnte es mehr als ein Jahrhundert überleben.«

Hubertus machte eine Pause. Im Hintergrund waren die Geräusche der Stadt zu hören.

»Weiter.« Tom beobachtete Anian, der wiederum ihn nicht aus den Augen ließ.

Anian war nicht zu Thromschatz gegangen, sondern stand vor einer leeren Stele. Nun griff er ebenfalls zum Handy, um einen Anruf zu tätigen. Seine Miene war grimmig. Tom hörte, dass Anian ins Telefon flüsterte, dabei verzogen sich seine Gesichtszüge wie bei einem Wolf, der seine Meute zusammenhält.

Hubertus fuhr fort. »Der Schmuck ging nach Marias Tod an ihren Bruder Maximilian. Er hat als Einziger der drei Geschwister den Ersten Weltkrieg überlebt. Er war Anians Großvater und führte nach dem Krieg die väterliche Brauerei weiter, hat sich aber wohl verkalkuliert und kam in den Turbulenzen der Weltwirtschaftskrise 1929 in finanzielle Schwierigkeiten. So und jetzt wird es spannend!«

Hubertus machte eine ausgedehnte Kunstpause. Tom schwieg. Schließlich fuhr Hubertus fort.

»Er hat den Schmuck an einen jüdischen Notar verkauft, an einen David Feinstein. Klara hat sich den Namen gemerkt, weil sie das Geschäft damals vermittelt hat und den Notar gut kannte. Er hatte eine junge hübsche Frau, die Klara an Maria erinnerte. Auf Birgits Frage, was aus der Familie Feinstein geworden sei, hat Klara sehr ausweichend geantwortet, mit einem Schulterzucken und einer wegwerfenden Handbewegung, ganz im Sinne der Generation, die nach dem Krieg mit solchen Fragen nicht mehr behelligt werden wollte. Aber Birgit ist hartnäckig geblieben und hat erfahren, dass sie – und das ist jetzt wörtlich – ›halt Ende der 30er Jahre wie so viele lieber in die USA ausgereist sind, als ihr Vaterland zu verteidigen‹. Birgit meinte, das sei der Punkt gewesen, an dem sie erkannte, dass Klara den Teil der Geschichte aus ihrem sonst so regen Geist komplett verbannt hatte.«

Hubertus stoppte. Tom musste ihn bewundern. Er hatte recht behalten.

»Kompliment, Hubi! Du hast den richtigen Riecher gehabt.«

»Es hat schon seinen Grund, wenn mein Zinken juckt!«

»Weiter.«

»Mit dem Erlös der Montez-Juwelen konnte Maximilian das Unternehmen retten. Das bedeutet, ohne den Schmuck stünde die Familie heute nicht da, wo sie jetzt steht. Was die Familie Feinstein anbelangt, stecke ich noch mitten in der Recherche. Ich bin jetzt auf dem Weg zu Konstanze Mühlbauer. Sie muss weitere Unterlagen haben. Auf jeden Fall – und das wollte ich dir schon einmal gesagt haben: Es ist davon auszugehen, dass sowohl Anian als auch Jakob abgesehen von dem finanziellen auch ein erhöhtes ideelles Interesse an dem Schmuck besitzen. Und was wir auch nicht außer Acht lassen sollten: Wenn der Schmuck unrechtmäßig in Thromschatz' Besitz gelangt ist, dürfte er nicht ohne Weiteres offiziell zu erwerben sein. Dadurch bleibt auch Thromschatz' Rolle zwielichtig.«

Hubertus wollte sich schon verabschieden und auflegen, doch Tom hielt ihn zurück.

»Wieso kam es damals bei der Taufe zum Streit?«

»Birgit hatte Jakob Klaras Geschichte erzählt. Er hat sich aber nicht weiter dafür interessiert, sondern hat sie als Hirngespinst eines alten Weibes abgetan. Als er dann bei der Feier das Foto sah, muss er Angst bekommen haben, dass Anian der Sache auf den Grund gehen könnte. Das wollte Jakob um jeden Preis verhindern. Kurz zuvor war Anians Sammelleidenschaft ausgebrochen, und Jakob musste befürchten, dass sein Vater ein Vermögen für die Montez-Juwelen ausgeben würde. Jakob wollte das Geld in die Firma investieren, denn er sah dringenden Bedarf, die Synergien zwischen Brauerei, Wirtshaus und Wies'n-Zelt auszubauen. Die Branche ist nicht einfacher geworden. Wer da überleben will, der muss am Ball bleiben. Das wissen wir ja nur zu gut von Max.«

»Verstehe. Sowohl Anian als auch Jakob haben ein Motiv, und auch Thromschatz ist noch nicht außen vor.«

»Mindestens. Okay, ich bin jetzt beim Büro der Mühlbauer. Bis später.« Hubertus unterbrach die Verbindung.

Tom beobachtete den Mann, der sich jahrzehntelang mit Max die Vaterrolle ihm gegenüber geteilt hatte, der nun seinem Blick eisern standhielt. Was geht in ihm vor? Ist das ein Kräftemessen? Tom drückte den Hörer näher ans Ohr, gab vor, weiter zu telefonieren. Er überlegte. Er sah ein Blitzen in Anians grünen Augen, das ihm gar nicht gefiel. Anians Gehirn schien auf Hochtouren zu arbeiten, von Besorgnis konnte Tom in dessen Miene jedoch nichts entdecken. Stattdessen sah er noch etwas anderes in Anians Augen: Verwirrung.

Tom dachte an das Foto, er dachte daran, wie konsequent Anian in seinem bisherigen Leben seine Ziele durchgesetzt hatte. Er dachte an die Juwelen und konnte sich gut vorstellen, dass der alte Patriarch sehr weit zu gehen bereit wäre, um diesen Kulturschatz, der aus dem Besitz der Familie kam, zurückzugewinnen. Vielleicht hatte die Vorstellung, die Juwelen in den Händen zu halten, sogar Allmachtsfantasien in

Anian wachgerufen. Er fühlte sich als Ludwig I., besonders, da er in Larissa Stein eine junge, schöne Geliebte gefunden hatte. Er könnte versucht haben, die Geschichte nachzuspielen. Aber er durfte nicht vergessen, dass auch Jakob um die Gunst der jungen Frau buhlte. Hatte nicht auch Lola Montez Ludwig I. betrogen? Oder hatten beide Männer sich in dieser Situation sogar zusammengeschlossen? Vater und Sohn. *Familienbande.* Das wäre noch eine neue Variante. Nein, entschied Tom, das kann ich mir nicht vorstellen. Dazu floss in den Adern beider zu viel Patriarchenblut. Das Sabbatjahr hatte Toms Blick geöffnet, und er sah Anian plötzlich mit einer schonungslosen Klarheit, zu der er bisher nicht imstande gewesen war.

Anstatt der väterlichen Besorgnis erkannte Tom neben der Verwirrtheit etwas Listiges und Habgieriges in Anians grünen Augen. Es blitzte die gleiche triumphale Rücksichtslosigkeit in ihnen auf, die es Kriminellen, wie sie ihm in seiner bisherigen Laufbahn oft genug begegnet waren, ermöglichte, über Leichen zu gehen, ohne ein Wort, einen Gedanken darüber zu verlieren.

Nein!, brüllte Tom innerlich. Nicht du, Anian! Nicht du! Du bist anders! Jakob vielleicht, aber du nicht!

Tom war mit der Überzeugung nach München zurückgekehrt, eine heile Welt vorzufinden, doch nun kam es ihm vor, als ob eine Abrissbirne in die wenigen Reste seiner bisherigen Existenz schlug. So mussten sich die alten Germanen beim Anblick der gefällten Eiche Donar gefühlt haben. Doch während man damals Bonifatius mit seinem missionarischen Eifer als Urheber des Unglücks identifizierte, tappte er nach wie vor im Dunkeln. Er dachte an Jakob, suchte nach einer anderen Wahrheit als der, die vor ihm lag. Er durfte keine vorschnellen Schlüsse ziehen.

Bei Jakob war sie offensichtlich, diese Rücksichtslosigkeit. Sie hatte verhindert, dass zwischen ihnen jemals mehr hätte entstehen können als eine oberflächliche Bekanntschaft – und selbst die war nur durch den Druck gewachsener Familienbande zustande gekommen. Seine Gefühle Anian gegenüber aber waren bisher überlagert worden durch die Fürsorge, die dieser ihm stets entgegengebracht, mit der er ihn an sich gebunden hatte. Ja, er hatte den mächtigen Mann immer bewundert, er hatte ihn auch jetzt, als er von den Familienzwistigkeiten erfahren hatte, verteidigt. Anian repräsentierte in seinen Augen den Unternehmertyp schlechthin, der Entscheidungen mit beängstigender Tragweite schnell und aus seinem mächtigen Bauch heraus fällte, einer, der bereit war, die Konsequenzen seiner Entscheidungen rückhaltlos zu tragen. Tom erinnerte sich.

Ganz deutlich stand ihm eine Szene vor Augen. Als Kind hatte er Anian häufig besucht und sogar bei Besprechungen anwesend sein dürfen. Einmal – er war damals etwa zwölf Jahre alt gewesen – war es um ein neues Design für ein Zelt auf der Wies'n gegangen. Anian hatte innerhalb weniger Minuten aus 20 Entwürfen zielsicher einen ausgewählt, ihn, ohne mit der Wimper zu zucken, beauftragt. Als Tom ihn dafür bewundert hatte, hatte Anian ihm auf die Schulter geklopft. »Ja, Tom, weißt du, Unternehmertum, das hast du im Blut oder nicht. Ich habe schon als kleiner Bub gewusst, dass ich Entscheidungen treffen und gestalten will. Bei meinem Bruder Andreas war das anders. Dabei wäre er eigentlich der Thronfolger gewesen.«

»Andreas?« Tom hatte noch nie von dem Bruder gehört. »Wo ist er? Was ist aus ihm geworden?«

»Er ist bei einem Unwetter im Starnberger See ertrunken. Er war damals etwa so alt wie du heute.«

»Und wie alt warst du?«

»Zwei Jahre jünger.«

»Warst du dabei?«

»Ja.«

»Konntest du ihm nicht helfen?«

»Nein.«

»Und warum bist du nicht ertrunken?«

»Ich hatte Glück.«

Für den Bruchteil einer Sekunde war das gleiche kurze Flackern in seinen Augen zu erkennen gewesen wie eben – ein Aufblitzen, eine Art Impuls, der entsteht, wenn sich Gedanken auf dem Nährboden der Rücksichtslosigkeit zu einer Lösung verknüpfen. Tom hatte damals geschwiegen, denn er hatte begriffen, dass er vor einer Mauer stand, die zu erklimmen Anian ihm niemals erlauben würde.

Warum fällt mir dieses lang zurückliegende Gespräch jetzt ein?, fragte sich Tom. Er dachte an Max, der ihm erzählt hatte, dass Anian damals der Erste an Quirins Unfallstelle gewesen war. Wie Anian seinen Freund heldenhaft mit bloßen Händen aus dem Schnee gegraben hatte, lange bevor die anderen gekommen waren. Quirin war bereits tot gewesen, als Anian versucht hatte, ihn zu reanimieren. Aber war es wirklich so passiert?

Tom wurde übel. Anian hatte den Tod zweier geliebter Menschen hautnah miterlebt. Ging so etwas spurlos an einem Menschen vorüber? Oder war Anian sogar ein Mann, der nicht nur Unternehmensentscheidungen zu treffen wusste, sondern auch solche, die über Leben und Tod anderer Menschen bestimmten?

Tom hielt die Luft an. Er dachte an Heribert Werner. Eine seiner Thesen war gewesen: Wer einmal tötet und straffrei davonkommt, der tötet wieder. Wusste Anian mehr über den Einbruch und Christls Entführung, als er zugab? Ob die alte Akte von Andreas' Tod noch existierte? Anian war etwa 65, sein Bruder war also vor rund 55 Jahren verstorben. Die Akte gab es sicher nicht mehr. Zumal man ja von einem Unfall ausgegangen war. Tom spürte das Kribbeln in seinem Bauch, das ihm schon oft den richtigen Weg gewiesen hatte. Anian war unergründlich.

Das alles war Tom innerhalb weniger Sekunden durch den Kopf geschossen. Er erschrak selbst darüber, dass sein Instinkt ihn nicht davor warnte, in eine Sackgasse zu laufen. Sollte Anian tatsächlich in die Sache verwickelt sein, dann mussten sich die Dinge anders gestaltet haben, als von ihm geplant. Das verriet seine mühsam verborgene Unruhe, als er nun sein Handy in die Tasche steckte, mit jovialer Miene auf Tom zukam.

»Was schaust du mich so streng an, Tom?« Er war ganz offensichtlich um Lockerheit bemüht. »Gibt es schon eine neue Spur von Christl?«

»Nein.« Tom wagte den Angriff. »Ich musste gerade an deinen Bruder Andreas denken. Was hätte er wohl zu den Familienjuwelen gesagt, wenn er damals nicht im Starnberger See ertrunken wäre?«

»Was redest denn du daher? So ein Quatsch! Haben sie dir in deinem Sabbatjahr ins Hirn geschissen?«

Tom trat einen Schritt zurück. Er hatte erlebt, dass Anian andere Menschen cholerisch und respektlos angefahren hatte, aber ihm gegenüber war er bisher nie ausfallend geworden. Anian schien sein harscher Ton nicht bewusst zu sein. Sein Bauch hob und senkte sich unter schweren Atemzügen, während Thromschatz sie aus sicherer Entfernung beobachtete, den Kopf zwischen die Schultern gezogen. In dem Moment trat Marlene Thromschatz aus dem Büro, einen Autoschlüssel in der Hand, Geschäftigkeit im Blick.

»Ich muss zur Versicherung. So ein Trottel! Der will die Sache nicht am Telefon klären. Gut, es geht um mehrere Millionen, aber trotzdem. Wenn ich bedenke, wie viel Geld wir denen schon hinterhergeschmissen haben. Und dann braucht man mal was, und sie kennen dich kaum. Vorsichtshalber nehme ich alle Unterlagen mit. Zum Glück haben wir die Bestätigung, dass der Tresor allen Sicherheitsanforderungen entsprach.«

Thromschatz starrte den Autoschlüssel in ihrer Hand an, als ob er mit einer ätzenden Säure verseucht wäre. Er erhob sich aus dem Sitz. »Ich komme mit.«

»Wieso?« Marlene blieb stehen. Sie wirkte überrascht.

Tom ließ Anian nicht aus den Augen. Ihm war, als ob er in ihm lesen könnte wie in einem Buch, bei dem er nur eine Seite nach der anderen umblättern musste, um den Inhalt zu erfassen.

»Du bleibst da.« Anian gab Thromschatz mit einer gebieterischen Geste seines Armes zu verstehen, dass er sich hinsetzen sollte.

Thromschatz nahm wieder Platz, und Tom wunderte sich, dass ein gestandener Geschäftsmann wie dieser Juwelier sich dermaßen herumkommandieren ließ. Verband die beiden mehr als eine Geschäftsbeziehung?

»Gut. Ich gehe dann.« Marlene hatte Anians Ton anscheinend nicht irritiert.

»Nimm dein Auto, Marlene.« Thromschatz starrte auf den Autoschlüssel in ihrer Hand, erhob sich wieder aus dem Sessel. »Meines muss in die Werkstatt. Die Bremsen sind defekt.«

»Das ist mir ja ganz neu. Nein, meines steht zu weit weg. Das dauert zu lange.« Marlene schritt über den schwarzen Marmor, riss die Tür auf, nickte den Polizeibeamten freundlich zu, die den Blick nicht von ihr lassen konnten, als sie in Pumps und Bleistiftrock hoch erhobenen Hauptes durch die Passage der Hofstatt davontrippelte.

Thromschatz sank in den Sessel zurück, vergrub das Gesicht in den Händen. Tom und Anian beobachteten ihn. Die Stille im Raum lastete schwer, nur aus dem Keller waren gedämpft die Schürfgeräusche der Männer von der Spurensicherung zu hören. Thromschatz' Stirn glänzte wie im Fieber. Tom hätte gerne die Tür geöffnet, um frische Luft hereinzulassen. Aber um das Geschäft hatte sich bereits eine Traube Schaulustiger gebildet. Tom erkannte die langbeinige rothaarige Journalistin vom Mittwochabend. Diesmal hatte sie ein Mikrofon dabei, trug eine weite Leinenhose statt des schwarzen Minirocks. Sie schoss wie wild mit ihrem Handy Fotos in das Geschäft hinein. Jemand wühlte sich durch die Menge.

Tom wandte sich Anian zu. Er zögerte, entschied sich dann aber, mit offenen Karten zu spielen. »Anian, wir kennen uns seit einer Ewigkeit. Du hast Christl auch gern. Sie schwebt in Lebensgefahr. Einer der Entführer ist ein ehemaliger Sexualstraftäter. Ich hab Angst um sie!«

»Wisst ihr schon mehr über die Entführer?«

»Aller Wahrscheinlichkeit nach waren sie mit dem ermordeten Tahil Pervaz befreundet. Den hast du doch auch gekannt?«

»Entfernt.«

»Ganz so entfernt nicht. Er hat bei Birgit ausgeholfen und außerdem hat er deinen Enkel mit Drogen versorgt.«

»Den Basti?«

»Tu nicht so, als ob du das nicht wüsstest. Du ziehst dir doch zu Hause keine Scheuklappen über.«

»Was hat der Basti jetzt mit den Juwelen und der Christl zu tun?« Anian schaute zur Tür.

Er versucht, Zeit zu schinden, dachte Tom, sah ebenfalls zur Tür. Wenn man vom Teufel spricht, schoss es ihm gleich darauf durch den Kopf, denn vor der Glasscheibe stand Bastian und versuchte, Einlass zu erwirken. Er war ein hübscher Junge, schlank und braunhaarig wie seine Mutter. Jetzt fuchtelte er wild mit den Armen, redete auf die beiden Polizisten vor der Tür ein. Jeder, der schon einmal einen Kokser auf Entzug gesehen hat, erkennt auf Anhieb, dass der Junge dringend Nachschub braucht, dachte Tom. Einer der Polizeibeamten blickte Tom fragend an. Tom nickte, Bastian trat ein, schoss wie ein Blitz auf Thromschatz zu.

»Warum hast du Tahil umgebracht, du Schwein?«

Statt zu antworten, sprang Thromschatz auf wie eine Marionette, bei der sich der Puppenspieler mit dem Perlonfaden verhaspelt hat und nun unter ruckartigen Bewegungen versucht, den Knoten zu lösen. Völlig überraschend und erstaunlich schnell schritt Thromschatz an Tom und Anian vorbei. Tom packte den Juwelier am Ärmel, der riss sich los.

»Jetzt bleib hier, Thromschatz.« Anian schlug den Befehlston an.

Diesmal umsonst. Thromschatz reagierte nicht. Er war schon im Büro, warf die Tür zu, drehte den Schlüssel im Schloss. Bastian rannte dorthin, zerrte an der Klinke, schrie, Thromschatz solle sofort öffnen.

Toms Telefon schrillte. Es war Jessica, doch er drückte das Gespräch weg, denn er spürte die unmittelbare Gefahr.

Noch ehe er und Anian weitere Schritte unternehmen konnten, dröhnte ein Schuss durch die eleganten Räume. Die Kugel durchschlug die dünne Holztür, traf Bastian. Seine Augen blickten ungläubig auf seinen Bauch, seine Hand schnellte dorthin, wo die Kugel ihn durchdrungen hatte. Dann knickte er ein, sackte zu Boden.

Anian eilte zu ihm, kniete neben ihm nieder, hielt seinen Kopf. »Basti, Basti! Bleib da!«

Tom erkannte, wie eng verbunden die beiden waren, obwohl sie sich kaum ähnlich sahen.

»Er hat Tahil getötet.« Bastian versuchte sich aufzurichten.

Anian war kreidebleich. Die Polizeibeamten draußen riefen hektisch den Notruf. Ein Mann, der sich als Arzt zu erkennen gab, wurde hereingelassen.

»Basti!« Tränen glitzerten in Anians Augen. »Alles wird gut.«

Die Worte quälten sich röchelnd aus Bastians Kehle. »Er hat Tahil umgebracht, Opa. Tahil wollte Thromschatz erpressen. Tahil hat die Kopie gesehen. Er wollte auch was von dem Geld. Er hat mir versprochen, dass er mich mitnimmt – nach Sri Lanka.«

Basti wurde ohnmächtig. Sein sehniger Körper sank in sich zusammen. Der Arzt beugte sich über ihn.

»Weg von der Tür!« Tom zog Basti und die anderen zur Seite.

Die Totenstille, die aus dem Büro kroch, irritierte ihn. Während sich alle in Habachtstellung außerhalb der Reichweite weiterer Schüsse befanden, griff er zum Telefon, drückte die Rückruftaste. Diesmal war er es, der sprach, ohne abzuwarten, bis sich Jessica gemeldet hatte.

»Jessica, wo bist du?«

»Noch bei deinem Bruder. Tom …«

»Hör zu«, unterbrach er sie. »Marlene Thromschatz hat gerade das Geschäft in Richtung Hackenstraße verlassen. Du musst ihr folgen. Beeil dich. Es ist wichtig!«

»Tom, Mayrhofer hat Max verhaftet.«

»Los, Jessica, beeil dich! Marlene darf uns nicht entwischen. Bring sie hierher!«

Anian kam zu Tom. »Weißt du etwas von einer Kopie?«

»Mich würde es nicht wundern, wenn die Einbrecher heute Nacht eine Fälschung mitgenommen haben.«

Tom beobachtete Anian genau. Dessen Augen verengten sich zu schmalen Schlitzen, sein Atem ging schwer. Gnade uns Gott, dachte Tom, wenn die Entführer entdecken, dass ihr Einsatz vergeblich war. Dann hat Christl keine Sekunde mehr zu leben. Noch bevor er sein Handy zurückgesteckt hatte, durchschlugen kurz hintereinander eine zweite und eine dritte Kugel die Tür.

32

Die Schließfeder bremste die schwere Metalltür ab, sodass sie mit einem Quietschen gleichmäßig zuging, doch sie fiel nicht ins Schloss, wie Christl verwundert bemerkte. Für einen Moment fiel ein schwacher Lichtstrahl in den Raum und beleuchtete die lange dünne Gestalt, die auf sie zukam.

Der Mann war unglaublich hässlich. Sein Mund stand weit offen, entblößte schiefe gelbe Zähne. So, wie sein Mund gewachsen war, konnte er ihn unmöglich schließen. Die Vorderzähne standen über, die Oberlippe war zu kurz, um sie zu bedecken. Er musste mit einer Hasenscharte geboren worden sein, die nur notdürftig korrigiert worden war.

Christl kroch näher an die Wand, kauerte sich, soweit es ihr, verschnürt und steif, wie sie war, möglich war, zusammen wie ein Embryo. Ihr Körper begann zu zittern, ohne dass sie es hätte verhindern können. Was sollte sie tun?

Nun stand er dicht vor ihr, kniete sich auf die Matratze. Seine rechte Hand schnellte hervor, die blanke Klinge eines Messers blitzte auf. Er fuchtelte mit dem scharfen Metall dicht vor ihren Augen herum, grinste dabei von einem Ohr zum anderen. Seine Augen fixierten ihr Dekolleté. Sie drückte sich tiefer in die Ecke, doch er packte mit der freien Hand das Seil, das ihren Körper verschnürte. Er war stark, sprang auf, zog sie im Sprung von der Matratze herunter. Wie ein Sack wertloser Müll knallte sie mit dem Rücken ungebremst auf den kalten Beton. Obwohl der Sturz nicht tief war, raubte ihr der Schmerz des Aufpralls den Atem. Ein Wimmern entfuhr ihr. Sie versuchte zu sprechen. Das Klebeband zerrte ihren Lippen, ließ nur eine unverständliche Sprachmelodie durchdringen, die ihn nicht einmal dazu veranlasste, ihr in die Augen zu sehen.

»Bitte«, flehte sie tonlos. »Machen Sie mich los.«

Sie erreichte ihn nicht. Seine Pupillen waren wie weit geöffnete Schleusen in das Meer einer krankhaften Fantasie, die ihn voll und ganz im Griff hatte. Sie musste etwas tun, sonst war sie ihm ausgeliefert. Irgendwie musste sie ihn erreichen. Sie war nicht bereit, aufzugeben, ihm hier und jetzt ihr Leben zu überlassen. Reiß dich zusammen, sei stark! Sie zwang sich, nach einer Lösung zu suchen, statt nackte Verzweiflung die Oberhand gewinnen zu lassen.

Christl ließ die Augen durch den Raum schweifen. Es gab nichts, absolut gar nichts, womit sie sich hätte verteidigen können. So verschnürt, wie sie war, war sie völlig hilflos.

Als junger Teenager hatte sie einmal an einem Selbstverteidigungskurs teilgenommen. In fieberhafter Eile spulte sie die Abwehrmanöver durch, die sie gelernt hatte. *Schreien.* Aber wie, mit dem Pflaster auf dem Mund? *In die Eier treten.* Ein Ding der Unmöglichkeit, wenn man die Beine nicht einen Millimeter bewegen konnte. *Den Finger in das Auge des Feindes stoßen.* Aussichtslos, dazu hätte sie die Hände frei haben müssen. *Staub in seine Augen wirbeln.* Sie versuchte, ihren Körper auf dem Boden zu bewegen, aber ihre Bewegungen reichten nicht aus, um Staub aufzuwirbeln.

Während er ihren Augen mit dem Messer immer näher kam, die mechanische Stimme in ihr unverwandt das »Vater unser« betete, erinnerte sie sich an die Freundin ihrer Mutter, eine Bankangestellte, die eines Tages Opfer eines Banküberfalls geworden war. Als einer der vermummten Täter sie angeherrscht hatte, sie solle das Geld am Schalter einpacken, war sie ganz Herr der Lage geblieben. »Dann geben Sie mir mal eine Tüte, junger Mann.« Er hatte keine. Der Bankräuber hatte die Nerven verloren, war aus der Bank gestürmt, direkt in die Arme der Polizisten, die ein anderer Bankmitarbeiter alarmiert hatte. Aber das hier war kein harmloser Bankräuber. Vielmehr war sie in die Fänge eines irren Sexmonsters geraten, das völlig unberechenbar war.

Jetzt spielte er mit der Klinge dicht vor ihren Augen, sodass ihr nichts anderes übrig blieb, als sie zu schließen. Sie bebte. Was, wenn er ihr die Augen ausstach? Sie spürte die Kälte der Klinge erst an ihren Wangen, dann ihren Hals hinuntergleiten bis zu ihrem Dirndlausschnitt. Ihr Atmen ging stoßweise. Nun drückte er die spitze Klinge in ihre Haut. Ganz langsam, immer tiefer. Der Schmerz war scharf. Das Messer glitt weiter nach unten, bis es auf den Stoff der Bluse traf. Christl beobachtete es aus den Augenschlitzen. Mit einem jähen Schnitt durchtrennte der Wahnsinnige ihre Bluse, ritzte in die weiche Haut darunter. Sofort durchtränkte Blut den weißen Stoff, färbte Bluse und Kleid tiefrot. Er stierte sie an, leckte sich über die Lippen. Erst jetzt spürte sie den Schmerz auf der Haut, den die Nervenenden der verletzten Zellen mit Verzögerung an ihr Gehirn weiterleiteten.

Sie war sich bewusst, dass es mit dem Pflaster auf dem Mund unmöglich war, ein verständliches Wort zu sprechen, daher gab sie kehlige Laute von sich. Erst hohe, dann immer tiefere Töne entwichen ihrem Brustkorb. Er beugte sich über sie, drückte seine schleimigen Lippen auf das Pflaster, das über ihrem Mund klebte. Er war eklig. Ekliger als alles, was sie jemals zuvor in ihrem Leben erlebt hatte. Sie versuchte, den Kopf wegzudrehen, riss ihn nach oben, schlug ihm dann mit aller Kraft ihr Kinn gegen die Nase. Er stöhnte, ließ das Messer fallen, hielt sich die Nase, schlug ihr ins Gesicht. Trotzdem warf sie sich hin und her, versuchte, seinem Mund zu entfliehen. Während sie sich wehrte, dachte sie fieberhaft nach. Sie hatte einmal ein Buch von einer Frau gelesen, die im Zweiten Weltkrieg kurz vor Kriegsende in die Hände russischer Soldaten geraten war. Die Lage war im Grunde aussichtslos gewesen. Die Frau hatte nur eine Lösung gesehen: Sich den stärksten Soldaten herauszusuchen, sich ihm rückhaltlos an den Hals zu werfen, in der Hoffnung darauf, dass er sie vor seinen Kameraden schützen würde. Die Rechnung war aufgegangen.

Christl wurde speiübel, sie würgte. Doch sie durfte sich jetzt nicht übergeben. Die Gefahr, mit dem Pflaster auf dem Mund an dem eigenen Erbrochenen zu ersticken, war zu groß. Sie riss die Augen auf.

Ihr Peiniger drückte ihr sein volles Gewicht mit dem Ellenbogen auf den Bauch, versuchte, sie so festzuhalten. »Ja, wehr dich!«

Seine rechte Hand hatte das Messer wiedergefunden, das er jetzt an ihre Kehle drückte, während er mit seiner feuchten Zunge begann, das Blut von ihrer Brust zu lecken. Es gab kein Entrinnen. Tom, dachte sie, hilf mir! Tom. Bitte. Vater unser, der du bist im Himmel …

Plötzlich hallten schwere Schritte durch den Türspalt. Die Feder quietschte, als die Tür aufgerissen wurde.

»Lass sie, Pfeife! Aus.«

Der zweite Entführer – der Sumoringer, die Werkzeugkiste – stand breitbeinig im Türrahmen. Pfeife, das musste der Mann über ihr sein, grunzte. Er grunzte wie ein Ferkel am Trog. Sein Speichel tropfte auf sie herunter. Sie schüttelte sich. Er machte keine Anstalten, seinen Griff zu lockern.

»Lass sie los, du Arschloch! Sofort!«

Mit wenigen Schritten war die Werkzeugkiste bei ihnen, versetzte Pfeife einen Tritt, sodass er neben ihr auf die Seite kippte. Christl sah trotz aller Geilheit, die seine Gesichtszüge beherrschte, blanke Angst in seinen Augen schimmern.

»Scheiße, Mann. Er hat angerufen. Die Entführung war eine Scheißidee. Er will sie lebend. Los, hilf mir!«

Er griff nach dem Seil, wollte Christl aufrichten.

Pfeife grunzte erneut. Er rieb sich den Speichel vom Kinn.

Christl sah ihre Chance. Sie hustete mit verschlossenem Mund, riss die Augen auf. Sie spielte den Asthmaanfall so überzeugend, dass sie selbst das Gefühl hatte, jeden Moment den Erstickungstod zu sterben.

Der Plan ging auf. Mit einem schmerzhaften Ruck riss die Werkzeugkiste das Pflaster von ihren Lippen. Ihre Lippen schmerzten, sie schmeckte Blut, als sie mit der Zunge darüber leckte. Mit dem Pflaster hatten sich feine Hautpartikel gelöst, doch was war der Schmerz im Vergleich dazu, endlich wieder frei atmen zu können?

»Danke.« Sie lächelte in sein Werkzeugkisten-Gesicht.

In dem Moment sprang Pfeife mit dem Gebrüll eines verwundeten Tieres auf. Das Messer wirbelte durch die Luft, sollte seinen Kumpel davon abhalten, ihm die Beute aus den Fängen zu reißen. Doch der andere wich aus, brüllte seinerseits los. Pfeife stürzte sich mit bloßen Fäusten auf die Werkzeugkiste, die beiden wälzten sich in einem wilden Kampf auf dem Boden. Die kranke Macht, die Pfeife zuvor beherrscht hatte, entlud sich in einer Kraft, die für seine dünne Figur übermenschlich war. Er verpasste seinem Kumpel einen Fußtritt, der ihn verstummen ließ – und machte damit auch Christls Hoffnung auf Rettung zunichte. Doch noch bevor sich Pfeife ihr wieder zuwenden konnte, sah sie das Messer, das neben ihre Matratze gerutscht war.

33

Die Männer von der Spurensicherung schlichen vorsichtig aus dem Keller nach oben. Sie waren dem Geräusch der Schüsse gefolgt. Tom bedeutete ihnen, in Deckung zu gehen. Anian und der Arzt zogen den bewusstlosen Bastian in Richtung Ausgang. Dort lag er sicher, konnte von keiner Kugel aus Thromschatz' Büro getroffen werden.

Die beiden Polizeibeamten vor der Tür hatten alle Hände voll zu tun, die wachsende Menge der Schaulustigen in Schach zu halten. Tom hörte, wie der Arzt Anian zuflüsterte, dass der Junge Glück gehabt hätte, denn der Schuss sei geradewegs durch ihn hindurchgeschlagen. Einer der Männer von der Spurensicherung hatte dem Arzt ein Handtuch gereicht, das der Mediziner nun mit geübtem Griff fest auf die Wunde drückte, um die heftige Blutung zu stillen.

Tom stellte sich seitlich zur Bürotür, sodass ein potenzieller weiterer Schuss ihn nicht gefährden konnte. Während er in seinem Handy nach der Nummer von Dr. Josef Breuninger suchte, die er in seiner alten Telefonliste hatte und über den er die Unterstützung des SEK anfordern wollte, hämmerte er mit der Faust an die Tür. »Thromschatz! Machen Sie auf.«

Von innen waren dumpfe Geräusche, aber keine Antwort zu hören. Tom hatte die Nummer gefunden, wollte den Anruf tätigen, als er sah, dass Jessica eine SMS geschickt hatte: »MT entwischt.« Sie hatte Marlene Thromschatz also nicht verfolgen können. Zu blöd! »Komm her«, simste er zurück.

Breuninger hatte sein Handy ausgeschaltet. Ebenso Xaver Weißbauer. Sie waren vermutlich gerade in der Vorbesprechung zur Sicherheitskonferenz. Aber er brauchte dringend das SEK vor Ort, bevor noch ein weiteres Unglück geschah.

Nur war er im Moment nicht berechtigt, die Sondereinheit zu beauftragen. Die aktuellen Hierarchien im Polizeipräsidium waren ihm noch nicht geläufig, deshalb war er ratlos, wen er außer Breuninger und Weißbauer kontaktieren konnte. Über die Zentrale zu gehen, war sinnlos, denn das würde nur zeitaufwendige Rückfragen nach sich ziehen.

Die Stille jenseits der Bürotür war beängstigend. Tom hatte in seinem bisherigen Berufsleben genügend Amokläufer erlebt, um zu wissen, dass Thromschatz eine tickende Zeitbombe war.

»Thromschatz, machen Sie auf! Es gibt immer einen Weg. Einen besseren als den, den Sie jetzt sehen.«

»Perlinger, gehen Sie von der Tür weg. Ich schieße!«

»Geben Sie auf, Thromschatz! So kommen Sie nicht durch.«

Thromschatz schoss.

Die darauffolgende Stille war getränkt von der Schwere der Entscheidungen, die der Mann hinter der Tür wälzen musste. Sekunden, Minuten verstrichen. Tom konnte sich sehr gut vorstellen, in welcher Verfassung sich der Juwelier befand, und dass die Richtung des Laufes seiner Pistole stetig zwischen der Stelle, an der er ihn vermutete, und seiner eigenen Schläfe hin und her schwankte.

Tom sah aus den Augenwinkeln, dass Anian zur Tür gegangen war. Jakob stand davor. Er gab mit Zeichen zu verstehen, dass er hineinwollte. Anian redete auf die Polizeibeamten ein, dass sie Jakob mit seinem verwundeten Sohn sprechen lassen sollten. Wie auch immer, es gelang ihm, die Polizisten an der Tür davon zu überzeugen, Jakob hineinzulassen.

Tom fluchte. Jakob war Zivilist, das hier eine gefährliche Situation. Es waren ohnehin schon genug Leute im Raum. Anian musste ihn angerufen haben.

Jakob war außer sich. Allerdings nicht wegen Bastian. Er warf einen eher teilnahmslosen Blick auf den leblosen Körper seines einzigen Kindes. Der Wortwechsel zwischen ihm und Anian aber war so heftig, dass der Arzt mit der Bitte um Rücksicht auf den Patienten um Ruhe bat.

Tom hörte aus dem Streitgespräch den Namen »Larissa« heraus. Er hatte noch nie erlebt, dass Jakob seinem Vater gegenüber so selbstbewusst auftrat. Anian wirkte sichtlich überrascht, geradezu vor den Kopf gestoßen. Er ließ Jakobs Wut an sich abprallen, wandte sich Bastian zu. Die Art, wie er sich über den Jungen beugte, wirkte eher wie die Suche nach Halt als wie eine Hilfe für den Verletzten. Auf der anderen Seite der Tür wurde ein Stuhl über den Boden geschleift.

»Thromschatz! Machen Sie auf!« Tom trat gegen die Tür.

Die Stimme, die antwortete, war unwirklich schrill. »Verschwinden Sie, Perlinger!«

In der Zwischenzeit waren Sanitäter erschienen, die sich zügig um Bastian gekümmert hatten und jetzt – begleitet von Anian – verschwanden, ohne dass Tom hätte verhindern können, dass dieser mitging. Einige Sanitäter blieben vor Ort in Bereitschaft, um sofort eingreifen zu können, falls es nötig werden sollte.

Jakob schlich mit gebührendem Sicherheitsabstand zur Bürotür an der hinteren Wand entlang zu Tom. Im Büro blieb alles ruhig. Gespenstisch ruhig. Tom kannte das. Ihm waren die Hände gebunden. Er hoffte inständig, dass Jessica bald eintreffen würde.

»Warum bist du nicht mit Basti gefahren?«, fragte er Jakob.

»Wenn der Papa was wui, was wuist da macha?« Jakobs Kopf sank in trotziger Geste auf den massigen Körper.

Wieso benimmt er sich eigentlich in meiner Gegenwart immer wie ein Kleinkind?, wunderte sich Tom. Er ist der Ältere, Mächtigere, hat Familie, ein Unternehmen …

Was konnte in einem Moment wie diesem für einen Vater wichtiger sein als das Leben seines einzigen Sohnes? Tom hatte sich oft genug über Jakobs Gleichgültigkeit gegenüber Bastian gewundert. Vielleicht kam er an weitere Informationen, indem er Jakob den Schutzschild seiner heilen Welt entriss.

»Anian ist Bastians Vater, nicht du.«

Tom hatte damit gerechnet, dass Jakob diese Ungeheuerlichkeit leugnen würde, dass er ihn angreifen, ihm einen K.-o.-Schlag verpassen würde – schließlich hatte er einmal geboxt. Doch Jakob verzog nur das Gesicht.

»Hot er's dir gesteckt? Freilich, du warst sei Traumsohn.«

»Warum habt ihr die ganzen Jahre dieses Theater gespielt?«

»I selbst hab's a grad erst umrissen. Die Birgit hat mir die ganze Joahr Hörner aufg'setzt!«

»Wie hast du es herausgefunden?«

»Wegen der Larissa. Olles wia bei da Birgit. Der Papa war vernarrt in die Birgit. I hob's g'wisst. Aber nachert, da hot er's fallen g'lassen. Warum? Des ging mir heit auf. Weil s' schwanger war. Mit dem Basti. Jawohl, der Basti is need mei Sohn, des is mei Bruader!«

Jakob wirkte auf einmal alt. Tom musste unweigerlich an einen gestrandeten Schwertwal denken, der sich hilflos auf dem Sand hin und her warf, zu vertrocknen begann. Das Kind, das er über Jahre großgezogen hatte, war nicht nur ein Kuckuckskind, nein, es war sogar sein Bruder!

Jakob glitt an der Wand herunter, stützte, mit dem Rücken an die Wand gelehnt, die Arme auf den Knien ab. Tom setzte sich zu ihm. Er konnte nichts tun, er musste auf Jessica warten. Fast tat Jakob ihm leid, wie er in die Vergangenheit eintauchte, die Jahre der Lügen erneut durchlebte, ausgerechnet vor ihm.

»Die Muatta wär ausg'rast, wenn sie was spitzkriagt hätt. Da war es ihm grad recht, dass i in sie verliabt war. Und die Birgit, die hot mi holt g'numma.«

Ja, dachte Tom trocken, so wird es wohl gewesen sein. Birgit war, wenn sie das Kind bekommen wollte, vor der Wahl

gestanden, sich als arbeitslose alleinerziehende Primaballerina durchzuschlagen oder in den goldenen Käfig einzuhei-
raten. Sie hatte Letzteres gewählt.

»Aber d' Larissa, die gibt er need her. Dabei hot s' Angst
vor eahm. Er muass was spitzkriagt hom. Aber er hot need
denkt, dass i derjenige bin wuicher. I hob's eahm g'sogt.«

Tom schüttelte sich. Wie konnte man so blind durchs
Leben gehen? Anian hatte bis eben nicht gewusst, dass sein
eigener Sohn der Liebhaber seiner Freundin war. Und auch
Jakob hatte erst jetzt die volle Tragweite dessen begriffen, was
ihm soeben klar geworden war. Oder hatte er sich in einer
Art unbewusstem Rachefeldzug an die Geliebte seines Vaters
herangemacht, um ihm heimzuzahlen, dass er seinen Bruder
als seinen eigenen Sohn aufzog? Hatte er gespürt, dass, wenn
er je gegen seinen Vater bestehen könnte, wenn er ihn je treffen wollte, jetzt der Moment gekommen war, da Anian alt
und orientierungslos wurde? Tom rieb sich die Stirn. Welche Abgründe taten sich da auf!

Wenn Anian außerdem Larissas brutaler Liebhaber war
und Jakob eben erst davon erfahren hatte, dann war die Wahrscheinlichkeit groß, dass er sich auch dafür an seinem Vater
rächen wollte und deshalb jetzt verriet, was er wusste, um
sich selbst zu entlasten.

Es durfte nicht noch ein Unglück geschehen! Tom packte
Jakob an den Schultern. Er sah Birgit und Bastian vor sich.
Birgit verhärmt durch ein Leben ohne Liebe, Bastian dro-
genabhängig durch einen Vater, der keiner war. Dazwischen
Christl und Tina. Die plötzliche Wut über diese jahrelang
praktizierte Ignoranz und Feigheit ließ ihn hart zugreifen,
er schüttelte Jakob. Der ließ es geschehen.

»Jakob, wer hat Christl entführt?«

»I woaß es need. Er wui die Juwelen. Für d' Larissa. Damit
s' bei eahm bleibt. Er is nimma er selbst. Es is wia beim Groß-
vatta. Er wird immer narrischer.«

Tom schüttelte den Kopf. »Und der Thromschatz hat mitgespielt, weil er pleite ist.«

Jakob nickte. Tom war geneigt, ihm zu glauben, obwohl ihn die feiste Verschlagenheit in seinem Gesicht auch jetzt noch störte.

Langsam fügten sich die Puzzleteile in Toms Kopf zu einem Ganzen. Thromschatz und Anian steckten unter einer Decke. Anian war der Drahtzieher, das war glasklar. Er hatte die Einbrecher engagiert, Thromschatz hatte davon gewusst. Sie hatten also einen Versicherungsbetrug geplant. Was hatte Bastian gesagt? »Tahil hat die Kopie gesehen.« Das konnte nur bedeuten, dass Thromschatz eine Kopie hatte anfertigen lassen, um Anian zu täuschen und selbst im Besitz der Juwelen zu bleiben. Das erklärte seine Nervosität und sprach für ihn als Mörder. Er hatte gewusst, dass er sich mit einem gefährlichen Gegner anlegte.

Tom schaute zur Tür. Dahinter saß vermutlich ein Mörder, der entweder Amok laufen oder Selbstmord begehen würde, weil seine Nerven der Anspannung nicht mehr gewachsen waren. Verfügte er über die Informationen und die Macht, die ihm helfen konnten, Christl aus den Klauen des Sexmonsters zu befreien?

Tom war verzweifelt, die Zeit lief gegen ihn.

»Geh nach Hause, Jakob. Sprich mit Birgit. Und ruf Anian an. Sag ihm, dass er im Krankenhaus bei Basti auf Birgit warten soll.«

Wo blieb Jessica nur?

Jakob knetete seine Finger wie ein Pennäler, der einen Mitschüler verpetzen wollte. »Der Max hat angerufen.«

»Was?« Tom konnte es nicht glauben. Max würde sich eher die Zunge abbeißen, als Jakob anzurufen.

»Er hat auf 'n AB g'sprocha. Er tät 500.000 Euro braucha – für d' Christl.«

Lösegeld? Die Entführer wollten Lösegeld? Würden sie

Christl am Leben lassen, bis sie das Lösegeld in den Händen hielten? Oder war das eine reine Farce? Da drinnen saß der Mann, der ihnen helfen konnte, aber er bewegte sich keinen Zentimeter. Und er selbst hatte noch nicht einmal eine Waffe.

Die Kugel hatte zwar das Türblatt durchschlagen, aber die Tür selbst war solide verankert. Es würde nicht helfen, sich dagegenzuwerfen. Zumal Thromschatz schießen würde. Aber mit einer Waffe könnte er das Türschloss aufschießen, ohne sich selbst in die Schusslinie zu bringen.

Jetzt konnte er hören, wie ein schwerer Gegenstand vor die Tür geschoben wurde. Gleich darauf drang ein weiterer Schuss durch die Tür. Die Feuerpause war vorbei.

Er verbarrikadiert sich, dachte Tom.

Es gab keinen anderen Zugang zum Büro – weder ein Fenster noch eine Hintertür. In dem Moment tippte ihm jemand von hinten auf die Schulter.

»Jessica!« Er sah ihr an, dass sie die Situation erfasst hatte. »Jessica, gib mir deine Waffe. Schnell!«

»Wenn ich dir meine Waffe gebe, haben wir beide morgen ein Disziplinarverfahren am Hals.«

»Ruf du das SEK! Ich übernehme den Rest.«

Sie nickte.

Als Jessica nach ihrem Handy griff, zog er ihre Waffe aus dem Halfter. Sie ließ es geschehen.

Nächster Schritt: zu Anian ins Krankenhaus, plante Tom, während er das Feuer auf das Türschloss zu Thromschatz' Büro eröffnete.

34

Christl robbte über den Betonboden, drehte sich auf die Seite, bis sie das Messer mit ihren verschnürten Händen zu fassen bekam. Pfeife war noch benommen von den Schlägen, die der Sumoringer ihm verpasst hatte, bevor Pfeife ihn ausgeknockt hatte. Kurzfristig war die sexuelle Lust des Monsters erloschen, seine Reaktion verzögert. So gelang es Christl, das Messer in panischer Eile mit einer Hand so zu führen, dass sie das Seil, das sie umschlang, an einer Stelle durchschneiden konnte. Ehe Pfeife registriert hatte, was sie tat, hatte sie sich aus der Verschnürung gelöst, sprang auf, streifte den einen Schuh vom Fuß.

Sie rannte los, wollte an Pfeife vorbei zur Tür, doch als sie auf seiner Höhe war, erwachte er plötzlich zu neuem Leben, schlug ihr das Messer aus der Hand. Sie schrie. Sie schrie so laut, dass Pfeife sich unwillkürlich die Ohren zuhielt. Sie umklammerte den Schuh wie eine Waffe und spurtete los. Sie war immer eine gute Läuferin gewesen.

Die langen Gänge, die weit unter den Parkdecks lagen, waren finster und still. *Totenstill.* Mit der linken Hand hielt sie mühsam die zerrissene Bluse zusammen, mit der rechten raffte sie den Dirndlrock und hielt den Schuh, bereit, mit dem spitzen Absatz zuzuschlagen, falls es nötig werden sollte.

Der Gang zog sich unendlich lang, wurde enger und dunkler. Jetzt musste sie ihr Tempo verringern, um nicht gegen eine Wand zu laufen. Sie tastete sich wankend von einer Seite des Ganges zur anderen. Hinter sich hörte sie Pfeife brüllen. Er kam immer näher.

Plötzlich stand sie vor einer schmalen Treppe, die sie mühsam erklomm. Oben angelangt, erwartete sie ein weiterer Gang in die andere Richtung. Sie war in den weitverzweigten Notausgängen des riesigen Parkhauses gelandet. Ab und an hörte sie Reifen quietschen.

Wieder eine Treppe. Sie trat auf etwas Spitzes, stolperte mehr, als sie lief, war am Ende ihrer Kräfte. Jetzt merkte sie, dass sie seit Stunden nichts getrunken und gegessen hatte. Sie hatte nicht einmal gefrühstückt. Stufe für Stufe arbeitete sie sich erschöpft, panisch und in fiebriger Eile nach oben. Teils auf allen Vieren.

Das Reifenquietschen wurde lauter. *Treppe. Gang. Gang. Treppe. Sackgasse!* Sie stand vor einer Tür. Einer schweren Stahltür, die verschlossen war. Wieder und wieder drückte Christl verzweifelt dagegen. Klopfte, schrie um Hilfe, hämmerte mit dem Absatz des Schuhes gegen das Metall des Notausganges, der letzten Hürde vor der schützenden Öffentlichkeit des Parkhauses. Immer wilder, immer schneller, immer verzweifelter wurden ihre Schreie und ihr Klopfen, denn die schleichenden Schritte hinter ihr kamen näher. Das Brüllen hatte aufgehört. Sie umklammerte den Schuh ganz fest, sodass der Absatz nach außen zeigte. Dann kauerte sie sich an die Tür, wartete auf ihren Peiniger.

35

Tom schoss, bis das Magazin von Jessicas Waffe nach seinem Ermessen noch eine Patrone enthielt. Er ging davon aus, dass es voll gewesen war. Er zählte jeden Schuss mit, vielleicht würde er den letzten für Thromschatz brauchen. Das Türschloss zerbarst, die Bürotür sprang auf. Der Juwelier saß am Schreibtisch, die Pistole dicht an der rechten Schläfe, die Augen geschlossen. Das Ölporträt an der Wand hing schief. Die Stirn des abgebildeten Mannes war von mehreren Kugeln zerfetzt. Seine Ähnlichkeit mit Thromschatz war frappierend.

Thromschatz zitterte, es roch nach Urin. Ohne zu überlegen, sprang Tom mit einem riesigen Satz laut schreiend auf ihn zu, schlug ihm die Waffe aus der Hand, ohne dass der Juwelier den Versuch unternommen hätte, sich zu wehren. Der große schlanke Mann sank in sich zusammen. Der letzte Rest von Stolz, der ihn als erfolgreichen Geschäftsmann und Gentleman der alten Schule ausgewiesen hatte, war dahin. Er stützte das Gesicht in die Hände, schluchzte nun wie ein Vater, der vom Tod seines Kindes erfahren hatte.

Tom setzte sich ihm gegenüber an den Schreibtisch. Er bat Jessica, die Tür zu schließen.

»Thromschatz, jetzt ist nicht der Moment, in Selbstmitleid zu versinken. Sie können uns weiterhelfen, wenn Sie auspacken. Das ist zu Ihrem eigenen Vorteil und wird berücksichtigt werden.«

Thromschatz sah ihn an. Sein Blick war leer, schweifte ab zum Porträtbild seines Vaters. Dann begann er, leise und tonlos zu sprechen.

»Mein Vater hat große Schuld auf sich geladen, und ich habe nichts getan, um sie wiedergutzumachen. Anian hat mich damit erpresst.

Die Montez-Juwelen waren früher im Besitz der Familie Hassler. Anians Großvater, Maximilian Hassler, verkaufte sie 1929 an den Juden David Feinstein, wahrscheinlich um die Brauerei und das Wirtshaus über die Weltwirtschaftskrise zu retten.

Nach der Reichskristallnacht wollte David Feinstein mit seiner Frau in die USA emigrieren, denn sein Notariat war geplündert und zerstört, sein Wohnhaus ausgeraubt und verwüstet worden.

Seine Frau war schwanger. Um die Überfahrt zu finanzieren, wollte er die Montez-Juwelen verkaufen und hat sie meinem Vater angeboten. Der war damals noch ein junger Mann und wurde von seiner Familie kurzgehalten. Mein Vater bot Feinstein zwei Tickets im Tausch gegen die Montez-Juwelen an – eines für ihn und eines für seine Frau. Feinstein willigte ein, der Verlust stand für ihn in keinem Verhältnis zum blanken Überleben. Doch mein Vater wurde wortbrüchig.«

Thromschatz stand auf. Er zitterte.

»Mein Vater hat Feinstein nur ein Ticket gegeben, als er erfuhr, dass Zilla Feinstein schwanger war. »Damit ist es ja für zwei«, hat er gesagt. – Zilla Feinstein verlor ihr Kind auf der Überfahrt und kam todkrank in den USA an. Ihr Mann David konnte ihr nicht wie geplant folgen. Er kam im KZ Fuhlsbüttel ums Leben. Zilla Feinstein verstarb 2000 in New York. Sie hat eine Nichte, die heute in Australien lebt.«

36

Passgenau hatte die junge Mutter ihren Golf in der extra für Mütter mit Baby gekennzeichneten Parklücke auf dem mittleren Deck der Tiefgarage eingeparkt. Nun war Petra Wanner dabei, ihr Baby aus dem Kindersitz des Autos zu hieven. Dabei hielt sie das Handy ans Ohr geklemmt, führte ein ausführliches Gespräch mit ihrem Ehemann, den sie stündlich über die aktuellen Fortschritte ihres Stammhalters unterrichtete.

Auf einmal vernahm sie verzweifelte Hilferufe und heftiges Klopfen von der anderen Seite der schweren Stahltür, die sich als Notausgang direkt neben ihr befand. »Du, ich muss Schluss machen, Schatz! Pfiat di!«

Die Schreie und das Klopfen wurden schwächer. Von jäher Panik ergriffen schaute sie in Richtung des Glashäuschens, in dem ein Mitarbeiter der Parkgarage sitzen musste. Wie gut, dass es sich an solch prominenter Stelle in der Innenstadt für den Betreiber lohnte, einen Mitarbeiter zur persönlichen Ansprache abzustellen. Sie konnte den Parkwächter im Häuschen erkennen, nahm ihr Baby Moritz auf den Arm, rannte zu dem Mann hinüber. Schon von Weitem rief sie ihm entgegen, zeigte auf die Tür. »Sie müssen sofort die Tür aufmachen. Dahinter ist jemand. Ein Notfall!«

»Na. Durch die Tür geht's in den Keller. Do is jetzt niamad need!«

»Doch. Schnell. Haben Sie den Schlüssel?«

»Jo, do muss scho' irgendwo oana sei!«

»Schnell!«

»Mei, was soll do los sein?«

Moritz' Mündchen öffnete sich, er holte Luft, fing an zu weinen.

»Jetzt machen Sie schon!«

Moritz schrie sich warm. Wehe, wenn er zu Höchstform auflief, er hatte wirklich ein ohrenbetäubendes Organ.

»Ja guad, wenn Sie des moana, dann geh i holt mit.«

Behäbig zog der Mann einen Schlüsselring aus der Hosentasche, schaute die Sammlung seelenruhig durch.

»Schneller.«

Petra dachte an die Hilferufe. Auch Moritz schien die Geduld zu verlieren. Als Petra das zu einer schmerzlichen

Grimasse verzogene knallrote Gesichtchen ansah, hatte sie das Gefühl, es ginge um Leben und Tod.

»Jojo.«

Schließlich waren sie an der Tür angelangt.

»I hör nixen need!«

»Egal! Schließen Sie auf!«

Endlich fand der Parkhauswächter unter den vielen Schlüsseln den richtigen. Kaum hatte er ihn im Schloss umgedreht und die Klinke heruntergedrückt, da sprang die Tür auf. Dahinter kauerte eine junge Frau am Boden. Sie hatte einen Schuh in der Hand, den sie drohend hochhielt, denn ein Mann mit blutunterlaufenen Augen stand über ihr und wollte sich gerade auf sie stürzen.

Im Hintergrund hörte Petra die Martinshörner einer ganzen Polizeiflotte sich nähern.

37

Tom lief durch den langen Krankenhausflur. Die Luft fühlte sich kalt an, der Geruch der Desinfektionsmittel biss in seine Nase. Am Ende des Gangs, weit entfernt, erkannte er Anian, der unruhig hin und her schritt und ihn noch nicht bemerkt hatte.

Der Weg bis zu Anian kam Tom vor wie ein Gang durch die letzten 35 Jahre seines Lebens, durch die ihn dieser

Mann mit seiner natürlichen Autorität als Respektsperson begleitet hatte. Es war, als ob sich mit jedem Schritt Anians Motive klarer herauskristallisierten, als ob sich Person und Handlung, die eben noch so unwirklich nebeneinander gestanden hatten, wie Schablonen übereinanderschoben, zu einem zusammenhängenden Gebilde verschmolzen. Mit jedem Meter, um den sich der Abstand zwischen ihnen verringerte, warf er Jahr um Jahr der Bewunderung ab wie ein Pilot eines Heißluftballons die Sandsäcke, die ihn daran hindern, hoch in die Lüfte zu steigen, die Vogelperspektive einzunehmen und die nötige Distanz zu wahren. Seine Enttäuschung ließ ihn alles über Bord werfen, nahm ihm jegliche Bodenhaftung. Tom fühlte sich elend und allein. Hatte Anian ihm wirklich die ganzen Jahre über eine falsche Identität vorgespielt, die nun im Alter unverhohlen zum Vorschein kam? Vielleicht hatte Jakob recht und Anian war nicht mehr er selbst. Tom wusste, dass Anians Vater schon früh an Demenz erkrankt war und die letzten Jahre seines Lebens als leere Hülle in einem Heim dahinvegetiert hatte. Fraß die Krankheit die Schranken auf, die ihm vorher ein Raster für Ethik und Respekt gegeben hatten? Würde er fähig sein, die Maske mit Würde abzunehmen, oder würde das Böse in ihm vor Scham und Wut darüber, enttarnt worden zu sein, die Oberhand gewinnen? Hatte er die Krankheit noch im Griff oder hatte sie bereits die Herrschaft über sein Tun übernommen? Äußerlich wirkte er unverändert, aber innerlich schien er von dunklen Flecken zersetzt. Waren die Straftaten, die er begangen hatte, überhaupt der Krankheit zuzuschreiben oder waren sie kalte Berechnung?

Tom hatte Jessica gebeten, ihn mit ihrem Mini zum Krankenhaus zu fahren. Das SEK war zusammen mit Mayrhofer eingetroffen, kurz nachdem Thromschatz gestanden hatte. Mayrhofer war ausgesprochen ungehalten darüber gewesen, dass er Max unter den gegebenen Umständen freilassen musste, hatte dann aber den Juwelier abführen lassen und den Moment verpasst, in dem Tom und Jessica davongeschlichen waren. Ob ihm die aufgeschossene Tür aufgefallen war? Tom hatte es nicht mitbekommen. In jedem Fall würde er dafür sorgen, dass Jessica keine Schwierigkeiten bekam. Sie wartete jetzt vor dem Krankenhaus, denn Tom hatte darauf bestanden, alleine mit Anian zu sprechen. Sollte er Schwierigkeiten machen, würde sie sofort zur Stelle sein.

Jetzt mussten Toms hallende Schritte an Anians Ohren gedrungen sein, denn er drehte sich zu ihm um. An der Art, wie er ihn anschaute, erkannte Tom, dass Anian wusste, dass sein Spiel verloren war. Sie starrten sich an wie Stier und Matador in der Arena, doch plötzlich öffnete sich die automatische Tür zum OP wie von Geisterhand. Anian musste einen Schritt zurückspringen. Ein Arzt, der einen grünen OP-Kittel trug, sprach ihn mit großem Ernst an. Tom war bereits in Hörweite und verstand, was der Arzt sagte:

»Herr Hassler, Ihrem Enkel geht es nicht gut. Die Kugel ist zwar im Rücken ausgetreten, sie hat aber seine Wirbelsäule gestreift. Außerdem wurde ein wichtiges Blutgefäß verletzt. Wir müssen sofort operieren. Sie müssen gleich eine Einverständniserklärung unterschreiben.«

Anian nickte, der Arzt verschwand im OP-Saal. Trotz der schlechten Nachricht wirkte Anian beherrscht, als er sich Tom zuwandte.

Tom hatte Jessicas Pistole im Auto nachgeladen und behalten. Sie hatte kein Wort darüber verloren. Seine nächsten Schritte kosteten ihn eine unglaubliche Überwindung. Er wusste, dass er überreagierte, als er Anian die Waffe an den Kopf hielt, nur drei Worte sagte. »Wo ist Christl?«

»Tom, was soll das?«

Anian versuchte, die Waffe abzuwehren. Tom verstärkte den Druck, packte Anians Arm, drehte ihn so weit auf den Rücken, bis Anian vor Schmerz aufstöhnte.

»Au! Du tust mir weh.«

»Wo ist sie?«

Anian schien klar zu werden, dass er keine Chance hatte. »In der Parkgarage am Oberanger. Tom, das war …«

Tom nahm die Pistole herunter, dirigierte Anian mit dem Rücken auf dem Arm in eine Ecke am Ende des Gangs, sodass er ihn unter Kontrolle hatte. Er steckte die Pistole in seinen Hosenbund, holte sein Handy hervor, informierte Jessica über Christls Aufenthaltsort.

»Christl ist in der Parkgarage am Oberanger. Schick die komplette Mannschaft hin!«

Tom spürte eine abgrundtiefe Enttäuschung. Anian hatte ihn verraten. Tom hatte ihm vertraut, sein ganzen Leben. *Claas.* Auch ihm hatte er vertraut. Ob er ihn genauso hintergangen hatte wie Anian? Das Krankenhaus, als er nach der Operation erwacht war, die Gerüche, die weißen Wände, die Erinnerung – alles war wieder präsent. Aber jetzt ging es nicht um ihn. Jetzt ging es um Christl.

»Wenn ihr auch nur ein Haar gekrümmt wird, bist du erledigt, Anian! Du rufst jetzt sofort deine Leute an und pfeifst sie zurück!«

Tom verbot sich, Mitleid zu empfinden, drückte Anians Arm weiter nach oben, bis der Alte erneut vor Schmerz aufstöhnte. Das Hörgerät war verrutscht, aber Tom war sicher, dass Anian alles mitbekam, was er hören sollte.

»Los, sag mir die Nummer.«

Zögernd begann Anian, Zahlen zu diktieren. Er zitterte, verhaspelte sich, vergaß eine Zahl. Erst beim dritten Anlauf ertönte das Freizeichen. Tom stellte den Lautsprecher an, gerade so laut, dass er mithören konnte. Sie warteten. Das Freizeichen ertönte fünf Mal, dann wurde abgenommen. Tom hielt Anian das Handy zum Sprechen hin.

»Drago, lasst das Mädchen frei! Hörst du? Sofort!«

Der Mann am anderen Ende der Leitung hustete, stöhnte,

räusperte sich. »Scheiße, Chef. Pfeife ist hinter ihr her. Ich mach, was ich kann …«

Tom riss an Anians Arm, sodass dieser aufschrie.

»Was habt ihr Idioten euch dabei gedacht?«, stöhnte Anian.

»Chef, sorry. Sie kam im falschen Moment …«

Tom drückte das Gespräch weg. »Pfeife ist hinter der Kleinen her«, hatte der Mann gesagt. Pfeife, der Sexualstraftäter. Er durfte nicht daran denken, was passieren würde, falls Christl ihm in die Hände fiel.

Tom schaute sich um. Sie mussten vom Gang verschwinden. Jeden Moment konnte ein Arzt oder eine Pflegekraft kommen. Er würde Anian nicht eher loslassen, bis er wusste, was mit Christl war. Und sollte ihr etwas zugestoßen sein, bei Gott, er würde keinen Moment zögern, Anian in die Hölle zu schicken. Da. Eine Tür. Er stieß sie auf. Der Abstellraum dahinter war trotz eines Waschbeckens, eines deckenhohen Regals mit Putzmaterialien und diverser Kisten und Kartons auf dem Boden groß genug, um Platz für sie beide zu bieten. Tom stieß Anian in die dunkle Kammer. Höchstens eine Putzfrau konnte sie hier aufstöbern. Er knipste das Licht an. Anian starrte ihn mit Augen an, aus denen nackte Todesangst sprach. Das Blatt hatte sich gewendet. Er hatte jede Würde verloren. Seine unnatürlich weiße Gesichtsfarbe, die roten Flecken auf seinen Wangen zeigten, dass sein Kreislauf völlig durcheinander war. Tom wollte nicht, dass er jetzt schlapp machte.

»Dein Sohn wird die Operation überleben. Und wenn Christl nichts passiert, wird er dich bald im Gefängnis besuchen. Aber wehe, wenn ihr ein Haar gekrümmt wird!«

»Leck mich!«

Mit einer Kraft, die Tom ihm niemals zugetraut hätte, versuchte der Alte, sich zu befreien. Es gelang ihm, beide Hände freizubekommen, sie Tom um den Hals zu legen, die ganze Kraft seiner Hände in den Druck zu legen, der Tom die Luft abschnüren sollte.

»Wie bei Tahil Pervaz, was?«, keuchte Tom. Er spannte die Muskeln an, schlug mit aller Kraft gegen die Arme des alten Mannes, der rein körperlich keine Chance gegen ihn hatte. Tom befreite sich mit einer geschickten Drehung, drehte Anians Arm erneut auf den Rücken.

Der Alte war außer sich vor Wut. Er hatte jede Kontrolle verloren.

»Erpressen wollte er uns. Aber ein Anian Hassler lässt sich von so einer miesen kleinen Ratte nicht ans Bein pinkeln, das solltest du wissen, Tom!«

»Die miese Ratte bist du!«

Tom zog ein Putztuch aus strapazierfähiger Baumwolle aus dem Regal, band Anian damit beide Hände fest auf dem Rücken zusammen. Dann drückte er ihn gegen die Wand, konfrontierte ihn Auge in Auge mit der Wahrheit.

»Thromschatz hat gestanden: Als er vor fünf Jahren die Montez-Juwelen verkaufen wollte, hast du davon in einem Sammlermagazin gelesen und die Juwelen wiedererkannt, die du auf dem Foto bei Birgit gesehen hattest. Birgit hatte dir auch die Geschichte erzählt. Du wolltest sie zurückhaben, koste es, was es wolle. Aber leider hattest du nicht genügend flüssige Mittel, da alles in die Hassler GmbH & Co. KG investiert war, die sich groß in die Investorengesellschaft der Hofstatt eingekauft hatte. Du hattest herausgefunden, dass Thromschatz knapp bei Kasse ist. Parallel wurden die Kellergewölbe auf der Baustelle entdeckt, und da ist ein Plan in dir gereift.«

Anian zerrte an den Fesseln. Er öffnete die Lippen, um zu schreien. Tom hielt ihm den Mund zu. Dann stieß er ihn auf einen Stapel Kartons, die stabil genug waren, um darauf zu sitzen. Anian wirkte inzwischen zu erschöpft, um sich weiter zu wehren. Tom hätte weinen können, aber er weinte nie. In seiner Generation weinte ein Junge nicht, ganz zu schweigen von einem Mann. Er setzte sich neben Anian.

»Du hast Kontakt zu Thromschatz aufgenommen, ihm kleinere Schmuckstücke abgekauft und ihn dazu überredet, ein Geschäft in der Hofstatt anzumieten. Kaum war er hier, hast du ihm den Diebstahl der Montez-Juwelen vorgeschlagen. Jeder von euch hatte einen Vorteil: du den Schmuck, er das Geld von der Versicherung. Außerdem würde der Einbruch alle Spuren der Juwelen für immer verwischen, denn es war nur eine Frage der Zeit, bis jemand auf sie aufmerksam werden würde. Nach Hubertus' Auftritt bei der Vernissage war Dr. Konstanze Mühlbauers Misstrauen geweckt. Der Fall Gurlitt ist immerhin noch sehr präsent in der Kunstszene. Thromschatz hatte unter diesem Gesichtspunkt einen Fehler begangen, als er die Schmuckstücke für die Ausstellung freigab. Es war eine Verzweiflungstat, entstanden aus dem Wunsch, eine Alternative zu diesem Versicherungsbetrug zu finden und sich dir bis zum Jüngsten Tag auszuliefern.«

»Der hat gedacht, er findet noch einen anderen Käufer, der Lump.« Anian fiel mehr und mehr in sich zusammen, sein faltiges Gesicht wirkte gespenstisch bleich.

Ein erstes Geständnis, dachte Tom. Er fuhr fort: »Es war, wie Hubertus vermutet hat: Thromschatz' Vater hat sich an der Not anderer bereichert. Erich Thromschatz hat die Geschichte der Montez-Juwelen seinem Sohn auf dem Sterbebett gestanden und ihn angefleht, sein Vergehen wiedergutzumachen, indem er die Juwelen den rechtmäßigen Besitzern zurückgibt. Aber Carsten Thromschatz hat versagt. Genau wie sein Vater. Und wie Erich hat auch Carsten Thromschatz sein Versagen an den Rand des Wahnsinns geführt. Fluch und Segen liegen eng nebeneinander.«

Anian schaute ihn misstrauisch an. Tom bezweifelte nicht, dass er über die schrecklichen Hintergründe und den Tod David Feinsteins, die Zerstörung einer Familie im Bilde war. Diese Schuld war der Nukleus dessen, was zu den Verbrechen geführt hatte, mit denen Tom heute, rund 75 Jahre später, konfrontiert wurde: Mord, Betrug und Entführung.

Auf Anians Gesicht machte sich so etwas wie Familienstolz breit, aber sein Kopf sank mit jedem Nicken tiefer auf seine Brust. »Das waren andere Zeiten«, sagte Anian.

Tom versetzte sich in die Zeit zurück. In der Abstellkammer, im fahlen Licht, umgeben von Lappen, Kartons und Putzmitteln, spürte er dem Schrecken des Krieges und des Holocaust nach, versetzte sich in die Lage derer, die verzweifelt um ihr Überleben hatten kämpfen müssen. So sehr er sich manchmal wünschte, dass die Mauer der Erinnerung, die ihre Schatten bis in die Gegenwart warf, nicht mehr so stark das Selbstbewusstsein einer neu heranwachsenden Generation verdunkeln möge, so sehr war er sich bewusst, dass jederzeit und überall alles möglich war, solange blinder Egoismus, Fanatismus und unersättliche Habgier regierten.

»Andere Zeiten?«, fragte Tom. »Nein, Anian. Für manches gibt es keine Entschuldigung. Diese Erkenntnis kommt manchen Menschen erst auf dem Totenbett. Dein Gewissen holt dich ein, mit aller Macht und ohne Pardon. Erich Thromschatz ist daran verzweifelt, genau wie sein Sohn, dem er mit den Juwelen ein Leben in tiefer Depression vermacht hat. Darüber zu urteilen, ob das gerecht ist, wem steht das zu?«

Anian schaute ihn an. Die Angst stand ihm deutlich ins Gesicht geschrieben. Tom machte eine Pause. Die Juwelen hatten der Familie Thromschatz kein Glück gebracht. Ehen waren zerstört worden, Familienbande durchtrennt. Die hohen Maßstäbe einer Kaufmannsdynastie an Ehre und Gewissen waren mit Füßen getreten worden.

Doch Anians Logik war eine andere.

»Was geht mich Erich Thromschatz an?« Der leere Blick in seinen Augen zeigte, dass seine Gedanken abgeschweift waren.

»Du hättest versuchen müssen, rechtmäßig an die Juwelen zu kommen! Aber inzwischen hattest du Larissa Stein kennengelernt, und Jakob hatte die volle Kontrolle über die Finanzen. Dein Plan hat dir gefallen, du warst besessen vom Wunsch, die Juwelen zu besitzen. Du kanntest Dragovan Glaskovitch von der Wies'n. Er hat Eddie Pfeifer und Tahil Pervaz ins Team gebracht. Die drei sollten ganz unkompliziert durch den Gewölbekeller einmarschieren. Damit hättest du die Schuld geschickt Max in die Schuhe schieben und dir ganz nebenbei sein Wirtshaus unter den Nagel reißen können. Glücklicherweise hast du auch noch Max' Knopf gefunden. Den hatte Jakob ihm bei der Schlägerei am Mittwoch abgerissen und achtlos auf seinem Schreibtisch im Büro liegen gelassen.«

»Du bist verrückt.«

Anian trat mit beiden Beinen nach Tom, der geschickt auswich und Anian mit dem Rücken an die Wand stieß, sodass der alte Mann heftig atmend verharrte. Trotz allem war es Tom unangenehm, Anian gegenüber Gewalt anzuwenden. Er hasste es, aber was sollte er tun?

Tom band Anian beide Beine zusammen, Putztücher gab es genug in dem kleinen Raum. Anians Widerstand bröckelte. Sein Hörgerät fiel vom Ohr, Tom hob es auf, fixierte es neu.

»War dein Wunsch, genau dieses Wirtshaus zu besitzen, auch der Grund dafür, dass Quirin sterben musste? Ich kann es nicht mehr beweisen, aber je länger ich darüber nachdenke, desto überzeugter bin ich, dass er nicht in einer Lawine erstickt ist, sondern durch deine Hand.«

Anians Augen quollen aus den Höhlen, doch er gab keinen Laut von sich, nur sein Atem ging schwer.

»Und wie war das mit deinem Bruder? Wieso ist er im Starnberger See ertrunken und du nicht? Hattest du es damals schon auf das Familienerbe abgesehen?«

Anian schaute zur Tür, die Lippen fest aufeinandergepresst. Sein Atem ging jetzt stoßweise. Tom befürchtete, dass das Herz des alten Mannes aussetzen könnte.

Endlich brach Anian sein Schweigen. »Tom, ich war wie ein Vater zu dir. Du weißt, wie sehr ich mir immer einen Sohn wie dich gewünscht habe.«

Tom bekämpfte den Kloß, der sich in seiner Kehle gebildet hatte. Er dachte an die Fotos von Larissa Stein.

»Meldet sich dein Gewissen? Oder hat es dich vor lauter Habgier und sexueller Perversion schon längst verlassen? Ich kann trotz allem nicht glauben, dass du Larissa Stein so zugerichtet hast.«

»Ich sag nichts!«

»Weißt du, was du nicht wusstest, Anian?« Tom legte sein Handy vor sich auf den Boden. Jessica würde ihn informieren, sobald Christl gefunden war. »Thromschatz hat die Juwelen von seinem Spezi nachmachen lassen.«

Anian hob den Kopf. Tom sah die ungläubige Frage in seinen Augen.

»Jawohl, da schaust du, Anian, was? Der Basti hatte recht. Ja. Es gibt eine Kopie. Glaskovitch und Pfeifer haben nicht das Original, sondern die Fälschung gestohlen.«

Anian hustete, schob das Kinn in Richtung Herz. Tom klopfte ihm auf den Rücken, stand auf, ließ Wasser aus dem Wasserhahn am Waschbecken auf ein sauberes Geschirrtuch laufen, gab es dem Alten, der sich damit die Stirn rieb. Die Nachricht hatte ihre Wirkung auf Anian nicht verfehlt. Er begann zu wimmern wie ein kleines Kind, dem man sein liebstes Spielzeug genommen hatte.

Er ist doch krank, dachte Tom.

»Thromschatz ist doch pleite. Wie soll der eine solche Fälschung in Auftrag geben?«

Anian wollte es anscheinend nicht glauben. Tom verschwieg ihm, dass Jessica, noch bevor sie das Krankenhaus erreicht hatten, informiert worden war, dass man bei Marlene Thromschatz den Autoschlüssel ihres Mannes gefunden hatte, an dem ein Tresorschlüssel zu einem Schließfach der Züricher Bank gefunden worden war. Dort hatten mit Thromschatz' Hilfe die Originaljuwelen sichergestellt werden können.

Tom griff Anian unter den Arm, zog ihn hoch.

»Horst Jacobi ist ein alter Weggefährte von Thromschatz und ein begnadeter Goldschmied. Gegen eine entsprechende Beteiligung hat er ihm den Gefallen getan.«

Anian riss entsetzt die Augen auf. Tom befürchtete, dass er laut schreien würde, doch er gab nur krächzende Laute von sich. Sein Körpergeruch breitete sich in dem kleinen Raum aus. Die Erkenntnis musste grauenhaft für ihn sein.

Tom wurde zunehmend nervös. Warum rief Jessica nicht an? War in der Putzkammer etwa kein Empfang? Doch, der Empfang war gegeben.

»Tahil Pervaz hat die Fälschung am Abend der Vernissage bei Jacobi gesehen, genau wie Basti gesagt hat. Er hat versucht, Thromschatz zu erpressen.«

»Quatsch! Er wollte uns auffliegen lassen. Deshalb hat Thromschatz mich gebeten, ihn zur Vernunft zu bringen. Ich habe ihn am Fischbrunnen getroffen. Er war ein geldgeiles Arschloch! Er hat nicht nur Basti mit Drogen vollgepumpt und abgezockt, er wollte auch von mir Geld. Er wollte den Deal platzen lassen!«

»Du bist Thromschatz auf den Leim gegangen, Anian. Das Geld hat Tahil von Thromschatz gewollt, aber der hat euch gegeneinander ausgespielt. Und da er wusste, wie cholerisch du bist, wenn deine Pläne durchkreuzt werden, hat er es darauf ankommen lassen und dich auf Tahil gehetzt. Sein Plan ging voll auf. Du hast Tahil im Affekt getötet.«

»Nein!«

»Doch!«

Der Alte musste die Wahrheit erst einmal verdauen. Er sah aus wie ein fahler Greis, kurz vor der Zersetzung. Tom gönnte ihm einen Moment der Ruhe, bevor er weitersprach.

»Woher hattest du Tinas Foto?« Dieser Punkt war noch offen.

»Der Basti hat es am Morgen weggeworfen.«

»Und woher hattest du Max' Einstecktuch?«

»Es ist ihm am Dienstag bei der Bezirksratssitzung aus der Tasche gefallen.«

»Und wieso hat man nirgends deine Fingerabdrücke gefunden?«

»Ich hab halt aufgepasst.«

Ob man da noch von Affekt sprechen kann?, fragte sich Tom. »Weißt du, dass Tahil Pervaz' Sturz auf die Mauer des Brunnens tödlich war? Du hättest ihn nicht zusätzlich erwürgen und ertränken müssen.«

Anians Blick verlor sich in der Ferne. Er hatte aufgegeben. Seine Stimme war tonlos. »Was spielt das schon für eine Rolle? Ich habe zwei Menschen, die mir nahestanden, durch tragische Unfälle verloren. Als sie ihre Hände Hilfe suchend nach mir ausgestreckt haben, habe ich die Chance erkannt, die ihr Tod für mich bedeutete. Ich musste nichts weiter tun, als zuzuschauen, wie das Leben langsam aus ihnen wich. Dieser Tahil Pervaz war ein Scheusal. Er wollte mir alles nehmen, was mir wichtig ist: Bastian und die Juwelen. Es hätte nicht gereicht zuzusehen, wie er stirbt.«

Anians Brust hob und senkte sich. Sein Mund stand offen, seine Augen blickten leer. Ihm schien die Tragweite dessen, was er gerade zugegeben hatte, nicht klar zu sein. Tom wurde der Platz in der Kammer eng. Er öffnete die Tür, schob Anian nach draußen, der sich willenlos von ihm abführen ließ. Tom starrte das Telefon an, das endlich zu vibrieren begann. Jessica.

»Christl lebt. Ein paar Kratzer und blaue Flecken, aber sonst alles okay, Chef.«

38

Die Stimmung in der Gaststube war ausgelassen, es galt, das Ende der »Fünften Jahreszeit« zu feiern. Tom war insgeheim froh, dass der Trubel vorüber war. Er liebte die Ruhe, die sich nach der Wies'n über München legte. Eigentlich hätte er rundum zufrieden sein müssen, einzig der Gedanke an Claas hatte ihn heute übermannt.

Christl hatte ihm eine neue Brieftasche geschenkt, und er hatte alle Dokumente aus der alten Börse umgeordnet. Zwischen Führerschein, Personalausweis und alten Quittungen fand er ein dünn gewordenes Stückchen Papier, dessen Blau von einem gelblichen Schleier überzogen war. Er faltete es auseinander, entzifferte die Buchstaben und durchlebte den Moment erneut, als er in einem schäbigen Düsseldorfer Hinterhof über den Boden gekrochen war und blutüberströmt mit letzter Kraft nach diesem blauen Stück Papier gegriffen hatte. Es war das letzte Lebenszeichen seines Freundes Claas, dessen Handschrift er eindeutig erkannt hatte.

Der Zettel gab Tom Rätsel auf. Claas war seit der Zeit verschwunden. Lebte er noch, versteckte er sich oder wurde er sogar gefangen gehalten? Konnte es wirklich möglich sein, dass Claas ihn verraten hatte, wie die Untersuchungen ergeben hatten? Diese Fragen waren durch Anian wieder neu aufgebrochen, trübten sein Glück gerade in den hellsten Momenten. Er wusste, dass er Antworten brauchte, wenn er endgültig loslassen wollte.

Er sah Christl an, sie hakte sich bei ihm ein, er drückte ihren Arm, verbannte die Gedanken an Claas in eine dunkle Kammer seines Bewusstseins. Für ihn hatte ein neuer Lebensabschnitt begonnen, und jetzt wollte er sich erst einmal voll und ganz darauf konzentrieren.

Sein erster Fall nach seinem Sabbatjahr war gelöst, er hatte sich in seiner neuen Arbeitsstätte eingewöhnt, auch wenn es nur eine Frage der Zeit war, wann der große Eklat mit Mayrhofer kommen würde. Anian, Carsten Thromschatz, Horst Jakobi, Dragovan Glaskovitch und Eddie Pfeifer waren verhaftet worden und würden ihrer gerechten Strafe zugeführt werden. Anian würde seinen Lebensabend nicht als umschwärmter Patriarch, sondern hinter Gittern verbringen. Allerdings würde er die unterschiedlichsten Instanzen der Justiz noch eine Zeit lang beschäftigen, denn ein ärztliches Gutachten bescheinigte ihm eine schnell fortschreitende aggressive Demenzerkrankung, was Jakob zum Anlass genommen hatte, seine Entmündigung anzustreben. Wohl weniger, um ihm in einer Anstalt angenehmere Haftbedingungen zu sichern, als vielmehr um Alleinherrscher über das Familienimperium zu werden. Manche Menschen ändern sich eben nie, dachte Tom.

Er und Christl steuerten Arm in Arm auf den Stammtisch zu. Tom freute sich, endlich gemeinsam mit den Menschen, die ihn in den letzten Wochen unterstützt hatten, einen fröhlichen Abend verbringen und in ausgelassener Runde seinen Einstand feiern zu können. Christl trug die Haare heute offen. Sie war wie Tom in verwaschene Jeans und in ein weites Herrenhemd gekleidet, das mit weißen Farbklecksen übersät war, denn sie waren gerade erst mit ihren Streicharbeiten fertig geworden und hatten die Freunde nicht zu lange warten lassen wollen. Christls dunkle Augen funkelten, strahlten wie schwarze Diamanten vor Glück.

»Da seid ihr ja endlich.« Max stand auf, ging ihnen entgegen, führte sie zum Tisch. Tom ergriff einen der Maßkrüge, die auf dem Tisch standen, Christl nahm sich ein Wasserglas. Ausgelassen prosteten sie Hedi, Max, Hubertus, Jessica, Benno und Konstanze zu. Benno war vor zwei Tagen aus der Reha zurückgekehrt. Christl und er hatten sich ausgesprochen, und Tom freute sich aufrichtig, dass Benno gekommen war und sich jetzt mit Jessica in die Speisekarte vertiefte. Mayrhofer war Toms Einladung wie erwartet nicht gefolgt.

»Und, wie weit seid ihr?« Hedi blinzelte Christl zu.

»Fast fertig.«

Christl gab Tom einen Kuss. Er legte seinen Arm um ihre Taille. Sie kamen aus seiner Wohnung und hatten Christls Umzug zu ihm so gut wie abgeschlossen.

»Jakob ist von allen Wies'n-Ämtern zurückgetreten.« Max strahlte. »Es kam gerade im Radio.«

»Dann kannst du deinen Hut ja wieder in den Ring werfen.« Tom stupste den großen Bruder an.

»Schauen wir mal.« Max schaute zu Hedi, die vieldeutig die Augenbrauen hochzog.

Tom prostete Konstanze zu. »Was macht die Ausstellung?«

Sie lachte, zeigte ungeniert ihr Pferdegebiss. Tom dachte, dass er sie genau deshalb so gerne mochte. Sie drehte den Daumen nach oben.

»Heute sind die Montez-Juwelen Gott sei Dank für die Ausstellung freigegeben worden. Theresa Feinstein, die rechtmäßige Erbin und Ur-Großnichte von Zilla Feinstein, die seit Jahrzehnten in Australien lebt, wird eine gütliche Einigung mit Carsten Thromschatz anstreben.«

Heidi schaute zur Tür. »Apropos Australien. Die Mädls müssten schon längst da sein.«

»Die kommen schon noch.«

Max hatte zur Feier des Tages seine Pfeife angesteckt, und Hedi verlor kein Wort darüber. Sie hatte lediglich das kleine Fenster zum Biergarten im Hof geöffnet, sodass der Rauch abziehen konnte, lächelte Gäste, die irritiert schauten, freundlich an und ließ keinen Zweifel daran, dass der Wirt hier und heute seine Pfeife genießen durfte.

Tom und Christl rutschten zwischen Hubertus und Benno auf die Bank.

»Das ist ja ein richtiges Happy End für deinen Artikel, Hubertus! Die Montez-Juwelen werden ihrer rechtmäßigen Besitzerin zugeführt!«, meinte Tom. »Weißt du schon, ob und wann er erscheint?«

»Erscheinen wird er! Zwar nicht auf der Titelseite der NMN, aber dafür als Hintergrundbericht mit einem Kommentar von Konstanze im NM-Magazin.« Hubertus strahlte Konstanze an. Er hatte in ihr eine Verbündete gefunden. Sie hatte ihm anvertraut, dass sie sich nicht verzeihen könne, sich so in Thromschatz getäuscht zu haben.

»Kompliment!«, rief Christl.

»Bleibst du jetzt der NMN doch treu?«, fragte Tom.

»Nein«, antwortete Hubertus, »für mich ist jetzt genau der richtige Augenblick, um aufzuhören und meinen ersten Krimi in Angriff zu nehmen.«

»Du willst einen Krimi schreiben?« Konstanze klang begeistert. »Dann weiß ich einen tollen Titel: Die Montez-Juwelen.«

Alle lachten, bis Max innehielt. »Ist die Kopie inzwischen aufgetaucht?«

Tom schüttelte bedauernd den Kopf. »Noch keine Spur! Bis auf einen Ohrring. Wir dachten, die Juwelen wären bei Larissa Stein. Aber die Hausdurchsuchungen haben nichts ergeben. Dafür wurde Horst Jacobi gestern verhaftet. Er hatte noch einen Ohrring bei sich. Der Fall hat internationale Kreise gezogen. Mit Jacobi ist uns ein weltweit gesuchter Kunst- und Schmuckfälscher ins Netz gegangen.«

»Sieh mal einer an!« Max zog genüsslich an seiner Pfeife.

Da schoben sich zwei Mädchen durch den Mittelgang. Die eine versteckte sich hinter der anderen.

»Sanni!« Hedi sprang auf. Sie strahlte über das ganze Gesicht, eilte auf ihre Tochter zu, schloss sie fest in die Arme. Sanni sah gesund und braun gebrannt aus.

»Hallo«, rief sie lachend in die Runde. »Ich musste einfach mal wieder nach Hause kommen, um euch alle zu sehen.«

Sie schob Tina vor. Tina hatte zugenommen, was ihr gut stand, auch ihr Bäuchlein war gewachsen, sie versteckte es nicht. Hinter ihr stand ein junger Mann, dessen Körper und Gesicht durch die Garderobe und Tina größtenteils verdeckt wurden. Die dunkle Krause kam Tom allerdings bekannt vor – auch die kaffeebraune Stirn. Das kann doch nicht Basti sein, dachte er. Der ist noch auf Entziehungskur und hat sich bestimmt keine Afrokrause legen lassen. »Konsti?«

»Nein.« Tina lachte und trat zur Seite, sodass ihr Begleiter sichtbar wurde. »Sanni hat mich auf der Fahrt vom Flughafen überredet, euch endlich zu sagen, dass Felix der Papa ist. Konsti und Felix wollten es dir damals sagen, als sie dich zum Frühstück besucht haben. Felix meinte, ihr würdet schon nicht in Ohnmacht fallen.« Felix legte seinen Arm um Tina, grinste und ließ seine Augen rollen, sodass sie weiß in seinem kaffeebraunen Gesicht aufblitzten. In seinem Blick lag unverkennbarer Stolz. Tom umarmte die beiden lachend. Das würde ein Prachtbaby werden.

Christl drückte ihr Bein eng an seines. Tom sah, dass Hedi schluckte, ihre Schultern hoben und senkten sich, dann hatte sie sich augenscheinlich mit dem Vater ihres ersten Enkelkindes abgefunden. Max zog genüsslich an seiner Pfeife. »Hauptsache kein kleiner Hassler.«

Alle stimmten ihm lachend zu.

»So, Leute«, rief Tom. »Jetzt brauch ich was Anständiges zu essen. Ich habe einen Riesenhunger!«

»Und ich erst.« Christl gab ihm einen dicken Kuss.

Tom lehnte sich zurück. So fühlte sich Heimat an.

EPILOG

Larissa Stein stand unter einer Laterne auf der Ludwigsbrücke und kämpfte mit sich. Sie holte das Päckchen aus ihrer Tasche, wickelte es aus, bewunderte das Glitzern und Funkeln, das Strahlen und Glühen, das Aufblitzen und Spiegeln von Gold und bunten Edelsteinen in ihrem Handteller. Brillanten, Saphire und Rubine leuchteten um die Wette, verstrahlten den Glanz von Jahrhunderten. Es war kaum zu glauben, dass die Steine nicht echt waren.

Anian war geschickt gewesen. Ihre Wohnung war seit dem Tag des Einbruchs mehrfach durchsucht worden. Aber Anian hatte Drago gebeten, das Päckchen mit der Post aufzugeben. Da sie nicht regelmäßig in ihren Briefkasten schaute, hatte sie es erst zwei Wochen später entdeckt. Sie hatte dem Alten seine Brutalität verziehen, war geheilt von dem Drang, Liebe mit Geld zu verwechseln. Die Wohnung am Viktualienmarkt hatte sie verlassen, den Macan abgegeben, sich eine Studentenbude in Schwabing gesucht. Auch aus Jakobs Leben war sie verschwunden, denn sie hatte Anzeichen für ähnliche Vorlieben wie die seines Vaters bei ihm entdeckt. Sie trug jetzt einen Kurzhaarschnitt, ließ das Hellblond herauswachsen, bevorzugte Kleidung in gedämpften Farben, die den Körper umspielte. Außerdem – es musste mit den Juwelen zu tun haben – begann sie immer öfter unter Schweißattacken zu leiden. So wie jetzt, als sie sich entschied, das Päckchen in ihrer Hand nicht in die Isar zu werfen, sondern zu hüten wie einen Schatz – bis an ihr Lebensende.

Und sie würde umsatteln. Von Jura auf Kunstgeschichte.

MEIN HERZLICHER DANK GILT:

Meinem Mann Ralf, der mit seinem breiten Allgemeinwissen und seinen historischen Kenntnissen meine Recherchen erleichterte und nicht müde wurde, ausdauernde Diskussionen zu führen. Unseren Kindern Lukas und Milena für ihre Geduld und Motivation.

Meiner besten Freundin Beate und ihrem Mann Jochen, die den Leser im Blick hatten. Meiner lieben Nachbarin und Freundin Sabine, die mit ihrem Enthusiasmus maßgeblich dazu beitrug, dass das Manuskript entstand. Mit ihrem unvergleichlichen Humor eröffnete sie mir neue Perspektiven. Meiner langjährigen Freundin Uti, die in der Endphase treffsichere Weichenstellungen gab. Meiner Freundin Annette, die hilfreiche Tipps zu Dramaturgie und Stil beisteuerte. Meiner Freundin Eva, die Unlogischem auf die Schliche kam. Johann Kropac, der mir Nachhilfe in Bayerisch gab. Carsten Neubert für die Rundtour durch das Polizeipräsidium München und die Fahrt mit dem Paternosteraufzug. Hubertus Andrä, der das ermöglichte.

Kerstin, die mein Buch als Erste las und mich mit ihrem breiten Know-how grundlegend unterstützte. Sie hat »Die Montez-Juwelen« von manchem Erstlingsfehler befreit.

Der Hines Immobilien GmbH, die die Hofstatt in München verwaltet und sich begeistert darüber zeigte, dass die neue Einkaufspassage vorgestellt wird. Der Bayerischen Schlösser- und Seenverwaltung sowie dem Wittelsbacher Ausgleichsfonds für rechtliche Klärungen.

Und ein ganz besonderer Dank – denn, was ist ein Buch ohne Verlag: Meiner Lektorin Claudia Senghaas, die mein Manuskript überzeugte und die es versteht, genau das Wort zu finden, das einen Satz noch schöner macht. Und natürlich dem Verleger Armin Gmeiner, der neuen Autoren eine Chance gibt.

Ein herzliches, tief bewegtes »DANKE!«

PS:
Die Montez-Juwelen sind eine Erfindung. Ludwig I. hat seiner Geliebten Lola Montez diese Juwelen nie geschenkt.

- LESEPROBE -

DAS LUDWIG THOMA KOMPLOTT
SABINE VÖHRINGER

»Vergessen Sie nie, dass der Skandal sehr oft erst dann beginnt,
wenn ihm die Polizei ein Ende bereitet.«

aus ›Moral‹ von Ludwig Thoma

PROLOG

München. Freitag, 20. Oktober 2017. Nachmittag.

München versank in den ersten, verfrühten Schneeflocken. Es würde noch mehr Schnee kommen, das konnte Claas Buchowsky durch den Spalt der Dachluke riechen. Die eisige Luft kühlte sein erhitztes Gesicht. Doch obwohl er einen schrecklichen Tag hinter sich hatte, ahnte er, dass ihm weit Schlimmeres bevorstand.

Er spähte zum Eingang des Wirtshauses auf der gegenüberliegenden Straßenseite. Die gelbe Fassade strahlte Gemütlichkeit aus. Tom Perlinger, sein ehemaliger Freund und Kollege, musste jeden Moment eintreffen.

Claas hatte seine wenigen Habseligkeiten installiert. Es war ein Riesenglück gewesen, dass er diese Bleibe vis-à-vis von Tom hatte anmieten können. Das leerstehende Dachgeschoss eines ehemaligen Lederwarengeschäftes befand sich kurz vor dem Abriss.

Claas' Isomatte und sein Schlafsack lagen auf dem kahlen Betonboden, daneben sein alter Rucksack. Die Baustellenklamotten mit dem nicht zu übersehenden Logo der DeuWoBau GmbH & Co. KG hatte er fein säuberlich über die gestapelten Bierkisten gehängt, die wohl irgendein Obdachloser vergessen hatte. Als Baustellenleiter musste Claas vorbildlich aussehen, wenn er nicht auffliegen wollte. Allerdings würde er seinen Auftrag sowieso abbrechen, sollte sein Plan endlich gelingen.

Claas horchte auf, als es im Stockwerk unter ihm schepperte. Vermutlich war der Alte zurückgekehrt, der tagsüber auf der Sendlinger Straße bettelte. Claas ging zur Tür. Er drehte den großen rostigen Schlüssel im Schloss herum, um jegliche Störung zu vermeiden. Dann zog er trotz der Kälte die doppelte Lage Wollpullis aus. Sie ließen seinen zwar durchtrainierten, doch schmächtigen Körper kräftiger wirken, doch jetzt engten sie ihn ein.

Er würde sich einen neuen Auftraggeber suchen müssen. Nicht nur bei der DeuWoBau, sondern überhaupt. Auch wenn er sein eigentliches Ziel nie aus den Augen verlieren würde, sobald er Tom aus dem Weg geschafft hatte: der russischen Mafia das Handwerk zu legen. Es würde sich zeigen, wer am Ende gewinnen würde.

Claas hatte das erste Mal, seit er auf Iwan Maslovs neuer Großbaustelle in München angeheuert hatte, wegen des schlechten Wetters früher Feierabend. Damit war endlich die Chance gekommen, auf die er sich seit annähernd drei Jahren vorbereitete. Seit dem Moment, als Nastasja in seinen Armen gelegen und verblutet war.

Er sah ihr Gesicht vor sich. Ihre Lippen, die mühsam die Worte formten: »Ich liebe dich.« Nur für ihn. Ganz nach der Art der Taubstummen. Die Frage in den Augen, ob er sie verstand. Er hatte sie verstanden. Schließlich hatte er in den beiden Jahren, die sie sich gekannt und geliebt hatten, gelernt ihre Sprache zu sprechen. Ihre Gesten zu deuten.

Iwan Maslovs schöne Tochter war in Folge einer Hirnhautentzündung im Alter von fünf Jahren zunächst taub geworden. Dann hatte sie nach und nach aufgehört zu sprechen. Ihr Vater, der Kopf der russischen Mafia, hatte sie wegen dieses körperlichen Gebrechens aus seinem Leben verbannt – so sehr er sie auch geliebt haben mochte. Erst Claas hatte ihr vor Augen geführt, aus welcher Familie sie stammte. Denn er wollte, dass sie wusste, warum er sich so verhielt, wie er es tat. Sie war mit der Gewissheit gestorben, der Hölle entsprungen zu sein. Jede ihrer mühsam gebildeten Silben hatte ihn mitten ins Herz getroffen. Er konnte sich bis heute nicht verzeihen, dass er sie zu diesem Einsatz mitgenommen hatte.

Es war Toms Querschlägerkugel damals in Düsseldorf gewesen, die sie getötet hatte. Claas und Tom hatten eigentlich Nastasjas Bruder stellen wollen, was Tom erst Monate später gelungen war. Auch Iwan Maslov war ihnen entwischt. Inzwischen war er dabei, den Mittelpunkt der Euroasiatischen Drogenmafia von Düsseldorf nach München zu verlegen.

Heute würde Claas den Moment, wenn Tom aus dem Polizeipräsidium nach Hause kam, nicht ungenutzt verstreichen lassen. Tom hatte sein Leben zerstört. Claas würde Nastasjas Leben und ihrer beider verpasste Chance auf Glück rächen. So sehr ihm Tom in Düsseldorf auch ans Herz gewachsen war.

Claas' Hand zitterte, als er den gelben Zettel aus der Vordertasche seines Rucksacks nahm und ihn auffaltete. Tom und er hatten sich regelmäßig solche Zettel geschrieben. Tom gelbe, Claas blaue. *ZB,* stand in Toms großen Druckschriftbuchstaben darauf. *Zusammenbleiben.* Ja, sie waren ein fest zusammengeschweißtes Team gewesen.

Trotzdem holte Claas jetzt seelenruhig seine Walther PPK aus dem Rucksack. Mit der gleichen Gelassenheit schraubte er den Schalldämpfer auf die Dienstwaffe, die er ganz offiziell als Mitarbeiter des Bundeskriminalamtes trug. Den Schalldämpfer allerdings hatte er sich in einem Geschäft am Münchner Hauptbahnhof auf nicht ganz legale Weise organisiert. Die offizielle Erlaubnis einzuholen wäre zu auffällig gewesen.

Er griff nach der Baseballkappe auf seinem Bettenlager und zog sie tief ins Gesicht. Anschließend fuhr er sich durch den dichten Bart, den er sich ganz der Mode entsprechend hatte wachsen lassen. Eine hervorragende Tarnung! Nicht einmal seine Mutter hätte ihn in dieser Verkleidung erkannt, wenn sie noch leben würde.

Luca, sein Führer im Landeskriminalamt Bayern, würde bitter enttäuscht sein. Ihre Top-Secret-Aktion war zum Scheitern verurteilt, sobald Claas von der Bildfläche verschwand.

Seine Legende hatte aufwändiger Vorarbeiten bedurft. Schließlich ging es darum, zu vermeiden, dass München, eine der sichersten Städte Deutschlands, zum Dreh- und Angelpunkt einer ganz neuartigen und bisher ungeahnten Form der organisierten Kriminalität wurde.

Claas stutzte. Endlich. Da kam Tom. Claas stellte sich in Position. Breitbeinig, damit er einen guten Stand hatte. Er stieß die Luke auf, sog die frische Luft ein, konzentrierte sich auf seinen Atem. Dann streckte er den rechten Arm mit der Pistole aus, visierte sein Ziel. Sein Standort war perfekt. Kimme und Korn bildeten eine Linie, einen einzigen Punkt im Blick: seinen ehemaligen Freund und Kollegen Tom Perlinger, der unten auf der Straße wie eine lebende Zielscheibe auf ihn zusteuerte.

1.

»Nur über meine Leiche!« Hauptkommissar Tom Perlinger sprang so heftig vom Sitz seines Bürostuhls auf, dass dessen Rollen über das abgeschabte Parkett ratterten. Das durfte jetzt nicht wahr sein!

Vor allem, weil er es eilig hatte, nach Hause zu kommen. Seine Jugendfreundin Julia Frey wollte ihn dringend treffen. Eben am Telefon war sie außer sich gewesen. Angeblich hatte sie einen entscheidenden Hinweis zum aktuellen Cold Case »Rosi«, der Tom seit Wochen den Schlaf raubte.

Aber auch Weißbauers plötzlicher Sinneswandel brachte Tom zur Weißglut. Er vermied es, den sonst in Bayern üblichen Ausdruck »Ja, hamms dir ins Hirn g'schissn?«, der ihm auf der Zunge lag, zu verwenden. Xaver Weißbauer war immerhin der Präsident des Polizeipräsidiums München und damit sein höchster Chef.

Tom kannte Weißbauer seit einer Ewigkeit und wusste, wie gut der Mann es verstand, sich sicher durch die Höhen und Tiefen des politischen Dschungels in Bayern zu lavieren.

Stattdessen riss Tom sich zusammen und mäßigte seinen Ton. »Du willst mir allen Ernstes zu verstehen geben, dass wir unseren aktuellen Fall, bei dem wir kurz vor dem Durchbruch stehen, ad acta legen sollen?«

Tom nahm sein Handy vom Schreibtisch und schob es in die Gesäßtasche seiner Jeans, die so eng war, dass er den Gegenstand deutlich spürte.

Weißbauer, ein großer Mann mit Bauchansatz, schütterem grauen Haar, einer breit geränderten Harry-Potter-

Brille und einer tiefen Stimme mit hörbar bayrischem Einschlag, senkte die Lautstärke. »Tom, reg dich ab. Das musst du verstehen.«

»Verstehen?« Toms Blick fiel auf die seitliche Front der Jesuitenkirche St. Michael. Er sollte längst bei Julia sein. Sie hatte fast panisch geklungen.

Und jetzt kam Xaver Weißbauer und raubte ihm wichtige Minuten, weil er Tom und sein Team aus unerklärlichen Gründen von dem Fall abziehen wollte. »Lass mich raten. Irgendetwas ist damals schiefgelaufen. Der Falsche ist verurteilt worden. Aber glücklicherweise hat der sich in seiner Zelle aufgehängt. Jetzt sind alle tot. Warum also sollen wir weiter ermitteln? Wen interessiert schon, wie es wirklich war? Aber du vergisst, dass der Fall nicht abgeschlossen ist. Wir suchen nach wie vor nach Mittätern!«

»Spar dir deinen Sarkasmus! Der Artikel in der Zeitung war ein Schmarrn.« Weißbauer rückte das Horngestell seiner Brille mit wurstigen Fingern zurecht.

»Schmarrn? Was meinst du, was hier seit gestern los ist? Die Telefone stehen nicht still. Es gehen zahlreiche Meldungen ein. – Und das, obwohl der letzte Mord 50 Jahre zurückliegt. Es gibt Menschen, die interessiert die Wahrheit. Der Fall berührt. Nicht nur mich und mein Team.« Tom verschwieg sein Treffen mit Julia.

Weißbauer stellte sich neben ihn, teilte seinen Blick, wollte zweifelsohne Nähe und Loyalität herstellen. »Klar. Fünf fesche Dirndl. Prostituierte. Brutal ermordet und vergewaltigt. Da horcht die Öffentlichkeit auf. Aber mei, das ist lang her. – Glaub mir, Tom. Tote soll man ruhen lassen. Wir haben andere Probleme, als alte Geister zu wecken.«

Tom konnte Weißbauers Angst regelrecht riechen. Sein Chef musste Druck von ganz oben haben. Tom drehte sich ihm abrupt zu, während er nach seiner schwarzen Lederjacke über der Stuhllehne griff. »›Geister, die du gewähren lässt, gebären solche, denen du nicht gewachsen bist‹ – diesen Spruch solltest du kennen, Weißbauer.«

Damals, bevor er nach Düsseldorf gegangen war, hatte Tom ein Polizeipräsidium erlebt, das hoch motiviert und gut aufgestellt gewesen war. Ein fest miteinander verwobenes Team. Unverwundbar im Kampf für das Gesetz. Das war jetzt anders.

Inzwischen war eine Bürokratie in Gang gesetzt worden, eine Maschinerie der Selbstverwaltung, ein sich selbst erhaltendes System. Es ging nicht mehr um Gerechtigkeit, sondern darum, niemandem auf die Füße zu treten. Man dachte nicht mehr darüber nach, was man tat, sondern, ob es den Vorschriften entsprach. Nicht Toms Welt. Vielleicht war jetzt der richtige Moment aufzuhören und sich einem neuen Ziel zuzuwenden.

Weißbauer drohte ihm mit der Faust. »Gut ist's, Perlinger. Wir brauchen jeden Mann. In zwei Wochen ist Christkindlmarkt. Was meinst du, was da los ist?«

Tom warf sich die Jacke über. Sein Vater hatte ihm genügend Geld hinterlassen, um gemeinsam mit Christl ein ruhiges Leben in seiner Dachgeschosswohnung zu führen oder gemeinsam mit ihr auf Weltreise zu gehen.

Tom berührte das kleine Kästchen mit dem Verlobungsring in seiner linken Jackentasche, das er seit Tagen bei sich trug. Bisher hatte er nicht den Mut gefunden, Christl mit dem Ring zu überraschen.

Weißbauer kam nun richtig in Fahrt. »Meinst du, ich will in München ein zweites Köln 2015 erleben? Oder ein zweites Berlin oder Nizza 2016? Oder ein Barcelona 2017? Denk an das Attentat im Olympiazentrum. Selber dabei warst du! Glück haben wir gehabt, dass wir vorbereitet waren, dass alle perfekt reagiert haben. Die Kölner Kollegen werden bis heut von den Medien zerrissen. Das können wir uns nicht leisten. Die Touristenzahlen haben sich heuer erstmals stabilisiert.«

Tom ging auf die Verbindungstür zu, die Jessica immer offen, Mayrhofer immer geschlossen hatte. Gerade war sie zu, was ihn davon abhielt, den Raum mit einem Gruß, aber ansatzlos zu durchqueren und den kürzesten Weg zum Paternoster zu nehmen.

Ein letzter Versuch, um an Weißbauers Mitgefühl zu appellieren. »Die Mutter vom Horst Wagner, dem Theologiestudenten, der damals verurteilt wurde, war gestern bei mir. Todkrank ist die alte Frau. Angefleht hat sie mich, seine Unschuld zu beweisen. Als Mutter eines Serienmörders, meint sie, kann sie nicht sterben.«

Weißbauer hob gleichzeitig beide Arme, was ihm etwas von einer überdimensionalen Marionette verlieh. »Perlinger. Ihr lassts den Fall jetzt ruhen. Ursprünglich war der Mayrhofer drauf angesetzt, jetzt ist das ganze Team damit befasst. Die Prioritäten sind verrutscht. Ab morgen schauts ihr euch die Sicherheitspläne für den Christkindlmarkt an. Basta.«

Tom drehte sich jetzt frontal zu Weißbauer. Sie standen dicht an dicht. Beide waren in etwa gleich groß, ihre Nasen keine 20 Zentimeter voneinander entfernt.

Tom beherrschte sich und sprach mit betont leiser Stimme. »Wieso sollte sich die Polizei heute dafür interessieren, warum und von wem damals fünf Nutten ermordet wurden? Zumal das Sperrgebiet wenig später ja sowieso weg musste. Wegen der Olympischen Spiele 1972. Da hat halt jemand schon früher aufgeräumt.«

»Jetzt hörst aber auf mit dem Schmarrn!« Weißbauers Gesicht nahm eine puterrote Färbung an.

Tom fuhr fort. »Kommissar Löhnig hat den Fall damals abgeben müssen. Er hat nicht geglaubt, dass der Student Horst Wagner der Täter war. Das wird jedem klar, der seine Protokolle liest. Die Fragen sollten aufhören, als endlich jemand gefunden war, auf den das Täterprofil einigermaßen zugetroffen hat. Horst Wagner war ein Bauernopfer. Endlich Ruhe. Zumal das letzte Mädchen in der Endphase der Olympiabewerbung ermordet wurde. Eine Lösung musste her. Egal wie. Aber die Beweisführung hinkt an allen Ecken und Enden. Als Horst Wagner dann im Gefängnis gesessen hat und kein weiterer Mord geschehen ist, hat man ihm kurzerhand alle fünf Leichen angehängt. Und auch mögliche Mittäter nicht weiter verfolgt.«

»Schließlich hat es kein totes Madl mehr gegeben!«

»Das ist hier nicht die Frage! Der Verdacht auf Wagner stützt sich auf die Aussage einer Gruppe von Stadträten! Das Olympiakomitee. Diejenigen, die von Anfang an die Bewerbung vorangetrieben haben. Eine Stadt, in der ein Serienmörder wütet, hätte den Zuschlag nie bekommen.«

»Das wird ja immer besser.« Weißbauer bemühte sich jetzt um ein klares Standarddeutsch. »Erst ein Justizirrtum mit Todesfolge und dann die Falschaussage einer Gruppe hochdekorierter politischer Würdenträger. Da werden sich die Herren im Innenministerium freuen. Am besten gehst gleich damit an die Presse, Perlinger. Der perfekte Einstieg zum Jubiläum im nächsten Jahr.«

Tom hatte nicht vor, seinen Kurs zu ändern. »100 Jahre Freistaat Bayern? Geht das schon los? Mei, was hat denn das eine mit dem anderen zu tun? Bis dahin haben wir den Fall längst gelöst. Brauchst keine Angst haben, dass ein schlechtes Licht auf dich fällt, Weißbauer.«

Mit einer heftigen Bewegung öffnete Tom die Verbindungstür, hinter der Mayrhofer mit gespitzten Ohren in seine vorabendliche Leberkässemmel biss und Jessicas orangerot gefärbter Schopf blitzartig hinter einer Akte verschwand. Sollte sein Team sich seine eigene Meinung bilden.

Weißbauer sah nicht glücklich mit der Antwort aus. Er baute sich zu voller Größe auf, packte das ganze Gewicht seiner Amtsautorität in die Lautstärke seiner Stimme. »Nochmal für alle: Die Akte »Rosi – Prostituiertenmorde 1963–67«

wandert unverzüglich und unwiderruflich zurück ins Archiv. Das ist eine Dienstanweisung. Sie folgt schriftlich.«

Mayrhofer verschluckte sich an seiner Semmel. Für seine Begriffe hatte er sich tief in den Fall verbissen. Jessica nahm einen Schluck Kaffee und warf Tom durch die Fransen ihres überlangen Ponys einen fragenden Blick zu. Tom antwortete mit einem vieldeutigen Heben der Augenbrauen. Dann durchquerte er endlich das Büro in Richtung Paternoster – ohne Weißbauer eines weiteren Blickes zu würdigen.

2.

Julia Frey klappte ihren Laptop auf. Nervös strich sie die kinnlangen, schwarzen Locken zurück, die ihr immer wieder ins Gesicht fielen. Dann tippte sie zum x-ten Mal *Ein Münchner im Himmel* in die Suchmaske ein.

Über 100.000 Mal war ihre Lieblingsfassung des gleichnamigen Zeichentrickfilms nach dem Drehbuch von Ludwig Thoma und mit Illustrationen von Gertraud und Walter Reiner aufgerufen worden. Rund 500 Klicks davon gingen auf ihr Konto.

Normalerweise musste sie schmunzeln, sobald die Musik ertönte. Doch heute liefen ihr die Tränen über die Wangen, als die Comic-Zeichnungen auf dem Bildschirm erschienen. Doch sie wollte den Film unbedingt noch einmal anschauen.

Alois Hingerl, Dienstmann Nr. 172 auf dem Münchner Hauptbahnhof, wurde wegen Überarbeitung vom Schlag getroffen und starb. Im Himmel hieß er von da an »Engel Aloisius«. Er bekam eine Wolke und Harfe zugeteilt und musste täglich nach Dienstplan jubilieren. Als Lohn würde er »Manna« erhalten. Doch was sollte er mit Geld, wenn ihm sein Bier und sein »Schmaizla« – sein Schnupftabak – versagt blieb? Julia war jedes Detail vertraut.

Aber plötzlich, als Aloisius' Frohlocken zu einem Ha – lä – lu – Himmi – Hergott – Erdäpfi – Sakrament – luh iah! wurde, wurde ihr mit einem Schlag bewusst, in welcher Gefahr sie sich befand.

Sie starrte den Packen dicht beschriebener Blätter an, der vor ihr auf dem Schreibtisch lag. *Ein Münchner im Himmel, Teil II von Ludwig Thoma.* Das bisher unveröffentlichte letzte Werk des großen bayerischen Schriftstellers, das sie im Nachlass ihres Vaters gefunden hatte. Das Manuskript stammte noch aus dem Besitz ihres Großvaters Josef Seidl, der ein Freund und großer Bewunderer des Schriftstellers gewesen war.

Josef Seidl hatte in den 20-ern als blutjunger Mann das Verlags- und Druckhaus Seidl mitten in der Münchner Innenstadt in einem Hinterhof der Sendlinger Straße gleich beim heutigen Asamhof aufgebaut. Trotz des erheblichen Altersunterschiedes war die Beziehung zwischen ihm und Ludwig Thoma so eng gewesen, dass der Schriftsteller dem jungen Freund damals die Rechte an seinem letzten literarischen Werk vermacht hatte – wie dem persönlichen Anschreiben zu entnehmen war. Entschlossen packte Julia den Stapel Blätter und schob ihn in ihre hellbraune, abgegriffene Lederaktentasche. Es war nur eine Kopie. Das Original lag im Safe.

Bis gestern hatte Julia gehofft, dass ihr Mann Marcel und sie das Manuskript groß herausbringen würden. Dass es ihrem Leben eine positive Wende geben und sogar ihre Ehe retten könnte. Doch inzwischen war sie eines Besseren belehrt. Auch wenn Ludwig Thoma seine Geschichte im zweiten Teil geradezu genial fortgeschrieben hatte, die Veröffentlichung dieses Manuskriptes würde einen Aufschrei des Entsetzens nach sich ziehen. Aber damit nicht genug. Sie würde den Untergang einer Person bedeuten, die Julia sehr nahe stand und die sie unter normalen Gegebenheiten niemals verraten würde. Trotzdem blieb ihr keine andere Wahl. Wie zur Bekräftigung trank sie einen Schluck kalten Jasmintee, ignorierte das Zittern ihrer Hand. Die Wahrheit musste ans Licht.

Während die Pointe von Teil I darin gipfelte, dass die bayerische Staatsregierung bis heute vergeblich auf göttliche Eingebungen wartete, weil Engel Aloisius im Hofbräuhaus versumpft war, zielte Ludwig Thomas satirisches Augenzwinkern im Teil II darauf ab, dass »Manna« zwar vom Himmel fiel, aber an undichten Stellen versackte. Auch das entsprach der Realität, kein Zweifel. Doch niemand wollte es hören.

Aber es kam noch schlimmer. Julia blickte auf die Hausfassade des Innenhofs, als ob Hilfe aus einer der Wohnungen nahen könnte. Denn das eigentliche Dilemma war, dass ein von Ludwig Thoma lustig verpackter Lausbubenstreich 40 Jahre später als Vorlage für einen brutalen Serienmord gedient hatte. Doch damals war der Falsche verurteilt worden. Nur Julia kannte den wahren Mörder.

Sie zog die Schublade auf und nahm den Zeitungsartikel heraus. Seit sie den Beitrag über die Prostituiertenmorde in den 60ern am Dienstag früh in der Zeitung gelesen hatte, war ihr wie Schuppen von den Augen gefallen, auf welchem Pulverfass sie saß. Sie hatte es als Wink des Schicksals verstanden, dass ausgerechnet Tom Perlinger, ihr alter Freund aus Jugendtagen, mit dem Fall betraut war. Schweren Herzens hatte sie den Entschluss gefasst, ihn um Hilfe zu bitten.

Tom, der inzwischen wieder in München keine 300 Meter Luftlinie von ihr entfernt lebte. Tom, der ihr bei Referaten, Schularbeiten und sonstigen Nöten zuverlässig aus der Pat sche geholfen hatte. Mit dem sie sorglos gelacht und gefeiert hatte. Der ihr allerdings in den vergangenen zwei Jahren nur ein Mal auf der Straße begegnet war. Arm in Arm mit Christl, die oft mit der Clique gefeiert hatte, obwohl sie fünf Jahre jünger war. Tom würde Julia nicht nur die Verantwortung für die Wahrheit abnehmen, sondern auch den Schmerz des Verrats.

Eigentlich war sie startbereit. Sie erhob sich vom Schreibtisch, ging zur Garderobe, zog ihren braunen Steppmantel an. Keine Sekunde länger als nötig wollte Julia dieses Manuskript bei sich haben, denn sie war sich sicher, dass sie verfolgt wurde. Die beiden Männer, die ihr bereits gestern Abend auf dem Weg zu ihrer Freundin Franziska begegnet waren, hatten sich auch heute früh im Asamhof herumgedrückt. Ungeduldig überprüfte sie ihr Handy. Dabei fiel ihr Blick auf die Leinwand mit der München-Ansicht, hinter der sich der Safe verbarg. Sollte sie das Original wirklich hier lassen?

Kurz entschlossen entschied Julia sich dagegen. Selbst der Safe war nicht mehr sicher. Sie konnte Marcel nicht mehr vertrauen. Nicht nach dem, was sie vor Kurzem herausgefunden hatte. Gerade, als sie ihr Entsetzen mit ihm hatte teilen wollen. Doch er hatte ihr nicht geholfen. Im Gegenteil. Marcel hatte sie über Jahre hinweg belogen und betrogen. 18 Jahre lang, genau genommen. Vermutlich hatte er ihr seine Liebe von Anfang an nur vorgespielt.

Sie nahm das Ölgemälde ab. Dann zog sie den Hocker vor den Safe und kletterte darauf. Sie musste sich auf Zehenspitzen stellen, um an die hellbeige Postmappe aus handgeschöpftem Büttenpapier mit dem Original zu gelangen, die sie ins oberste Fach geschoben hatte, nachdem sie die einzelnen Manuskriptseiten am Vortag bei Franziska kopiert hatte. Sie erinnerte sich an einen Widerstand. Sie tastete danach, streckte sich höher und bekam ihn schließlich zu greifen. Als sie die aus Ahorn geschnitzte Miniaturharfe in den Händen hielt, raubte die

Erinnerung ihr kurzfristig den Atem. Sie kam ins Wanken und wäre beinahe gestürzt. Nachdem sie sich gefangen hatte, stieg sie vom Hocker und legte die Postmappe mit dem Original auf den Schreibtisch. Sie zupfte mit den Fingernägeln an den winzigen Nylonsaiten, die dumpfe Töne von sich gaben. Jeder Ton rief eine Erinnerung wach. Mühsam beherrscht schloss Julia den Safe und hängte das Gemälde wieder darüber. Dann schob sie Original und Kopie in die Ledertasche und kämpfte mit den Tränen, als sie plötzlich den Notfallpiepser hörte und befürchtete, ihre Mutter könnte den zweiten Schlaganfall innerhalb weniger Wochen erlitten haben.

Panisch vor Angst schob sie die Ledertasche in die oberste Schreibtischschublade und ließ die Ahornharfe in die Seitentasche ihres Steppmantels gleiten.

3.

Tom nahm den Ausgang zur Augustinerstraße – auch wenn er es sonst liebte, durch das Portal mit den zwei Löwen zu schreiten. Dieser prächtige Eingang hatte dem Polizeipräsidium nicht umsonst den Namen Löwengrube verliehen. Die beiden mächtigen Steinskulpturen ließen ihn eine tiefe Verbundenheit spüren. Denn auch er fühlte sich oft wie ein Löwe. Ruhelos, unbändig stark und immer hungrig. Unterwegs auf den Straßen der Stadt, in denen er für Ordnung sorgte.

Sein Magen knurrte hörbar, als er an der Frauenkirche seitlich vorbeilief. Es fing bereits an zu dämmern, war ungemütlich kalt und nieselte. Tom fröstelte. Seine schwarze Lederjacke war viel zu dünn für das Sauwetter. Während seiner Zeit in Düsseldorf und auch während seines Sabbatjahres und seiner Reise quer durch Asien hatte er ganz vergessen, wie eisig das Wetter um diese Zeit in München sein konnte. Dieses Jahr hatte es im Oktober das erste Mal geschneit, und die Regentropfen waren auch jetzt nur einen Hauch davon entfernt, sich in Schneekristalle zu verwandeln. Novemberwetter.

Noch ein paar Grad kälter und Christl und er konnten die erste Skitour planen. In den Bergen lag bereits Schnee bis auf 1.600 Meter. Während seine Wanderschuhe – zu denen er heute früh intelligenterweise gegriffen hatte – langsam durchnässten, weil er vergessen hatte sie zu imprägnieren, fragte er sich, welche Hinweise Julia wohl für ihn hatte.

Tom wich einer Pfütze aus, sah zu den Türmen der Frauenkirche hoch, von denen nur einer verpackt war und der andere frisch renoviert erstrahlte. Eilig überquerte er die Kaufingerstraße. Ein Blick in Richtung Marienplatz zeigte ihm, dass hier bereits Weihnachtsdekorationen an den Straßenlaternen und Hausfassaden angebracht und die ersten Buden für den Christkindlmarkt aufgebaut wurden. Da wählte er lieber den schnellen Weg über den Färbergraben. Allerdings war die Hotterstraße weiterhin gesperrt, wodurch sie selbst für Fußgänger schwierig zu passieren war. Der Lärm der Bauarbeiten drang bis zu ihm herüber. Also setzte Tom seinen Weg über den Färbergraben mit langen Schritten bis zur Sendlinger Straße fort.

Von einer plötzlichen weihnachtlichen Vorfreude erfüllt, öffnete er im Gehen mit zwei Fingern das Kästchen in seiner Jackentasche. Er fuhr über den Samt des Bodens und fühlte die Vertiefung, in der der Platinring steckte. Zufrieden zeichnete er die Gravur am Innenrand mit der Spitze seines Zeigefingers nach. *Für immer.*

Er würde schon heute mit Christl sprechen. Ob ihr der Ring gefallen würde? Tom hatte ihn selbst entworfen, angelehnt an den Anhänger, den er trug. Ein Geschenk seines Vaters. Doch während in Toms Platinanhänger ein Drache eingraviert war, war Christls Ring schlicht gehalten, aber mit einem einkarätigen, lupenreinen und feinweißen Brillanten besetzt. Seit dem Fall mit den Montez-Juwelen hatte Tom sein Faible für Schmuck entdeckt. »Geschenke erhalten die Freundschaft«, hatte Juwelier Thromschatz ihm zugeraunt. Und Tom wollte Christl auf keinen Fall verlieren. Zumal sie am Vorabend gestritten hatten, was bisher selten vorgekommen war. Sie hatten einfach zu wenig Zeit füreinander. Außerdem widmete Christl sich seit Neuestem vermehrt dem Kochen. Aber Tom aß lieber unten in der Gaststube, was sie bisher auch sehr genossen hatte. Am Stammtisch und in Gesellschaft der großen Familienrunde. Aber jetzt wäre Christl an manchen Tagen lieber mit ihm allein gewesen. Erschwerend kam hinzu, dass sie – auch wenn sie jahrelang im Restaurant gearbeitet hatte – am Anfang ihrer Kochkünste stand und bei jeglicher Kritik in die Offensive ging.

Ihre Beziehung stand an einem Wendepunkt. Christl hatte ihr BWL-Studium wieder aufgenommen und war in einer stressigen Prüfungsphase. Tom im Kommissariat mit dem aktuellen Cold Case sehr eingespannt. Aber heute würden sie sich einen schönen Abend machen. Er dachte an ihre weiche, vom Sommer leicht gebräunte Haut. Sah ihre sanduhrenförmig geschwungene Silhouette im Licht des nächtlichen Dachgeschosses neben sich auf dem Bett liegen. Ließ in Gedanken ihre Haare durch seine Finger gleiten, zeichnete die Rundungen ihres Busens nach.

Mit einem Mal fiel ihm ein, dass sie morgen ihre letzte Prüfung hatte. Er würde ihr den Ring trotzdem heute schenken – auch wenn es taktisch klüger wäre, zumindest einen

Tag länger zu warten. Aber jetzt, da er sich zu diesem Schritt durchgerungen hatte, wollte er nicht mehr warten. So heimisch und sicher Tom sich auf der einen Seite in München fühlte, auf der anderen überkam ihn oftmals eine tiefe Unruhe, und er befürchtete, dass sich das Glück von einer Sekunde auf die andere ins Gegenteil verkehren könnte. So wie damals, als die Kugel ihn getroffen und alles verändert hatte. Tom schaute sich um.

Plötzlich hatte er wie häufig in letzter Zeit das Gefühl, beobachtet zu werden. Für einen Moment glaubte er sogar, seinen ehemaligen Kollegen Claas im Gedränge der Hofstatt verschwinden zu sehen. Das konnte nur sein übermüdeter Geist sein. Wieso sollte Claas, der seit ihrem spektakulären Fall in Düsseldorf vor drei Jahren bis heute verschollen geblieben war, plötzlich hier sein? Er hätte sich bestimmt bei ihm gemeldet.

4.

Phil Nguyen, der koreanische Pfarrer aus der Asamkirche, war bei ihrer Mutter, als Julia Sekunden später panisch in ihre Privatwohnung stürzte, nur wenige Meter vom Büro entfernt.

»Ach, Mama.« Julia roch sofort, dass glücklicherweise nur ein Malheur passiert war. Trotz aller Vorkehrungen, die sie trafen. »Danke, dass du mich gleich gerufen hast.«

Der Pfarrer lächelte sie auf seine gutmütige Art an und half wortlos, ihre Mutter umzubetten. Ob er merkte, wie nervös sie war? Schließlich hatte sie am Morgen bei ihm gebeichtet.

Anders als ihr Noch-Ehemann Marcel hatte der junge Pfarrer es sich zur Lebensaufgabe gemacht, Julia und ihrer Mutter nach dem Schlaganfall zur Hand zu gehen. Von einem auf den anderen Tag war die einst lebenslustige, quirlige Maria in den Zustand einer leblosen Puppe versetzt worden. Phil hatte Julia auch bei dem Papierkram unterstützt, der erst ermöglicht hatte, dass die alte Frau in ihrer gewohnten Umgebung bleiben durfte. Im Gegenzug half Julia dem Pfarrer bei der Jugendarbeit. Sie waren gerade dabei, einen Jugendchor aufzubauen. Julia leitete die Gruppe mit ihrem Cello an.

»Ich muss gleich noch mal weg.« Es war Julia unangenehm, Phil schon wieder um Hilfe zu bitten. Sie würde sich eine andere Lösung einfallen lassen müssen.

»Passt. Ich bin da.«

»Ich weiß gar nicht, wie ich dir danken soll.«

»Spielst bald mal wieder Bach für mich.« Phil legte Julia die Hand auf den Arm. Trotz seiner koreanischen Abstammung hatte Phils Aussprache einen bayerischen Einschlag, was ihm zweifelsohne half, Nähe zu seiner Kirchengemeinde herzustellen. Er war ein sehr feinsinniger Mensch und ihr eine große Stütze.

»Es wird alles gut, Julia.« Er sah ihr tief in die Augen. Sie wusste, wie sehr er sie mochte. Aber wie meinte er das? Sie legte ihre Hand auf seine. »Danke, Phil. Ich nehme den Hund mit. Er muss dringend raus.«

Ihr Blick fiel auf die gerahmte Schwarz-Weiß-Fotografie, die im Schlafzimmer ihrer Mutter an der Wand hing. Der Schnappschuss zeigte ihren Großvater als jungen Mann und zwei weitere Burschen bei einem Besuch bei Ludwig Thoma vor Thomas Haus »Auf der Tuften« am Tegernsee in ausgelassener Stimmung. Auf dem Tisch vor den Männern lag ein Packen Papier. Das Manuskript, das Thoma wenige Tage zuvor fertiggestellt haben musste, wie Julia inzwischen wusste. In seinem Anschreiben erwähnte Thoma, dass er es den Burschen bei diesem Treffen vorgelesen hatte. Julia nahm die Fotografie kurzentschlossen ab und klemmte sie sich unter den Arm. Ein weiteres Beweisstück, das sie Tom aushändigen würde. Denn hier schloss sich der Kreis. Auf dem Schnappschuss war der spätere Mörder zu sehen. Dort, wo das Bild gehangen hatte, blieben ein weißes Rechteck und ein Nagel an der Wand zurück.

Julia leinte den Hund an. Kurz vor ihrem Schlaganfall hatte ihre Mutter von ihrer besten Freundin einen Beagle namens Einstein geerbt. Julia hatte es nicht übers Herz gebracht, den Hund ins Tierheim zu bringen. Obwohl Einstein ein Tier mit einem ausgeprägten Eigenleben war. Vor der Tür zog der Hund heftig in Richtung Sendlinger Straße, aber Julia zerrte ihn zurück zum Büro. Sie musste die Ledertasche holen.

Nachdem sie die wenigen Meter über den Hinterhof zurückgelegt hatten, fiel Julias Blick durch das Fenster ins Büro. Sie erschauderte, als sie sah, was an ihrem Schreibtisch vor sich ging. Marcel hatte die Schublade aufgezogen und war gerade dabei, ihre Aktentasche zu öffnen. Wie meist trug er nur ein Feinrippunterhemd zur verwaschenen Jeans. Wie hat er sich in den letzten 20 Jahren verändert, dachte Julia. Aus dem energiegeladenen, gut aussehenden Künstler war ein drogenabhängiger Eigenbrötler geworden. Einstein bellte.

»Marcel!« Ihre Stimme klang selbst in ihren Ohren schrill.

Ihr Mann ließ die Tasche sinken. »Julia, bitte. Lass uns über alles reden. Es ist anders, als du denkst. Wir finden eine Lösung. Lass uns einen Neuanfang wagen.«

»Bist du verrückt? Nach dem, was du mir angetan hast? Seit 17 Jahren belügst du mich!« Sie wollte nur die Ledertasche zurück und dann eilig weg.

»Bitte, es tut mir leid. Es war ein Fehler. Ich hätte dir von Anfang an die Wahrheit sagen sollen. Ich liebe dich. Immer noch.« Er ließ die Tasche sinken. Als sie neben ihm stand, roch sie, dass er geraucht hatte. Marihuana. Einstein sprang bellend an ihm hoch.

Julia stieß Marcel weg, griff nach der Tasche. »Ich spiele dieses Theater nicht mit. Du weißt genauso gut wie ich, was hier läuft. Aber im Gegensatz zu mir hast du ein großes Interesse, die Wahrheit zu vertuschen. Ich nicht!« Sie zog den Hund mit sich, obwohl Marcel nach der Leine griff.

»Ich muss. Tom wartet auf mich.«

»Du gehst zu Tom?« Marcel war fassungslos. »Julia, bitte. Lass uns reden. Du weißt, dass du damit alles zerstören wirst.«

Sie verließ wortlos das Büro. Kaum war sie im Schlepptau des Hundes auf der Sendlinger Straße, da hörte sie, dass Marcel ihr folgte. War es ein Fehler gewesen, ihm zu sagen, wohin sie ging?

5.

In der Gaststube war jetzt am späten Nachmittag jeder Tisch besetzt. Freudige Stimmen, Lachen und das Anstoßen dicker Biergläser drangen an Christls Ohr. Es roch nach Heimat und Wärme, frischen Brezn, Braten, Hendl und Apfelkücherl. Hier drinnen war es einladend und gemütlich im Gegensatz zur Eiseskälte draußen.

Christl kam von der Uni zurück. Ihr Kopf schwirrte von all den Zahlen und Fallbeispielen, die sie sich für die Prüfung am nächsten Tag einprägen musste. Danach würde sie endlich ihren Master der Betriebswirtschaftslehre in den Händen halten – oder eben nicht.

Max, unübersehbar der Wirt und Toms 14 Jahre älterer Halbbruder, der ihm einst das Leben gerettet hatte, saß auf der Bank am Stammtisch, einen Brief in der mächtigen Linken, von dem er nur kurz aufblickte. Max' schulterlanges, blondes Haar war wie meist mit einem Gummiband hinten zum Zopf zusammengebunden. Zur hellen Jeans trug er einen Trachtenjanker. Er war eine charismatische Erscheinung.

Tom hat recht, dachte Christl, froh darüber, dass Max da war. Max sieht aus wie der Heilige Christopherus, obwohl er weder einen Bart hat, noch das Jesuskind über einen Fluss trägt. Aber wahrscheinlich machte es die Persönlichkeit stark, ein Wirtshaus über Generationen hinweg durch Höhen und Tiefen zu steuern. Allerdings standen Max im Moment die Sorgen deutlich ins Gesicht geschrieben.

Christl knöpfte ihre rote, praktische Allwetterjacke auf, öffnete den vom Nieselregen feuchten, dicken braunen Pferdeschwanz, warf ihre Tasche in die Ecke der an der Wand angebrachten Holzbank und nahm Platz. »Puuh, was für ein Sauwetter. Und das Mitte November. Wenn es wenigstens richtig schneien würde. Aber diese nasse Kälte! Die mag ich gar nicht.«

»Mhm.« Max reagierte nicht.

Gut, also kein Small Talk. »Was ist los?«

Max hielt ihr den Brief hin. »Lies selber.«

Christl studierte das Logo. Oberste Baubehörde im Bayerischen Staatsministerium des Innern, für Bau und Verkehr. Daneben prangten zwei goldene Löwen, die das bayerische Wappen in ihrer Mitte hielten. Ihr zweiter Blick galt dem Betreff: Ihr Antrag auf den Ausbau des Innenhofs, Gebäude Sendlinger Straße 14.

»Ich hab gedacht, das ist längst durch.«

»Lies es.« Max rieb sich mit der gesunden Linken über die Falten auf der Stirn. Sein rechter Arm blieb bewegungslos. Wie immer, seitdem er sich das Ellenbogengelenk zertrümmert hatte, nachdem Max als junger Mann Tom vor einem Sturz vom Gerüst des Wirtshauses bewahrt hatte und selbst gefallen war.

Christl las und verstand Max' Besorgnis. Ein echtes Desaster. Ihr Blick blieb an der zügig dahingeworfenen Unterschrift hängen: Carolyn Wallberg, Leitung Oberste Baubehörde. Christl spürte, wie die Röte bis unter ihre Haarwurzeln kroch. Toms Exfreundin. Eine, bei der es tiefer gegangen war als sonst. Seine erste große Liebe. Da hatte Max sich gehörig in die Nesseln gesetzt.

Christl war froh, als jemand aus dem Service – wie immer fesch im Dirndl – ihr ungefragt eine dampfende Tasse heiße Schokolade mit Sahne servierte. Sie warf der Exkollegin eine Kusshand zu, während sie vor ihrem geistigen Auge den Ordner mit dem mühsam gesammelten Prüfungswissen in weite Ferne rücken sah. Max brauchte jetzt Hilfe. Sie dachte nach. Gerade in schwierigen Situationen gelang es ihr meist, einen kühlen Kopf zu bewahren.

»So ein Mist«, legte Max los. »Morgen rücken die Bauarbeiter an.«

»Du musst ihnen absagen.«

»Wie stellst du dir das vor? Die Aufträge sind vergeben.«

»Wenn du jetzt – nach diesem Brief – mit dem Umbau anfängst, dann musst du nicht nur mit einer saftigen Strafe rechnen, sondern mit dem kompletten Rückbau.«

»Himmiherrgottsakramentzefix!« Max fluchte selten. »Es geht um nichts weiter als um ein paar klitzekleine Schönheitsreparaturen. Die komplette Fassade bleibt stehen. Ich will ja nicht den Stil des Hauses verändern. Ein schönes Dach, ein paar hübsche Lichter, eine Fußbodenheizung. So, dass die

Gäste halt auch an Weihnachten im Innenhof sitzen können.« Max entriss ihr den Brief.

Christl nippte an ihrer heißen Schokolade.»Als Wirt des Stammhauses der Hacker-Pschorr-Brauerei unterliegst du ganz besonderen Denkmalschutzanforderungen. – Trotzdem. Was hat Carolyn sich dabei gedacht. Sie sitzt doch selbst gern im Innenhof. Das muss ein Versehen sein. Vermutlich hat sie gar nicht registriert, was sie da unterschrieben hat.«

Max schaute nachdenklich.»Ich versteh es auch nicht. Sie kennt mich. Sie weiß, wie genau ich den Denkmalschutz nehme. Ihre Eltern haben ihre Hochzeit bei uns gefeiert. Später hab ich als Teenager ihren Kinderwagen höchst persönlich über die Schwelle getragen. Und jetzt so was!«

Statt zu sagen, was ihr spontan in den Sinn kam, wärmte Christl sich die Hände an ihrer heißen Schokolade, während sie weitergrübelte.

Insgeheim atmete Christl jedes Mal auf, wenn die schöne Carolyn in ihrem perfekt sitzenden Business-Kostüm gut gelaunt und sehr geschäftig mit ihren Gesprächspartnern das Gasthaus verließ, bevor Tom kam. Obwohl Carolyn häufig zu Gast war, hatten die beiden sich seit Toms Rückkehr noch nicht wiedergesehen.

Christl hatte den Eindruck, dass Carolyn nicht nur Tom, sondern auch ihr gezielt aus dem Weg ging. Dabei war Carolyn bei allem, was sie tat, nicht zu unterschätzen. Unter anderem war ihr gelungen, was trotz aller Gleichberechtigungsbemühungen bis heute wenigen Frauen vergönnt war. Sie war in die Führungsetage einer großen Behörde aufgerückt und hatte es gleichzeitig verstanden, ihren weiblichen Charme effektvoll weiterzuentwickeln.

Tom war als Teenager – wie die meisten Jungs – hemmungslos in Carolyn verliebt gewesen. Die Leidenschaft ihrer Beziehung war Christl nicht entgangen. Als Carolyn dann mit 18 schwanger geworden war, war Christl überzeugt gewesen, dass niemand anderes als Tom der Vater sein musste. Aber Carolyn hatte den Erzeuger ihres Kindes bis heute nicht preisgegeben.

»Die Wiesn ist vorbei. Das Weihnachtsgeschäft hat noch nicht begonnen. Es ist die ideale Zeit für den Umbau.« Max lehnte sich auf seinem Stuhl zurück, streckte die Beine breit von sich und legte den linken Arm auf seinen Bauch. Christl kannte die Geste von Tom. Hätte Max gekonnt, dann hätte er beide Arme vor der Brust verschränkt. Er würde nicht so ohne Weiteres von seinem Vorhaben ablassen.

»Wann kommt eigentlich der Rest der Familie zurück?« Vor lauter Prüfungsstress hatte Christl den zeitlichen Überblick verloren.

Die anderen Mitglieder der erweiterten Hacker-Familie waren zu einer Kreuzfahrt aufgebrochen. Christl wusste, dass Max sie bewusst in der staden Zeit dazu überredet hatte, damit er Hedi mit dem renovierten Innenhof überraschen konnte. Sie hasste nichts mehr als Bauarbeiten. Andererseits hatte sie von der Modernisierung des Innenhofs geträumt, seit Max und sie das erste Mal die Entwürfe gesehen hatten.

»Samstag in einer Woche.«

»Ich versteh das nicht.« Christl schüttelte den Kopf und trank ihre Schokolade leer. »Der Architekt hatte doch die Denkmalschutzvorlagen bei seinen Entwürfen berücksichtigt.«

»Eben. Drum!«

»Red noch mal mit Carolyn, Max.«

Max' Handy piepte. Das Zeichen, dass er eine WhatsApp bekommen hatte. Max las. »Tom. Er wird sich verspäten. Streit mit Weißbauer.«

»Schon wieder.« Christl seufzte. Es fiel Tom nicht leicht, sich jemandem unterzuordnen. Einem offiziellen Chef schon gar nicht.

»Kümmerst du dich um Julia? Sie müsste jeden Moment hier sein. Ich muss die Franzosen begrüßen.« Max erhob sich. Am Eingang stand eine Busladung neuer Gäste.

»Max! Morgen ist Prüfung. Oben wartet ein ganzer Ordner auf mich.«

»Das schaffst du schon.« Max lächelte breit wie ein Tiger im
Comic, während Christl den Prüfungsordner vor ihrem geistigen
Auge beiseiteschob, als sie Julia mit einem kniehohen Hund bei
dem historischen Bierfass in der Mitte des überdachbaren Bier-
gartens stehen sah. Christl beobachtete, wie Julia jetzt durch den
Innenhof auf sie zukam und nervös am Verschluss ihrer Ledertasche nestelte. Scheinbar klemmte die Schließe unter der Lasche.

6.

Tom war jetzt in der Sendlinger Straße, auf der Höhe von
Abercrombie & Fitch. Gleich würde er Julia dort treffen. Hof-
fentlich war sie wegen seiner Verspätung nicht verärgert. Der
Regen hatte sich verstärkt, und die Menschen waren in die
Geschäfte geflüchtet. So hatte Tom einen freien Blick auf den
Eingang des Wirtshauses. Es dämmerte bereits, die Straßen-
beleuchtung hatte sich eben angeschaltet.

Gerade wollte Tom zum Endspurt ansetzen, da sah er, wie
eine Frau mit kinnlagen schwarzen Locken in einem braunen
Steppmantel aus dem Eingang des Gasthauses trat. Sie telefonierte mit einer Hand, unter den Arm hatte sie eine abgegriffene Ledertasche gepresst. Selbst auf diese Entfernung
wirkte sie hektisch und nervös, als sie ungebremst in den

Regen trat. Während Toms Gehirn in der zierlichen Gestalt Julia ausmachte und er ihr schon zuwinken wollte, überschlugen sich die Ereignisse.

Ein dunkel gekleideter, durchtrainierter Mann mit Motorradhelm rempelte Julia so heftig an, dass sie ins Straucheln geriet. Sie taumelte auf die Straßenmitte. Der Mann griff nach der Ledertasche, riss daran. Die Tasche sprang auf. Ein Packen ungebundener Blätter flatterte heraus. Julias Arme schnellten hoch. Sie versuchten, die Seiten zusammenzuhalten. Sie stolperte. Dann klappte sie wie in Zeitlupe willenlos in sich zusammen. Tom schrie auf, als sie mit dem Kopf voran auf die feucht glänzenden Steine der Fußgängerzone stürzte.

Tom spurtete los. Er griff nach seiner Dienstwaffe. Verflucht! Durch den Streit mit Weißbauer hatte er vergessen, die Waffe anzulegen. Er zog sie immer aus, wenn er ins Büro kam, weil sie beim Sitzen drückte. Jetzt hätte er sie brauchen können, auch nach Dienstschluss.

Der Unbekannte klaubte eilig möglichst viele Blätter zusammen. Im Rennen stopfte er sie in die Tasche. Ecke Hackenstraße sprang er auf den Rücksitz eines wartenden Motorrads. Der Fahrer trat das Gas durch. Das Motorrad bäumte sich auf. Es schlitterte auf der regennassen Straße, fing sich aber wieder. Ein alter Mann sprang panisch zur Seite. Zwei Passanten stellten sich den Flüchtenden in den Weg. Vergeblich. Das Motorrad brach durch.

Tom stürzte zu Julia. Ihr Körper lag bewegungslos auf den feuchten Betonsteinen. Ihr Kopf war zur Seite gedreht.

»Julia.« Tom rief ihren Namen, ertastete ihre Halsschlagader. Fühlte eine warme Nässe, aber keinen Puls.

Ihre Augen waren weit aufgerissen, ihr Blick leer. Ihre Lippen sahen aus, als ob sie eben noch versucht hätten, Worte zu formen. Er beugte sich über sie. Kein Atem. Tom wusste sofort, was los war. Trauer und Schmerz verschnürten ihm die Kehle. Julia war tot.

Durch die dunklen Locken, die sich auf der Straße ausbreiteten wie schwarz-braune Erde, sickerten Blut und eine giftig hellgelbe Flüssigkeit. Gehirnwasser. Tom hatte keinen Schuss gehört, aber die Kugel musste am Hinterkopf, ganz in der Nähe der Halswirbelsäule, eingedrungen sein.

Julia war nicht das erste Opfer mit Kopfverletzung, das Tom sah. Ein Kopfschuss musste nicht tödlich enden. Aber Tom hatte genügend Obduktionen beigewohnt, um zu wissen, dass genau dort, wo Blut und Gehirnwasser heraussickerten, der Hirnstamm saß, in dem sich unter anderem das Atemzentrum befand. War diese überlebenswichtige Steuerzentrale verletzt, bedeutete das den sicheren Tod. Die Erkenntnis traf ihn wie ein Schlag. Alles, was er jetzt für Julia tun konnte, war, ihren Mörder zu finden.

Binnen Sekunden hatte sich ein Kreis von Menschen um sie herum versammelt. Tom rief einem Mann mit Handy zu, die 110 zu rufen und dafür zu sorgen, dass keiner etwas berührt. Dann stürzte er dem Motorrad hinterher, das in den Asamhof bog. Tom wusste, dass der Ausgang über die Kreuzstraße wegen der Bauarbeiten gesperrt war. Das war seine Chance.

Er war immer ein guter Läufer gewesen. Jetzt gab er alles. Als Tom in den Hof bog, drehte der Mann auf dem Rücksitz sich um. Der Fahrer versuchte durch die Baustelle zu brechen, was unmöglich war. Er musste wenden, fuhr frontal auf Tom zu, dem es in letzter Sekunde gelang, auf die Seite zu springen. Der Asphalt war nass und rutschig. Tom fiel hart auf seine linke Seite. Er kämpfte sich eilig wieder hoch. Das Motorrad schlingerte, krachte mit dem Vorderrad an eine Hausmauer. Die Vorderlampe zerbarst in kleine Stücke. Tom konnte die Gesichter hinter den dunkel verspiegelten Helmen nicht erkennen. Aber es gelang ihm, in Windeseile die Splitter des Vorderlichts aufzusammeln. Er stopfte sie in seine rechte Jackentasche.

Die Aktion hatte ihn wichtige Sekunden gekostet. Als er zurück auf der Straße war, raste die rote BMW bereits über den Sendlinger-Tor-Platz. Kurz darauf verschwand sie auf der Sonnenstraße, wo sie auf Höchstgeschwindigkeit beschleunigte. Der Mann auf dem Rücksitz zeigte Tom den Stinkefinger. Tom fluchte. Die Chance, die Täter zu stoppen, war vertan.

Schwer atmend griff er in seine linke Jackentasche. Sie stand offen. Seine Finger suchten nach dem Ringschächtelchen. Es war noch da. Aber in der Eile hatte er vergessen, es zu schließen. Deckel und Boden bildeten zwei Teile. Der Ring steckte nicht mehr in der dafür vorgesehenen Vertiefung des Samtbodens. Toms Finger suchten tiefer im Futter der Tasche. Nichts. Der Ring war weg.

Vor Wut und Verzweiflung schlug Tom mit der Faust in seine offene Hand und merkte, dass sie blutig war. Niedergeschlagen und traurig machte er sich auf den Rückweg zum Tatort. Vor der Asamkirche begegnete er einem Pfarrer in schwarzer Soutane, der ihn unverwandt anstarrte. Tom überlegte, ob er den Mann schon einmal gesehen hatte, doch er konnte sich nicht erinnern wo.

7.

Auf der Treppe hatte Christl Schreie gehört. Ein Unbekannter stürzte in die Gaststube, rief nach einem Arzt. »Was ist los?«

Kurz nachdem sie sich begrüßt hatten, hatte Julia einen Anruf erhalten. Panisch hatte Julia daraufhin Christl die Hundeleine in die Hand gedrückt und war Richtung Ausgang geeilt.

Nachdem Christl den Hund versorgt hatte, war sie auf dem Weg nach oben gewesen, um den Ordner zumindest nach unten zu holen.

Jemand zeigte auf die Menschenmenge. »Schüsse.«

Christls erster Gedanke galt Tom. Ein Kreis von Menschen drängte sich um die am Boden liegende Gestalt, über die jetzt jemand einen Regenschirm spannte, um sie vor dem Regen zu schützen. Die Stimmung war bedrückt. In den Gesichtern der Menschen waren große Bestürzung und völliges Unverständnis zu lesen.

Christl erkannte den braunen Steppmantel, die dunklen Locken. Es war Julia, die am Boden lag. Ihr Kopf war von einer bräunlichen Flüssigkeit umgeben, die jetzt mit dem Regen verlief. Warum bewegte sie sich nicht? Wo war Tom?

Christls suchender Blick fiel auf Marcel, der rund 50 Meter abseits stand. Im Eingang des ehemaligen Lederwarengeschäftes gegenüber. Mit hängenden Schultern. Ausdruckslos. Was machte Marcel hier? Warum kam er nicht, um nach seiner Frau zu sehen?

Die Martinshörner von Polizei und Krankenwagen waren zu hören. Jemand hatte also bereits die offiziellen Stellen alarmiert. Christl überlegte gerade, ob sie zu Marcel gehen sollte, als sie Tom erblickte, der mit hängenden Schultern auf sie zukam. Die Menschen wichen auseinander, machten Platz.

Jemand murmelte: »Er hat die Motorradfahrer verfolgt.«

»Aber nicht derwischt«, konterte ein anderer.

Christl fühlte eine unsagbare Erleichterung darüber, dass Tom unversehrt war. Seine mittelblonden, immer leicht verstrubbelten Haare mit dem Stich ins Rötliche klebten vor Regen und Schweiß am Kopf. Seine blauen Augen sprühten vor Wut und Adrenalin. Er kam ihr noch größer vor als sonst. Mehr denn je erinnerte er sie an einen Ranger bei einem Rodeo im amerikanischen Mittelwesten. Es war nicht zu übersehen, dass er den Kampf gegen den Feind verloren hatte. Seine Hose war auf einer Seite schmutzig und zerrissen. Seine Hand blutete.

Mit einer warmen Welle wurde ihr bewusst, wie sehr sie ihn liebte. Trotz oder gerade wegen des Streites am Vorabend, bei dem die geballte Sturheit ihrer beiden Dickköpfe aufeinandergeprallt war. In letzter Zeit hatte sie vor Sorge um ihn oft nicht einschlafen können. Er befand sich immer dort, wo der Hurrikan am stärksten tobte. Sie sah Tom an, dass er ihr etwas sagen wollte. Doch er schwieg, nickte ihr nur kurz zu. Sie wäre ihm am liebsten um den Hals gefallen, hielt sich aber zurück.

Tom kniete neben Julia nieder. Christl folgte ihm wie betäubt. Sie zwang sich, ruhig zu bleiben, doch sie musste jetzt bei ihm sein. »Sie war gerade noch bei uns. Wer macht so was? Und warum?«

»Wäre ich früher gekommen, dann würde sie noch leben.« Er sah von unten zu ihr herauf. Sein Blick war schmerzerfüllt.

»Wärst du früher gekommen, dann wärst du jetzt auch tot«, antwortete sie, während sich ein Kloß in ihrem Hals bildete.

»Hatte sie was bei sich?« Tom richtete sich auf.

»Eine Lederaktentasche. Sie hat sich nicht einmal hingesetzt, da hat sie eine Nachricht bekommen und ist hinausgelaufen.«

»Von wem?«

Christl schüttelte den Kopf und hob die Schultern. Die Tränen kamen nun doch. Sie wischte sie mit dem Handrücken aus den Augen.

Tom kramte die Latexhandschuhe aus den Innenseiten seiner Lederjacke, zog sie aus und hängte sie ihr über die Schultern.

»Danke.«

Doch Tom hatte sich wieder hingekniet und durchsuchte bereits Julias Manteltaschen. »Kein Handy. Es muss hier aber irgendwo sein. Sie hat telefoniert, als sie angerempelt wurde.«

Er erhob sich, rekonstruierte, was er beobachtet hatte, während die Blicke der Menschenmenge jedem seiner Handgriffe folgten. Dann ging er einige Meter. Er bückte sich, suchte unter den Außentischen des Wirtshauses, die für sonnige Novembertage draußen standen. Und tatsächlich: Julias Handy war ob der Wucht des Aufschlags unter die Verstrebungen eines Biertisches gerutscht.

Tom kehrte zurück. Sichtlich froh über seinen Fund. »Das wird uns eine Menge Arbeit ersparen. Zumindest werden wir ihre letzten Telefonate zurückverfolgen können.«

Christl blickte sich nach Marcel um. Warum kam er nicht? »Marcel hat eben dort drüben gestanden. Jetzt ist er weg.«

»Was? Marcel war hier? Wo?«

Sie zeigte auf den leeren Eingang des ehemaligen Lederwarengeschäftes.

»Bist du sicher?«

Christl nickte, irritiert, dass Marcel verschwunden war. »Seltsam. Man lässt seine Frau doch nicht einfach im Stich, wenn sie auf der Straße liegt? Er muss doch mitbekommen haben, was passiert ist!«

Der Regen wurde stärker, und sie wischte sich die Tropfen aus dem Gesicht. Tom schien nach einer Erklärung zu suchen.

Tom und Marcel hatten sich sehr nahe gestanden. »Er ist vor der Wahrheit geflohen.«

»Das rechtfertigt sein Verhalten nicht. Wie kann Marcel Julia in so einem Moment allein lassen?« Christl war außer sich.

Plötzlich schob sich jemand neben Christl. »Stimmt das, was ich gerade gehört habe? Lasst mich durch.«

Die Frau war so kreidebleich, dass Christl sie fast nicht erkannt hätte. Franziska Pohl. Eine von Julias besten Freundinnen.

Franziska führte mit ihrem Mann Sebastian eine Anwaltskanzlei am St.-Jakobs-Platz. Um diese Zeit, nach Büroschluss, hatte Christl sie schon das ein oder andere Mal auf der Sendlinger Straße beobachtet. Oftmals in nicht mehr ganz nüchternem Zustand. Auch wenn Franziska mit ihrem honigblonden Kurzhaarschnitt und den braunen Augen rein äußerlich den Eindruck einer abgeklärten Juristin zu vermitteln suchte: Christl konnte sie nicht täuschen.

»Julia? Das darf nicht Julia sein.« Franziskas Stimme war nur ein Flüstern. Sie sah aus, als ob sie jeden Moment zusammenklappen würde. Christl stützte sie spontan unter dem Arm.

Franziska starrte fassungslos auf die am Boden liegende Freundin. »Sie ist nicht tot. Bitte sagt, dass sie nicht tot ist.« Jetzt überschlug sich ihre Stimme.

Tom, der wohl einen hysterischen Anfall befürchtete, hakte Franziska an der anderen Seite unter. »Komm, Franzi. Du solltest dir das jetzt nicht antun.«

Christl bewunderte ihn für seine besonnene Haltung. Sein Sweatshirt war inzwischen komplett durchnässt. Seine Haare hingen in Strähnen herunter. Er musste ausgehungert und von dem Gedanken beherrscht sein, dass er Julia hätte retten können, wenn er früher da gewesen wäre.

Trotz aller Bemühungen ließ Franziska sich nicht überreden, auch nur einen Schritt von Julias Seite zu weichen. »Nein. Ich lasse sie jetzt nicht hilflos zurück. Jetzt nicht!«

Sie ließ sich so schlagartig auf die Knie fallen, dass Tom und Christl es nicht verhindern konnten. Franziska wollte Julias Kopf in die Hand nehmen, die Freundin an sich drücken, doch Tom hielt sie davon ab. »Das geht nicht, Franzi. Komm.«

Tom zog sie wieder auf die Beine. Franziskas Hand war blutverschmiert. Tom reichte ihr ein Taschentuch aus seiner Hosentasche. Als sie nicht reagierte, wischte er ihre Hand notdürftig trocken.

Sie starrte ihre Hand an. »Julias Blut.«

Franziska begann unkontrolliert zu weinen. »Caro. Ich muss mit Caro sprechen.«

Ausgerechnet, dachte Christl. Doch als Franziska das Handy aus der Tasche zog und es ihr aus der Hand fiel, weil sie so stark zitterte, hob Christl es auf. Es war unversehrt.

Franziska schniefte in eine freie Ecke des blutverschmierten Taschentuchs. Dann gelang es ihr innerhalb weniger Sekunden, Carolyn zu erreichen. »Caro. Du musst sofort kommen. Es ist etwas Schreckliches passiert! Julia. Sie ist tot.«

Christl war klar, dass Carolyn aus Franziskas stammelndem Lallen nicht schlau werden würde. Tatsächlich reichte Franziska Tom das Handy weiter, der nach einer kurzen Begrüßung kurz und knapp schilderte, was passiert war.

Aus seinen Gesichtszügen konnte Christl lesen wie aus einem offenen Buch. Tom hatte Carolyn seit Jahren weder gesehen noch gesprochen. Es war eindeutig, dass ihn das Gespräch nicht unberührt ließ. Die gesamte Situation tat ihren Teil dazu. Christl meinte sogar, eine flüchtige Röte über Toms Gesicht huschen zu sehen, dabei ließ er Christl während des Gesprächs nicht aus den Augen.

Sie schämte sich für ihre Eifersucht, aber jetzt war unabdingbar, was Christl hatte verhindern wollen: Tom würde Carolyn wiedersehen.

(...)

Hauptkommissar Perlinger ermittelt:

1. Fall:
Die Montez-Juwelen
ISBN 978-3-8392-2056-6

2. Fall:
Das Ludwig Thoma Komplott
ISBN 978-3-8392-2294-2

3. Fall:
Karl Valentin ist tot
ISBN 978-3-8392-2578-3

4. Fall:
Der Märchenkönig
ISBN 978-3-8392-0245-6

SPANNUNG

GMEINER

WWW.GMEINER-VERLAG.DE
Wir machen's spannend